父のところに行ってきた

申京淑

姜信子　趙倫子＝訳

アストラハウス

父のところに行ってきた

I WENT TO SEE
MY FATHER
by
Kyung-sook Shin
（申 京淑）

装画
早瀬とび

ブックデザイン
アルビレオ

目次

いつだったか、
アボジのことを書くつもり、と父に話したところ、
わしが何をしたというんじゃ？　と父が言った。
アボジはどれだけ多くのことをしたことか。
私がそう応じると、
父はため息をつくようにして、ふうっと言葉を吐きだした。
わしは何もしなかった。ただ生き抜いただけだ、と。

第一章　ひさしぶりだ

母が入院するために妹とソウルに行ってしまうと、J市の古い家には父が独り残された。

オンマと一緒に家を出るとき、アボジ[*01]が門の前で泣いた。妹からそう聞いていなかったら、母がいない間は私がJ市にいるようにしなくては、とまでは思わなかっただろう。私はもう五年以上もJ市に行っていない。その間、母と父は少しずつ年老いていった。兄弟たちは週末ごとに交替でJ市の両親の家に行き、父の散髪をしてやったり、市場で買い物をして一週間分のおかずを作り置きして冷蔵庫をいっぱいにして帰ったり、といったことをここ数年していたが、私はそういうことからも外れていた。末っ子がSNS上に家族のグループトークルームを作って、今週は誰がJ市に行き、来週は誰が行くのか、スケジュールを組んでいるのを私はただ黙って見ているだけだった。娘を亡くしてから、拠りどころだったり頼りにしていたさまざまな関係も意味をなくした。亀裂が走って砕け散った関係もある。私はまず最初に年老いた両親に連絡するのをやめた。両親は落ち込んだ私の声や暗い表情にすぐに気づいてしまう。心配をかけたくなかった。仕事で遠方に行って、しばらくそこに滞在しなくてはならなくなった、と言いつくろった。当分の間はJ市に行けそうにない、行き先は外国だから時差があって電話もあまりできないと思う、と。そうして時が流れ、父が泣いたという話を伝え聞いた。それは氷のように冷えきっていた私の心を揺り動かした。生まれ故郷を離れてからというもの、父はいつもこんなやり方で私を呼び寄せる、と書こうとしたが、それは正しい表現ではない。父の方から私に何か言ってきたことはないのだから。いつだって、母、あるいは兄弟たちから父になにか良からぬことがあったようだと伝え聞いて、そのたびに私の方から電話をかけたり、列車に乗って父のもとに行ったりしたのだから。そうしなければ父の姿が目の前にちらついて、何をしても集中できないのだ。父が泣いたという話に、不意に寂寞とした空気に包まれた。どうして泣いたの？　私が尋ねる。わからない。妹が答える。どうして泣いたのかと聞く私と、わからないと言う妹と、二人同時に深いため息をついた。ため息の上にのっている重い気持ちから逃げることができずに、二人ともしばらく黙っていた。私の沈黙には、オンマを連れてくるときに、どうしてアボジも一緒に連れてこなかったの？　という思いが入り混じっていた。妹も、アボジを独り残して家を出ようというときになってはじめて、一緒に行こうと言おうか……と思い至ったと言った。

＊01：オンマ、アボジ　韓国では一般的に、父親の呼称としてアボジ、アッパ、母親の呼称としてオモニ、オンマが使われる。比較するなら、アボジとオモニには敬意が、アッパとオンマには親近感が感じられる。本書では、主人公を含むきょうだいたちは全員、父をアボジと呼ぶ。一方、母については、主人公と妹はオンマと、三人の兄と末の弟はオモニと、呼びわけている。

――水辺に子どもを置いてきちゃったみたいで、心が落ち着かないのよ、姉さん。

妹の声がかすれて消えてゆく。

――門を出るときになって、一緒に行きますか？　って、アボジに声をかけたら、行かないって言うの。口ではそう言いながら、泣くんだから。

病気の母を妹に託してソウルに送り出したそのとき、父はどんな思いで泣いていたのだろうか。見かねたオンマが、ちょっと、なんで泣くんですかね、私が死にに行くとでも思うとるんですか？　治ったらすぐに帰ってきますよ、それまで歯の治療でもしてればいいでしょうが、なんて言いながらアボジをなだめているのかと思ったら、オンマも泣いていたのだという。その様子が目の前にありありと浮かんで、私も思わず目が潤んだ。

――他人《ひと》が見たら、私が二人を生き別れさせているとでも思ったでしょうね。

ぽつりと妹が言った。母は明日入院する。J市に行かなくても、両親に電話をかけなくなっても、私はJ市で起きていることはSNS上の家族のグループトークをとおして知っていた。いつからか、兄弟たちが両親にまつわることをそこで相談していたから。つまり、今、妹は母を一番上の兄の家で降ろし、自宅に戻る車中から私に電話をしてきているのだった。

――それがね、姉さん、そういうものなんだって。

――……？

――ちょっと前に大きい兄さんの家で義姉さんが言ってたんだけど、そういうものなんだってよ。

――なにが？

――アボジが泣いたって私が言ったら、義姉さんが、父親というのはそういうものなんだから、あんまり気にしすぎちゃダメだって言うの。義姉さんのお母さんも具合が悪くて、病院に行くためにソウルに来たんだけど、そのときにお父さんが泣いたんだって。

義姉の父親は二年前にこの世を去っていた。

――父親って、みんなそういうものみたい。姉さんに余計な電話しちゃったね。

気がかりなことはとにかく解決しなければ気のすまない性格の妹は、父親というのはそういうものなのだということで納得したかったようなのだが、それでも心に引っかかるものがあるのか、気にするのはやめよう、と言いながらも、その声は沈んでいた。

――アボジ、歯の治療をしてるの？

私の問いに妹は黙り込んでいる。妹が答えないのは、今まであまりにも無関心だったんじゃない？　という私への無言の非難なのだろう。末っ子が、アボジが歯医者に通いはじめた、という内容のことを家族のトークルームに書き込んでいたからだ。市内の歯科をひとりで訪れた父に、医者が、配偶者か子どもか、直系の家族と一緒に来るようにと言ったらしかった。父は、近所に暮らしている父のいとこの息子であるイサクに付き添ってもらって歯科に行ったという。四十を過ぎていたが、村ではいちばん若い方に入るイサクは、末っ子と同い年だったので、末っ子が大学に行くためにJ市を離れるまで学校に一緒に通った友達でもあった。父は自分の歯科通いを、私たちだけでなく母にさえも秘密にしたかったようなのだが、イサクが末っ子に電話をしたことでみんなが知るところとなった。父の歯の治療について、ほかの兄弟がどう思ったかはわからない。耐えられるかしら。私はそう思った。だからまったく話す気にもなれず、具体的な話が行き交っているというのに黙り込んでいた。それがほんのひと月前のこと。なのに忘れていたのだから、無関心と言われても返す言葉もない。気まずい私の心のうちを察したのか、妹はすぐさま、姉さんはそういうことに気がまわるような精神状態じゃないんだから、と言って電話を切った。そういうことに。妹の言葉が残した余韻に、体が椅子に深く沈んでゆく。そうやって無力感の中で座ったまま二、三時間が過ぎた。私はJ市へ向かう列車のチケットを予約し、ノートパソコンの電源を抜いて鞄に入れ、家族のトークルームに私のJ市行きを書き込んだ。オンマが病院にいる間、私がアボジのところにいることにした、と。数年ぶりの私の書き込みにみんな驚いたのか、トークルームには既読の表示が出ただけ。誰も書き込みをしなかった。ソウル駅に行くために頼んだタクシーを家の門の前で待っていると、表札に新しく書きこんだ娘の名前が目に入った。私は手をのばして娘の名前をなでてみた。娘が幼い頃に使っていたスケッチブックの中から見つけて、それを基に銅板レリーフを作って取り付けた、青いトカゲの模様も。

父が泣いた、という話を初めて聞いたわけではない。

私が中学校を卒業してJ市を離れるときも、父は三日間泣いた。私をソウルまで送っていった母が家に帰ると、父の目はぱんぱんに腫れていて、腫れが引くまで三日もかかったという。店でマッコリを柄杓ですくっては泣き、売り切れた煙草を仕入れに、荷台付きの自転車に乗って町の問屋に行くときも泣いていたのだと。父が村のはずれの線路脇で食料品店をやっていた頃のことだ。アボジが？　父が私を送り出してから泣いたという話に、私は茫然とした。想像したこともない父の涙。あのとき、おとうさんが泣くのを初めて見た。と、母は言った。父は私のことを、まだまだ小さな子どもじゃないか……と言っていたと。私は冗談めかして、あら、私は中学生の頃にはもうすっかり背も伸びていたわよ。百六十三センチもあれば、小さくなんかないじゃない、と笑って流した。

父が店をしていたのは、そのときが二度目だった。

線路脇のその店の持ち主は誰だったのだろう。父は、私が小学校二年生か三年生の頃に、一年ほどその店を任せられていたのだが、それをいったんやめてから、私が中学生になった頃にまた任せられたのだった。食料品店、と言えば、今のスーパーやコンビニを思い浮かべそうだが、その店はそんな規模ではなかった。「小店《こみせ》」と呼ばれる、田舎の村の狭くて古ぼけた店だった。店の棚には、お菓子や風船ガム、パン、キャラメルの類が申し訳程度に並べられていた。数えても五分もかからないくらいの品数だ。主に売れていたのは煙草なのだった。店の奥には大きな甕《かめ》が据えつけられていて、醸造場から配達されたマッコリが入っている。甕の脇にはいつも、酒の匂いの染みついた柄杓が伏せて置かれていた。その柄杓で甕の中のマッコリを汲んで、やかんに入れていた父。客の多くは村の人たちや、私の村よりもさらに奥まったところにある榛山里《チンサンリ》や三山里《サムサンリ》、川原《チョノン》の方から町に出て、その帰りに立ち寄った人たちだった。夕暮れどきになると、農作業を終えた人たちが父の店でマッコリを飲む姿を見ることができたが、そのときにはもう誰が客で誰が主人なのかわからなくなっている。ときには、焼酎を賭けたユンノリ[*02]が暗くなってもまだ繰り広げられていた。いまでも、時折、わけもなく思い出されるあの店の風景がある。その一つが、店の入口にだらりとぶらさげられていた黒いゴム紐の束だ。ゴム紐はシダレヤナギのように店の入口の前に垂れさがっていた。私は母に店へのお使いを頼まれたり、お金をもらいに父のところに行っては、入口に垂れさがっているゴム紐を手でぐるぐるねじって、つかんで、店の中に向かって、アボジ、と呼んだ。お金がほしいという言葉が出ずに、ただゴム紐を引っぱってばかりいることもあった。ときどきゴム紐が売れることもあった。村の人たちは天気の良い日に味噌や醤油の甕の蓋を開けて、甕の口を麻布で覆い、それが風に飛ばされないように布の端をゴムで甕に止めたのだ。あの店はそういうところだった。今すぐ必要だが、それだけを買いに町に出たりはしない、そんな類の物が商品棚やガラス棚の中にこまごまと並べられていた。J市を離れる日、私は家を出ると、父に出発の挨拶をするためにあの店に行った。店に着いて、いつものようにあの垂れさがったゴム紐の束をつかんで、アボジ、と呼んだが、父が店の中から出てくる前に、駅に行くバスが店の前の通りに到着した。夜だった。そのバスを逃すと、駅まで歩かなければならない。歩いて駅まで行ったとしても、もう列車は行ってしまったあとだろう。私は焦る気持ちで暗い店に向かって呼びつづけた。アボジ、アボジ……

これまでの人生で誰かと別れることになったとき、あのときの私の声が聞こえることがあった。

停まっているバスを見て、アボジ、アボジ、と必死で叫んでいた私の声。別れるほかには先に進むべき道が見つからない関係に行きついてしまったとき、アボジ、アボジ、あのときあの通りでそう叫んでいた私の切迫した声が、太鼓の音のようにドン、ドン、ドン、頭の中で響く。私が去ってしまったあの場所には何が残されたのだろうか、そんなことを思うときにも、アボジ、もう行くからね、と叫んで私がバスに乗ったあと、車窓の外に独り、取り残されていたあのときの父の姿が思い浮かぶ。乗らなければならないバスが停まっている、父は店の中にいる、バスが行ってしまいそうだ。私は暗い店の中に向かって叫んだ。アボジ、もう行くよ。そして走ってバスに飛び乗った。バスに乗ってから窓に顔を近づけて、父の店の方を見た。窓を開けようとしたが、開かなかった。私は窓に手のひらを当てて、暗がりの中に立っている父を見つめていた。店から飛び出してきた父は、片方の足にはスリッパ、もう片方の足にはゴム靴を履いて、手を振りもせず何をするわけでもなく、ただ私を乗せたバスを見ながらぼんやりと突っ立っていた。今さっき、私がぐいと引っ張ってから勢いよく放した黒いゴム紐がまだ揺れているその脇、暗がりの中に立つ父のシルエット。店の中から漏れ出る光が、途方に暮れたような父の表情にまだらに影を落としている。ぼんやり突っ立っている父にあらためて、行ってきます、と声をかける暇もなく、バスは出発してしまった。たまにこんなことも考える。バスが出発してからどれだけの間、父はその場に立っていたのだろうかと。私を乗せたバスが消えたあとの暗い通りを、父はどんな思いで

＊02：ユンノリ　すごろくに似た、朝鮮半島の伝統的な遊び。

眺めていたのだろうかと。父がどれほどしてから店の中に入って行ったのかと。都会で生活している間、あんなふうに別れた父が、あの古ぼけた店で泣いていただろうことを思うと、自然と手が額へと向かい、心も静まり、たいていのことは待ってみよう、耐えてみようという気持ちになるのだった。客が腰をおろしてマッコリを飲んでいた店の中の古い長椅子、甕からマッコリを汲んでいた柄杓、夏になるとゴム製のたらいに冷たい水を張って冷やしておいた瓶ビール……、店の奥の暗い部屋の片隅には、無造作に、だがいつもそこにあった父の太鼓とバチ、そして、

錠前のかかった、ほぼ黒色の小さな木箱。

木箱の中には、父が店で稼いだいくばくかのお金が入っていた。今は一万ウォン札に世宗《セジョン》大王が描かれているが、当時は百ウォン札に世宗大王が描かれていた。木箱の中の百ウォン札はきれいに広げた状態で数枚が重ねられていて、世宗大王の顔も皺ひとつなく広げられていた。五百ウォン札が一、二枚入っていることもあり、ごくたまに千ウォン札。そして、その隣には小銭。李舜臣《イ・スンシン》将軍や亀甲船に、私はあの木箱の中に入っていた紙幣で初めて出会った。子どもにも必要なお金はあり、学校に行く前にお金をもらいに父のところに行くと、父は店の床を水拭きする手を止めて、いくら必要なのか聞いた。その「いくら」を言うのに顔は赤らみ、胸もどきどきした。そんなことなど気にも留めずに、父は私の手に小銭を握らせた。父は私に、一生懸命勉強しろだとか、お金を大事に使えだとか、世の父親たちが言いそうな説教めいたことを言ったことがない。

水拭きの途中であれば手拭いで手をふき、木箱を開けて、私が言っただけのお金を取り出して渡しながら、じっと私の目を見る、そして私の頭を一度なでるだけ。木箱は、初めて店をやることになったときに父が自分で作ったものだ。本が五冊は入りそうな大きさの木箱を作ったときの父が、二十代も初めの頃だったことを思うと、せつなくなる。若き父は、木箱を開け閉めするための蝶番《ちょうつがい》と施錠のための錠前をつけながら、何を思っていたのだろう。腰かけることもできるほどの高さの木箱は、時とともに古めかしく見えるようになっていった。しっかりとかけられた錠前を見ると、それを父がみずから作ったということが信じられなかった。店を人に譲ってからしばらくの間、その木箱は家の板の間に転がっていた。兄のうちの一人がしょっちゅう木箱に死んだ鳥を入れっぱなしにして、そのたびにびっくりしたことが思い出される。ということは、父が店をやっていなかったときには、板の間に転がっていた木箱は、折に触れ、私の兄弟たちがとりいそぎ何か容れ物が必要なときに使われていたようでもある。それもいっときのことで、木箱はやがて無用のものになり、誰かがここに置けばまた別の誰かがそこに置き、やがてまた別の誰かがあそこに置き、やがて誰からも忘れられた頃に私のものになった。私は木箱に、誰にも触られたくない新しいクレパスの箱をしまったり、熟す前に落ちてしまった柿が干し柿になるまで保管したり、学校から借りてきた読みかけの本のページを折って入れておいたりした。日記帳を入れてしっかり錠前をかけたりもした。しばらく私のものだった木箱は、父がふたたび店をすることになると、店に戻って父の金庫になった。今思えば、父が村はずれのその店を再度やることになった頃というのは、わが家がいちばんお金を必要としていたときだったのだ。六人もいる兄弟が大いに食べ、中学、高校、と順番に入学していた頃。父がふたたび店を人に譲ったあとに、木箱もまた家に戻ってきたのだろうか。それはもう私が家を出てからのことだ。父が完全に店を整理して以来、あの木箱を見たことはない。父から店を引き継いだ人も、計算を終えたお金を入れておくところは必要だったろうから、置いてきたのかもしれない。

そうやって消えていくものがある。捨てたり、片づけたり、誰かにあげたわけでも、壊してしまったわけでもないのに、ある時間の中に置き去りになって記憶の彼方へと押しやられ、かすんでゆく。ああ、そうだ、そうだったんだ、という余韻を残して。

父はJ市のあの家で、一九三三年の初夏に生まれた。最初から長男だったわけではない。上に兄が三人、姉が一人の五番目だったのに、伝染病が流行った年に兄三人を亡くして長男になった。それも本家の長男。名医とは言われなかったが、村の韓方医だった祖父は、一度に三人の息子を亡くした恐怖から父を学校にやらなかった。幼い父をそばに置いて、「小學[*03]」を教え、「明心宝鑑[*04]」を覚えさせた。父はその頃に祖父から学んだことを、今でも正確に諳《そら》んじる。寝るときは横向きにはならず、座るときはもたれて座らず、立つときも片足に重心をかけない……耳は人の悪いところを聞かず、目は人の短所を見ず、腐った木には彫刻することはできず、腐った土で作られた土塀は手入れができない……自分を大事にし、他人を見下してはならず……ふさわしい場所でなければ座らず、目で邪悪な色を見ず……人を教うるに、灑掃《さいそう》（清掃）、応対、進退の節、親を愛し、長を敬し、師を尊び、友に親しむの道を以てす……一度諳んじはじめると、糸の束がほどけるようにきりがない。どうしていまだに全部暗唱できるの、アボジ？　そう聞くと、わしの父親が教えてくれたんじゃ、と言い、学校に行かせてくれたら、よかったのにのぉ、と祖父に対する恨み言を口にした。祖父が伝染病の恐怖にも怯《おび》えずに父を学校に行かせていたなら、父は違った人生を送っていただろうか。家を離れることもできただろうか。私はすっかり気落ちしている父を慰めようとして、そのとき学校に行ってたら、アボジは名前を変えなくちゃいけなかったかもしれないよ、日本の名前[*05]にね、と言った。父は学校に行かずに田んぼに行った。鋤で畑を耕し、一族の田んぼに苗を植えた。父が十三歳の頃に、村はまたしても伝染病に襲われた。伝染病の危険にさらすまいと、父を学校にやらなかった祖父が伝染病にかかった。総本家に行きさえしなければよかったのに。父が祖父を思い起こすたびに必ず言うことだ。総本家の当主である祖父の伯父が伝染病にかかり、韓薬を煎じて届けたのちに祖父も病に倒れた。祖父を看病していた祖母も感染した。父はその年の夏、三日の間に両親を亡くした。

＊03：小學　中国宋代に朱熹《しゅき》の門人・劉子澄《りゅうしちょう》が編集した初学者用の教科書。
＊04：明心宝鑑　中国明代に編まれた箴言集。孔子・孟子・老子・荘子をはじめとする先儒・先賢の言葉を分類して集めたもの。
＊05：日本の名前　一九四〇年に植民地朝鮮で施行された「創氏改名」のことを指す。学校においては、ほぼ強要に近い形で創氏改名が推進された。

父が父親を亡くした日、十三歳の父は田んぼにいたという。

牛を借りて、新開地だった蓮汀里《ヨンジョンニ》の田んぼを犂《すき》で耕しておったら、どういうわけかお父さんがわしの前に現れてな、田んぼの中に入ってきて、犂の刃の使い方がなっとらんと言うて、刃を調整してくれたんじゃ、それから肩に手をポンとのせて、こんな時代だから牛と犂をちゃんと扱えんことにはここでは生き残れんぞ、と言うたかと思うたら、手をひらひら振って消えたんじゃ。牛を大事にしろって言うてな、今そこにおった人が、まばたきする間にいなくなってしもうた。家の中でも隔離せないかんと言うて、顔を見ることもできんかったのに、田んぼまでどうやって来たんじゃろか、妙な胸騒ぎがして、犂を田んぼにほっぽりだして家まで走っていったんだがな、お父さんは天井まで届かんばかりに鼻血を噴き出して……あの病気にかかっても、五日間もちこたえれば大丈夫だと聞いとったんじゃ。五日になる前に筵《むしろ》に覆われてしまう人が沢山おったけど、四日間もちこたえたから、なんとか助かる、そう思うとったんじゃ。明日で五日目だ、時間よ、どうか早く過ぎてくれ、ってなぁ。なのに、五日目のその日にそうやって逝ってしもうた。お父さんが亡くなったというのになんも考えられずに、ただ目の前が真っ暗になって、自分はこれからどうやって生きていけばいいんじゃ、天よ、地よ、どうしてこんな目に遭わせるんじゃ、そうやって泣いておったら、おまえの叔母さんがわしを抱きしめてな。あたしがどこにも行かんとあんたと暮らすから、だから怖がったり泣いたりするんじゃないよ。そう言うた声が今も耳に残っとる。

新学期が始まるたびに、父の職業欄には農業と書いていたが、父は苗床で苗を育てるときも、田植えをするときも、日照りのためにショベルを持って何度も田んぼに水を入れに行くときも、農夫のような感じではなく、どこかぎこちなく見えた。幼い私の目にそう見えていたのは、父がよその父親たちのように農作業に打ち込んでいるようには思えなかったからだろう。父は店だけでなく、家の敷地に牛舎を建てて牛を育てたり、農作業のない時期には猟銃を持って鳥撃ちに行ったりもしていた。金を稼ぎに行くと言って、ひと冬の間ずっと家を空けたこともあった。父がお金を稼いできたのかどうかは私にはわからないが、種もみを発芽させなければならない頃には帰ってきて、苗床に種もみをまいた。一族の農地を耕すことぐらいでは生きていくことができず、父はありとあらゆる仕事をしたのだろうけれど、幼い私の目には長いこと父が農夫には見えなかった。父の顔は日焼けしておらず、目立って白かったからなのかも。山の畑でサツマイモを掘って、リヤカーに積んで降りてくるよその家の父親たちのように、丈夫な足を持つこともなく、ときには病気で寝込むこともあったからなのかも。村の人たちが着ないような革のジャンパーを着て、髪にポマードをつけ、バイクに乗って通りを疾走していたからなのかも。父に対するこんな印象のひとつひとつが、幼い私の目には、近所のほかの父親たちとは違って、アボジは農作業に熱心じゃない、心がどこか別のところにある人、というふうに刻まれた。

父の人生は、J市の今と同じ場所に家を二度建て替えただけで、別の場所に家を持つこともなく過ぎていった。一九三三年、その年に父が生まれているので、一九三三年という文字を見つけると、しばしその数字のところで視線が止まったりしたものだ。「朝鮮語学会」が「ハングル正書法統一案」を発表したのが一九三三年だということも、そうやって知った。一九三三年と言えば、日帝の植民地期だったというのに、あんな暗黒時代にハングル正書法統一案を発表した人たちがいたんだなあ、と胸にじんとこみあげるものがあった。かと思えば、その頃すでにアメリカでは、ヘミングウェイのような作家たちによって、冷静かつ客観的な視点と一切の感傷を排した文体のハードボイルド文学が登場していたのだということに思いが及び、堪えがたい気持ちにもなった。いや、それだけではない。洗練され現代的に感じられるダリやピカソが、その頃すでに自身の作品世界を確かなものとしていた事実に想いをはせれば、名状しがたい無力感に襲われた。ある者は、生まれながらに両親の関心と支援のもと、この世界を存分に表現し、その名を不滅のものにする。その一方で、私の父のような者たちは、韓国南部のJ市の中でもさらに奥まった片田舎の、なんの変哲もない農家に生まれ、学校には足を踏み入れることもできず、生存以外の何かほかの理由では一度もその家を離れたことのない、土埃のような生涯を送りもする。それもまた人間の生なのだ。自身も知らぬうちに、幼いわが娘にそっぽを向かれたりしながら。

父を思うと、子ども時代を過ごしたJ市の橋のことが思い出される。正確に言えば、その橋の上で父に気づかないふりをした中学生の頃の私の姿が。

家は、町の中心から四キロほど離れたところにあった。風が吹けば土埃がたち、歩けば小石を蹴るような通りを十里（約四キロ）歩いて小学校に通った。今はアスファルトで舗装されて、曲がりくねっていた道もまっすぐになっている。新しい道のおかげで市内まで三キロほどに短縮されている。今は市だが、記憶の中のその橋の上で父にばったり出くわした時はJ町と言っていたから、その頃は町だった。町のこちらとあちらをつなぐ橋の名前は大興里《テフンニ》。なぜそんな名前で呼ばれているのかはわからない。気になって、いつだったか橋にまつわる逸話を調べたことがある。だが、どの話の中にも橋の名前に関する説明はなかった。私が確認できたのは、大興里橋が植民地時代に建設されたというのは事実である、ということだけ。幼い頃、日本の奴らが造った橋がいちばん頑丈だ、と話しているのを聞いたことがあったのを思い出しもした。橋の下には、家のない人々が掘っ立て小屋を建てて暮らしていて、橋を渡っていると彼らの暮らす様子が見えた。彼らは橋の下の川の水でサツマイモやジャガイモを洗ったり、釜に火をかけたり、川で大きいほうの用を足したり、暑いときには服を脱いで川に入って水浴びをしたりもした。秋の収穫が終わる頃の田畑でも、彼らを見ることがあった。彼らは収穫を終えたジャガイモ畑を掘り返してジャガイモを拾い、田んぼで落ち穂を拾った。暗くなると橋の下から出て、川辺で焚火を囲んで座り、歌を歌って遊んだりもしていた。そんなときは橋の上にまで焚火の匂いが漂った。真冬には彼らの姿を見なくなった。着られるものはすべて着こみ、羽織れるものはすべて羽織って、橋の下でぴったりと身を寄せ合って冬を越すので、橋の上からは見えないのだ。春になると橋の下に鴨やヒヨコを売る市が立ち、彼らも日に当たりに川辺に出てきた。ある年の春には、橋の下で冬を越して川辺に出てきた女の大きくなった腹を見た。またあるときには、その橋の下から赤ん坊の泣き声を聞いた。私がJ市を離れる頃には、河川整備工事によって彼らが暮らしていた橋の下は、すっかりきれいに均《なら》されてしまった。彼らはそこから消えた。都市で移転を強いられてデモをする人々をニュースで見るたび、あのときの、橋の下のあの人たちは、どのようにしてあそこを離れたのか、ということが気になった。橋の下から消えた彼らはどこへ行ったのだろう。

かつては、J市を流れる長い川を渡って町に入る橋は大興里橋一つだけだったが、のちに川の上流のJ市高等学校のある方に二つ、下流の蓮池洞《ヨンジドン》と駅の方に二つ、橋が架けられた。河川整備工事をしても大雨になれば川の水が溢れ、橋の下は洪水になっていた。ときには激しく流れる水が橋の上に吹きあがるほどだった。あとから建設された橋は、大雨でたびたび水に浸かったり壊れたりした。人々はそのたびに、橋が切れた、と言った。春の雨で上流の橋が切れたなら、夏の梅雨の頃には下流の橋が切れた。困ったことに、植民地時代に建設された大興里橋だけは、どんな雨でもびくともしないのだった。誰かが、J市を代表する橋は大興里橋だ、どれほど頑丈な橋であるかと褒めると、また別の誰かが、日本の奴らがここを自分たちの領土だと思っていたから頑丈に造ったのだ、これっぽっちも出てゆくつもりがなかったという証拠だ、と言い返した。

その橋の上で父に会った。

橋のこちら側は町の外側、あちら側は町の内側で、私が通っていた中学校や消防署、オゴリ（五差路）市場、町役場、警察署、裁判所などはあちら側にあった。私の村の子どもたちは町のすぐ外側にあった小学校に通い、そのほとんどが学校まで歩いていた。どの道も学校に通じていた。家の門を出て、くねくねと曲がりくねった路地を抜けて、しばらく新作路《シンジャンノ》*06をゆく。ずっとその道を歩くか、そうでなければ水利組合（水路を管理する団体）のある道に入って、歩いてゆくこともあった。時間がないときは新作路をゆき、余裕があるときは水利組合の土手道に入っていったのだ。土手の下は田んぼだった。田んぼのあぜ道には、春になると、それはもう沢山の雑草が生い茂る中に朝顔が咲き、その隙間には野イチゴがびっしりと生《な》っている。露にしっとりと濡れた朝顔の間をかきわけて、野イチゴを摘んで食べることができた。あぜ道にかばんを下ろし、すっかり腹ばいになって、なんとか手が届きそうなイチゴに向かって手を伸ばしたら、棘に引っかかってイチゴを摘みもしないうちに血を見ることになったりもしたが、赤いイチゴを手に入れたときの喜びは学校に行く道でしか味わえないものだった。まだ熟しきっていない、けれど明日の朝には食べられそうなイチゴは、葉を引き寄せて隠しておいたりもした。ほかの子にはあぜ道からイチゴが見えないよう、自分だけのために朝顔の蔓で巧みにカモフラージュしておいたのだ。そうやって水利組合の道を抜けると、露に濡れて湿ったズボンの裾に新作路の埃や土がついて重く

***06：新作路**　もとは植民地期に日本によって円滑な物資の輸送のために新たに作られた路《みち》を指し、その名称には支配と収奪の記憶が潜む。ここでは、J町における「新道」ほどの意味。

なった。新作路の坂道を上り下りする途中の抜け道に入ると、田んぼと田んぼの間の道を歩くことになり、ふたたび新作路につづく道に入れば、低い丘といくつかの墓にぶつかる。墓は学校と村の中間あたりにあるので、子どもたちが下校するときの休憩場所でもあった。休憩といいつつも、子どもたちはじっとしていられない。追いかけたり押したり逃げたりしながら、こんもりと盛り上がった墓に登ったり滑り降りたりするので、墓を覆う芝が育たずに枯れてしまっていた。村の子どもたちのほとんどは、中学生になってようやくこの道から解放される。中学校は町の奥まったところにあるので、中学生になるとバスや自転車で町まで行くことになり、そのためには必ず大興里橋を渡らなければならなかった。

季節はいつだったろうか。父の服装が半袖でもなく、かといって厚着でもなかったように記憶しているところからすると、春も過ぎて夏になろうとしていた頃、あるいは夏も過ぎて初秋になっていたのかも。市の立つ日だったのだろうか？　橋の上を大勢の人が行き来していた。町に入る人、出る人が行き交い、ごった返していた。何の用だったのか、私は町に行くために橋のこちら側にいて、父は橋のあちら側からこちら側へと向かってきていた。はじめのうちは、あちらから歩いてくる人が父とはわからなかったのだが、あれ？　アボジかな？　と足を止めた。父だった。家以外の思いがけないところで、不意に家族に出くわしたときの戸惑い。私は、あちらからこちらに向かってくる父を、立ち止まってただ見ているだけだった。若い日の父はそれなりの体格をしていて、背も高い方で、田舎の人らしくもない色白の肌に鼻筋も通って、よく整った顔をしていた。父は、当時のほかの父親たちとは違って、大きな声を出さなかった。父がほかの父親たちと一緒にいるときは、仲間外れに見えるほど口数が少なかった。口数が少なくても、父には友人が多かった。私の兄弟は父の友人たちを「おじちゃん」と呼んでいた。歳月がこれほどまで過ぎてしまっても、思い出されるその呼び名。北山《プクサン》のおじちゃん、大星《テソン》のおじちゃん、内村《ネチョン》のおじちゃん、熊淵《コムソ》のおじちゃん[*07]は、家以外の場所で私たち兄弟に会うと、まるで父親のように私たちに接した。自転車に乗っていれば、後ろに私たちを乗せてくれたし、店の前だったら食べ物を買って手に握らせてくれた。そこに私たちの知らない人がいれば、父の名を言い、その娘だ、末っ子だと教えてやったりもした。そんなとき、父の友人たちの声には、父と一緒にこの世に生きていることへの喜びと信頼がこもっていた。ところが、あの日、あの橋の上で偶然に出くわした父は、まったくの別人のようだった。

がっくりと落ちた肩、その肩に羽織った古いジャンパー、しわになったシャツの裾を中に入れて履いていただぶだぶのズボン……考えごとをしながらうつむいて歩いてくる父が顔を上げた瞬間、父と目が合いそうになった。私はすっと顔をそらした。一瞬の出来事だった。顔をそらした私の目に、橋の下を流れる水の色、川面にきらめく陽光がいっぺんに飛びこんできた。自分が父を避けたということに驚いて、顔をあげて父を探した。父は反対側にいる私に気づかずに、何か考えこんでいる様子で人々の肩にぶつかりながら、町の外へと橋を渡ってゆくところだった。人

＊07：〇〇のおじちゃん　〇〇はすべて地名で、その男性の妻の出身地。家長の出身地ではなく、妻の出身地が屋号のように使われる。都会では消えたが、地方では今も続く慣習。

波に紛れてゆく父のくたびれた後ろ姿。人混みの中でどこまでも小さく、みすぼらしく見えた父。失意の底で二度と立ちあがれずにいる人みたいに、独り取り残されているかのように見えた父。父はそんなふうに精一杯身を縮めて橋を渡っていった。人混みに父が紛れてしまうと、私はつまさき立ちになって父の後ろ姿を最後まで目で追った。靴の片方のかかとが、もう一方のかかとよりもすり減っているのか、片側に傾いて足を引きずるような父の歩き方。日差しが、人々が、騒音が、無数の影が、正体のわからない染みのような何かが目の前に溢れかえって、橋の上の父は一個の点になって私の視界から消えていった。

だんだん遠ざかってゆく父が点のようになっていったそのとき、私の心に、父のくたびれた姿から目を背けたのだという自責の念が植えつけられた。

次はJ駅だという車内放送と同時に、ママ、着いたよ、と耳元で娘のささやく声がした。私はじっと目をつむり、やがて開いた。娘が私の肩をなでさすっているようでもあった。私は開いていた本を閉じた。読もうとしていただけ。ソウル駅で開いたきり、そのままだった。この列車は間もなくJ駅に到着いたします、お忘れ物のないよう、ご準備ください、ありがとうございました。ふたたび流れる車内放送を聞きながら、棚にあげていたスーツケースを降ろそうとして後ろによろめいた。そのとき、ママ、危ない！　また娘の声がする。通りかかった乗務員が、私に代わってスーツケースを降ろしてくれた。列車の乗り心地は日々良くなっている。乗るたびにそう思う。今回はソウル駅で乗って、脱いだ上着を棚の上に置こうとしたとき、窓のところに上着が掛けられるようになっているのが目に飛び込んだ。大きすぎず小さすぎもしない適当な大きさのフックが、きれいに取りつけられていた。車内放送も以前のように騒々しいものではない。眠っている人の邪魔にならないよう、静かに放送する。そのせいで父は、母と一緒に私たちの住むソウルを訪ねた帰りの列車で、J駅を乗り過ごしてしまったこともあった。今回新たに発見したフックにかけておいた上着を着て、外を眺めた。この駅はいつ以来だろう……と考えてみたものの記憶もおぼろで、昔のJ市の風景がまばらに浮かんでは消えていく。列車がJ駅のホームに入ると、その淡い記憶さえも吹き飛んでしまった。J駅は今ではもう、改札口を抜ければすぐ目の前に線路があった、かつての素朴な駅ではない。改札パンチを手にした駅員が、乗客の差し出す切符に穴をあけることもなくなった。穴があいた切符を持って中に入ると、すぐに列車に乗ることができたのだった。列車が到着してから出発するまで、見送る者は改札口の手前に立ち、出発する者は線路の前に立って振り返ったり、手を振ったりしていた。私の記憶の中のJ市の風景は、そのほとんどが私がJ市を離れる以前のものだ。裁判所と第一銀行と消防署と町はずれの小学校、そして町なかの学校に通いはじめてから毎日渡った橋の下の川辺。川辺には春になると緑豆と洋蘭の新芽が顔を出し、やがて黄色い花を咲かせていた。私にとって、両親と弟妹を残して離れたJ市への帰郷は、三十歳を過ぎるまでは楽しいものだった。傷つくことなく故郷を離れたので、いつも純粋に懐かしい場所だった。大学に行くために末っ子までもがJ市を離れたのちも、私は折に触れ帰っていた。長い間、私にとって家とは、J市の両親の家を意味していた。兄弟たちもそれは変わらなかったから、家に行ってくる、家に行ったら……という言葉は、J市の家のことなのだと当たり前に理解していた。J市が町だった頃も、市に昇格してからも、わが家は町の風景の中にも、市内の風景の中にもなかった。家から小学校は新作路を歩いて四キロ、法事をひかえて母が買い物に行く市場とは四、五キロ、私が通っていた中学校とは五キロほど離れていた。あの村で大きくなった子どもたちの多くは、小学校には歩いて通い、中学校は自転車の乗り方を覚えて登下校していた。私も例外ではなかった。家を離れてからは、帰省するときにはソウル駅や龍山《ヨンサン》駅から列車に三、四時間乗ってJ駅で降り、駅の広場に歩いて出て、近くのバス停で笠岩《イバム》や長城《チャンソン》あるいは旺林《ワンニム》や居昌《コチャン》行きのバスに乗り、くねくねと山道を走り、橋を渡り、家がある村の前で降りたものだ。バスの時間が合わなくて、長いこと待たねばならなかったり、到着時間が深夜だったり、荷物が多いときには、駅の隅にあるタクシー乗り場でタクシーに乗ることもあった。

父がバイクに乗っていた頃は、私がJ市に行くと言うと、父がバイクで駅まで迎えに来てくれた。

改札口を抜けて駅の広場に出ると、バイクが停まっていて、サングラスをかけた父が片方の手にヘルメットを持ち、もう片方の手を振っていた。人で混みあう中、ここにいるぞ、という合図だった。毎回、父がかけているサングラスに戸惑い、ちょっとのあいだ立ち止まって父を眺めていた記憶。私が自分のことを見つけられずに立ちつくしている、と思った父がもう一度手を振ると、ようやく私は父の方へと近づいていった。何年もそうしていたから、バイクに乗って迎えに来た父の服もいろいろだったはずなのに、濃紺のジャンパーしか思い出せない。季節もさまざまだったはずなのに、晩春から初夏に向かう季節だけが思い出される。明るくも暗くもない濃紺のジャンパー。首までファスナーを上げられるようになっていて、両サイドに手を入れることのできるポケットがついていたはず。バイクの前のカゴに私が持っていた鞄を入れ、都会から到着したばかりの私を後ろに乗せると、ブルンブルンと音を立て、まっすぐ前へと思いっきりビュンビュン走らせていた父。前で運転している父のジャンパーの両ポケットに手を入れて、父の腰にしがみついて駅を出て、田畑の間の道に入り、家に向かって走っていると、耳には鳥のさえずりが聞こえる、鼻には田植えを終えた田んぼの水の匂いがする、目には白い雲が流れてゆく空が映っていた。父の腰のあたりに手を回すと、父は、もっとしっかりつかまってろ、と言ってスピードをあげた。空気の中に微かに混ざっていたガソリンの匂い。バイクはじきにJ市電波社、[*08] J市自転車店、J市靴店などを通過し、村に向かう細い野道に入っていく。家へと続く間道の中間あたりに共同墓地があった。雨の降る夜や、風の吹く深夜には、その共同墓地から裸足の子が友達を探して村まで歩いてくるという話を、幼い頃から聞いていた。ときには女がひとり、土をかきわけて墓から出てきて泣き叫ぶのだとも。どうしてそんな気味の悪い話の中に出てくるのは、ちっちゃな子どもや女なんだろう。兄たちは共同墓地の前を通り過ぎるときには足を速めるので、私は置いていかれる。遅れた私は、待ってぇ……と叫びながら走り、それでもだめなら道端にしゃがみ

＊08：電波社　ラジオやテレビなどの電化製品を修理する店。

こんで、足を投げ出して泣いた。泣いている私のうなじに誰かの手が触れるような気がして、恐れおののきながら。あのとき、兄たちが何をしようと、待ってぇ、なんて叫んだり、しゃがみこんで泣いたりするんじゃなかった……あのときのことを思い出すと、今もこみあげる後悔。私が共同墓地を怖がっていることを知った兄たちは、その前を通るたびにそうやって私をからかって遊んだ。怖くてつらかったことも思い出。父のバイクの後ろに乗って村へと入っていくときには、私は必ずそっちの方を見て、共同墓地、今もあるの？　と尋ねたりしたものだ。今もある。そのたびに同じ答えだったのが、いつのことだったか、共同墓地の周辺が開発されることになって移転した、という答えに変わった。それでも、そこを通り過ぎるときには、自然と振り返って共同墓地の方を見た。そのたびに、父のジャンパーのポケットの中の手に力が入った。父のがっしりとした腰にしがみついて、あの共同墓地のあたりを通過する。しっかりつかまってろ……風の中から聞こえてくる父の声が私は好きだった。いつまでも父はそうやってそこにいて、しっかりつかまってろ、と言ってくれるのだと思っていたから。共同墓地を過ぎてからも、バイクのスピードが上がると、私はポケットの中の両手で父の腰にしがみつくだけでは足りず、父の背中に顔をうずめて両側に広がる田畑や、遠くの村々、野山を目を細めて見つめていた。列車に乗ってJ市に帰ってきた私を乗せて、ビュンビュンと家までバイクを走らせた父。風に舞う私の髪は、父のかぶっているヘルメットの方にもなびいていた。畑に舞い降りたカササギたちがバイクの音に驚いて飛び上がり、白い腹を露わに見せていたりもしていた。でこぼこした道にバイクのタイヤが跳ねるときも、父のジャンパーの中の私の両の手に力がこもった。ギュッとしがみついた父の頑丈な腰のおかげで、不安だったり危ないと思ったりしたこともなく、なんとも説明のつかないけだるい安堵感で目がすうっと閉じてゆくこともあった。

この家の門は二つだ。

父はちょうどどこかに出かけようとしているか、あるいは外出から帰ってきたような、よそゆきの格好で庭に立っていた。道路に面した農協倉庫の前から家へと入る道をゆくことにして、いくつ目かの路地を曲がって突き当たりまで歩くと、この家の門にぶつかる。倉庫の手前で小川の方に入って、古いエノキの木がある方の道を行けば、小さい門に行き当たる。私は小川の前でタクシーを降り、スーツケースを引いて家に向かった。どちらの門から入っても、この家に入るとそこから別の場所には行けない、村の真ん中の家だ。二つの門はいつも開いていた。道路側に住んでいて小川側に近道したい人は、門から入り、横庭を通って小さい門から出て行き、反対に小川側に住んでいて道路側に急ぎの用がある人は、小さい門から入り横庭を通って、門から出て行ったりもした。ちょうど父が物思いに耽っている様子で庭に立っているところに、小さい門から庭に入ろうとした私は、邪魔をしないよう、引いてきたスーツケースから手を離した。スーツケースの車輪の回る音が止まると、あたりがしんとした。物思いに耽っているのではなかった。父は何かを見ることに集中している。何を見ているんだろう？　そう思いながらスーツケースを置き、父に近づいた。庭の真ん中に石を積んで作った花壇の低いところ、今を盛りと咲いている紫陽花の上を蝶が飛んでいる、その蝶の動きを父は微動だにせず眺めていた。

——アボジ！

父はようやく蝶から目を離して、私を見た。顔がやつれて頬がこけた父が、日差しのせいで目をしばたいている、と最初は思った。父は泣いていた。やつれてカサカサの頬に涙が滲んでいた。父の涙を見た瞬間、誰かが私の後頭部を殴りつけて逃げていったみたいに、頭の中がガン！ 音を立てて割れたかのようだった。父は狼狽《うろた》えて、少年のように腕で涙をぐいっとぬぐった。濡れた目の焦点が私に合わずに、どこかをさまよっている。私は父の涙に気づかなかったふりをして、明るい声で言った。

——何を見ているの？

父の腰のあたりに手を添えた。すっかり痩せた父の仙骨に触れた。

——ホンか？ ホンが来たんか？

目の前に立っている私が幻のように映ったのだろうか、父はただぼんやりと眺めている。

——何をそんなに穴のあくほど見ていたの？

——蝶。

——あの蝶？

父が今しがた見つめていたところをじっと見た。椿の上に白い蝶が一羽、とまっている。椿とはいっても名ばかりのようで、実際のところ冬の間はちっとも咲きそうにもなかったのが、いまごろになってようやく花をつけ、日差しの下、地面は花で真っ赤に染まっている。散り落ちた花が、形もそのままに木の下に降り積もっていた。

——あの蝶の下に……

父がなにか言いかけてやめた。

——あの蝶の下になに？

父が指さしているところを見ると、椿のあたりから飛んできた蝶が、紫陽花の脇の石積みの上に舞い降りた。なんであんなところに石が積んであるんだろう。ほかの場所と違って、そこだけ小石がうずたかく積まれていた。どうして蝶を見て泣いているの、アボジ？　湧き起こる問いを飲み込んで、

——どうしてここだけ石が積んであるの？

と私は尋ねた。

——そこに埋めた。

——……

——チャムをそこに埋めたんじゃ。

チャム。

チャムが死んだということは家族の誰かから聞いていたけれど、あそこに埋めたんだ。私は石積みとその上にとまっている蝶を、ぼんやりと眺めやった。父はチャムを埋めたところに小石を積んで、目印にしたようだった。蝶は石積みの上に舞い降りて、羽をはためかせていた。

娘がそばにいた頃、都市で暮らすうちに増えていったもののなかで、自分ではもう抱えきれない状況に陥ってしまったものを、列車や車に載せてこの家に運んできた。

これからはここで暮らしなさい。と、手放しては、私だけ都会に帰ってきた。猫が二匹、子犬が二匹、オウムが一羽。父は農機具を立てかけたり、壁に架けたりしている納屋に、猫が暮らせるように床に敷物を敷いて猫小屋にしてくれた。私の目標は、猫たちが部屋の中で過ごせるようにすることだったのだが、失敗してばかりだった。父は田舎の人間だ。猫を部屋の中に入れておくと「他人様《ひとさま》に何と言われるかわからん」と言う。かわりに、猫たちが爪をといで遊べるように、納屋の床に藁で編んだゴザを敷いてくれた。高いところに登るのが好きな猫たちのために、納屋の壁のあちこちにはしごを立てかけ、はしごの段には縄を巻きつけたりもしてくれた。だが、猫たちは父の思惑どおりに納屋だけにいてはくれなかった。納屋から出て塀の上、屋根の上を歩きまわった。畑で昼寝をしたり、庭の柿の木の上に登ったりもした。どの家の猫なのかわからないぐらい、猫はあの家この家と自由に出入りした。人間のご飯やおかずではなく、猫の餌だけを食べさせるようにと頼んだが、牛でもないのに餌だと？　そう言いながらも、父は時間になると納屋の餌入れに餌を入れ、きれいな水を入れてくれた。牛の餌ではなく、猫の餌を買うなんて初めてだ、と言いながらも、なくなると新しい餌を買いにバイクに乗って市内に出かけもした。母はそんな父のことが不思議なのか、出かける父の方に首を伸ばして、にゃんこの餌を買いに行くんですか？　と、からかい半分で声をかけた。母は私に、あんたの言うことだからおとうさんは聞くんだよ、と言った。あたしがおんなじことをお願いしたなら、なんだって猫なんかに、って言うに決まっとるわね……おとうさんはあんたの言うことだったら、なんでもよう聞くから……と言った。そう言って、母は、父に小言を言いたいときは都会に暮らす私に電話をかけてきた。そんなにお酒を飲まないように言うておくれ、危ないからもうバイクに乗らないように言うておくれ、ここ何日か腸の具合が悪いんだから、市内の国楽院[*09]にはしばらく行くなと言うておくれ……私は母の注文どおり、すぐに父に電話をかけた。私があれこれ言うと、父は力のない声で、そうか、わかった、と言うのだった。父と猫たちの関係は比較的良好な方だった。猫たちは自由に歩きまわりながらも、おなかがすけば納屋に戻って餌を食べ、暗くなると帰ってきて眠った。それでも、都会を離れ、なかば野生に帰って暮らしている猫たちを見ると、田舎に猫たちを連れていったのは良いことだったのかどうか、判断がつかなかった。数年後、猫たちはほとんど姿を消してしまったからだ。犬はこの家になじむことができなかった。犬をここに連れてきたときは、ほかのことはともかく、都会とは違って自由の身になって元気に暮らすことができるだろうと思っていたが、それは私の期待に過ぎなかった。綱でつながれていない犬は、わが家を通って小川や新作路に出る人たちが怖がった。猫は納屋ではなく部屋の中で飼ってくれればいいし、犬はつながずに放し飼いにしてくれれば、というのが私の願いではあったが、田舎だからこそより難しいのだということを、遅まきながら知った。田舎の家に猫を連れて来たり犬を連れて来たりしてから、ひと月ふた月の間は、私は毎朝父に電話をして、猫がちゃんとウンチをしているか、犬をつない

＊09：国楽院　パンソリ、伽耶琴、大笒、舞など、民族伝統芸能についての教育施設。ここではJ市が設立したもの。

でる綱はきつすぎはしないかと確認した。

ウンチをしたら、器用に何かでサササッと隠しとる、犬は名前をつけてやらにゃいかんな、マルはどうだ？　父は私が聞くことには、それなりにとにかくきちんと答えた。そうして数か月が過ぎた頃には、田舎の家に預けた犬と猫への私の思いもいくらかは薄れて、父にかける電話も減った。

父が花壇に埋めたというオウムは、市場で手に入れたものだ。いや、手に入れたという表現は適切ではない。オウムがついてきた、というのが正しい。ソウルのわが家から車で十分のところに昔ながらの風情を残す通仁《トンイン》市場があり、私がときどき魚を買いに行く店がそこにあった。わざわざ車に乗ってその魚屋に行くのは、近所のスーパーの鮮魚コーナーではお目にかかれない青魚や、カレイ、ニベがその店にはあり、新鮮なうえに店主のおばさんが気前がよくて、ときおりエボヤとかをひとつかみばかり、おまけしてくれたりもしていたから。娘と一緒にメイタガレイを買いに行った日、魚屋に行く途中でヨモギが目に入って一袋買い、買い物かごに入れてまた歩き出したそのとき、オウムが市場のアーケードの中を歩いていたのだった。オウム？　絵や本で見たオウムは、体や羽が黄色と黄緑と白の三色だったのに、そのオウムは顔までもが灰色で暗かった。最初は、飼い主がいるんだろう、と思っていたが、灰色のオウムは独りだった。どうしてオウムが？　少しのあいだ見ていて、それから用事を済ませようと魚屋の方へ歩きだしたら、オウムが私たちのあとをずっとついてくる。犬でもないのに？　オウムが私たちの歩幅に合わせてついてくるものだから、なんだか落ち着かなかったのだが、そのうちどっか行くでしょ、と思っていた。娘は、ママ、オウムが私たちのあとをついてくるよ！　と喜んでいた。魚屋でよく肥えたメイタガレイを買い、タラも一匹買っているその間、オウムは足元にいた。私たちが市場をもう出ようとしていても、なお。

——あっち行きなさい！

煩わしくなって最後には、人間に言うようにきつい口調で、あっち行け！　行けってば！　大声で怒鳴っていた。オウムはなにか言いたげに私をじっと見つめているだけ。行きもしない。通仁市場の裏の路肩に停めてあった車の前に着いたときも、私たちのあとをついてきていた。オウムがずっとついてくるから、娘がふきだした。私は、灰色のオウムと最初に出会った、ヨモギを買った店へと引き返した。娘とオウムも私について引き返した。ヨモギを売っていたおばあさんに、このオウムがずっとあとをついてくるんです、どうしたらいいんでしょう、と言えば、おばあさんは舌をチッチと鳴らす。もう三日もオウムが市場をこうやって歩きまわっているんだよ、と言う。オウムが独りで家を出るはずもないし、誰かがわざと市場に棄てていったんじゃないか、たまに仔犬を連れてきて、こっそり置いていってしまう人がいるんだ。そう言うとおばあさんは私を見て、あんたがオウムの主人なんだろうね、市場の人のあとをついて歩きはするけど、いざ連れていこうとすると、くちばしで突っつくわ、鳴き声をあげるわ、暴れて近寄ることもできないんだ、でも、あんたたちにはおとなしいもんだね、と。どうして私たちに？　私は灰色のオウムを呆然と眺めた。とにかく家に帰らなければならない。メイタガレイとタラを手に持ったままずっと、オウムに好意を寄せられながら、市場を歩きまわっているわけにはいかないのだ。策を練って、オウムがよそ見しているときを見計らって、足早にその場を離れようともしてみたが、いつのまにかオウムは私の後ろにいる。オウムがママの真似っこしてる、あとからついてきた娘が朗らかな声で言った。市場の路地の電信柱まで、後ろを振り返らずに逃げてみたが、いつのまにか私の前に立っている。あっち行け！　と叫ぶのも、ばかばかしくなってきた。娘と私はオウムを騙すつもりで精肉店に入ってみたりもした。フユアオイを買うふりをして青果店の中に入って、ただ一回りだけして出てきたりもしてみたが、無駄だった。いったいどういうこと、オウムの標的になるなんて……情けなくなって、足を速めて、停めてあった車の脇まで行ってドアを開けると、娘よりも先にオウムが車の中にぱっと飛び込んだ。その灰色のオウムがチャムだった。

——不思議なことだよ。どこも悪いところなんぞなかったのに、朝起きたら死んどったんじゃ。前の日もよく食べておったのに……

父は灰色のオウムと仲が良かった。名前をチャムとつけたのも父だった。チャム（참）は、本当、という意味。オウムが本当のことを言うということだ。父が教えた言葉や話している言葉を真似ているだけ、オウムが本当のことを話すなんて、と思っていたが、揚げ足をとったりせずに私も、チャム、と呼んでいた。

——会いたいでしょ？

——友達のようにしとったからなぁ。

父の声が虚しく響いた。私がオウムを連れてきたとき、今度は鳥を連れてきよった、と父は笑った。

——ただの鳥じゃないのよ、アボジ。

——ただの鳥じゃなければなんだ？

——しゃべるの。

——しゃべる？

——しゃべるのよ。だから、ちゃんと教えてみて。アボジが言いたいことを教えたら、オウムがかわりにしゃべってくれるから。

犬や猫は家に入れなかった父が、何を思ったのか、オウムの鳥かごは部屋の中に入れた。この田舎の村でオウムを飼う人はいない。カササギやスズメ、ヒヨドリ、オシドリ、キツツキ、ブッポウソウなどは見たことがあっても、オウムを見たことのある者なんぞはいないだろう、と父は判断したらしい。だから、オウムのかごを部屋の中に入れていたとしても、部屋の中でオウムを飼うなんて！　と、悪口を言う者もいないだろうと考えたのかもしれない。


父は人々の話すことに耳を傾け、その話に強く影響を受けもしていた。

父がなにかの話を聞いて、人があぁだこうだと言っとる……と言えば、その話は正しくないから反対する、という意味なのだった。あんなことになって灰色のオウムを父のところに置いてきて、また毎朝電話をかけていた日々。受話器の向こうの父は、本当にオウムに言葉を教えていた。オウムが父のことを、アッパ《おとうちゃん》、と呼べるようになった頃には、オウムは父のそばをかたときも離れなくなっていた。アッパ？　初めて聞いたとき、息も詰まるほど驚いて、呟き込むような笑いが虚空にこぼれでた。私が一度として口にしたことのない、アッパ、という呼び方をオウムがするなんて。鳥かごの代わりに、部屋の中に止まり木を作ってやったものの、父が部屋にいるときにはいつも、オウムは父の肩の上で暮らしていた。小さくもない体で父の肩の上にしゃがんで、誰かが来ると、いらっしゃい、と言った。父は、ついには、物理療法を受けに行くときもオウムを連れて行かねばならぬことになった。ある朝、父に電話をかけると、受話器の向こうからオウムが、人間のように、力強い男の声で、ひさしぶりだ！　そう叫んで私をひどく驚かせた。

――なに言ってるの？

私が聞き返すと、父は大笑いした。父が快活に笑う声を聞くのは、思いがけなくもすがすがしかった。アボジを笑わせたんだからいいか、と思ってやりすごしたが、それ以来父に電話をかけるたび、ひさしぶりだ、とオウムが言う。もう何も逃したり失ったりするものかと言わんばかりに、通仁市場からJ市にやってきて暮らすことになったオウムは、父の傍らにぴたりとくっついていた。父がベッドに仰向けに寝ているとおなかの上に乗り、うつぶせになっていると背中に乗っている。父が起きあがって釘打ちのような作業を始めたりしたら、オウムは父の腕を滑り台とでも思っているのか、肩の上から腕をすーっと滑って、手のひらにひらりと舞い降りて、しゃがみこんでいる。そんなところに私が電話をかけると、そのたびに忘れることなく力強いトーンで、ひさしぶりだ！　と叫んだ。

私はうつろに見える父の腕をとって話を変えた。

――どこか行ってきたの？

父は私の言葉をどう受け取ったのか、ただ、うん……と言葉を濁し、中に入らんか、と言うと、先に立って玄関前の階段に向かった。ついさっきまで泣いていたことは忘れたようだった。玄関につづく八段の階段を父と一緒にあがるのに、八分かかった。左足をまず上の段に載せ、次に右足をあげて両足が揃ったところで、また左足を上の段に載せてから右足をあげる、を繰り返した。私も父の後ろにぴたりとくっついて、一段、また一段と、一歩ずつ階段をのぼるうちに、うっかり踏み外して転びそうになった。バランスを崩してよろめいた瞬間、誰かの手が私を支えてくれたような気がして、後ろを振り返った。ひさしぶりだ！　と声をあげて、私を仰天させた灰色のオウムが埋められている石積みの上にとまっていた白い蝶が、ふたたび椿の花の間をひらひらと舞っていた。

最初は、大したことじゃないだろう、と思っていた。妹から、アボジが泣いた、という話を聞いていても、今こうして家に着いて、オウムが埋められているところを見ながら父が泣いているのを目撃しても、そんなこともあるよね、と思っていた。

父は夕食はいらないと言った。なにも噛むことができんのだから、おまえが食べるのでなければ飯は炊かんでいい、とも言った。冷蔵庫の中には、母が家を留守にする前に作り置きしておいたおかずがぎっしりと入っていた。手作りのコンムル（豆乳）二本も、水のボトルの隣に並んでいる。豆腐を焼いたもの、卵焼き、寒天、ステンレスの容器の中にはトガニ（牛の膝軟骨）のスープがなみなみと入っていた。冷蔵庫の下の段は小さな絹豆腐でいっぱいで、ジャガイモを茹でてつぶしたものも重箱にぎっしり詰められていた。どれも歯茎で噛むことができるものや、コップに注いで飲めばよいものばかり。それを見て、父が歯の治療を始めたのだということを実感した。毛染めをしていない頭は真っ白で、口の両端が特にげっそりしている。こんなに老け込んだ父を見るのは初めてだった。夕食はいらないという父に、空腹では薬は飲めないから何か食べなくちゃ、としつこく言うと、父が棚を指さした。そこにはドングリの粉があった。

――なら、ドングリのムク[*10]を作ってくれんか？

――ムクを作ったら食べる？

父がうなずいた。よりによってドングリのムク……私は棚からドングリの粉を取り出しながら困惑していた。今まで一度もドングリのムクを作ったことがないどころか、ドングリの粉が存在するということすら知らなかった。袋には「百パーセント国内産ドングリを真心こめて加工製造したドングリ粉」と書かれていて、その隣に調理法がイラストとともに印刷されていた。ほかにどうすることもできず、私はそこに書かれている手順に沿ってドングリのムクを作った。鍋を見つけだして、ドングリの粉一カップに冷水六カップを注いで、火にかける。強火で煮立てながら、かき混ぜつづけます？　強火というのがどのくらいなのかがよくわからない。少し戸惑ったが、とにかくコンロの火をいちばん強くして、木べらでかき混ぜつづけた。じきに、水に溶けたドングリの粉が、鍋の中で糊のようにとろりとなりはじめた。玄米油少々と粗塩を入れ、濃い栗色になるまでおよそ五分以上混ぜるように、と書いてあったが、玄米油がなかったので大豆油を代わりに入れた。ドングリの粉は鍋の中ですぐに、どろっとしたかたまりになった。冷やすために四角いタッパーを探していると、父が流し台に伏せてあった食器の中からボウルを持ってきて、そこに入れるようにと言った。ボウルに入れた熱いドングリのムクを父はスプーンで混ぜて、すくって食べた。タッパーに入れて冷ませば、四角くて柔らかなムクになるというのに。父がすくって食べているのはムクではなく、ほとんどお粥だ。味付けは塩で、とあったのを見落としていたことに、あとになって気づいたが、父は醤油をくれとも言わなかった。

——どんな味？

私が聞くと、父は味なんかどうでもいいという表情で、こうやって食べると胃が楽なんじゃ、と言った。気になって、ひと匙すくって口に入れて、父にわからないように吐き出した。これをどんな味かと聞くなんて……、胃から苦いものがこみあげてくるようだった。言葉に窮するほどに、味らしきものはまったくなかった。父はドングリのお粥で夕食をすませ、ひとつかみほどもある薬を飲んでから母に電話をかけた。受話器の向こうの母に、元気か？ と尋ねる。母の声。元気でいるためにこっちに来たんでしょうが。母の言葉に父が笑う。今、笑うてます？ 母が聞いている。おう、笑うとる。二人の他愛のない会話を隣で聞いている私も思わず微笑んで、笑う自分がきまり悪くて、口をぐっと閉じた。医者はなんて言うとる？ 尋ねる父の頬にまた涙が流れていた。病院は明日ですよ、と言いかけて、また泣いとるの？ と、母。父が答える。医者が

*10：ムク　ソバ、ゴマ、ドングリなどの穀物や豆などのデンプンを固めた伝統食品。

言うとったじゃないか、涙腺が故障したせいだとな。明日、都市の病院に入院する母は、都市に暮らす長男の家からJ市にいる父を慰めた。人は年をとったら、覚悟をせんとならんのですよ、そうやって分別なく泣いてばかりおったら、他人様《ひとさま》になんて言われますか。子どもらだって、いい気はせんのとちがいますか？　私がこんな具合なんですから、ひとりだけでもしっかりせんと、ねっ、そうでしょう？　母の言葉に父は弱々しい声で、おまえの言うとおりだ、と答えた。母が、何でもいいからとにかく三食きちんと食べてくださいい、と念を押した。父は、そうする、と言った。母が、薬は飲んだのか、と聞いた。飲んだ、と父が答えた。母の口から突然私の名前が飛び出した。私のあとをついて歩くみたいに、ホンのまわりをうろうろせんようにね。わかっとる、と父。あの子もつらい思いをしとるんよ。母が言いかけて、口をつぐんだ。姿は見えなくとも、口をついて出てしまった言葉に戸惑う母の様子はありありと感じとれた。母が、今すぐホンに替わってと言い、深いため息をついた。小さい部屋の床で縮こまって寝たりしないで、寝室の母のベッドで寝るようにと、私に言い聞かせた。もう電話を切ろうというとき、母が私の名前を呼んだ。ありがとうね。そう言った。

父は居間に出してあるベッドに横になり、テレビをつけた。

いつから父が寝室ではなく、居間の方にベッドを置いて寝るようになったのか、私は知らない。

寝室のドアを開けて、空っぽの母のベッドを眺めた。娘と一緒に帰省すると、そのベッドに母と三人で寝そべって父の話をしたりもした。娘は母から父の話を聞くたびに、それ本当？　本に出てくる話みたい、と言って耳を傾けていた。納屋に父の農機具が並べられているように、この家の小さい部屋には、私が父に送った本が壁いっぱいに並んでいた。私は、自分では面倒みきれなくなった犬や猫、オウムを父のところに連れてきたように、都市のわが家に手がつけられないほどに本がたまると、宅配のトラックで父に送った。そうやって少しずつJ市の父の家に送っていた本を、一度にほぼ全部送ったのは、ニューヨークで二年間暮らすことになったときのことだ。父は田舎の家の部屋の一つに本棚を作り、私が送った本をずらりと並べた。私や私の兄弟たちは、田舎の家で泊まることになると、その部屋でよく寝ていた。彼らは本を読まなくても、本がある部屋を嫌うようなこともなかった。私としても、本がそこにあるから、実家に帰るときに読むものを準備しなくていいのが楽でもあった。家に帰れば本がある、ということが不思議と安心でもあって。いつからか一番目の兄が、小さい部屋の本棚の前に、私の本の出版インタビューの記事や、新聞に載ったエッセイの切り抜きをパネルにして立てかけはじめた。兄が好きでしていることなので、なんとも言えなかった。居間に置かないだけでも幸いだ、と思うことにした。いつか新聞に「私の父」というエッセイを頼まれて書いたことがあったが、兄はそれもパネルにして本棚の前に立てた。兄はうれしくてしかたないという顔で、おまえが書いたエッセイをアボジに読んであげたぞ、と言った。私は、私の書いたものを家族が読みませんように、と願っていた。その心情を正確に説明するのは難しいが、恥ずかしい、というのがいちばん近いように思う。共に過ごした時間を、私なりに文章に復元して人前に出すということを家族はどう思うか、それを考えるとくらくらするし、困りもするし、恥ずかしくもある。そして、怖い。消えてしまってもどうということのない時間が、私の書いたものによって言葉となって集められ、存在する、ということが。アボジはなんて言ってた？　私が諦めの心境で聞くと、兄は、くだらんことをいちいち全部覚えとるな、って言ってたよ。と、答えた。くだらんこと。父の言う「くだらんこと」が何なのか確かめようと、自分が書いた文章を読み返したこともある。私は、田舎の家に帰ってきて小さい部屋で寝るときは、上の兄が作って立てておいたパネルを裏返した。パネルの中の私が、私をじっと見ているような気がして。

眠れなくて、本棚から『あの日』という本を取り出して、母のベッドの方へ行った。居間から聞こえてくるテレビの音が大きくて、父に少し音を小さくしてと言おうかと思ったのだが、開いていた部屋のドアをそっと閉めるだけにして、母のベッドに座って、『あの日』という本のタイトルを眺めた。あの日、私は原稿の締め切りに追われていて、娘の誕生日だということに夕方になってようやく気がついた。娘は誕生日の朝、私の机のある部屋のドアを開けて、ママ頑張ってね、とウィンクをし、朝ごはんも食べずに家を出た。よくあることだった。誕生日ということに最後まで気づかなかったら、娘が勉強している所に迎えに行くことはなかっただろう、最後まで気づかなかったのなら。

著者であるウィリー・ロニ（Willy Ronis、フランスの写真家）は、「私は私のすべての写真について記憶している」と言い、まさにあの日を私は記憶している、というように、自分が撮った写真の数々が生まれた瞬間について書いていた。寝る前にちょっと開いてみよう、と取り出してきた『あの日』を、私は母のベッドに腹ばいになって夢中で読んだ。フランスのアルザス地方のある紡織工場で若い女性が糸を紡ぐ機械の前でひざまずいている写真を、しばらくじっと見ていたりもした。機械を回しているうちに糸が切れ、その女性は切れた糸をつなぐために機械の前にひざまずいていた。著者は工場内部を撮影する目的でそこを訪れたようだった。社長に工場を案内してもらいながら、工場の年代記についての説明を受けていた彼は、切れた糸をつなごうとひざまずいている女性を見つけた瞬間、社長に少しだけ待ってほしいと言って、写真を撮った。彼はその瞬間のことを、「絶対に逃したくない何かを見たから」だと書いていた。「二度と現れない、そんな瞬間」だと。著者が書いているとおり、紡織工場の女性労働者は「美しく、動作はすばらしく優雅だった。まるでハープの前に座っている演奏家のよう」で、本の外側にいる私も目を離すことができず、そのページに長い間とどまりつづけた。フランスのアルザスはどんなところだろう？　その紡織工場は今も残っているだろうか？　切れた糸をつなぐために機械の前にひざまずいていたその女性の未来は、どんなものだったろう、などと考えているうちに私が先に眠りに落ちたのか、父が先に眠りに落ちたのか、それはわからない。

深夜三時頃だったと思う。

目を覚まして、ここは母のベッドだったと思うのと同時に、目が覚めたのは居間でつけっぱなしになっているテレビの音のせいだということに気がついた。洗面所に行きたかった。アボジはまだテレビを見ているの？　それが気にもなって、体を起こした。『あの日』が床に落ちていたのを拾って、ベッドの枕元に置いた。先に洗面所で用を足そうと、寝室のドアのすぐ向かいにある洗面所のドアを開けようとして、ふと父が眠っているだろう居間のベッドの方を見た。テレビから流れだす波打つ青い光が、空っぽの父のベッドを照らしていた。見間違えたかと思い、ドアノブから手を離し、アボジ、と呼びながら居間に向かう。テレビのホームショッピングチャンネルではその時間、大麦若葉の粉末のセールをしていた。洗面所に行ったのかなと思い、今度は洗面所のドアをノックしてみた。なんの反応もない。壁のスイッチを押して電気をつけて、中を覗き込んでみた。洗面台の上の歯ブラシ入れに並んで刺さっている歯ブラシと歯磨き粉、J市農協のマークが印刷されているタオルがほとんど床に落ちそうになってタオル掛けに引っかかっている。浴槽の床に落ちているシャワーヘッドは天井を向いていて、蓋の開いたままの丸い便器が、今点いたばかりの明かりの中にぽつんとあるだけ。父はいなかった。便器から立ち上がるときには、あれを握って立ち上がるのだろうか。便器の脇のステンレスの手すりを、私はしばし凝視した。そこに父はいない。湿っぽい匂いだけが鼻をつく。居間と台所を仕切る引き戸を開けて、アボジ。呼んでみた。台所の裏の多用途室まで見たが、父はいなかった。小さい部屋にも、その向かいの服や布団をしまってある部屋にも、父はいなかった。壁掛け時計は深夜三時を過ぎていた。この時間に父がいない。思いがそこに行きつくと、慌てて玄関を開けて裸足で外に出た。冷たい夜の空気に向かって、アボジ！　呼んでも、あたりは静まり返っている。私は家の中に戻ると、壁のスイッチを全部押して、家の中も外も明るくなるように電気を点けた。庭の井戸のそばのハマナスが、明かりに照らされて赤く浮かび上がった。昼間には見たことのない光景だった。私は裸足のまま庭に立って、アボジ、アボジと呼んだ。柿の木も椿も門もオウムの墓も静まりかえっていた。動転したまま四方を見まわしたが、冷気だけが冴え冴えとしていた。

父を発見した場所は、以前は肥料用の灰の置き場にしていた納屋だった。

父は納屋の壁に掛けられた農機具の下にうずくまっていた。壁の熊手や鍬、鎌、木づち、草取り鎌、フォーク、ツルハシ、ショベルなどの影の下に。

——アボジ。

呼んでも、父はぴくりともしない。

——ここで、なにしてるの？

ひとまずは父を見つけたという思いでうれしくなって、駆け寄るようにして父の前に立った私は、茫然とした。父はそこで泣いていた。父の涙を見るなり戸惑って、父を探してカーッとなっていた私の体の熱気が、冷たい氷水を浴びせられたように、すっと冷めた。私は気持ちを落ち着けて、慌てて点けた納屋の電気のスイッチを静かに消した。少しの間だけでも、そっとしておいてあげなければ、と思ったから。アボジはここで何を見ていたんだろう？　ふたたび薄暗くなった納屋。父の隣に座って、父が見つめているところを私もじっと見た。沢山の農機具。父はもう農業はやめたのに、納屋の壁にはサツマイモやジャガイモを掘るときに使う、それぞれ用途が異なる鎌や、草を切ったり集めたりするための鍬が、いくつもずらりとぶらさがっていた。五、六本はあるショベルはほかの道具とは別に、前に突き出すように取り付けられたパイプに掛けられている。フォークと似たような形の熊手も二つ、掛かっていた。

父は、それが誰であろうと、使った農機具を元の場所に戻さないことにはひどく厳しかった。

元の場所に戻しておかんと、次に使う人が探しまわる羽目になって仕事にならんじゃないか、というわけだ。農機具のことでいつも怒られていたのは、二番目の兄だった。兄は、どこからか貰ってきたハマナスやバラなんかを、井戸のそばの空いているところに植えるのが好きだった。兄がしょっちゅう花を植えるものだから、最初のうちはがらんとしていた井戸の横が花壇になった。二番目の兄は、ラジオのようなものを分解して組み立てなおすことも好きだった。兄が壁掛け時計を分解して、使い物にならなくしてしまっても怒ることのなかった父が、サンザシの木を植えるのだと土を掘り返すのに使ったショベルや鎌を、父が決めた場所にきちんと掛けておかないと大きな声をあげた。どんなものにも役割があるのだから、あるべき場所に置くのは何より重要なことなのだと。あるべき場所に置いておけば、すぐに見つけて使うこともできるが、あるべき場所に置かなかったなら、どこにあるか探すのに半日無駄にすることになるのだと。農機具の収納に関する父の原則には、誰も口を差し挟むことなどできなかった。大みそかの日に父が忘れずにしていたのも、借りていた農機具と借金を返すことだった。また借りて来るにしても、借りたものは年をまたぐ前に返さなくてはいかん、と父は言った。その年のことは、その年のうちに方を付ける、というのが父の考えだった。村で父が借りて返さなかった農機具や、父が貸して返ってこなかった農機具はないだろう。子どもの私の目に農夫には見えなかった父は、今ではもう本当に農作業をしていない。役割を終えた数多くの農機具だけが、遺物のように納屋の壁にずらりと掛かっているだけ。

――アボジ、もう家に入ろう。

そのままでは夜を明かしてしまいそうで、私が父を促すと、父は子どものように私につかまって立ち上がった。納屋を出ると、深夜の冷たい空気が父と私の顔を包んだ。

――アボジ、私にしっかりつかまって。

玄関へとつづく階段を上がるとき、私は父のかぼそい腕を引き寄せて私の腰につかまらせた。風に乗って漂ってくるのはバラの香りなのか、椿の香りなのかわからなかったが、その香りに、ふっと、そう簡単には都市に戻れそうもないという予感がした。

私のデビュー作の最初の一行は、どこに置いたんだろう、だった。

四段の引き出しを全部ひっくり返しても、手袋がみつからない、と続く。娘を亡くし、Ｊ市に行かなくなったある日、突然、最初の作品を書いていた自分の姿が思い起こされて、その作品が載っている本を引っぱりだした。大学を卒業して初めて勤めた職場は、西大門《ソデムン》と阿峴洞《アヒョンドン》の間にあったイウム（つながり、結びの意）という名の出版社だった。今はもうない。私はしばらくの間、毎朝、駅村洞《ヨクチョンドン》にあった一番目の兄の家の前の長い路地を歩いて、新作路のバス停まで出て、バスに乗って出勤していた。路地を歩いて出てくるときも、バスの中でも、私は深くうつむいていた。顔を上げて笑うことがなかった。都心は、ほぼ毎日デモ隊に向けて催涙弾が発射されていたので、空気が煙っていた。卒業した学校にたまたま用があって明洞《ミョンドン》の方に行ったりすると、学校に着くまでに戦闘警察[*11]に三、四回は鞄の中を調べられた。司法試験の勉強をしていてヘルニアが悪化した三番目の兄は、入院中だった。出版社のオフィスは古びた建物の三階にあり、三階まで上がる木の階段に足を載せるたびに、ギシギシと音がした。継ぎ目がぶつかりあって出る音なのか、継ぎ目がずれて出る音なのかわからなかったが、私はその音がするたびに、足を止めてそっと後ろをふり返った。今上がってきた数段が眼下にあり、そのいちばん下、出入口の方では、足早に行き来する人たちの足が見えた。男性の平べったい黒い靴、女性のハイヒール、その中に混じってせわしく動く運動靴や、スリッパのようにほとんどぺたんこの靴が、私の目に中に入っては遠ざかるのを見るうちに、ふっと、木の階段の上に置かれた私の足が履いている靴を見ることもあった。ギシギシと軋んだ音を立てるこの階段を降りて、出入口のドアを押せば、そこは外の通りだ。せわしい足取りで人々が行きかう朝の通り、その中に紛れてゆく自分の足を想像したりもした。ここを抜け出したなら、私の足はいったいどこに向かうのだろう。ファヤン劇場のある交差点？　その手前にある陸橋の上？　道を渡って坂を上っていけば、鍾根堂《チョングンダン》（製薬会社）の前を通り、道を渡らないのなら手作りの小さな家具を売っている阿峴洞の通りに入っていくことになるのだが、私の足はいつもどこにも行けぬまま、三階へとつづく階段を上っていった。ギシギシ、ミシミシと軋む音を聞きながら三階にたどりつくと、三つの机が置かれたオフィスのドアをそっと開け、私の机の上に鞄を置く、そしてヒールの低い靴を脱いで、すぐにスリッパに履き替える。オフィスではない別のところに飛び出していく想像も、靴を履き替えることで終わった。離脱の想像に上気していた私の頰は、あっという間にその場の空気に合わせて黄色く冷めていった。私は深く息をつくと、机に置かれた翻訳原稿の山に向かって手をのばす。そこで出版しているる本の中に私が読みたい本があったなら、それを読む楽しさから出勤の足取りも軽くなっていたかも。そうであったなら、オフィスの手前で階段を下りて、今さっき入ってきたばかりのドアを押して出て、別の場所に向かう想像なんかしなかったかも。その出版社を辞めるときまで、そこでは私の読みたい本は出版されなかったので、実際のところはわからないが、もしもそうだったなら、仕事をしている時間があれほどつらく感じられるようなことはなかっただろう、と思う。意味を見出せない仕事を続けていると、指がひとつ、またひとつと、なくなっていくような感じがして、ときおり私は校閲をしているペンを置いて、左手で右手に、右手で左手に触れてみた。

＊11：戦闘警察　スパイや共産ゲリラの韓国への浸透を防ぎ、対スパイ作戦を遂行することにより、治安業務の補助を任務とする武装警察組織。一九六七年創設。民主化運動が激しくなると、主にデモ鎮圧部隊と認識されるようになった。二〇一三年廃止。

その頃、私が出版社でしていた仕事は、一冊の本を複数の訳者がそれぞればらばらに担当部分を訳したものを一つにまとめて、最終的に文脈を合わせる作業だった。一冊の本を五、六人の訳者が、前後の流れもわからない状態で割り当てられた部分を翻訳したものだから、訳者が変わるたびに、地名や年度、数字が食い違い、同じエピソードを引用しているのに内容がそれぞれに異なっている。前の訳者に沿ってなんとか表記を合わせたところが、次の訳者はまた違う表記をしていて、だんだんと自分が何を合わせているのか、混乱することもあった。その混乱のあとに残るものは虚脱感だった。何をどうやっても道に迷ったままの混乱状態の中で、エピソードの内容を合わせ、時間を合わせ、地名を合わせて一日を過ごすと、頭が今にも割れそうだった。下を向いて作業するために緊張してこわばった肩は、退勤する頃には耳にくっつくほどになっていた。

退勤するたびに、こんなこと続けられない、と思った。こんなことを続けていたら、死んでしまう、と。

いつからか私は、自分が生きるために、退勤後にかの有名な李熙昇《イ・ヒスン》編の分厚い『国語大辞典』を脇に抱えて、駅村洞の読書室（自習室）に向かうようになった。読書室の一部屋を借りて、毎日なにかを書いては消し、を繰り返した。そんなある日、どこに置いたんだろう、と書いて、その文章は消さずに、四つの引き出しを全部ひっくり返しても手袋がみつからない、と続けた。当時居候していた兄の家に帰り、夕食後、李熙昇の『国語大辞典』を持って読書室に向かうようになってから、出勤時の軋む木の階段の音を聞いたらそのまま身を翻して階段を下りてしまいたくなる衝動的な感情と、葛藤せずにすむようになった。退勤後に読書室に行くためには、出勤しなければならない、と逆の考え方をすれば、淡々と出勤することができた。できるかぎり一つの文脈に合わせて、ちぐはぐな翻訳原稿の前後の脈絡を整えてゆく作業を、私は忍耐力を持って、力を抜いて、肩をゆったりとさせて、感情の起伏もなく続けた。その作業には終わりがなかった。できたと思って全体を見直すと、必ず修正すべきところが出てくる。こちらを直せば、あちらがおかしくなる。おかしいと思うあちらを直すと、また別のどこかがおかしくなる。それでも私は三階のそのオフィスの机に座って、ここを直し、あそこを直し、という作業をできるかぎり続けた。どこに置いたんだろう、と書いて以来、退勤する私の足取りは生き生きとして、勤勉だった。夕飯を食べ、読書室に入り、昨日まで書いた文章の続きを少しずつ書いていった。その頃は原稿用紙を使っていた。一枚書く日もあれば、すらすらと七枚も書く日もあった。一行も書けない日でさえ、昼の時間とは対照的に夜の時間はあっという間に過ぎて、気がつけば夜中になっていることもあった。読書室の下の階には餅を作っている店があった。大量に注文を受けて卸売りもすれば、いくらかは店の前に出して売ってもいたのだが、深夜三時から餅を作る機械が動きだす。人々が寝静まっている時間に、ウィンウィンと棒餅やきなこ餅を切る機械の音がする。気分転換に廊下に出て、細長い窓越しに外を眺めた。がらんとした街の地面の上を、風に揺れるイチョウの木の影がさまよう。風が強い日には、人影の絶えた街を沢山の木の葉が舞い、道路の真ん中まで散り広がっていた。深夜の街は寂寞としていた。深夜三時の街を見下ろしながら、餅を作る機械のシューッという音を聞いていると、自然に両手で両ひじをつかんで腕を組んでいた。そのまま読書室の席に戻り、腕をほどいて、人生には思いがけないことがある、という一文を書きつけた。深夜三時の空っぽの街、地面をさまよう木の葉や街路樹の影を見下ろす張りつめた胸に、私の未来がかすめていった。

そのときぼんやりと思った。私は不完全なまま、どこにいても、何かを書いては消しているのだろうと。ピリオドを打ったあとも、私は私が書いた文章をきりもなく修正しつづけているのだろうと。

納屋の農機具の前で父を見つけたことにはじまり、私は毎晩どこかでうずくまって泣いている父を探しまわった。井戸の脇のときもあれば、柿の木の下のときもあり、甕置き台の甕の間で父を見つけたこともあった。父は翌日には自分が泣いたことを忘れて、病院にいる母に電話をかけ、私にはサンナクチ（活きテナガダコの刺身）を買いに行こうと言った。サンナクチ？　父は歯の治療中だ。タコを噛むことなどできやしないのにと思ったけれど、なにか理由があるんだろう、と父に付き添って出かけた。

——私がタコを好きって？

私はJ市の市場の魚屋の前で、父の顔をまじまじと見た。

父が突然サンナクチを買いに行こうと言ったのは、私のためだったのだ。私はサンナクチが好きだと父は思っていた。妙な話だ。どういうわけで父の記憶の中に、私はサンナクチが好きと刻まれたのか。私の記憶の中では、サンナクチが好きなのは父だったのに。

ある年の初夏、妹が出産し、産後の世話のために母がソウルに行っていたそのときも、家に独り残った父と過ごすために、私がJ市に来ていた。父は食欲がないのか、私が作ったどのおかずも、箸をただ一度つけただけだった。ソウルの母に電話をかけると、市場に行ってサンナクチを買って食べさせて、と言う。サンナクチ？　母は、アボジの食欲がないときにサンナクチを出してあげると、食欲が戻ることもあった、と教えてくれた。父の食欲を取り戻すために、バスに乗って五差路前の市場で降り、サンナクチを探しまわった。魚屋を何軒かまわっても生きているタコはなく、死んだタコばかりだった。母は、絶対に生きているタコじゃないとだめ、と言った。私は、生きているタコはないかと魚屋という魚屋に尋ねてまわったが、ついに失敗に終わった。もう家に帰ろうかと駅前のバス停に立っていると、思いがけないことに、停留所前の刺身店の水槽に生きているタコがいた。タコを見つけてうれしくなったのは、そのときが初めてだ。刺身店の主人が水槽からタコを引き上げて、黒いビニール袋に入れてくれた。家に帰るバスの中で、タコはどれだけ強い力でくねくね動きまわったことか。ビニール袋が揺れていた。ビニール袋を突き破ってタコが飛び出してくるんじゃないかと、すっかり緊張して頭が割れそうだった記憶。父は私が買ってきたタコをじっと見て、それから何も言わずに受け取ると台所に行った。まな板の上にタコを載せると、タコの頭を裏返し、片手で一息に内臓を引きはがし、タコの足の方についている口も取り除いた。父の手つきは軽やかでさえあった。タコは内臓を取り除いても、吸盤がくねくねと動いていた。父はタコをまるごと酢味噌につけて、口に放り込んで噛みしめた。私が茫然と父を見ていると、父は泥を取り除いたタコをまな板に載せ、タン、タンとぶつ切りにして、ゴマと塩とゴマ油で味付けしてから私の前に差し出し、食べなさいと言った。母の言うとおり、食欲のなかった父がサンナクチをおいしそうに食べている。あんまりおいしそうに噛みしめているので、私も父を真似てぶつ切りのタコを口に入れてみたが、頬の内側に喰いつかれそうで、びっくりして吐き出した。こんな不気味なものを好んで食べるのが、私の父親だなんて。と思うと、胃がむかむかしてきた。口の中にうっすら残っていたゴマとゴマ油もすっかり吐き出した私を見て、食べられないのか、と父が聞いた。くねくね動くから。私が答えると、父はタコを湯通しして私の前に出してくれた。父は生きているタコを、私は茹でたタコを食べた、そんな初夏の日もあるにはあったのだ。

　それ以来、父とサンナクチを食べた記憶はないのに、なにがどうなって、父は私がサンナクチが好きだと記憶しているのだろう。だからといって、せっかく生き生きとした顔で、私のためにサンナクチを買いに一緒に市場に出てきた父に、サンナクチは好きじゃないと言うのはむごいことのように思われて、父がタコを選んで支払いをしているのを、ただぼんやりと見ていた。魚屋は以前のようにタコを黒いビニール袋に入れるのではなく、家に帰ってすぐに食べられるように、さばいたタコを食べやすく切って、透明のプラスチックの容器に入れていた。刺身店でもないのに生のニンニクと唐辛子酢味噌まで入っていた。家に帰ってタコをボウルに移し、畑で摘んできたサンチュを洗って大皿に入れ、その脇にニンニクと唐辛子酢味噌を添えて、父の前に出した。アボジは噛めないだろうに、と思いながらも。父は、おまえに食べさすために買《こ》うてきたんじゃ、と言った。どの時点で記憶が歪んでしまったのか。父は本当に、私はサンナクチが好きだと思っていた。これほどに歪んでいるのが記憶であるならば、私が事実だと思っていることを信じつづけていいものなのか。私はそんなことを考えながら、まだ体をくねらせて皿の上で動いているぶつ切りのタコを、ぼうっと見ていた。人生の一部は歪曲と誤解によってできている、という思い。歪曲し、誤解したからこそ、乗り越えられた瞬間もあっただろう。私は、父が皿の上でくねくね動いているタコを見つめているうちに、また泣きだすのではないかと思い、タコのお粥を作るから少しだけ待ってて、と言って、すぐに食卓の椅子から立ち上がった。

夜、私は母のベッドで寝るのを諦めて、居間に置かれた父のベッドの下に布団を敷いた。

夜中に目が覚めたら父を探しまわるだろうという予感がして、ならば最初から父を見守らなければ、と思った。ふとした瞬間に父がベッドから起きあがり、ぼうっとひとり座っている。私はそんな父をベッドの下の闇の中で見ていた。

——寝たか？

——うん、寝てる。

——寝ている奴が返事をするか？

――そうよね。もう寝ましょう。

父はまだもう少し座っていたが、そのうち壁側を向いて横になった。壁の左側には、一番目の兄を先頭に、兄弟が学士帽をかぶって撮った写真が並んで掛けられていた。暗闇の中でたぶん父は、一番目の兄の写真から末っ子の写真まで見ているのだろう。私も父の背後から、学士帽をかぶった一番目の兄の写真を見上げた。一番目の兄の隣に二番目の兄、その隣に三番目の兄、その隣に私の写真がなければならないはずだが、その場所は空いていた。その次に妹、妹の隣に弟……一九九四年だか、九五年にこの家を建て替えたとき、父はまず最初に、この場所に自分で釘を打って、兄弟たちの学士帽姿の写真を掛けた。それまでにも沢山の記念写真を撮っていたが、父は学士帽をかぶって撮った写真だけを壁に飾った。その写真を見ていると、私たち兄弟は年も取らず、いつまでもその当時の姿で存在しているような錯覚を覚える。一番目の兄は勤めていた会社をすでに定年退職しているというのに。私は、父がどうしてこの写真をいちばんよく見えるところに飾ったのか、腑に落ちなかった。今はもうこの世に存在しない昔の家に、最初に一番目の兄の写真を飾ったときには、長男が大学を卒業したのが誇らしいんだろう、と思ったものだ。それから数年おきに、学士帽をかぶった下の兄たちの写真が壁に並んで掛けられていった。父にとっての障壁は、四番目の私だった。私の番になったとき、私は父の要請を拒否した。私は写真を撮るのがいやだった。卒業アルバムを作るために学士帽姿の写真を一度は撮ることになっていたが、大きく引きのばして額に入れて父に送るのが、いやだった。なんだって学士帽をかぶって撮った写真なんか壁に飾るのよ、という心境だった。家にやってくる客は、まず最初にその写真を見ることになるのだが、それがいやだった。客は学士帽姿の兄弟たちの写真を見ると、それぞれになにか一言、言うのだ。うまいこと育てられましたなぁとか、誰が誰に似ているとか、そんな風景もいたたまれないのだった。大学を卒業後、父が学士帽姿の写真を要求するたびに、私は何度も忘れたふりをした。露骨に、なんでそんなのを飾って見てるのよ、田舎くさい、と腹を立てたこともある。送らなければそのうち忘れるだろう。そう思っていたが、父も私から学士帽姿の写真をもらうために全力を尽くした。父は口数が少ない人だった。今でも、父がいかに口数が少ないかという話になると、いつの冬休みだったか、わが家にひと月ほど泊まった母方のいとこが、おじさんは私がひと月もここにいたのに、来た時に来たのか？　帰る時に帰るのか？　たったふた言だけだったと笑ったものだ。ところが、その父が、私に会うたびに学士帽姿の写真を送るようにと話を切り出し、知らん顔をしている私を心変わりさせるためにおしゃべりになることもあった。おかげで知ったこともある。私にとって、小学校の卒業アルバムの写真が生まれて二度目の写真で、最初は生後百日目に撮った家族写真だった。百日目に撮った写真の中で父は、今にもどこかに飛び出そうとしている三番目の兄を捕まえていて、その隣にはチョゴリを着て、細い櫛で何度も梳いて逆毛を立ててボリュームのあるヘアスタイルをした母、その胸に生後百日の私が抱かれている。一番目の兄と二番目の兄は、おとなしく両親の両隣りに立っている。もしもこのときその写真を撮っていなかったら、小学校のアルバムの中の卒業写真が私の初めての写真になっていただろう。写真を撮るのが簡単なことではなかった時代、町の写真館まで行って、私の百日写真を撮ったその日のことを、父は昨日のことのように話した。私が考えても、私の百日写真というのは意外なものではある。兄たちの百日写真もないのに、私の百日写真が存在しているのだから。父は、すまない、と言った。当時、写真を撮るのは金のかかることだったから、百日のおまえひとりの写真を撮ってやれんで、家族写真だけを撮ったんじゃ、と。父はまるでなにか重大な秘密でも打ち明けるように、おまえが生まれたから、もう子どもはいらんと思うていたんじゃ、と言った。息子三人に娘が一人、それで十分だと思ったと。父があまりに真面目に話すから、アボジ！　だったらイッピと末っ子は家族計画に失敗して生まれた子なの？　と言って大笑いした。イッピというのは妹のあだ名だ。父はそんな大きな声で言うたらいかん、とあたりを見まわしさえした。イッピと末っ子に聞こえやしないかと、心配そうな顔で。とにかく父の話によれば、私の生後百日に合わせて初めて家族写真を撮った背景には、兄三人のあとに生まれた私が娘だったことに父が満足して、家族写真を撮ろうとまで思った、ということがあった。おまえが娘で本当によかった、もうこれ以上何も望むことはない、と。父のそんな胸のうちをそのとき初めて聞いたわけではなかった。母もときおり、私が生まれたときにいちばん喜んでいたのは父だったと言っていた。母の出産の知らせを聞いて、村の人たちが息子か、娘か、と聞くと、父の顔がぱっと明るくなって、娘だ！　と、大きな声で答えていたと。私の百日に、兄たちに新しい服を着せ、母は鏡の前で髪を膨らませ、町の写真館に行って家族写真を撮ったのは、私が娘だったことに尽きるのだと。私の学士帽姿の写真を手に入れるために、父は写真にまつわる話ならなんでもしたが、私の心を動かすことはできなかった。ときには、私は二年制の専門大学（短期大学）に通っていたのだから、学士ではありません、と父に抗弁したことさえあった。だから、父が私に学士帽姿の写真を要求するのは、私にルール違反をしろと言っているようなものだと。父は一瞬言葉に詰まりながらも、それなら今からでも編入して四年制大学を卒業しろ、と言った。生涯田舎で農夫として生きてきた父から「編入」という単語を聞いて、私は驚きの顔で茫然として父を見た。編入という単語を父が知っていたとは。それでも私はありとあらゆる言い訳を並べて、学士帽姿の写真を父に送らず、その間に妹と弟も大学を卒業した。父は妹たちから写真を受け取って壁に飾りながらも、諦めずに私の場所を空けておいた。父は私が大学を卒業して十年が過ぎても、ソウルに来たときに、あるいは私が田舎の家に行くたびに忘れずに、写真を撮って送ってくれと言った。見かねた一番目の兄が、アボジがあんなにまで頼んでいるんだから、娘として写真一つくらい聞きいれてやれないのか、と長々と説教した。ずっとあらぬ方を見て、聞こえないふりをしつづけている私を、一喝したのだ。あれはアボジの人生じゃないか、小説を書いているという人間が、それほどまでに人の気持ちがわからないものなのか？　アボジの気持ちもろくにわからんくせに、いったい何を書くっていうんだか……

アボジの人生？　私たちの学士帽姿の写真が？

なぜ父が、私たちの学士帽姿の写真を、いつでも見上げることができるところに飾っておきたがるのか、そのときようやく少し腑に落ちて、気が抜けてしまった。私は学校を卒業してから何年も経って、ついに写真館に行き、髪をきれいに整え、学士帽を借りてかぶり、写真を撮ってはみた。それでもとうとう父には送らずじまいで、部屋の隅にしまいこんだ。いったいどうしてあんなに渋っていたのだろう、娘を亡くしてからというもの、あらゆることの境界線が消えた。笑うことも問い詰めることも守ることも無意味になった。今日も明日も昨日も、かたまりになってただ流れていった。あの写真は今どこに立てかけてあるのだろう、捨ててはいないから、どこか隅っこで埃をかぶっているにちがいない。私は闇の中で、今も空いたままの、私の写真が掛けられるはずの場所を見ていた。父があれほど望んでいたものを、私があれほどに聞きいれてやらなかったという痛みがかすめていった。父の頼みを拒否することで、私はこの村とこの家に染みついた古いものたちから抜け出したかったのか。私は、ベッドの上で横になっている父の姿をそのまま真似て、居間の床に横向きに寝た。父は壁を見て、私は父の背中を見ながら横向きに寝ているから、ベッドの上の父と床にいる私の間に階段があるようなかっこうだ。もう写真を送るよう催促する気もなくなってしまったのだろうか？　闇の中、父の後ろ姿ががっくりと落ち込んでいるように見えた。

——早く寝ろ。

私が背後で吐いたため息が聞こえたのか、父が小さな声で言う。

——アボジも、早く寝てね。

——なあ、ホン。

早く寝ろと言ったのに、父が小声で私の名前を呼んだ。

——なに？

——おまえがやりたくてやっていることは、うまくいってるか？

私はあの読書室で一枚書き、数枚書いては、書きつづけた中編小説で登壇《デビュー》した。投稿締切の最終日に郵便局に行き、三百枚ほどの原稿用紙にパンチで穴をあけ、黒い紐で綴じた。そのときもまだ題名を決められずにいたのだが、郵便局員に封筒を差し出す直前になって、「冬の寓話」と書いた。二十五歳のときのことだ。作品を投稿するときに、当時の職場だった出版社の電話番号を連絡先として書きたくなくて、兄の家の電話番号を書いた。それから毎日午後四時頃に義姉に電話しては、変わったことはないかと尋ねたのだった。突然毎日電話をかけてくるようになった私に、義姉は毎回、どんなこと？　と聞き返していたのが、その日は返事が違った。文芸……なんとかというところから電話があったと。連絡がほしいと電話番号だけを教えてくれたと、すぐに番号を言いはじめたので、私もあわてて手のひらに書き取った。J市の父に登壇を知らせると、父は登壇という言葉の意味がわからず、いいことなのか、と聞いた。いいことだったのだろうか。いいことなのか、と尋ねる父に、はっきりと返事ができなかった。電話で話すのも簡単ではない時代だった。村で共同で使っている電話が、村長の家にあった。都市に出た人たちは急用があると村長の家に電話をかけ、村長は電話に出るようにとマイクで電話のかかってきた人を呼び出した。村じゅうの人が、どの家に誰から電話がかかってきたのか、すべて知っていた。父は鶏に餌をやっていて、あるいは十月だったから田畑で収穫をしていて、あるいは牛舎にいて、私からの電話に出るために走ってきたのだろう。登壇という言葉が理解できず、いいことなのかと聞く父の息の上がった声に、私は言葉に詰まって身をすくめたまま立っていた。早く返事をしなければならなかった。父の息づかいからすでに、電話代がかさむことを心配している気配が感じられた。私は都市の公衆電話のブースの中で、受話器をもう片方の手に持ち替えて、田舎の父に叫ぶように言った。いいことかどうかはわからないけど、私がきっとやりたいことなの、アボジ。

それ以降、私は父に心中を明かしたことはない、という思い。

——うまくいっとらんのか?

私が答えずにいると、父がもう一度聞いた。それまでとは違って、父の声はしっかりしている。寝ている間に突然いなくなったり、涙を見せて戸惑わせる父ではなかった。

——わしは、おまえがやりたいことをして生きてるのを、見とるのが好きじゃったよ。

父はなにか言おうとして、深い息を吐いた。私の娘の話をしたかったのだろう。父をはじめ、家族の誰もが娘のことを口に出さぬよう、防御壁を張りめぐらして生きてきた時間。だが、そもそも防御壁なんてなかったのだ。私は、娘がいないというのにテーブルに娘の箸とスプーンを置いた。服屋で娘のシャツを買ってきて、かけておいた。何を見ても娘と一緒だった。あそこに娘と一緒に行ったならと思い、娘の髪を編んでやりたくて指がむずむずとすると、手を握ったり開いたりしていた。

——毎日死んでしまいそうでも、また別の時間がやってくるもんじゃ。

――……

――春に苗床に種もみをまくときは、これがいつ育って、田植えして、収穫できるんかと思うんだがな、いつのまにか一日が過ぎて、夏が来て、秋が来て……

いつ眠ったのか、わからなかった。父の言葉を牛のように反芻しつつ、低い声で話しつづけているのをどうにか聞き取ろうとするうちに、ある瞬間、父がかすかにいびきをかいているのを聞いたようでもあった。ふと目を開けると、父のベッドが空になっていた。私はハッと驚いて、家じゅうの電気という電気をすべて点けると、いったん玄関の外に出て、アボジ！　アボジ！　そう呼びながら納屋の戸を開け、甕置き場に行き、井戸にも行ってみたが、父はいない。眠る前に、長いひもに携帯電話をぶらさげて父の首にかけておいたことを思い出し、あたふたと家の中に戻って父に電話をかけた。たびたびベッドからいなくなった父を、家の中で見つけたことがなかったので、父がいない、と思うやいなや、まずは玄関の外に飛び出した。だが、着信音が聞こえてきたのは小さい部屋からだった。私は着信音のする小さい部屋のドアを開けてみた。父が本棚のすぐ下の床に横たわっていた。私が父のことを書いたエッセイの切り抜きのパネルを胸の上に置いて。父の首にかけてある携帯電話から着信音が鳴りつづけているのに、父はぴくりともしないで横たわっている。新しい家を建てても、この部屋は小さい部屋と呼ばれていた。冬になるとオンドルの焚口の近くに味噌を寝かせ、メジュ[*12]を発酵させるために、壁にメジュを吊るす釘を打ち

＊12：メジュ　韓国の主要な調味料に欠かせない、大豆から作る発酵食品。

込んだり、枝の多い木を持ち込んで、枝にメジュをぶらさげて風呂敷で覆っておく部屋でもあった。子どもの頃を過ごした家はこの地上からは消えてしまったが、父は家を二度建て替えていて、そのたびに向きも構造もほとんど同じにしていた。とりわけ小さい部屋の位置は、窓辺から門が見渡せるところまでそっくり同じで、その部屋にいると新しい家という感じがしなかった。窓の大きさや位置も同じなので、窓辺に立っていると、自然とここで過ごした子ども時代が思い出されもする。味噌が寝かせてある焚口の近くの布団の中に足を入れて、腹ばいのまま茹でたサツマイモを食べたり、うっかり昼寝をしたりしていた日々。浅い眠りから覚めて、髪の毛にひっついているつぶれたサツマイモを取ろうと悪戦苦闘したあげく、どうしようもなくなって、サツマイモごと髪の毛をハサミで切ったこともあった。焚口の近くで腹ばいになって、いちばんよくしていたことは本を読むことだった。あの家に本が沢山あったはずもないのに、どうしてあの家のあの部屋を思うと、そこで腹ばいになって、本を読んでいたような気がするのだろうか。本を読んでいてふと顔を上げると、外は雪だったこともあった。雪が降ってるよ……すぐに窓辺に行って、庭に積もる雪を眺めていたこと。あの部屋の小さな窓から、庭にこんもりと積もっている雪を眺めていると、雪片のひとつひとつが文字のように感じられた。舞い踊る文字たちが庭に落ちて、つながって、文章になり、ついには本になって積もる。そんな感じ。だからだろうか。一度降りだすと、三、四日激しく降り続くあの雪のかたまりを、冷たく危険なものに感じるのではなく、雪の中にいると暖かくて安全なのだと思っていた。縁側の下にいる犬たちがみんな庭に出て、雪の上にぽこぽこと足跡をつけているのを見るうちに、私も雪の中に出ていって、真っ白な雪の上に寝ころんで写真を撮ったりした。雪が降ったあとに風が吹いて気温が下がると、屋根にも積もった雪がその場で凍りついた。軒下にぶらさがるつららが溶ける暇もなく、また雪が降れば、つららはそこで凍ったまままさらに育って、大つららになった。大つららは剣のような形をしていたので、剣つららとも呼んだ。家々の男の子たちはしばしば、その剣つららを折って手に持ち、二つに分かれて闘いを繰り広げた。誰が勝っても、残るのは積もった雪の上に入り乱れる足跡と、手に握っていた剣つららがすっかり溶けてしまったあとの水だけ。しかし、闘うときは熾烈だった。凍りついていた屋根の上の雪と剣つららが溶けはじめると、春が近づいているという証だった。落ちてくる水が軒を伝って、庭にぽたぽたと滴る音を聞いていた部屋。

私と兄弟たちがこの家に泊まるたびに、疲れた体を横たえて眠った部屋に、父がいた。

私が電話を切ると、父の携帯電話の着信音も消えた。父のそばに行き、胸に載っているパネルを本棚の前に立て、そっと父の顔を覗きこんだ。父は眠りながらも泣いていた。額に手の甲を載せたまま。すでに乾いてしまった涙の跡の上を涙が流れ、父の頬骨を伝って口元へと流れ込んでいたり、鼻の方に流れ落ちていたりもした。私は体じゅうの力が抜けて、どうして泣いているの？ひとり呟く。私の独り言は、小さい部屋の中をうつろに散っていった。父の体はこんなにも小さくなったのか。そんなふうに思うことがなかったなら、父を揺さぶって、アボジ、こんなところで何しているの、と聞きたかった。オンドルの焚口から離れたところに置いてあった布団を広げてかけてやり、枕を首の下に入れてやりながら、私は栄養分がすっかり抜けて薄くなってしまった父の肩をじっと見つめていた。涙を流すしかない、言葉にできない何かが、父の心の中に根をおろしているのだろうか。額から手の甲をおろしてやると、父はすぐにまた、眠ったまま手の甲を額にのせた。小さい部屋で父の傍らに静かに寝ころんで、足を伸ばしてみた。父の向う脛と私の膝がぶつかった。肉などほとんどない父の向う脛。ごめんなさい、アボジ。虚無と恐怖が押し寄せてきて、闇の中で、父のように私も額に手の甲をのせてみた。

第二章　夜を歩きつづけるとき

J市に来るなり、台所の食卓や小さい部屋の机でノートパソコンを広げる、そのたびに、ずいぶん遠いところから帰ってきたような気持ちになるのは、どうしてだったんだろう？

父は、いつかの風の音、いつかの戦争、いつかの飛んでいってしまった鳥、いつかの大雪、いつかの生きなくてはという意志、それらが集まってどうにか一個の塊となっている匿名の存在。父の内面に抑え込まれたまま表現することもならず、わだかまって語られなかったことども。

私は自分が昨日の夜に書きつけたメモを見る。そして消す。独り残されてからというもの、私ができることと言えば、こんな断片的なメモくらいなのだった。こんなメモでさえも、書いては消してしまう。そうして、今にも消えそうな奥底の火種を手のひらに載せて、ふうふうと息を吹き込んで火を熾《おこ》す姿勢で、ノートパソコンの前に座ることもあった。昨夜はふと、私が父を保護しに来たのか、私が保護されるために来たのか、区別がつかないぐらいに不安になり、私は小さい部屋の本棚に並んでいる私の古い本の前をうろうろしていた。本棚からは時折、本を買った日、書店、そのとき一緒にいた友達の名前が出てきたりもした。今はどこで何をして暮らしているのか、連絡も途絶えた友人の名前。数日前には、本棚の裏側に落ちていた薄い本を一冊取り出すのに、はたきと父の杖と傘まで動員した。埃といっしょに引きずり出された本は、パスカル・レネの『レースを編む女』だった。本の内容はすっかり忘れてしまっていたが、ヒロインの名前がポンムだったことだけはどうにか思い出した。ポンムはリンゴ、という意味だったこともなんとか思い出せた。ポンム、赤いリンゴ、赤いリンゴ、ポンム……ぼんやりと霞んで忘れてしまってはいたが、私はポンムを愛したことがあったように思う。ポンムに影響されたこともあったと思う。失語症にかかったポンムが気の毒で、胸がしめつけられる思いで夕暮れの空を見て、細い路地をとぼとぼと歩いていた記憶。私は本に挟まった埃を払い、折れたページをのばし、本棚に差し込んだ。言葉をなくしたポンムがきっと話そうとしていた言葉たちが、喉元まで出かかっては消えていった。

朝早く、小さい門から小川の方に出て田野を歩いてみたり、大きい門から出て路地を抜け、新《シン》作路《ジャンノ》沿いに村を歩くことは、J市に帰省するようになった頃からの習慣だ。エノキの木を通り過ぎながら、エノキの実はまだあるかな、と背の高いエノキを見上げていると、タタタ……という機械の音が聞こえてきた。私は音のする方へと歩いていく。ほの白い早朝の光の中、誰かがトラクターで田んぼを耕しているところだった。いったい誰が、こんなに朝早くから田んぼに出ているんだろう、とトラクターの方をしばし見る、そして向き直ってみれば、トラクターの反対側の水田にシラサギの白い群れが降り立っている。シラサギがあんなに沢山？　田んぼにシラサギが群れをなして降り立っているのは、初めて見る風景だった。私は農作業をしている人のことなど、すっかり忘れてしまって、立ちつくしてシラサギの羽の動きを見つめていた。田植え前の田んぼには水がたっぷりと入っていた。シラサギの影が水に映り、一羽が二羽に見えた。なんとも勤勉なものだ、こんな朝早くから田んぼに入って、餌を探して食べているなんて。水田に降り立っていたシラサギが飛びたつとき、静かに跳ねた水滴が水面を揺らす。そのたびに水とシラサギがきらめいて混ざり合った。シラサギに心を奪われていると、田んぼを耕していた人がトラクターを停めて降りてきて、やっぱり姉さんだ、と言った。イサクだった。いったいどうして？イサクは私に気づいて喜んでいたけれど、私は年をとったイサクを見て、言葉につまって笑った。

——なんで笑うんだよ、姉さん？

——あんただってこと、よくわかんなかったのよ。

イサクが丸い目を細めた。

——百姓なんて、みんなこんなもんだろ。

イサクが、姉さんは変わらないなあ、と言ったときも、私はただ笑っていた。末っ子と同い年のイサク。とにかく目が真ん丸だった幼い頃のイサク。堂叔母《おばさん》（父のいとこの妻）が刈り入れの終わった田んぼに稲穂《イサク》を拾いに行って、そのままそこでイサクを産んだのだ。沢山のことが、背後に飛び去ってしまったかのようにぼんやりとしているが、イサクが生まれた年の晩秋の日のあわただしさは鮮明に思い出された。堂叔母は、家に帰る暇もないほどの急な陣痛がやってきたから、田んぼにうず高く積まれた稲わらを引っ張りだして、田んぼに敷きつめた、その場所で生まれたイサク。一族の名づけのきまりに則って名前が与えられたのちも、人びとは田んぼで生まれた子をイサク（稲穂）と呼んだ。幼い頃のイサクの黒い瞳は、誰もが覗き込みたくなるほどキラキラしていた。そのキラキラのせいで、行き合うと素通りできずに、わけもなくほっぺをつねったりして泣かせていたイサクの目尻に、小皺が広がっていた。

——田んぼにどうしてあんなにシラサギがいるの？

夜が明けたばかりの早朝に、思いがけず出会ったイサクにどう接していいかわからず、私はシラサギの話をした。私としては、水田に降り立っているシラサギの白い群れが印象的で話したことだったのだが、イサクは、野生動物のせいで農作業も一苦労だとこぼした。土地はこれっぽっちだし、人も少なくなってきているのに、野生動物の個体数は増えるばかりで深刻なのだと。私の目には動きが優雅で美しく見えるシラサギも、数が増えて、群れが生息している森の木々はその糞のためにみんな枯れてしまったのだそうだ。あんなに長い間裏山を守っていた沢山の松の木が、シラサギの糞で枯れてしまって、何本切ったかわからないのだと。

——十五羽しかいなかった場所に、今は数百羽も住んでるからなあ。

イサクの話を聞いていたかのように、トラクターの周辺の水田にいたシラサギの群れが一斉に飛び立ち、ほかの田んぼへと飛んでいった。幼い頃には村じゅうが大切にしていたシラサギだった。シラサギが五月に田んぼに入ると、その年は豊作になるのだと言って、代掻《しろか》きを終えた水田にシラサギが一、二羽でもいれば、人の気配で飛んでいってしまわないよう、まっすぐに行けるところも大回りしていた父。昼間は田んぼで餌を探して食べて遊んで、暗くなると裏山の松の木に飛んでいき、長い脚と白い羽をたたんで眠っていたシラサギ。あの松の木でシラサギが眠っていた、と思うと、なんだか心が明るくなり、シラサギが村から飛び去ってからも、松の木の前を通るときにはそっちの方を眺めたりしていたのに。

——シラサギだけじゃないんさ。

イサクはエノキの木の方を見て、あの鳥どもを見ろや、と言った。

——鳥もあんまり増えすぎて、村じゅうが騒々しくて。人の声はせんのに、鳥の声でいっぱいなのさ。

イサクのあとについて、田んぼに建てられているビニールハウスの中に入った。通り過ぎたり、外から見ていたときとは違って、ビニールハウスは台風にも持ちこたえられそうなほど丈夫なだけでなく、中も広々としていた。二十羽以上はいそうな鶏を飼っている鶏舎までもがあった。さまざまな鶏の中に、黒い羽をした烏骨鶏《うこっけい》もいた。いつもとは違う気配に、鶏たちがバタバタしながら鳴き声を張りあげると、鶏舎の外の犬小屋から出てきた犬がイサクを見て尻尾を振り、私を見てワン、と吠えた。吠えられて足を止めた私を見て、姉さん、すっかり怖がりになっちゃって、とイサクが笑った。俺がいるから大丈夫、咬まんから、と言いながら。

——これはなに?

私には名前もわからない農機の数々が、ビニールハウスにずらりと並んでいた。

――犂《すき》。

私はイサクが犂だと教えてくれたものをじっと見て、手を伸ばして犂の刃についた泥の塊をそっと払った。父は牛の力を借りて田畑を耕していたのだが、そのときに使っていた犂の形ではなかった。私は円形の鉄板がくるくる回るようになっている犂を見て、農作業はきつくないの、と聞いた。イサクは、ほかの仕事はきつくないんかね……と低い声で答えた。

――今はほとんど機械がやってくれるから。トラクターに犂をつけて田んぼも畑も耕すから、力もそうは要らんし、作業もはかどって、村の田んぼなら一日、二日で終わるしな。

そんな話をするうちに何か思い出したのか、苦々しい表情になった。

――俺さ、去年、犂を耕耘機につけてサツマイモを掘ってみようと思ってやってみたら、イモが全部削れて、キズ物にしちゃったんよ。

――土の中の作物を収穫する機械はないの？

――もちろんあるさ。収穫機ってのがあるんだけど、借りれなくて、それで犂で実験してみたんだけどよ、うまくいかんかったな。収穫機がないと、サツマイモを掘るのに時間も金もかかるんよ。フォークを使うか、手で一個ずつ掘らなきゃなんねえから。

――雨が降った次の日に掘ればいいじゃない。

私のその言葉に、雨がタイミングよく降ってくれればな。イサクが言った。雨が降った次の日、兄たちと一緒に山の畑のサツマイモを掘ることは、柿をもぐことと同じぐらい楽しかった。まず最初にサツマイモの蔓を父が引っぱる、するとその蔓にサツマイモがずるずるといくつもくっついて出てきた。鋤で土を掘ると、赤いサツマイモがどんどん出てくるのが面白くて、すっかり夢中になって掘るうちに、鋤の使い方を誤ってサツマイモに傷をつけたりすれば、自分の足の甲を引っかかれたように胸が痛んだ。

——そっちはトラクター。

——それは田植え機。

——そいつはトラクターに取り付ける代掻き機。

農機の名前を聞くたびにイサクは、それは種をまく種まき機、それは唐辛子を乾かすのに使う乾燥機、と説明までつけて答えてくれた。くびきというのはどんなものかと聞くと、イサクは、くびき？　と聞き返し、くびきは今はもう農作業には使わないのだと言った。牛が作業をしていたときには、くびきがなくてはならなかったが、かつて牛が引いていた犂を今はトラクターにつけて引いているから、くびきなんて使い途がないのだと。トラクターの力は強いので、葛の根のようなしつこいものも簡単に取り除けるのだと。イサクの言葉どおりなら、くびきは犂を引いていた牛といっしょに忘れられて、父の納屋の壁にもうずっと掛けられたままなのだろう。父の納屋の壁に掛けられている鎌や鍬やショベル、フォークがイサクのビニールハウスにもあった。機械がこんなに沢山あるのに、フォークは今でも必要なのね？　と言うと、それは基本的なものだから、とイサク。基本的なもの、というイサクの言葉に、私はそこに並んでいる鎌や鍬、ショベルをしばしの間じっと眺めた。ビニールハウスの中は、広い庭そのものだった。鶏舎と犬小屋だけではなく、ニンニクと玉ねぎを乾燥させている一角があり、水の出るホースが連結されている方には苗床が広がっていた。苗床には松葉のような小さな苗がぎっしりと育っていた。農機から離れて、今度は小さな苗を覗きこんでいる私に、半月以内に田植えをしなくちゃいけないのだと、イサクが言った。


イサクと別れて家に戻ると、伯母さんが来んかったか？　と、父が聞いた。

——誰のこと？

——おまえの伯母さんだ。

私は言葉を失って、ベッドの上の父の様子をそれとなくうかがった。

——姉さんはどこか具合が悪いんじゃろか。今朝は来てはおらんようだ。

父の姉、つまり私の伯母は、この世を去る二日前まで、夜が明けるとこの家に来た。雨がやんだときも、花が散ったときも、柿が落ちたときも、雪が溶けたときも。伯母はこの家を離れてからも、死ぬまでずっと、夜明けに目を覚ますといちばんに、父がいるこの家に来て、また帰っていくのだった。風をやぶり、雪をくぐり、早朝の雨に濡れ、鳥の声を聞きながら。父はそんな伯母のために、生涯この家の門を開けたままにしていた。伯母は、自分が来たという合図に、フン、と一度声を出し、庭を見まわし、夜風で開いた納屋の戸を閉め、井戸の釣瓶《つるべ》に水を汲み、家の裏にまわって甕《かめ》を見てまわり、これ以上大きく育たない方がいい塀の上のエホバク（韓国カボチャ）を取り、これ以上硬くならない方が良さそうな塀の下のフキを摘んで、家の裏の縁側に置くと、もう一度、フン、と言って、新作路沿いにある家へと帰っていった。父がいても、いなくても、伯母の早朝視察は続いた。私はこの家を離れるまで、毎朝、夢うつつで伯母さんが来たな、そう思いながらまた眠っていたものだ。父も母も兄弟たちも、伯母の気配を感じているのは同じだったはず。たまに伯母が来なかったりすると、みんなそれに気づいていたから。

伯母は八年前に静かにこの世を去った。

年のいったいとこが早朝、伯母の部屋の戸を開けると、この世を去る前に煙草を吸ったのか、二吸い分ほど減った煙草が灰皿の縁に置かれていたという。部屋の戸を背に、壁に向かって横になっている伯母の背中がピンと伸びていたから、目を覚まして、なにか考え事をしているとばかり思った、と。まっすぐに伸びていたという伯母の背中が、目の前を通り過ぎていった。伯母は最期まで伯母らしくこの世を去ったんだな、と。あっさりと未練もなく、二度と戻ることはないとでもいうように。伯母は大体において公正できっぱりとしていた。ちがう、と思うことと一線を画すことに迷いがなかった。作家になってから、家族と親戚の中で私が誰より顔色をうかがった人は伯母だった。家族が登場する文章を書いているときは、伯母の視線があとを追ってくるようだった。伯母は切れ長の目をしていた。なにか気に入らないことがあれば、J市を訪れた私の前に胡坐《あぐら》をかいて座り、体を前後に揺すりながら、作家って何をする人なんだい？　と、その切れ長の目をさらに細めて尋ねた。質問ではなく叱責だった。私はいったい何をする人なんだろう……伯母の叱責は厳しかった。伯母が生きていたとき、と書いていると、懐かしさがこみあげる。

J市に来るときはいつも、伯母から検閲されているような気分だったのに。セマウル運動[*13]の一環として、村の草葺きの家々が壊されて、スレート葺きの屋根の家が建てられた。そのとき父も草葺きの家を壊して、新しい家を建てた。私が小学校三年生か四年生の頃だったと思う。兄弟たちが生まれた草葺きの家が取り壊された日、土のかたまりが降り注ぎ、草葺きの屋根の中に卵を産んだり、すでに卵を割って出てきた雛を育てていた鳥たちが、びっくりして空に飛びあがった。土塀を壊したときは、塀の中からアオダイショウが出てきて、竹藪へと隠れた。草葺きの家のどこかに生息していた大小の虫たちが這いだしてきて、慌てて土埃の中に身を潜めた。一軒、二軒の家だけで起こったことではなかったから、巣をなくした鳥たちの悲鳴のような声を聞き、這い出してきた虫たちに毎日手足や頬を噛まれていた記憶。かろうじて雨をしのげる程度の天幕が井戸の脇に張られた。家が完成するまで、母は天幕の外にかまどを置き、釜をかけてご飯を炊いた。夜になると、私と妹は伯母の家に寝に行った。伯母のいろいろな声音。伯母はまるで物語を聞かせるためにこの世にやってきた人のように、正確には伯母がとりわけかわいがっていた妹に本を読んでやるようにして、私たちが知らない時間の中の、不思議で奇妙な物語を、いくらでも聞かせてくれた。お爺さんについて薬草を取りに行ったときのこと、山で百年生きたという人に出会

＊13：セマウル運動　韓国で一九七二年頃から農漁村で展開された社会経済革新運動。「セマウル」は「新しい村」の意。朴正熙大統領が提唱し、精神啓発・生活環境改善・農漁民所得増大の三点を目指し、「勤勉」「自助」「協同」を理念に掲げて展開された。

い、そこでは鹿がかまどで火を焚き、蛇が縄をない、手が十本ある仏様と一緒にご飯を食べたという。

――手が十本もあるの？

――そうさ、手が十本ついていたよ。

驚いた私の目を見て、伯母はカラカラと笑った。伯母は語り上手。その物語の中で祖父が韓方医をしていた頃は、この家は大きな瓦屋根の家で、青いスレート屋根の家を建てる前に私たちが暮らしていた草葺きの家は、韓方の仕事を学びに来ていた人が使っていた。あの頃は、うちの屋敷の土地はあそこからあそこまで、ずいぶん広くてねえ……伯母の話はしっかりと記憶に残り、私はJ市に来るたびに、あのとき伯母が、うちの家の始まり、と言っていた地点の前で足を止めては、ここから始まった？　そう思いながら、あたりをぐるりと見まわしたりもした。

――じゃあ、どうして今は草葺きの家に住んでるの？

怪訝そうに私が尋ねると、伯母は車《チャ》天子*14のせいだと言った。日本の植民地時代に姜一淳《カン・イルスン》*15という人がいた……風を呼び、雨を呼ぶ人で……母岳山《モアクサン》に廣剤局《クアンジェグク》という韓方薬局を開いたのだが、伯母の祖父がその人を慕って付き従い、つまり私の祖父が韓方医になったのもその影響なのだと。伯母の言う車天子とは、全羅北道《チョルラプクト》高敞《コチャン》の生まれで、姜一淳の弟子だった。師匠が亡くなると弟子たちは散り散りになり、車天子はJ市の笠岩面《イバムミョン》大興里《テフンニ》に普天《ポチョン》教をおこし、教えを広めていった。全国から笠岩へと、雲が湧くように人が押し寄せてきたと、伯母は見てきたかのように語った。伯母は、東学《トンハク》*16も負けて、国も盗られて、どこも頼るところが無《の》うなったからね、と言った。車天子があのどん底から救いだしてくれると信じて、あの人についてったんじゃろ、と。J市の笠岩面大興里だけのことじゃなかった、と。全国の教区に六十人の方主《パンジュ》（主要幹部）がいて、普天教を崇める人は数百万を越えていた、と。ちょうどあのあたりで起こったことさ。伯母は腕を伸ばして夜空の向こうを指さした。まっすぐ歩いていくことができる道でもあるかのように。その人はいつからか車天子と呼ばれるようになり、陛下、と呼ぶ人もいた。みんな苦しくて生きるのに汲汲《きゅうきゅう》としとったから、新しい世界を夢見たんだよ、願いは新しい世界だけだったから……伯母は力のない声で言うと、刻み煙草を紙で巻いて咥《くわ》えた。新しい世界を願う心。新しい世界がすぐ目の前に広がっているようだったというよ、日本の警察の逮捕令もあったというけどね、それも潜り抜けて徳裕山《トギュサン》のどこかに天帝も祀って、国号もあったらしいね……あの当時に、白頭山《ペクトゥサン》から木材を運んできて教会堂を作ったんだから、その力がどれくらいのもんだったか、これ以上言うても仕方のないことだけどね……誰かの言葉を伝えるかのように長々と語りつづけた伯母は、

＊14：車天子　本名は車京石《チャ・ギョンソク》（一八八〇～一九三六）。後述の姜一淳がおこした民衆宗教甑山《チュンサン》教から分かれ、普天教をおこした。

＊15：姜一淳　一八七一～一九〇九。甑山教（甑山道）の教祖。甑山は姜一淳の号。江華島事件や甲午農民戦争・日清戦争といった混乱の中、一九〇二年、寺に籠って悟りを開き、湖南《ホナム》地域を中心に布教活動を行った。

＊16：東学　一八六〇年に起こった民衆宗教。朝鮮王朝が厳しく取り締まったが、一八九四年、東学農民軍が蜂起、日本と西欧列強の排斥を求めて、政府軍との戦い（甲午農民戦争）となった。東学には苦難から逃れようとする民衆の幻想的な側面があったという。戦乱の鎮圧を口実に日本と清が朝鮮に出兵、日清戦争の引き金となった。

車天子は新世界の天子にはなれず……のところで言葉を切り、煙草の煙を吐き出し、姿勢を正した。東学も、新しい世の中を建てることも、くりかえしくりかえし、実りもないまま終わってしまったけれども、ここはそういう気が流れる土地なのだと、伯母は妹の頭をなでた。あんたたちは良い気をいただいて穏やかに暮らしな、と。車天子はJ市笠岩面大興里に大規模な教会堂を建ててはじめ、信徒たちに印章と教牒《きょうちょう》（教団内の職位の任命証書）を与えた。そんなものがなんだっていうんだ……フン、と伯母は鼻を鳴らし、組んだ足を解いて、向きを変えて座り直したりもした。あやつの印章と教牒を手に入れるために、田畑を売り払って、沢山の人たちが全国から笠岩へと土煙を立てて集まったんよ。伯母がそう言うと、目の前に白く土煙が立つような気がした。それが新しい世界に入る証になると信じていたんだよ、そんなもんが、いったいなんの証になるもんかね、なのに頼るところがなけりゃ、そんなもんにでもすがりつこうってのが人情さね……あたしゃ、今でもほんとのところを知りたいんだよ、あのときのあれが、本当に世を惑わして民を欺いたに過ぎないことだったのかどうか……その頃に傾いてしまった家の規模は、祖父の死後に財産を分けてさらに小さくなり、戦争のときにまたさらに小さくなって、草葺きの家だけが残ったのだそうだ。その草葺きの家が取り壊され、スレート屋根の新しい家ができるところまで、伯母の物語は続いた。

伯母の家には、板の間にも部屋にも押し入れがあった。

ある日、鶏舎の鶏が大きな卵を二つ産んだので、押し入れの中に入れておいたところ、その大きな卵から虎が生まれ、今も押し入れの中で暮らしているのだともいう。戦争やら騒動がまた起これば、その虎が押し入れから出てきて、私たちを助けてくれるのだと。伯母はどうして虎の話をしたのだろうか。伯母の語りの中の虎は、私たちを助けるためにそこに住んでいるというのだが、私は閉め切られている押し入れの戸を見るたび、今にも虎が飛び出してきて食いちぎられそうで、おしっこをもらしそうにもなったのだった。伯母の語りを聞きながら妹が眠り、つづいて伯母が眠りについてからも、私の耳はピンとそばだてられたままだった。伯母の物語の余韻のせいで。果てしなく想像の広がる伯母の神秘的な物語が、終わらずにずっと続くことを願った。物語が聞きたくて、早く夜になれと、伯母の家に寝に行くのを待っていたことも。本を読むようになるまで、私は伯母の不思議な物語に夢中だった。そんなにも語り上手の伯母が、父に関わることとなると公正さを失った。妹が父に似ているから、伯母は私よりも妹をかわいがっている、と幼い頃の私に思わせたほどに。父によく似た妹をイッピ（かわいこちゃん）と呼びはじめたのも伯母だった。今でも私は妹を、イッピ、と呼んでいるけれど。幼い頃、この愛称をうらやむ心の中には、伯母が自分よりも妹をかわいがっている、という表には出せない寂しさが潜んでもいた。伯母はこの世を去るまで、一生涯、大きなことから小さなことまで、すべてにおいて父の味方だった。

これまで他家に嫁いだ者を一族の墓所に入れたことはない。そんな一族の者たちの言葉をはねのけて、父は自分の仮墓の上に新たに場所を取り、伯母を埋葬した。

父は、昨日の朝は伯母を探し、今日の夕方は、チャムはどこに行った？　と尋ねた。

突然に父がこの世にない伯母を探しはじめたときには、驚いて茫然としたが、チャムはどこに行った？　と尋ねられたときには、私は夕飯にと作った鶏粥を父の前に差し出したところだった。父の行動にいちいち戸惑わないことにしたので、冷静に、アボジったら、もう……チャム、死んじゃったでしょう？　と言った。

——チャムが死んだ？　いつ？

——それはアボジの方がよく知ってるでしょ？　思い出してみて。

父は鶏粥を前に考え込んだ。

——四月十六日に死んだ。

——でしょ。

——そこに座っとるかのようじゃがなぁ。

——どこに埋めたの？

——庭に……

——ちゃんとわかってるんじゃない。

やりとりしながら、胸がひりひりと痛んだ。

——わかっとる。わしがそんなこともわからんわけがあるか。生きとったらいいなと思うてな。チャムがこれをよく食べとったからな。

父は私が炊いた鶏粥を指さした。オウムが鶏粥を食べたりするのだろうか。私はまじまじと鶏粥を見た。

妹に父の状態を伝えると、無理な歯の治療と睡眠障害が引き起こす譫妄《せんもう》症状かもしれないと言い、まずはJ市の病院に行くようにとのことだった。予約は自分がしておくからと。

妹の予測どおり、医師は、お年寄りの多くはこういうものです、と大したことでもないように言った。父が手を洗いに行っている間に、医師に、父がしょっちゅう涙を流して夢遊病者のように夜に布団からいなくなり、もうこの世にはない人を探すこともあると言うと、医師は念のため父の年齢を聞いた。

——記憶力の低下は自然なことではありますが。

手を洗って戻ってきた父に、お名前はなんとおっしゃいますか、と医師が尋ねた。父は自分の名前を言うと、どうして名前を聞くのかと尋ね返した。お子さんは何人ですか？　と医師。四男二女だが、どうしてまた聞くのかね？　医師が質問するたび、父は答えながらも、どうして聞くのかと必ず問い返した。昨日はどこに行かれましたか？　医師が笑みを浮かべて尋ねる。父は腹の底から沸きおこる怒りを抑えている表情で、雨が沢山降るだろうということだったから、山に墓参りに行ってきた、と答えた。昨日、アボジはお墓参りに行ったかしら？　私は父をじっと見た。父は、夕食後に飲む薬を飲み忘れたから、一度寝てから起き出して薬を飲んだと、医師が聞きもしないことまで言った。父は医師に聞かれるままに住所をぼそぼそと言い、電話番号を言い、七×七はいくつかという問いに、すぐさま四十九と答えた。日にちと曜日を正確に答えると、もう疲れたから帰りたい、と父は言った。医師は認知能力には問題がないようだと言い、もしも涙を流すことが心配なら神経科を予約してあげましょう、と言った。神経科？　私は答え終えて黙り込んだ父のことが気になって、家族と相談してから連絡します、と答えた。医師は、昼間に寝すぎると夜に眠れなくなるので、昼間の時間をうまく活用して散歩したり、沢山話すと良い、と勧めた。涙は憂鬱な感情とつながっているかもしれないので、たまには胸に溜めこんでいることを思い切り吐き出すと、よくなることもあるのだと。私は処方箋を写真に撮って妹に送り、この薬をアボジが飲んでもいいのか、と尋ねた。妹は、いつも飲んでいる薬のほかに、このごろは歯医者で処方された薬も飲んでいるし、飲み合わせのよくない薬もあるのだと言い、自分がよく確かめたうえで夜眠れる薬を探してみるから、薬はもらわないで、と返事を送ってきた。

病院から出ると、父は身も心も疲れ果ててしまったように見えた。歯医者に寄ることもできずに家に帰るタクシーの中で、父が尋ねてきた。

——わしはどこかおかしいんか。

私はすぐさま父の言葉を遮った。

——若い人も具合が悪いときは病院に行くのよ、アボジ。私も具合が悪ければ病院に行くもの。

——認知症の検査を受けさせたいのか。

胸の内を見透かされたようで、顔が赤らんだ。

——もう受けたんじゃや。診断は認知症じゃなかったがな、パッチは貼っている。害にはならんだろうと思うて。自分が何をしているかもわからんまま生きておるんだったら、それは生きとることになるんか。

父がみずから認知症の検査を受けたという言葉に、私は沈鬱な思いになった。家族の誰からも、そんな話は聞いていない。誰にも知られずに、ひとり、認知症検査を受けに行った父。

――生きるというのは、必ずしも、前にだけ進まなきゃならんというものじゃない。振り返ってみて、以前の方がもっとよければ、そこに戻ってもいい。

私に言っているのだろうか。疲れたのか、痩せた体をシートに深く沈めようとしたので、私にもたれかからせた。父は目を閉じて、独り言のように言った。

――もう六年にもなるんか。あんまり長いこと引きとめとると、あの子も行くに行けずに迷てしまうだろうに……いつだったか子牛が乳を飲んでいて滑って、足が折れて、しゃがみこんでいるうちに歩き方を忘れて、足萎えになってしもうた。つかまえとったらいかん。どこにも滞《とどこお》ることなく、流れていけるようにしてやれ。今この話をしておかんことには、わしが呆けてしもうたら、話してやることも忘れてしまうだろうからな……

私は涙が溢れ出そうになった目をきつく閉じた。人差し指、中指、薬指の三本を揃えて、額から鼻筋まで何十回もさすった。疲れ果てたように見えていた父が、気力を振りしぼって、やっとのことで聞かせてくれた言葉が、生きるというのは、必ずしも、前にだけ進めばいいというものではない、だったから。振り返ってみて、以前の方がもっとよければ、そこに戻ってもいい、だったから。つかまえていないで、流れていけるように手放してやれ、だったから。

作家になってからもっともよくしたことは、自分が書いた文章を修正することだった。何人もの訳者が分担して翻訳したわけでもないのに、私の書いたものは不十分なところが多く、読むたびに修正すべきところが見つかった。けれど、いざ直してみると、直す前よりもさらに、これじゃない……と思う。本として出版されてからも、私は私の文章を修正していた。父が、おまえがやりたくてやっていることは、うまくいっているのか、と聞いたとき、アボジ、私は私自身のことがよくわかってなかったみたい、と言いそうになった。私は書きたくて書いているのではなく、生きたくて書いているみたい、と。自他の距離を保てずに溢れ出る悲嘆。我を捨てることができないがゆえに他人《ひと》を責める。連帯すべきなにかを持てずに孤立している、個人的な恨みつらみ。どうしても消すことができずに、ファイルを作って保存しておいた脈絡のないメモの数々。削除も修正もできなくて、ファイルを作って保存していたものだから、そこから新たに書き起こすことなどはできない。それでも、保存しておいたファイルの中の壊れた文章を呼び出して、毎日読みなおすということ。私は、すべてを捨てて新たに書かねばならない、という考えが変わることを願っていたのかもしれない。だから、毎日ファイルの中の文章を呼び出して、少しずつ直すことで、時を過ごしてきたのかも。大筋には手をつけられず、「を」を「は」に、「彼」を「あなた」に、「原っぱ」を「野原」に直しながら。けれども、直すほどに痛切に思い知らされるのだ。どうしても捨てられずに保存しておいた壊れたものたちを、すっかり空にしたところで、ふたたび始めることはできないということを。ふたたび始めることさえできないという恐ろしさに、瞼が震えた。アボジ、私は壊れて、砕けてしまいました。アボジの言うように、私はつまらないことを書く人間です。なにものでもありません。だけど、私はそのつまらないことを抱えて、生きていかねばなりません。

父は、土起こしができるようになれば、もう一人前だ、と言った父親の言葉を実践した。

伝染病で兄たちを亡くして長男になった十三歳の父は、伝染病で今度は両親まで亡くし、牛を使って土起こしをすることを学んだ。牛二頭でやる土起こしを学びたかったが、牛は一頭だけだった。その牛。夏の日に、三日の間に孤児になった父を憐れに思った父の母方の親戚が、父を呼んで子牛一頭を与えた。父の母方の祖父は十三歳の少年に、この子牛をきちんと育てて、なんとか食べていくように、と言い聞かせた。少年は子牛を連れて、毎朝早くに河原に行った。そこには子牛が飲む水も、食む草もあったから。少年はかたときも子牛のそばを離れなかった。子牛の体が昨日より大きくなったか、足がどれぐらい太くなったのか、毎日藁で測った。どんどん大きくなれと子牛の成長を願って、夜中にも草粥を作って飼い葉入れに入れてやり、子牛と一緒に眠りもした。子牛の草粥を反芻する音や、フウッという息づかいが、父には子守唄のように聞こえた。あの日、田んぼで見た父親は幻ではない、と父は思っていた。独り残され、この家を守っていかねばならない息子に、せめて土起こしだけでもしっかり教えてやろうと、この世を去る前に田んぼにいる自分のところにやってきたのだと、父は信じていた。

——棺の輿も担げなかった。

父が自身の父親について話すときに、なにかを放り捨てるようにして必ず吐き出す言葉の一つが、棺の輿も担げなかった、というものだった。伝染病が流行っていた頃だったので、人が死んでもみんな恐ろしがって、きちんと葬式も出せなかったという。きちんとどころか、人の姿が見えなくなる夜更けを待って埋葬することすら、難しい頃だったのだと。

――龍山《ヨンサン》のおじさんが生きとるときのことだ。夜中に全州《チョンジュ》のおじさんも来て、龍山のおじさんと一緒に死んだ父さんをムシロにくるんで、肩に背負うて、墓に埋めに行くときに、ついていった……来るなと言われたけれど、あとをずっとついていったんじゃ……

父はいつもここで言葉を止め、深く息をついた。

――驚いたよ、夜空に大きな火の玉がふわふわ飛び回って、わしの前にすっと寄ってきたかと思うと、また離れて、わしが歩くのを邪魔するんじゃ……わしがおじさんたちのあとをついていこうとするとな、その赤い火の玉がわしを押したり、転ばせたり……それ以上ついていけんようにするんじゃ。父さんが情を断ち切って、あの世に行こうとしとる、そう思うた。怖がらせて、恋しがったり悲しんだりせんように、火の玉になって通せんぼするんだと。

十三歳の少年は、顔を焼くほどに迫ってくる火の玉が怖くて、それ以上おじさんたちのあとをついていくことができなかった。父さん、父さん……闇の中に取り残されて、全身の水という水がすべて流れ出てしまうまで、ただただ泣いた。一日後に母親まで亡くして、十三歳の少年であった父は、もう泣きもしなかった。両親が三日の間にこの世を去ったというのに、家の中は昼も夜も静まり返っていた。夜中におじさんたちがまた母親をムシロに包んで門を出てゆく影を、少年は縁側に腰かけて眺めているだけだった。

――魂が抜けてしもうたんじゃ……

父は庭の洗濯紐の話をした。魂が抜けたまま縁側に腰かけていたら夜が明けて、どこからかチュンチュンという鳴き声が聞こえてきたのだと。夜の間に父がしたことといえば、その場に釘付けになったまま、視線を門から庭の洗濯紐に移したことだけだったと。今まで私は、父が何気なく口にした言葉に支えられて、崩れてしまいそうな時間を乗り越えてもきたのだと、燕の話を聞きながら思った。低く小さな父の声。夜にどんなことがあったにしても、日はまた昇るんじゃ……まちがいなくな、のような言葉の数々。

――うちの軒下に巣をつくってヒナを産んだ燕たちが、夜明けに洗濯紐にずらっと並んで、チュンチュン鳴いとったんじゃ。それをしばらく見とると、今度は母燕が軒下の巣に飛んできて、ヒナたちにそこから外に出る方法を教えとるじゃないか。ヒナは四、五羽はおってな、洗濯紐のところまで飛べるように、母燕はパタパタと飛び回って、飛んできては巣に入り、また飛んできては巣に入って、そのうちヒナたちは一羽ずつ巣を出て、ちょっと飛んではまた巣に戻り、またちょっと飛んでは巣に戻るんじゃ……ぼんやりと縁側に腰かけて、燕たちの様子を見とったよ。夜が明けて、日が昇る頃には、母燕もヒナたちもみんな洗濯紐にずらりと止まって、チュンチュン騒々しいことというたら、もう……いつのまにか母燕を追いかけてヒナたちが、一羽また一羽と虚空を蹴って飛びあがってゆくんじゃ。ひらりと空に飛びあがれずに、洗濯紐に戻ってまごついているヒナの隣に母燕が来て、止まって、なんだかんだ言うとると思うたら……飛びあがり、また飛びあがりしとったのが、いつのまにか洗濯紐はもぬけの殻だ。あのときは泣く力もなくなってしもうて、ぼんやりと洗濯紐だけを見るばかりでな、あの朝の洗濯紐のことは忘れられん。あんまりよく思い出すもんだから、あの朝、ああやって母さんがわしのそばにおってくれたんじゃ、と思うてな……

私はずっと父のことを、農作業にあまり手慣れていない人と思っていたのだが、私の思い込みとは違って、父は十三歳で子牛を育て、十四歳の頃には、牛に犂をつけて田畑を耕す土起こしの名人になっていた。父は十四歳のとき、そろそろ成牛になろうとしている子牛に鼻輪をつけた。父はそのときのことを実に詳しく覚えていた。体が大きくなり、力が強くなるにつれ、子牛は父の手にあまりはじめた。川辺に連れていこうとすると、子牛がやたらとよその家の庭に入りこんだり、川辺とは反対方向の線路の方に行こうとしたりして、草の多いところまで連れていくのにだんだんと時間がかかるようになった。最初は引かれるままに言うことをよく聞いていた子牛が、好き勝手に跳ねまわるようになると、少年の力では牛のあとを追うこともできなくなった。それまで子牛の尻を手のひらで叩いたり、頭をなでたりしながら、のんびりと自由に川辺を歩いていたのに、子牛が言うことを聞かなくなって、それもできなくなってしまった。これをかわいそうに思った母方の祖父が父をまた呼んで、サルナシの木で作った鼻輪を差し出し、牛の鼻に鼻輪を通す方法を教えた。父は祖父がくれた鼻輪を持って家に帰り、子牛を見つめた。もう成牛になりつつある子牛が、大きな目をしばたたかせて少年である父の前にいる。サルナシの木で作った鼻輪の先端は、どんなものでも貫いてしまうほどに鋭くとがっていた。鼻輪が突き破ることになる牛の鼻を触ってみた。二つの鼻の穴の間の皮膚はぷよぷよとして柔らかい。父の胸に苦痛が押し寄せた。二つの鼻の穴の間を貫いて鼻輪を通せば、子牛はなすすべもなく自分に従うほかなくなるだろう。この家の運命に自分が従うほかないように。成牛になりつつある子牛と自分の境遇とが同じに思えて、少年は手をのばして牛の鼻をさすった。しばらくの間は、祖父からもらったサルナシの鼻輪を部屋の入口のところにかけて、ただ眺めるばかりだった。ある日、ますます大きくなった子牛が、水の中で遊んでいるカモを見つけると、瞬く間に草地を抜け出し、水の中にザブンと飛び込んだ。子牛が泳ぐとは聞いたことのなかった父は、子牛を追いかけて水の中に入った。子牛は父よりも泳ぎが上手だった。父は、子牛を引っぱりあげるどころか、子牛の力に引きずられ、だんだんと深みへとはまっていった。水が首まできて危険を感じると、ついに父は子牛を残して、ひとり水の中を泳いで出てきた。子牛はどうしてカモを追いかけようとしたんだろう。驚いたカモがバタバタと、今にも飛び上がらんばかりの勢いで流れに乗って、素早く視界から遠ざかってゆく。子牛も足をジタバタさせながら、カモを追って流れを下ってゆく。川に沿って父もバタバタと大きな足音を立てて、子牛を追いかけた。野良で作業をしていてその光景を見かけた村びと数人が、駆けつけてきて子牛を引き上げてくれた。翌日、父は部屋の入口のところにかけておいたサルナシの鼻輪を手に取った。下の叔父さんが動かないように子牛を縛っている間、少年はしばし自分の手に握られた鼻輪を見下ろしていた。鼻輪を二つの鼻の穴の間の壁に通したあとに、子牛の首の両側にわたす細い木と、それに結びつける縄が床に置かれているのも見ていた。真鍮のボウルに入った白い塩も。この固いものが牛の柔らかい皮膚を突き破って入り、血がぽたぽたと落ちる光景を思い浮かべた。鼻輪をかけたら、細い木を牛の頬のあたりに懸けて縄で結ぶのだった。縛られた子牛は大きな目で少年を見つめていた。昇ったばかりの朝日が子牛の瞳の中で揺れていた。少年がそばに行くと、子牛の息が荒くなった。少年は後ろを振り返って、自分のことをじっと見つめている姉と弟に、家の中に入っているようにと言った。子牛の鼻を貫く様子を二人には見せたくなかった。少年は、子牛の苦痛を少なくしてやるには、正確に一度で貫かなければならない、と思った。鼻輪の先を火であぶって消毒を終えてもなお迷っていると、叔父さんが、代わりにやってやろうと言ったが、少年は鼻輪を渡さなかった。自分の子牛なのだから、自分がやらなければ、と心に決めていたから。少年は目を大きく見開いた。地面を踏みしめている足の裏に力を込めた。縛られた子牛の二つの鼻の穴の間の壁に鼻輪の鋭い先端を突き刺して、力を入れた。鼻輪が壁を突き破ったとき、手が震えて思わず目を閉じた。子牛が吐き出す熱い息の中に、血の匂いが交じっていた。目を開いてみると、牛の鼻から赤い血がぽたぽたと落ちている。子牛がもがいて、父の顔に血しぶきが飛んだ。父は姉が持ってきていたボウルの中の白い塩をひとつかみして、祖父が教えてくれたとおりに子牛の鼻にかけた。貫かれた鼻に塩がかかってヒリヒリと痛んだのか、子牛は二本の足で地面を蹴って起き上がろうとして暴れた。その音を聞きながら、父は牛の鼻にサルナシの鼻輪を通し、細い木を耳の後ろにまわして、縄でしっかりと縛った。牛に鼻輪を通した話をする父の息づかいが小さくなった。口のきけん生き物に、わしはそんなことをしたんじゃなぁ。

それ以来、牛は完全に父の思いどおりになった。

十三歳で両親を失った父は、十四歳のときには、近くの田畑の土起こしをほとんどひとりでやっていた。父はよその田畑も土起こししてやり、手間賃をもらうと伯母に渡した。土起こししてくれと頼まれなくても、先回りして土起こしをしておいた、と父は言った。許可もなく？ 私が聞くと、どうせ田植えをするなら、土起こしをせんといかんのだから……と父。許可もなくよその家の田んぼの土起こしをして、手間賃をくれなかったらどうするの？ 私の言葉に、そんなことする人はおらん、と父が言う。土起こししたそのときにはくれないで、収穫後に稲でくれることもあったがな、くれなかった人はおらん、と。父の表情からして、やはり土起こししてやっても手間賃をもらえなかったこともあったようだったので、手間賃をくれなかったのは誰？ そう尋ねると、忘れた、と父は言った。覚えているようだったのに、父はそれ以上その話をしなかった。わしが三日の間に両親に死なれたのを、全部見てわかっとる人たちだったからな……わしが牛を引いて、田んぼに入って土起こしをすると、しっかり耕しといておくれ、と言われたもんだ、誰が土起こししてくれって頼んだんだ？ なんて言いはせんだった。近頃みたいに、なんでもかんでも計算ずくの世知辛い世の中じゃなかったからな。それに、手間賃をくれなくても、それはそれで仕方がなかろうよ、どうにもならんじゃないか。

茁浦《チュルポ》に嫁ぐことが決まっていた伯母は、父親を亡くして泣いている十三歳の父に、あたしはあんたと一緒に暮らすよ、と言った約束を守って、父の傍らにいつづけた。結婚式は挙げたが、茁浦には一年後に行くことにして。

ずっと昔、この家で、幼い伯母は自分よりもさらに幼い弟二人のご飯を炊き、塀の下に穴を掘ってカボチャの種を埋め、衣類を洗って洗濯紐に干した。寒い冬の日には早朝に起きて、井戸で水を汲んで大きな釜で沸かし、洗面器に冷たい水と混ぜて肘で温度を確かめて出してやり、凍った履物を火のそばに立てかけ温めてやった。夜は三人で、灯りをつけた部屋の壁に指で動物の影絵を作って遊んだ。犬を作って吠えさせ、鷹を作って羽ばたかせ、馬を作って広野を駆けさせた。夜が更けると、伯母を真ん中にして父と叔父はそれぞれ壁の方を向いて寝た。父は十三歳で、暗い壁を見つめながら、今からは自分は家長なのだから、この家を離れることはできないのだ、と考えた。両親のいない家であろうと、十三歳の少年であろうとも、父が本家の当主なのだった。
法事の日には、亡父の兄弟姉妹や、いとことその妻たちが籠に米を入れてやってきて、オンドルの焚口から離れた冷たいところに並べ、ムクを作り、豆腐を作り、ジョン[*17]を焼き、鶏をしめて両足を縛って茹で、法事の膳に供えた。父はほんの十三歳で父親から引き継いだ位牌を祀り、法事を行った。そのたびに父は、子牛の鼻を貫いて鼻輪を通したとき、子牛が虚空に向かって泣き声をあげ、涙を流したことを思い起こした。この家が自分の鼻に穴をあけて鼻輪をかけたのだ、自分はこれから先、この家と共に生きていくほかない運命なのだ、と思った。子牛が本当に泣いたの？　私が聞くと、目が大きいからな、涙もボタボタと落ちとったなぁ、と父は言った。

父の姉、つまり私の伯母は、とうとう弟たちを残して茁浦には行けず、伯父の方が生まれ育った茁浦から村にやってきた。私は一度も伯父の顔を見たことがない。私が運転を習って初めてJ市に車で来たとき、後ろの座席に父を乗せてドライブに出て、格浦《キョクポ》へと入る土埃の舞いあがる海沿いの道に、「茁浦」と表記されている標識を見つけた。今の熊淵《コムソ》湾は、かつて茁浦湾と呼ばれていた。茁浦はどこから見ても急峻な山の姿をしている。海に迫る山裾のあたりの水深は深く、漁港が発達していた。漁師たちはイシモチとエビをとり、漁獲量が豊富なときは残ったもので塩辛を作った。私は運転しながら父に、「アボジ、この茁浦はあの茁浦のこと？」と聞いた。ときには、長い時間の中で幾重にも重なる物語を一気に飛び越えて、こんな大雑把な質問が通じる関係が家族でもある。父は「うん、この茁浦があの茁浦だ」と答えた。

その人のことを思うと、心がしん、とする。

顔も見たことのない茁浦の人、伯父は半分漁師で半分農夫だった。

一人の男がいた。蘆《あし》と茅《かや》が生い茂る干潟にシチメンソウの群落が広がる茁浦で生まれ、両親を

＊17：ジョン　肉や野菜の具を、小麦粉や溶き卵にからめて焼く料理。

亡くした弟たちを置いて家を離れることのできない妻との結婚生活のために、Ｊ村にやってきて暮らした人。茁浦は漁村で、Ｊ村は農村だ。茁浦で堤防を積む仕事をしていた伯父が、海も塩辛も鯛も太刀魚も塩田もないＪ村に来て、妻の弟たちの兄がわりになって暮らし……分家して新しく建てた家に引っ越して二年ほどして、その家が火事になり、その火の中に飛び込んでいった。火事だ、火事だ……赤く燃えあがる火の中から妻と子ども二人を助け出し、自分自身は火の中から出てくることができなかった。

ある出来事はときに信じられないほど非現実的で、時が流れても実感が湧かない。本当だろうか？　という疑問や懐疑が最後まで離れない。どうしてそんなことが？　そう思うと、事実が偶然や作りごとのように見えたり、ある形式に合わせるために図式を引っ張ってきたかのようにも思われ、想像による虚構の方がかえって事実のように感じられる。

牛が二頭いたなら、父は二頭引きの土起こしを熱心に身につけただろう。砂利混じりで、土が石の塊のように固くなっている山の畑には、二頭引きの土起こしが必要だったから。長きにわたり、土起こしは父にとってよい稼ぎになった。少女だった伯母は、少年だった父が土起こしでもらった手間賃を受け取ることを、きまり悪く思っていた。父は、洗濯物を干したり井戸で釣瓶に水を汲んでいる伯母のそばに、小さく折りたたんだ紙幣を放り捨てるようにして置くと、伯母の背中をトンと叩いて、姉さん……地面にお金が落ちてるよ！　と言っては、走って逃げた。大人のいない寂しい家では、ときには、姉弟が庭の洗濯紐にかけられている衣類を間に挟んで、なにかスイッチでも入ったかのように追いかけっこをして、大きな笑い声をあげることもあった。偶然、少女の伯母の手が少年の父のズボンをつかむこともあった。伯母の手の力で、ゴムの伸びたズボンがずり落ちてしまいそうになると、父はその場にぺたりとしゃがみこむ。伯母もしゃがもうとすると、父は立ち上がってまた逃げだす。しゃがみきらずにまた立ち上がった伯母は、逃げる父を捕まえようと、おーい、おーい……叫びながら弟を追いかけた。今にも捕まりそうで捕まらない互いの背中を、姉弟が追いつ追われつしていると、鶏小屋の鶏が驚いて羽ばたき、塀のところで寝そべっていた犬が身を起こして納屋の方に移り、土壁を這いあがっているカボチャの蔓からまだ小さなカボチャが地面に落ち、豚小屋の豚が黒い瞳で庭の大騒ぎを見て、耳をピンとそばだてていた。

戦争[18]が起こるまでは、この家ではそんな日々もあった。

戦争が起きたとき、父は十六歳だった、と書こうとして、奇妙な感覚にとらわれた。私は幼い

＊18：**戦争**　朝鮮戦争（一九五〇～一九五三）のこと。一九四五年、日本の植民地支配から解放され、独立直後に分断国家となった韓国（韓国軍。本文中は「国軍」）と北朝鮮（朝鮮人民軍。本文中は「人民軍」）の間で勃発した国際紛争。朝鮮半島のほとんどが戦場となり、苛烈な地上戦が繰り広げられた。

頃から、戦争が起きたとき、という言葉をなんということなく聞いて育った。この村にしても、戦争に巻き込まれずにすんだはずもない。村人たちは、ふだんは淡々と隣人として暮らしているが、なにごとかで喧嘩にでもなれば、その言い争いに戦争の頃のことが自然と引き合いに出されたりもするのだった。あのとき押し入れに匿《かくま》ってやらなかったら死んでたものを、生きながらえた恩も忘れて、こんなくだらんことで人に迷惑をかけやがって、とか、あのとき腕章をつけていたあんたが告げ口して、引っ張られていった人は一人二人じゃないというのに、いまだに謝罪の一言もなく、いけしゃあしゃあとしやがって、とか。父は両親を奪った伝染病と戦争について「騒ぎ」という単語を使った。騒ぎが起きて、その騒ぎに巻き込まれて、生き残ったのが一生の不思議だと。騒ぎを潜り抜けたあとは、生きていくのがおまけみたいに思われもしたのだと。

　この村は、J市の中心から四キロほど離れたはずれにある。少なくはあるが会社員や公務員、あるいは紙屋や商業活動をしている町の人とは違って、田畑をはじめとする土に携わる人たちが集まって暮らしていた。農作業も今とはやり方が違って、お互いに助け合わなければ田植えができず、収穫もできないので、よその家の田畑のことも互いに知り尽くしていた。戦争が起きたときも……と書いて、また迷いはじめる。今まで、戦争が起きたとき、とか、戦争が起きた……というような言葉に特に引っかかったことはなかった。今私が、戦争が起きた（났다《ナッタ》）とき、と書こうとして、この〝났다〟という動詞の活用が戦争にまで及ぶのは正しいのだろうか、とにわかに疑問がわいた。戦争について父が表現したとおり、生き残ったのちの人生がおまけに感じられるほどのとてつもない騒ぎが、「涙が出た（났다）」とか「傷になった（났다）」とか、道に「タイ

ヤの跡がついた（났다）」というようなものと同一線上に表現されることに対する、この違和感は何なのだろう。

それにもかかわらず、私は書きつづける。戦争が起きた（났다）とき、と。

戦争が起きたときも、村の人びとは農作業を続けた。田んぼに苗を植え、山の畑を耕してエゴマを植え、土の塊を崩して集めて唐辛子の苗を植えた。最初は騒ぎが起きたという実感はなかった、と父は言った。ほんとのところ、十一歳のときに植民地支配から解放になったのも、実感は湧かんかったなぁ。解放になったっていうのに、なんで三十八度線ができたんじゃろ、と思うたし、それができてから、北には行けんことになったという話も聞こえてきたし。あっちの人たちとは連絡もつかんし、行くのも来るのもだめだと。解放と言うとるのに、なんだか身動きもならんなと思うたよ。友達と子どもの頃に、いつかは白頭山に虎を捕まえに行こうって約束したんじゃ。大星《テソン》のおじちゃん、北山《プクサン》のおじちゃんと？　うん……ここは湖南《ホナム》平野の穀倉地帯とはいうても、自分の田んぼはいくらもないし、田んぼでできるもの、畑でできるもの以外には何もないから……幼いながらも、北には熊もようけおるというし、虎が捕まらなかったら熊を代わりに捕まえて、熊の肝を取り出して売って、それを元手にしてソウルで落ち着こうってな……父が笑ってみせる。私も笑った。虎がだめなら熊を代わりに捕まえて、熊の肝を売ろうと考えていた少年たちの姿を思い描いて。少年たちは虎や熊を見たことがあったのだろうか。熊の肝がどんなものか知っていたの？　なんも知らんよ……父は虚ろな表情になった。北には行きようもないし、行くわけにもいかんかったし……息苦しくて、せめて夢でもみようと。どこそこに行けば、何かができる……そんなことを考えるだけでも、息ができるような気がしてな、と言った。ある日の明け方、北から人民軍が押し寄せてきて、南側はどうすることもできずに三日でソウルを奪われて……ここは南側でもさらに南の方だから噂ばかりが溢れかえってな、最初は騒ぎが起こったのか何なんだかもよくわからなくて、ただ三十八度線の方で何か紛争が起こったようだ、と思いながら、昨日していたことを今日もやっていたんじゃが……というても、あの頃は、ソウルっちゅうのは物語の中に出てくるような場所でしかなかったからな。そもそもが遠くて行ったこともない、ソウルと言えば、よその国みたいに感じとったからなぁ……お互いを守るために線を引いたというのに、その三十八度線が崩れて、戦闘機が毎日空を飛びまわって、大統領がソウルを捨てて避難したとか、ソウルの人たちも荷物をまとめて避難したとはいうても、こっちの方へ来るわけでもなし……最初は実感がなかったんじゃが。

戦争が起きてひと月も経たないうちに、南側でもさらに南のＪ市は人民軍に占領された。

父は戦争のときの話が出ると、彼らを「第六師団の人たち」と表現した。人民軍とも言わず、第六師団の人たち、と。七月に第六師団の人たちがＪ市に押し寄せてくると、人びとが豹変しはじめたのだと。第六師団の人たちはＪ市を踏み荒らし、光州《クァンジュ》を突破することを目標にしていたので、そのルートの要所である長城《チャンソン》に行ったという。父が正確に第六師団の人たちというのが奇妙で、第六師団かどうかどうしてわかるの？　そう尋ねると、到底忘れられん、あの人たちにどれだけの人が殺されたことか、と言った。叔父さんのうちの一人が警察だったろう……全州のおじいさん？　いや、その上にもうひとりおったんだ。もうひとりいたという父の叔父さん。淳昌《スンチャン》支署におったんだが、この家にはわしらだけだったから、心配して様子を見に来てくれたんじゃ、そしたら叔父さんがここにおるというのを誰が密告したのか、第六師団の人たちが何人か……彼らが庭に入ってくるのと同時に、私は一度も会ったことはないけれど、私の大叔父さんだったその人は裏口から出て、甕置き台を越えてチャンチンの木に登り、木の上に隠れた。それで？　口ごもる父に私は、それで？　と繰り返し聞いた。チャンチンの木の上に隠れたのをどうやって知ったんだか、木の上に向けて銃をダダダダと撃ってな、叔父さんが裏のゴマ畑に落ちる音を甕の間に隠れて聞いたんじゃ……警察の家族だからって、そんなふうにして叔父さんたちがみんな……あの日のことを思うと、今こうやって息をしとるのも不思議なんじゃ、こうして生きとることの実感がまったくないんじゃ。夜中に龍山の叔父さんとわしと、それから村の何人かを、田植えの終わった田んぼの前に立たせて、十かぞえたら田んぼの中に走ってゆけと言うから、田んぼの中へと駆け込んでいったら、それを後ろから銃で撃ってな……銃声を聞きながらぬかるみの中でじっとしておった、目を開けたら朝になっとった、みんな死んじまって、わしだけ生きていて、田んぼから這い出して、体にびっしりくっついたヒルを剥がした記憶が……騒ぎの中で叔父さんたちはみんなそうやって死んじまって、生き残った叔父さんは全州の叔父さんだけだ……そのうち銃を使うのも惜しくなったようでな。川辺のエノキの木をぐるりと囲んで座らせて、竹槍で……竹槍で死ぬまで突いとった。あとの方になると、奴らは見ているだけで、互いに槍で突かせて……村じゅうが悲鳴と血の匂いだ、目玉が飛び出し、腹が裂けて、はらわたが飛び出し……

父は、そんななかでも生き残る者は生き残ったんじゃ、と言った。法事の日になると、大きな釜に広げて蒸したアカエイを、いかにもおいしそうにちぎって父の皿に載せてくれたスックンおばあさんの、首にある長い傷痕が、あのとき竹槍で突かれた痕だということを知った。マッコリの一杯も飲めば、かぼそいうなじに赤く浮き上がるように見えていた傷痕。

戦争が激しかった頃、父は、入隊せよという召集令状を受けとった。私たちが全州のおじいさんと呼んでいる父の叔父さんは、父の入隊を躍起になって止めた。父にとっては一番下の叔父さんだった全州のおじいさんは、刑事だった。彼は父が呼び出されると、どんな手を使ったのか、父を家に帰した。少年兵は「九月一日から翌年の八月三十一日出生の満二十歳に達した男性」であって、父は満十七歳にもならないのだから、召集を避けても忌避者にはならず、一族の本家を継ぐ者なのだから、どうあっても生きて家を守らなければならない、というのだった。父の小さな声を私は書きとめる。いつかは跡形もなく消えていく声に込められた言葉を、静かにノートに書きとめる。守るものなんて、家に何が残っとったというのか……全州のおじいさんの言葉を繰り返すたび、父は虚しく笑う。守るものなんて、牛一頭しかおらんのに……

少年だった父がふたたび召集令状を受け取り、また警察に呼び出されると、全州のおじいさんは父にイスロジにある祠堂《しどう》に行ってくるようにと言った。そこに行って、クンボン[*19]の言うとおりにしろと。イスロジは先祖の墓があるところで、そこの祠《ほこら》にはクンボンが住んでいた。クンボンは耳が聞こえず、口のきけない頭の大きな人で、私の記憶にも残っている。名前もない流れ者を誰かが、頭が大きいからとクンボンと呼びはじめたのだった。どうしてクンボンなの？　と聞くまでもないほどに、彼の頭は他人《ひと》よりも大きかった。とりわけ、顔が小さい父の隣にいると、いっそう大きく見えもした。流れ者で住むところのないクンボンは、いつからか一族の墓のある山の麓の、祭祀を行う祠堂で鶏を飼って暮らしていた。ときには黒山羊が一、二匹いることもあった。クンボンの一番の大仕事は春の法事や、旧盆のときの墓の草刈りだった。全州のおじいさんが言うとおりにクンボンのところに行くと、クンボンは黙って少年だった父を祠堂の物置に連れていき、中から鍵を掛けた。クンボンは少年に手拭いでぐるぐると目隠しをした。少年の右手を握らせて、人差し指だけは伸ばしたままにして何かの上に置いた。指の関節に触れる冷たい感触に身をすくめたのもつかの間、なにかひんやりとしたものが、内側に曲げて突き出ている形になっている中指の関節をかすめていった。父が何をするの？　と聞いても、クンボンは答えようもなかったはずだ。クンボンは、何も知らずに緊張している父の右の人差し指を押し切りの間に挟んで、

＊19：クンボン　クンは「大きな」という意味。ボンは「峯」、転じて頭のこと。

素早く刃を降ろした。一瞬の出来事だった。驚いて悲鳴を上げる暇《いとま》もなかった。目隠しの手拭いを取ったとき、クンボンは切り落とした指を踏みしだいていたのだという。どうしてこんなことをされるのかわからなかった父は、クンボンが恐ろしくて口をきくこともできなかったのだと。切り落とされて潰された人差し指を手拭いに包んで、祠堂から逃げ出したときには、切り落とされたところからは血すら出ていなかったと。韓方医だった祖父の傍らで薬草の扱い方を見て覚えていた伯母が、血まみれになって戻ってきた父の手に、薬草を刻んだものを分厚くはりつけた。そのときようやく恐怖で凍りついた心も緩んで、少年だった父は滂沱の涙を流し、その背中を伯母がさすってやった。もう引き金を引けなくなったから、召集されんからね、と言いながら。クンボンは切り落とした指を縫合できないようにと、すっかり踏みしだくことまでしたのだった。クンボンの指のことは忘れて生きていこう。伯母はそう言って、弟の切り落とされた人差し指を井戸のそばに埋めた。

この話を私はいつ知ったんだろう。誰から聞いたんだろう。父の脳が眠らないという話を初めて聞いたとき、戦争中に父の指が切り落とされた瞬間が頭に浮かんだ。父の脳を眠らせないのは、きっと、あの瞬間であるような気がして。

先っぽが丸くなった父の人差し指を見ると、奇妙な悲しみが押し寄せてもきた。この話を知ってからしばらくは、私は心の中で全州のおじいさんのことを恨んでいた。冬の法事の日に、おじいさんがミカンを箱ごと買って全州からやってくるときも、みんなは挨拶をしているのに、私ひとりだけ離れて後ろの方に立って、おじいさんを睨んでいた。うちの村では見られない朱色のミカンを分けてくれたときも、もらわなかった。冬にミカンをもらわないことが、幼い私がおじいさんに対してできる精一杯の抵抗だった。それも伯母に行儀が悪いと睨まれると、両手を差し出して受け取るよりほかなかったミカン。おとなしく受け取ってから、雪の降り積もった畑に放り捨てた。冬の日の白い雪の中に転がっていった朱いミカン。父の丸い指を見るたび、押し寄せてきた奇妙な悲しみ。奇妙な、としか表現できない、癒されることのないような悲しみ。そんなとき、私は手を伸ばして父の指に自分の指を絡めたりした。父の手は大きく、私の手は小さくて、指と指の大きさも合わないままに、アボジ！　と呼びながら、やたらと虚空に向かって、指を絡めた父と私の手を振りあげて揺らしてみたりした。一度は父に、指がそんなんで困らない？　そう尋ねたこともあった。父は、先の丸まった爪のない自分の指を少しのあいだ眺めて、なんともない、と言った。なんともない、こんなことは……と。目隠しをされて、何をされているのかもわからないまま指を失ってから、それがなんともなくなるまで、どれほど多くのことを父はやりとげてきたのだろう。

父について、父がくぐり抜けてきた戦争について知るほどに、謎として残る名前。

父は長い間、誰かが長城から来たとか、そこに住んでいた、と言うと、その人のことをじっと見つめた。そしてすぐに、その人に、もしかして騒ぎのあとに「パク・ムルン」を見たことはないかと尋ねたものだった。それは誰なのだろう。幼い頃から父を通じて何度も聞いてきたその名前を書いてみた。この人を探さなければならないと思いながら。長城の人だと思うと、騒ぎのあとに「パク・ムルン」を見たことがあるか、と聞いていた父の顔に宿っていたうら寂しさ。長城の「パク・ムルン」はいったい何者で、どうして父にあんな寂しげな顔をさせるのか。その人が誰なのか、父が話してくれたことはない。その人の消息を尋ねるたびに、父の表情から「パク・ムルン」が生きていることを願う思いの切実さがうかがえるばかり。

長城は、J市が属する全羅北道と全羅南道《チョルラナムド》を分ける境目の地域だ。私がJ村の中学校に通っていた頃までは、J村のバスターミナルから出発するバスの中に、村の新作路を走る長城行きのバスがあった。今もそのバスはあるだろうか。笠岩、川原《チョノン》、長城と書かれた札を下げて午前に一本、午後に一本、バスは村を通り過ぎた。笠岩と川原までは全羅北道だが、長城は全羅南道長城郡に属している。蘆嶺《ノリョン》山脈に連なる地だ。村の線路や山の畑から四方を見渡せば、遠くに近くに、そして左右のどこからも重厚な山の嶺が目に入ってくる。自転車に乗って走れば、すぐにも届きそうな峰々のひとつが長城のカルチェ峠だった。父はカルチェ峠を見くびってはいけないと言った。すぐ目の前にあるようで、実際に行こうとすると、歩いても歩いても辿り着けずに苦労するのだと。そのうえ、カルチェ峠は傾斜がきついので訪れる人もめったになく、山道かと思って歩いていくと、ところどころに長く伸びた雑草が鬱蒼としていて、その草むらをかき分けていくだけでも険しく困難なのだと。沼があり、一度足をとられると、そのまま引きずり込まれて、誰かの助けがなければ抜け出すこともできない。どうにか抜けだしてみると見事に道に迷っていて、そこがどこだかまったくわからず、毒蛇にでも出くわしてしまえば命も危ういのだと。父はカルチェ峠について詳しかった。まるで行ってきた人のように、その草むらを形作っている蘆《あし》や、突然その隙間からバサバサと蒼空に飛びあがる山雉のことや、細かなところまで覚えていた。カルチェ峠のことをどうしてそんなによく知っているのかと聞くと、父は言った。忘れられるもんか。

仁川《インチョン》上陸作戦によってふたたびソウルを取り戻すまで三か月かかった。国軍と国連軍は北進を続け、鴨緑江《アムノクカン》に至ったが、韓国南部のJ市では戦争初期よりも騒ぎはさらに深刻になっていた。村に国軍と人民軍が昼と夜に分かれて駐屯していた。昼は国軍が、夜は人民軍が。J市の中でも、うちの村は長城のカルチェ峠に通じていたからだ。と、父は言った。父から最初に長城のカルチェ峠という言葉を聞いたとき、そこはまたどこなのだろう、と思い、本で調べてみた。日本の植民地時代には蘆嶺《ろれい》と呼ばれていた長城のカルチェ峠の頂上には蘆《あし》が多いと書かれていた。山に蘆が多い？　ススキのことよね。そう思った。蘆嶺は、植民地時代に朝鮮半島の山脈を漢字で表記する過程でできた名前なのだと。私を小馬鹿にするように、蘆が多いからカルチェ（蘆）峠と呼ばれていたのに、実は蘆ではなくススキだったという説明があとに続いた。蘆ではなくススキだったという事実が、蘆《カルチェ》に宿っている物語を変えることはできない。私が蘆とススキを正確に区別できる目を持っているわけでもない。蘆は海辺や川で、ススキは山で育つと習ったから、そのように思っているだけ。ただ、蘆ではなくススキだということが知られていたら、カルチェ峠ではなくオクセチェ（ススキ）峠と呼ばれていたのかもしれない。私もまた、いまだに、山に生えているススキを見て蘆だと言うことがままある。だから、川で風に揺れている蘆を見て、ススキだと思うこともあるだろう。カルチェ峠も、そこに生えていたのが蘆やらススキやらいっしょくたに呼ばれているうちに、いつのまにかカルチェ峠になったのだろう。どこかに「カルチェ峠は全南（全羅南道）長城郡北二面木蘭《モンナン》村とJ市の笠岩面軍令《クルリョン》村の間にあった道」と記されていた。父の記憶は間違っていなかった。朝鮮時代、科挙を受けに行くときに全羅道と漢陽《ハニャン》（朝鮮時代のソウルの名称）をつないでいた唯一の道がカルチェ峠だった、と父は言った。漢陽に行こうと思ったらカルチェ峠を越えるしかなかったのだと。カルチェ峠を越えて、その橋を渡らなければ漢陽には行けなかったという「科橋《クァギョ》」という橋が、今も村にある。学校からの帰り道、この橋さえ越えればもう村だ、とうれしくなった橋。雨が降れば、橋の下をいつでも川が轟々と音を立てて激しく流れ、学校に行く途中に橋の上に立って川を眺めていたりもした。夏の雨がやんで、荒々しい流れがなくなってしまえば、川の両側には草が茂り、澄んだ水が下へ下へと流れていくのを眺めていた科橋。釜山《プサン》を死守するための最後の阻止線だった洛東江《ナクトンガン》の戦闘で国軍が勝利すると、洛東江の片隅に追いこまれた人民軍が智異山《チリサン》と徳裕山《トギュサン》に入ってゆき、ゲリラ戦を繰り広げた。私の村を見下ろすカルチェ峠にも、人民軍とパルチザン[*20]が潜んでいた。彼らはカルチェ峠に身を隠しつつ、国軍や警察の家族と思われる人たちを虐殺した。

カルチェ峠に潜んでいた人民軍は、夜になると村に下りてきた。彼らがもっとも必要としていたものは、山で潜伏生活をする間の食糧だった。村の家々が隠していた穀物を奪い、鶏は頭をひねられて持ってゆかれ、来年の植え付け用に使おうと門口にかけておいたトウモロコシまで取りあげられた。

父は牛を守ることにした。昼に犂をつけて畑を耕していた牛を、そろそろ日が沈む頃になると追い立てて科橋を渡り、タンコゲを越え、大興里橋を渡ったところにある支署に行った。支署の脇に牛を寝かせ、牛の腹を枕にして夜を明かし、夜が明けるとまた牛を連れて村に戻ってきて、牛に荷車をつけて仕事を探しに出かけた。

——あんなひどい騒ぎもなかった……

昼は国軍が、夜には人民軍が村に入ってくるようになると、昨日まで同じ村の隣人だった人びとも二つに割れた。昼は、国軍が人民軍に内通している者がいないか調べた。夜は、人民軍が国軍の側についていると思われる者を探し出して処刑した。生きのびるのに、何をどう判断すればいいもんだか、途方に暮れとった。父はそのときのことを思うと、いまだに苦しくなるのか、肩をすくめ、身を縮めた。人間を恐ろしいと思うたのは、あのときが初めてだった、と父は言った。

＊20：パルチザン　もとは占領軍への抵抗運動や内戦・革命戦争などの際に、非正規軍の軍事活動を行う構成員のこと。ここでは、朝鮮戦争当時、智異山を中心に全羅北道の山岳地帯で活動した共産主義非正規軍を指す。

誰が何を考えているのかわからんかったと。それが一番恐ろしかったと。

カルチェ峠に隠れている人民軍は、夜になると村に下りてきて、使えそうな者と見れば強制的に連れていった。クンボンに指を切り落とされ、兵役を免れた父は、今度は人民軍に引っ張られないよう、逃げまわらなければならなかった。夕暮れどきになると牛を連れて家を出て、隠れる場所を探しまわる姿は、目につきやすい。ある日のこと、支署の前に牛だけをどうにか縛りつけて、仕事を片付けるために家に帰ると、人民軍が押し入ってきたのだ。おまえの伯母さんが、わしを奥の部屋の塩の袋の中に入れて、その上に急いでがらくたを積んだんだがな、部屋の戸がガラっと開いたかと思うと、竹槍が袋の中にぶすりと入ってくるじゃないか。人がいそうなところは、とにかく突き刺したという竹槍は、父の耳の横をかすめていった。とうとう捕まって、牛といっしょに連れていかれたこともあった。パルチザンになって腕章をつけて走り回っていた三君《サムグン》里《リ》の人が、引っ張られていく人たちの中にいるわしを指さしてな、放してやれって言うてくれたんだ。両親を亡くして、独り残されて、必死で生きていこうとしている憐れな子だから、牛も返してやれってな。その人のおかげで牛と一緒に解き放されて、今もこうして生きているんじゃ、と父は言った。あとになって聞いたんじゃが、その人が一銭もないまま病気の母親を背負うて来たとき、今にも死にそうなところを、うちの父さんが鍼を打って薬を出してやったんだと。三君里は、わが家のそばを流れる小川の上流にある村だ。父は生き残り、騒ぎが収まると、その人を探して三君里を訪ねていったが、カルチェ峠に入ってからのその人の行方を知る人はいなかったという。

若い頃の伯母の顔が収められた一枚の写真。

写真の中の伯母は髪を後ろにひっつめ、かんざしを挿し、ピンで襟元を止めた白いチョゴリに黒いチマ姿。チマの一方の端を片手に持って、前の方にぐるりと巻きつけている。持ち上げられたチマの下から、コバクシンと呼ばれていた白いゴム靴が見える。足袋も靴下も履いていない素足だ。伯母は世の中を睨みつけるように一重の目を細めて、父をギュッとつかんで立っている。いつの年だったか。家を出ていた父が、夏の日に、三日の間に立てつづけに行われる両親の法事をするために、村に帰ってきたときに撮ったもので、それは伯母の生涯初めての写真なのだ。幼い頃から聴いてきて、今も耳に残る伯母の声。母は草葺きの家の板の間の端に座っていて、伯母は刻み煙草を紙で巻いて口にくわえ、板の間の真ん中に座っている。伯母はこの家の最年長者だ。いつでもこの家では、伯母が板の間に座るときは真ん中に、食膳に着くときは長男である父の前に対等に座った。伯母はいつでもどこでも父を守った。春に家を出た父が、夏になっても帰ってこないでいると、母の口からため息がこぼれた。伯母は写真の中でそうしていたように、母を睨みつけた。ホレンイ（虎の意）も、気づまりだから家を出たんじゃないのかい。これもみんな戦争のせいさね。あの子が悪いんじゃない。国軍に入ろうと召集場所にいったら、本家の長男を死なすわけにはいかんって、叔父さんに連れ戻されて兵役逃れになっちまったんだから、どうしてひとところに落ち着いておられるもんかね。ホレンイというのは父の胎名（胎児につける呼び名）だ。本来の発音はホランイなのだが、伯母が言えば訛ってホレンイになる。伯母は、フン、と鼻を鳴らすと庭を見渡し、刻み煙草をまた一つ巻いて、口にくわえて深く吸い込む。あとになってからは、人民軍に捕まらんように、あちこち逃げ隠れする身の上になっちまって、家にもおられんことになって、牛を連れて夜露に濡れてさまよっておったんよ、あんたが憎くて帰ってこんのじゃない、あのときにひとところに落ち着いておられん病気になっちまったんだ。その話、あと一回聞いたら千回目ですよ！　伯母は母の勢いに押されて、最後まで言葉が続かない。母は、そのときだけは伯母に食ってかかるかのように声が大きくなった。百姓仕事をしろなんて言いやせんです！　そんなこと、あたしが日雇い人夫を使《つこ》うてやります！　田んぼがそう沢山あるわけでもないんですから！　子どもらがああして大きくなっていくのに、父親たる者がしょっちゅう家を出たきり帰らんのですから、子どもらが真似するんじゃないかと思うて言うとるんですよ！　伯母は刻み煙草の煙をふううっと吐き出した。じきに法事だから、そんときには帰ってくるさね、と言った。どこにいても、その日には父は帰って来ると。

伯母の言葉が間違っていたことはなかった。

父はどこにいても法事の日には家に戻り、膳に供える鶏をさばき、栗の皮を剥き、戦争の最中《さなか》になくなってしまった位牌の代わりに、紙の位牌を書いた。全州のおじいさんが、父のいとこたちや叔父と、午前零時になると祭壇に向かって供物を捧げ、拝礼をする。そのときまで起きている私たちに、祭壇に供えられていた食べ物を分けてくれた。私は、真ん中に花模様の飾り包丁を入れて、皿にどっさりと並べられている茹で卵が好きだった。私がその茹で卵をじっと見ていると、父は干し柿を取ってくれようとしたのをやめて、黄身が花びらの内側のように見える茹で卵を私の手にのせてくれた。

門の中に宅配のドライバーが急ぎ足で入ってきた。

私が小さい部屋の窓のカーテンを開けるのと同時だった。ドライバーは玄関前の階段に荷物を置いて行こうとして、窓辺に立っている私を見つけてぺこりと目礼をすると、私に聞いた。

――おじいさんはいらっしゃいませんか。

おじいさんというのは、父のことを言っているのだろう。病院に行ってからというもの、父は私の前ではなんでもないふりをしていた。気分が良くなったようなそぶりも見せた。今朝は、私が朝食に絹豆腐を出して、醤油のかわりに明太子をのせてエゴマ油を一滴落としてあげたら、香ばしい、と評したりもした。J市に帰ってきて初めて、父から聞いた食べ物に対する評。朝食を終えて、カレンダーをしばらく見ていた父が、病院にいる母に電話をかけた。父は今日の日付に赤い丸を付けていたのだが、それが何の印なのかわかるか、と母に尋ねた。農協が配るカレンダーは、百メートル離れたところからでも読めるぐらいに文字が大きい。心の中で、アボジがつけた赤い丸のことをオンマに聞いたってわかるはずもないのに、と思っていたのだが、母が言う。今日は国楽院の人たちと昼食の集まりのある日で、白雲《ペグン》の旦那さんと一緒に行くことになっていて、十一時半頃に来るから、あなたは家で待っていればいい。母はそう言いながらも、絶対行かにゃならんですか？　と聞いた。ついさっきのことも覚えていない父が、絶対行かにゃならん、と答えた。行って何するんです？　母がまた聞くと、何するわけでもないんじゃが、この前も行かんかったし、今度も行かなかったら、もういない人だと思われやせんか、と父が答えた。十一時半に白雲のおじさんが父を迎えに来るということなのに、父は新作路に出て待っていると言って、約束時間の三十分も前の十一時から慌ただしくしている。突然ざあざあと雨が激しく降りはじめ、アボジ、雨が降っているから行くのやめましょうよ、と私が言うと、空を見上げて、通り雨だよ、と父。その言葉に応えるかのように、雨は木の匂い、土の匂いを運んできたかと思うと、すぐに止んで、日が差した。父の顔に日焼け止めを塗ると、べたべたするからと父はすぐに拭き取ってしまった。これはべたべたしないクリームなのよ。私がもう一度塗ると、父は払いのけるのも面倒なのか、憮然とした表情でじっとしていた。父は、私が頭に帽子をかぶせるときもじっとしていた。杖を用意したのだけれど、父は門の前に立てかけて、路地の方へ歩いていった。胴回りが痩せて、シャツの上に羽織ったジャケットも、ズボンも、風が入り込んだかのようにだぶだぶとしていた。そうやって父が押し開いて出ていった門から、宅配のドライバーが入ってきたのだった。

私が窓を開け、階段に置いてってくださっていいですよ、と言うと、ドライバーは少しの間ためらってから、おじいさんはいつも直接受け取られるんですよ、と言った。できればおばあさんに知られんように、ともおっしゃって……私が言葉の意味が理解できずにじっと見つめると、ドライバーは仕方ないというふうに、私が指さした階段に荷物を降ろし、門から出ていった。出ていきながらもなにか不安そうに、もう一度荷物の方を振り返った。いったいどうして？　外に出て、階段に置かれた荷物を見てみた。部屋の中からはわからなかったが、ずいぶんと嵩《かさ》がある。箱をあちこち見てみれば、ホームショッピングから配送されてきたフライパンセットだ。オンマが注文したのかしら？　私は箱を開けようとしたものの、面倒なことになりそうな気がして納屋の平台の上に荷物を降ろし、数日前の夜に父がうずくまっていた納屋の片隅を見た。壁にかけられた農具はあの日のままだ。私は体を起こして、納屋の横の戸をそっと押してみた。

草葺きの家を解体した場所に新しく建てた青いスレートの家は、ある年の冬、積もった雪の重さに耐えきれずに屋根が崩れ落ちた。春が来ると父は屋根を修理した。一度崩れた屋根は、次の年の冬も崩れ落ちた。春を待って父は屋根をまた修理した。その次の年の冬、屋根は一か所だけでなく、ほとんど半分が崩れ落ちて、家が傾いて見えるありさまだった。父は、私が初めての長編小説を新聞に連載している頃に、この家を建てた。居間に入る出入口ができた。父はそろばんをはじいて、深夜電気ボイラーと灯油ボイラーを両方とも設置した。居間にはソファーが、寝室にはベッドが置かれた。新しい家であることは間違いないけれど、父は家の位置と造りを以前とまったく同じに設計した。新しい家は相変わらず西向きで、部屋の配置も門の場所も変わりはなかった。ただ納屋だけは広くなった。かまどを使っていた頃は、灰取り用の箕《み》にかまどの中の黒い灰をかき集め、肥料用にと灰小屋に溜めていたのだが、その灰小屋も使わなくなり、隣の納屋とつないだのだ。父は庭に向かって開いている納屋にオートバイを停めておいた。夏は庭に置いてあった平台が、冬には納屋に置かれていたが、時とともに、平台は夏でも納屋のその場所に置かれるようになった。平台には、中に入れてしまうと面倒な物が置かれるようになった。皮を剥かなければならないニンニクの包みや、水を引いた田んぼに入るときに履く作業用長靴や、柿をもぐときに使う竹竿のようなもの。父や母に会いに来た人たちが、納屋の平台にしばらく腰を下ろして世間話をしたりもした。

　父はのちに、納屋とつながっていた灰小屋だった場所に、母の要求どおり別にドアをつけ、壁に棚を作り、こまごまとした生活用品を置いておけるようにした。その場所はすぐに母の物置になった。母はそこに冷蔵庫まで置いて、大きな容器に水キムチ[*21]を入れておいたり、もち米で作ったコチュジャン（唐辛子味噌）を小さな容器に小分けにして入れたりした。ソウルから子どもたちが来ると、一つずつ分けてやるのが母の仕事だった。一方で、エゴマが好きな私のために作った、いろいろな種類のエゴマ料理が容器に入っていたりもした。エゴマの葉キムチ、エゴマの葉の煮つけ、エゴマの葉の味噌漬け。中に入って冷蔵庫を開いてみると、コチュジャンや味噌などを小分けにした容器でいっぱいだった。一つの段にはさらにもう一つ、大きな容器いっぱいの水キムチが入っていた。

　この水キムチのことね。

　水キムチの容器を見ると、妹が母と繰り広げたという言い争いが思い出されて、私はそれをじっと見つめた。母の足が不自由になってから、妹は母のために、牛の足を柔らかくなるまでじっくり煮込んだスープをJ市に持ってきた。母はあまり喜ばなかった。無理してどうしてこんなものを……と言ったけれど、母としては戸惑ってしまったのかも。今まで自分が食べ物を作っては持っていってやったものだから、逆に娘が食べ物を作って持ってくるという状況を、受けいれがたかったのかも。母は牛の足の煮込みスープが好きというわけでもなかった。一、二度は妹がよそってくれるままに食べたが、あとは水キムチだけをおかずにご飯を食べた。妹が、オンマ！　と怒鳴った。母は、なんだい？　という目で妹を見た。

——どういうつもり？

自分が作ってきた牛の足の煮込みを母が食べないことが悲しくて、妹は涙まで浮かべた。

——水キムチしか食べないの？

母は、水キムチがさっぱりしていておいしいんだよ、と言った。母の言葉に妹は涙ぐんで、台所の床にぺたりと座り込んだ。

——なんで栄養もろくにない水キムチばっかり食べるわけ？　煮込みを食べてちょうだいよ！　これを作るのに、十何時間もガスレンジの前に立っていたというのに、どうして水キムチしか食べないの！

母は最初は驚いてじっと見ていたが、なにかい、あたしは自分が食べたいものも自由に食べら

＊21：水キムチ　野菜を漬け汁で発酵させたキムチ。

れないのかい？　と言い返した。すると、妹は足を投げ出して大泣きし、母に向かってわめいた。

——冷蔵庫の水キムチを全部、畑にぶちまけてやる！

妹がJ市から帰ってきてから、母との言い争いのことを話すのを聞いていて、それで？　水キムチを畑にぶちまけてきたの？　と聞くと、妹は、気持ちとしてはそうしてやりたいってことよ、本当に私がそんなことすると思う……そう答えながらも、笑いはしなかった。妹は、自分が作ってきた牛の足の煮込みスープを母が飲まないからと、足を投げ出して泣いてしまったので、気まずくなってしまったのだろう。ふらふらと母の前を通って、小さい部屋に入って座りこんでいたのだろう。

——姉さん、どうしてそんなふうに見てきたように話すの？

まさに私が母に対してそうだったから。母は去年、台所でアオノリのジョンを焼いていて座り込んでしまい、立てなくなった。三番目の兄の車で運ばれて江南《カンナム》の整形外科に入院し、腰の手術をしてもまともに動くこともできず、二か月の間、老人用の医療施設で過ごした。今も母は歩行器がなければ、歩けない。涙ぐんで小さい部屋の机の前に座っている妹のところに行くときも、母は歩行器を押して行ったのだろう。母は、どういうわけか胃がキリキリしていたんだけど、あんたが作ってきてくれたスープを二杯飲んだら、お腹んなかがぽかぽかして楽になった、と言って、口をとがらせていた妹をなだめたのだという。妹の表情が和らぐと、本当はろくに歩けなくて運動不足のところに、油っこいものを食べつづけたら太るんじゃないかと思って、水キムチを食べていた、と打ち明けたのだと。あらあら、と思った。そんなことじゃないかと。で、なんて言ったの？　私が聞くと、マシンガンのように母に言葉を浴びせた、と妹は言った。

──なにが太るよ！　だからって水キムチばかり食べるの？　水キムチは塩分が多いんだから余計に太るわよ！　まさか私が、オンマの体に悪いものを作ってくるとでも？　なんにもわかってないくせに……

妹が沈んだ声で、オンマになんであんなふうに当たっちゃったんだろう、と私に言う。どうしてオンマにあんな言い方しちゃうんだろう。私、そんな人間じゃないよね？　と。確かにそうだ。私ならともかく、妹はそんな人間ではない。妹が吉洞《キルドン》で薬局をしていた頃に行ったことがある。私が到着したとき、薬をもらいに来た人が何人かいた。薬局の調剤室の隣に小さな部屋があった。妹の仕事が終わるまで時間がかかりそうだったので、私はその部屋で待つことにした。薬局で交わされている言葉が部屋の中まで聞こえてくる。最初は、薬を処方してもらいに来た人と、よくもまあそんなに話すこと、としか思わなかった。そのうち、いったい何をあんなにも熱心にしているんだろうと、そっと耳を傾けた。妹は薬を処方してもらいに来た人たちに、薬は応急処置でしかないのだと言い、あまり薬に依存せずに体自体に生きる力がつくように、こつこつと運動することを勧め、消化不良を起こしている人には、ストレスによる神経性疾患についての説明を静かにしていた。声の太い男性が、この前はありがとうございました、自分は印鑑を売っている者で、雷に打たれたナツメの木で作ったものだと言って、妹に印鑑をプレゼントしている声も聞こえた。おばあさんがおじいさんと一緒にやってきて、若い頃は家にろくに寄りつかなかったのに、今はこうして私にくっついてばかりいて、薬も一緒にもらいに来たと、舌打ちしながら夫の悪口を言う声に、これをおじいさんに飲ませてくださいと、水を差し出す声も聞こえた。私は妹に余裕ができるのを待つうちに、薬を処方してもらいに来た人たちとぼそぼそ、ひそひそ話している妹の声を聞きながら、壁にもたれたまま眠ってしまった。

妹に、オンマにだから言っちゃったんじゃない？　と言いかけて、オンマにだったらいいのか、という思いが湧き、思わず妹に尋ねた。詩、読んであげようか？

――詩？

――うん、詩。

――どんな詩？

――ブレヒトの詩。

彼女が死んだとき、人びとは彼女を土に埋めた。
花が育ち　蝶がその上を飛んでいく。
体重の軽い彼女は土をほとんど押すこともない。
彼女が虱《しらみ》のように軽くなるまで、どれほど多くの苦しみを味わっただろうか。

娘が私に暗唱してくれた詩だった。

――題名は何ていうの？

聞き終えて、妹が尋ねた。

——私の母。

題名を聞くと、妹は深く息を吐いた。

——姉さん、だけど、本当に牛の足の煮込みスープを食べたら太ると思う？

——なんとなく太りそうだけど？

私の答えに妹は、まったく姉さんまで！　と言いつつも、それは強い言い方ではなかった。アボジは食べたの？　続けて問う私に、うん……アボジは二杯食べたけど、お腹こわしちゃったの。弱々しい声で答えた。オンマもアボジも筋肉がだんだん減ってきてるから、たんぱく質をきちんと取らなくちゃいけないんだけど……妹の声がすぐ横から聞こえてくるようだった。私は水キムチの容器を手でなでてから、冷蔵庫の扉を閉めた。この家は私にとって何なんだろう。どうして、どこを見ても、こんなふうに物思いにふけってしまうのだろう。この村とこの家に宿るさまざまな物語が、何かのために争うことより、まずは受け入れよ、と言っているのは確かなことだった。ある年の春、明け方に芽吹きはじめた福寿草を見るうちに、もう娘のところに行かなければと思い、門を押し開けて山に登っていったことがあった。娘がいないのに福寿草が咲き、私はご飯を食べているなんて、耐えられなかった。凍っていた山道にも春が来て、足元の地面はぐちゃぐちゃぬかるんでいた。上へ上へとひたすら進んでいったすえに脇に折れて、日が昇るまで山の岩にただ座っていた。J市のこの家、この古い家に、年老いた両親が住んでいるということに首根っこをつかまれたまま。冷蔵庫の扉を閉めて見まわしてみると、片隅に自転車が一台。サドルを覆っているビニールもそのままの新しい自転車だ。どうしてここに新しい自転車が？　近づいて自転車の前についているものをあれこれ触っていると、どこからかチリリン、と音がした。澄んだ音だった。私はもう一度弾いてみた。チリリン……母がいない家、母の物置にチリリン、ベルの音が空虚に響きわたった。

私は納屋から小さい門の方に歩いて出た。父は国楽院の集まりに無事参加できたのだろうか。私も一緒に行くと言ったのだが、父はあからさまにいやな顔をした。それでも私が行こうとすると、断固として拒否する始末だった。白雲のおじさんと一緒に行くのはよくて、私と一緒に行くのは何がいけないのか、寂しくなるほどに。小川に通じている小さい門から路地へと歩いて出てすぐの、セメントで舗装された道を足でコンコンと蹴ってみた。今はセメントで舗装されているが、かつては井戸があったところだ。小川の方から路地を歩いてきて、この井戸を通り過ぎれば、小さい門だ。わが家は家の中に井戸があったので、それを飲み水にすることができたけれど、井戸のない何軒かの家は、この井戸水を共同で使っていた。その頃は小さい門はなく、そこは塀だった。塀を壊して小さい門ができてからは、靴に砂が入ったり、顔が汗まみれになったときには、家に入る前にこの井戸の水を汲んで足にかけたり、手ですくってパシャパシャと顔を洗いもした。

ここにあった井戸は、どうして埋めてしまったんだろう。

私は小さい門とつながっている塀を眺めた。塀の内側はわが家で、外側は隣の家だ。隣の家から見るとその反対だろう。私は目で塀をずっと追ってゆき、あるところで止まった。あそこだったか？　塀と塀の間が途切れていたところ。それが正確にどのあたりだったかは、わからない。隣の家がその当時の家ではないので、なおさら見当がつけにくかった。こんなふうに何の役にも立たなくなった記憶たち。最初から小さい門があったわけではないのだ。隣の家は叔父の家だった。叔父が結婚したばかりの頃は、わが家でみんな一緒に暮らしていたが、畑だった土地に家を建てて、叔父が越したのだという。その頃に瓦を乗せた石塀も築いたというが、叔父一家と行き来できるように、大きな柿の木が四本あったわが家の横庭と叔父の家の横庭との境の塀を、三メートルほどだけ切って、そこが通用門になった。その通用門を通って、幼い私たちはせっせと行き交った。秋には両側の塀の上に登って、熟した柿をもいだりしながら。記憶の中だけに存在している空間。その通用門から叔父の家の台所が見えた。叔母が藁に火をつけてかまどに入れる姿、お玉でフユアオイの味噌汁をすくう姿、ご飯をしかけるときに、一緒に小さなジャガイモを入れておいたのを取り出す姿……叔母が作った味噌汁はとりわけおいしかった。母に、叔母さんの作る味噌汁はどうしてオンマの作る味噌汁と違うの、と言って、叔母さんがそんなに好きなら、あっち行って暮らしな、と母から嫌みを言われたこともあった。叔母の味噌汁がおいしく感じられる秘訣は簡単だった。叔母は味噌汁に小麦粉をひと匙、溶いて入れていた。そうすると汁にとろみがついて、コクが増したのだった。

そんなふうに刻印される記憶がある。私は食欲がないとき、叔母の味噌汁を思い出して、そのたびに鍋をコンロにかけて昆布出汁をとり、味噌を溶いてエホバクを切り、そして思い出したように小麦粉ひと匙を汁に溶いてみたりもしたのだから。

そして夏の夜。

父は今も小麦粉が主である食べ物は、麺類以外は口にしない。特にいけないのが、すいとん。戦争中も、戦争が終わってからも、父はすいとんを食べていた。毎食ほとんどがすいとんだった。いつからか、すいとんを食べると、どろっとしたすいとんが喉までせりあがってきて、口の中にいっぱいになるようになった。一度その酸っぱいものが上がってくると、一日じゅう口の中に小麦粉の匂いが残った。小麦粉も貴重で、山で摘んだヨモギや松の木の皮やニレの木の皮を剥いで混ぜて、炊いて食べていたような頃のことで、木の皮の間にわずかにすいとんがぷかぷか浮いていたのだと。父は、その頃は食べられるものは何でも食べたと言い、生きなくちゃならんかったから、と付け加えた。父が小麦粉で作る食べ物を口にしないので、母は自然とすいとんや手打ちのうどんを作らなくなった。叔母は夏の夜にはすいとんをよく作った。手打ちうどんは手間がかかるけれど、すいとんはすぐにできる簡単な料理だった。叔母が大きなアルミのボウルに小麦粉を入れ、水を少しずつ入れながら生地をこねているときから、私は期待でいっぱいになって、いとこたちの間に混ざっていた。母にご飯だと呼ばれても行かずに、いとこたちの間に入り込んで、すいとんができあがるのを今か今かと待っていた。叔母が釜の蓋を開け、沸騰した湯の中に生地をポトリポトリと落とす頃には、口の中は唾でいっぱいになっていた。私は早く食べたい一心で、誰に言われたわけでもないのに、お膳を出して、スプーンを並べた。台所からすいとんが出てくるのを待っている子どもは、私だけだったかも。お膳の上にすいとんが置かれると、またすいとん？　不平を言ういとこたちの声。お膳の上には何一つおかずはなく、あるのはすいとんだけだった。もしかしたら叔母は、おかずがなくても簡単に食べられるのがすいとんだったから、あんなにしょっちゅうすいとんを作っていたのかも。母が作らない、叔母のあのすいとんを、私はいつももう少し食べたかった。器の中には薬味も何もなく、澄んだスープにすいとんだけが浮かんでいたあの淡い味。私はすいとんが私の器から消えていくのが惜しくて、ゆっくりと食べていた。いとこたちが半分以上残したスープがもったいなくて、急いで自分の器に入れたりもしながら。おいしい？　そう言いながら、叔母が私の器にすいとんをもう一掬い入れてくれると、もうお腹いっぱい、叔母さん、と言いながらも、また食べた。刻んだにんにくと塩だけで味付けしたすいとんは、冷めてからもおいしかった。叔父の家の庭に広げられたゴザの上に集まって、ずるずるとすいとんを食べる時間を一緒に過ごしたいとこたち。ヒョン姉さん、チョンシク兄さん、ソンスク、チョンア、ミンジャ、ワンシク……すいとんの膳が下げられると、私たちは庭に敷かれたゴザの上に並んで寝転がって、すいとんでいっぱいになったお腹を夏の夜空の下にさらして、ふざけ合った。誰かがくすぐり、誰かが足でいたずらし、誰かが笑いをこらえきれずに、やめてよ、やめて……と声をあげながらゴザの外へとごろごろ転がり。村に電気がまだ入ってきていない頃のことだったから、あたりは漆黒のように暗く、空には星がひときわ明るくきらめいていた。

あの通用門が消えてしまったのは、まったくのところ私のせいなのだった。

末っ子が私の背中から離れようとしない頃のことだったから、私が七つぐらいだっただろう。赤ん坊だった末っ子は、私のものだった。末っ子はすっかり忘れているようだけれど、幼い頃の末っ子は釘付けにされたかのように、私の傍らで泣いたり笑ったりしていた。末っ子は「オンマ」という言葉の次に、おそらく私を呼ぶ「ねえちゃん」という言葉をこの世に吐き出したかも。末っ子が私に向かって、ねえちゃん……と言ったときの驚きを私は今もはっきりと覚えている。バブバブ言っていた赤ん坊が、私に向かって初めて言葉を発したその瞬間、雨粒のように広がっていった喜びとときめきは、のちに作品の最初の一文を書いたときと同じものだった。七つになった末っ子を家に残してJ市を離れてからも、私は末っ子が私に向かって初めて言葉を発したあの瞬間を、しばしば思い出していた。すると、何かのせいで縮こまっていた肩がすっと開くのだ。この家をあとにして、都会で不安と孤独に落ち込んでいるときにはいつも、自然と、末っ子が「ねえちゃん」と私を呼んだ瞬間がやってきた。すると、消えてしまったかに思われた懐かしさとときめきが、ふたたび満ちてくるような感覚になるのだった。ときには、悲観して沼にはまってしまいそうな自分を救い出すために、わざとその瞬間を思い浮かべることさえあった。暗転し、真っ暗になった頭の中のどこかに、明かりがチカチカと灯るようだったから。

――もう一度呼んで。
七つの私が背中に負ぶっている末っ子を前に持ってきて、もう一度呼ぶように言う。赤ん坊の末っ子は目をぱちくりさせて、ねえちゃん……と言う。私は背中に顔を埋めて眠る末っ子をまた前に持ってきて、ねえちゃん……って呼んでみて、と言う。眠りかけていたところを起こされた赤ん坊の末っ子が泣きだす。赤ん坊の末っ子は癇癪《かんしゃく》を起こして、泣きながらも「ねえちゃん」と言う。

真夏だった、と思う。家にいたから、夏休みだったのかも。父が家を空けていた頃のことだった。暑くて泣いている末っ子を、藁で編んだ米袋の上に座らせた七つの「ねえちゃん」の計画は、米袋を引きずって通用門を通り、叔父の家の庭を抜けて、小川のエノキの木の下に行くことだった。ちょうど叔父の家の庭を通り過ぎようというとき、縁側で昼寝をしていた叔父が起きあがって座ると、私をいきなり叱りつけた。土埃をあげて歩いている、と。そう言われて振り返ってみると、私が末っ子を座らせて引きずってきた米袋が、地面にずるずるこすれて白い土埃がたっていた。土埃の中で末っ子は私の方を向いていた。叔父の大声にすでにおびえていた私は、その場で足を投げ出して泣きだした。私にひっついている末っ子も、うわーん。もっと大きな声で泣いた。頭に手拭いを巻いた母が大慌てで飛んできて、どうして泣いているのかと聞いた。私は叔父が怖くて何も言えず、ただ泣きつづけた。私につられて泣いていた末っ子が、私より大きな声で泣いたせいで、夏の真昼間、叔父の家の庭は私と末っ子の泣き声でいっぱいになった。母の目が縁側の叔父に向かった。

――この子たち、どうしてこんなに泣いとるんです？

叔父が気まずそうな顔を見せた。母が叔父に向かって大きな声で、この子らはどうして泣いとるんです？　もう一度尋ねた。

――土埃がたつとちょっと言うただけで、あんなに泣きよるんです、義姉さん。

――あのねえ……ホンが暑いから弟を連れて小川に行こうとしたんでしょうに、叔父ともあろう者がそんなことも大目にみてやれないで、子どもをこんなに泣かすなんて。

――いや……だからって、米袋に赤ん坊を乗せて、土埃をたてて歩きまわるんですかね、このくそ暑い中を？

――ホンの背中を見たら、そんなこと言えんでしょうよ。このくそ暑い中、弟を負ぶって動いとるから、この子の背中はあせもで赤《あこ》うなってるんですよ。

母が末っ子をさっと抱き上げ、叔父を睨みつけて、家の方に向かう。土埃をたてていた米袋は庭に置きっぱなしのまま、母のあとを追ってゆくときも私は泣きつづけていた。それからしばらくの間、いとこたちはわが家に、私たち兄弟は叔父の家に、行くことができなかった。母の怒りが収まらなかったからだ。叔母が、母と叔父の間を行ったり来たりしながら和解を試みたが、無駄だった。最初は大したことではないと思っていた叔父が、母がずっと怒っているものだから、ある日の朝、わが家と叔父の家を行き来するために塀を切っていたところを、つないで塞いでしまった。

父が帰ってきて石塀を見たとき、気が抜けたように笑った。

――いい世の中になったもんだ。こんなくだらんことで喧嘩もすれば、石も積んでなぁ。

兄の言葉に、叔父は井戸がある方の塀を壊し、これから末っ子を小川の方に連れていくときは、ここを通っていけ、と私に言った。そのようにして壊された石塀のところが、今の小さい門になった。悪いことばかりではなかった。おかげで小さい門は、小川の方に暮らしている人たちが、わが家の庭を通って新作路に出る近道になったのだから。叔父一家はそれからしばらくして、町で米屋をやるのだと家を売って出てゆき、隣村の人が叔父の家に引っ越してきた。隣の家が叔父の家でなかったら、石塀は最初から当然つながっていただろうから、わが家と叔父の家を遮ることなく行き来させてくれた石塀の切れ目は、すぐに忘れられた。最初からきれいにつながっていたかのように。


井戸が埋められたから、小さい門を開け放っておくと、自動車が横庭まで入ってくることができた。もしかすると、そのために父はこの井戸を埋めたのだろうか。村にはここだけでなく、共同井戸がそこかしこに掘られていた。上水道施設ができてから、最初に無用になったのが共同井戸だった。井戸端に集まって米を研ぎ、若大根の根を取り、泥のついたジャガイモを洗い、話に花を咲かせていた人びとがいなくなっても、井戸には水が満ちていた。J市に来るたび、新作路から路地のいちばん奥にある家に着くまでに、二か所の共同井戸を通り過ぎたものだった。上水道が通って以来、人びとが集まらなくなった井戸端を通り過ぎるときには、思わず足を止めて井戸の中を覗き込んだりもした。柿の葉が落ちていることもあれば、得体のしれない埃みたいなものが、水面に白く浮かんでいたりもした。その風景はあまりにも静かで、井戸に石を落とすと、静寂に包まれていた井戸の水面に波紋が広がった。のちに井戸には蓋がかぶせられ、さらにのちには井戸は埋められてなくなった。J市は地名に「井」の字が入っているぐらい、井戸の多いところだ。水が豊かで澄んでいるところがJ市だった。ときおり気になるのだ。埋められた井戸の中の水はどこに流れていくのだろう。家の中にあった井戸も、共同井戸のようにすべて埋められてしまったのだろうか。わが家の井戸には蓋がかぶせられている。父は井戸の中にモーターを装着し、井戸端には水道の蛇口を設置して、そこにホースをつないで母が生活用水として使えるようにしてあげた。蛇口をひねると、ブーンという音とともに井戸水がホースを伝って流れ出る。庭のバラの木にも撒き、外から帰ってきて足を洗うときに使いもする。私はJ市の家に来ると、思い出したように井戸の方に行き、わけもなく蓋を開け、井戸の底を見下ろす。その場所が今も水を宿していることが不思議で。

私は埋められた井戸のあった場所に立って、足で地面をトントンと蹴ってみた。

セメントで覆われているその下には、まだ水はあるのだろうか？　井戸が埋められてからというもの、私はここを通るたび、隣にいる人が誰であれ、ここに井戸があったんだけど……と呟いた。私の独り言の意味がわかる人は、だんだん少なくなっている。そう、ここに井戸があったよね、と答えてくれる人は、この先ひとりもいなくなる。それはもう、わかりきったことだ。井戸が埋められた場所に立っていると、子どもの頃に井戸の縁にしがみついて、その深いところを見下ろしていたことが思い出された。ここの井戸は、うちの井戸よりもっと深く見えた。見下ろすと、澱んだ水は見えずに闇だけがいっぱいに積もっていた。深さを推し量ることもできないほどに青黒かった。その中に落ちてしまえば、二度と外に出て来られないかのような。その闇に対する恐れだったのだろう。この井戸からは、私はみずから釣瓶を下ろして水を汲む気にはなれなかった。釣瓶の綱に引っぱられて、井戸の中に引きずり込まれそうで。それでもこの井戸の脇を通り過ぎるときには、水を汲んでみたくて井戸の周りをぐるりと回った。田んぼから戻ってきた父が、井戸のそばに立っている私に、ここで何してるんだ？　と、尋ねたこともあった。私は、アボジ、水！　と言って、井戸端に置かれた釣瓶を指さした。

——家に帰って飲みなさい。

そう言いながらも、父は私の頼みを聞いてやろうと、長い釣瓶の綱を井戸に下ろした。父が下ろした釣瓶が井戸の底まで届いて、ポチャン、という音がするのを待った。その音を聞こうと耳を傾けた。水を飲みたいということよりも、その音が聞きたかったから。暗くて底を見ることができなくても、井戸の底に水が溜まっていることを確認させてくれるのがポチャン、という音だったから。上がってきた釣瓶の中で、澄んだ水が揺れていた。覗き込んだときの、あの計り知れない闇が呼び起こす恐れを和らげてもくれた、その澄んだ水。父はなんてこともないというように、そうやって釣瓶いっぱいに水を汲みあげて、小さい門の中へと大股で歩いていった。あんなに深かった井戸をどうやって埋めたんだろう。

今はもう、あの澄んだ水は消えてなくなったのだろうか。井戸があった場所に立ち尽くす。そして小川の方に足を向ける。昼の空気からは雨の匂いがして、空を見た。雲があちこち空をかきまわして流れていく。雨が降るのかしら。アボジ、傘を持たずに行ったのに。ふっと畑の方を眺めた。いっとき父が牛を飼っていたものの今は空の牛舎が、廃屋のように建っていた。木で作った囲いは、手で押すとあっさり開いた。両端を合わせて留め金でとめてはあったが、見せかけに過ぎない。牛舎の前の畑には、サンチュとフユアオイと春菊がぼうぼうと育っていた。塀の壁面にフキの葉が伸びていて、その一隅にはニラも青々と広がっている。また畑に種をまいたんだ。オンマの空間。母は今ではあまり歩けないというのに、畑仕事をやめようとしない。歩行器を押して歩いてでも、きっと種をまく。

私は畑に入って牛舎の中をのぞいてみた。

ある時期、この牛舎には、父が育てる牛が仕切りごとにぎっしりと入っていた。政府の政策に従って、父は融資を受けて牛を増やした。母は借金をするのを嫌っていたが、父は政府の勧奨ですることなのだから、失敗するわけがないと考えていた。失敗しても、政府がやっていることなのだから責任を取ってくれるだろう、と。借金をして増やしたとはいえ、牛舎にいっぱいの牛を見る父の心は満ち足りていた。両親を亡くし、母方の祖父から子牛を一頭もらってきた、幼い頃の貧しさから解放された思いだった。父は日が昇る前に牛舎の入口を開け、牛たちを起こした。前足を伸ばして上半身を起こす牛たちは、早朝と夕方の父の気配を感じとっていた。父が黒い長靴を履いて牛舎に入ると、牛たちはうれしいのか、モォー、と声をあげ、赤い舌を出した。牛たちの息ですぐに牛舎の中は暑くなった。牛たちに朝ごはんを食べさせようとする父のせわしない動きと、飼料と飼い葉をもらって咀嚼しはじめる牛たちの熱気で、牛舎いっぱいに満ちていた生気。牛の丈夫な足がドン、ドン、ドンと音を立て、牛舎の中で共鳴していた。牛は飼料も飼い葉もただ飲み込むのではない。長々と咀嚼して飲み込んだものを、また口に戻して反芻する。そのため口は休むことなく動いていた。父は毎朝、飼料の袋を開け、数十個の飼い葉入れに入れて飼い葉と混ぜ、水入れに新しい水を入れてやり、牛の後ろ足から糞を掻き取り、一か所に積んだ。毎朝、父の体からは牛の糞の臭いがしていた。

父の体に染みついた牛の糞の臭いが、私たちの学費になっていた時期もあった。夏と冬の長期休暇が終わる頃になると、父は牛市場に牛を売り、私たちの学費を用意した。父は板の間に座り、牛の糞の臭いがする手で、これは三番目の、これはホンの……お金を数えて、それぞれの学費を用意した。ソウルに持っていくまでの間になくしたりしないように、父は紐のついた布の胴巻きにお金をきっちりと包んでしまいこみ、腰に巻きつけてくれた。休みが終わり、それを腰に巻いて列車に乗れば、戦争に行くかのように悲壮な気持ちになったものだ。

父は一番目の兄と私だけを名前で呼んだ。二番目の兄は二番目、三番目の兄は三番目と呼んでいたのに、四番目の私のことは四番目と呼ばず、一番目の兄と同じように名前を呼んだ。妹は愛称で呼び、末っ子は末っ子と呼んだ。父が子どもたちのうちでもっとも頼りにしていたのは、誰が見ても一番目の兄だ。私たち家族の中でそれを知らぬ者はない。父が一番目の兄を呼ぶときは、子どもを呼ぶようなふうではない。友達を呼ぶときのような友情が感じられる。父が一番目の兄にもっともよく言った言葉は、すまない、だろう。その次は、それはわしがせにゃならんことなのに……という言葉。父が私を四番目と言わずに名前を呼ぶときには、私はすばやく起立した。丸まっていた背中もまっすぐに伸ばした。かかとを潰して履いていた運動靴もきちんと履き、知らぬ間にぼさぼさになっていた髪の毛を耳の後ろにかけ、整えた。私は父の四番目ではなく、独立した「ホン」だったのだから。父が「四番目」の代わりに私の名前を呼びはじめたのは、正確ではないけれど、家を離れてからのことのように思う。父は、ホンは心配いらん、ホンは約束を守る、ホンがそう言うならそうなんだ、と言った。父から聞いた肯定的な言葉の影響は小さくなかった。私は父の言葉どおり、心配をかける人にならないようにと努力した。手に余るようなことでも、約束したことは守ろうとした。父がそう言ったから、少なくとも自分が知っていることについては、私は他人に間違ったことを言わないようにした。

がらんとした牛舎に置かれたセメントの飼い葉入れと、その隣の小さな水入れの場所が遺物のように感じられた。牛たちが飼料と飼い葉を反芻する音が今にも耳に聞こえてきそうなのに、にゅうっと音がしそうなくらいに舌を出して水を飲む音も聞こえるようなのに、飼い葉入れと水入れには、土埃と藁屑、ビニールの切れ端みたいなのだけがパラパラと散らばっている。高い天井から垂れ下がる蜘蛛の巣があちこちに見えた。トンネルのような蜘蛛の網が七色に光りもした。顔に、腕に、蜘蛛の巣がべたべたとまとわりついた。風を通すために取り付けられた牛舎の天井の木の窓枠に、古い布切れがだらりとぶら下がっている。真冬の風が牛たちには強すぎて、その風を防ぐためにかけておいたものを取りはずせずにいるようだった。

牛舎から出て、私は囲いの隣の廃屋をちらりと見た。父が牛舎いっぱいに牛を飼うようになった頃、父を手伝っていたウンとナクチョンおじさんが暮らしていたところだ。部屋が一つと台所だけの家だったけれど、最初にウン、そのあとにナクチョンおじさんがそこで寝起きしていた頃はぬくもりに満ちていたその場所が、今にも崩れそうな姿になって、どうにか地上にしがみついていた。台所の戸はほとんど壊れて、中が見える。隣の家の塀まで見えた。ウンはあのかまどでサツマイモやジャガイモ、ときには軒下に手を入れて捕まえたスズメを焼いて食べ、ナクチョンおじさんはかまどに釜をかけ、牛に食べさせる粥を炊いていた。二人の共通点はただ一つ。父の言うことだけを聞いたということ。山のように大きくてノロマで計算のできない青年ウンと、小柄で頭が白くていつも腰を曲げて歩いていたナクチョンおじさんは、母の言うことすら聞かなかった。とりわけウンは、父がこれこれをしろといちいち指示しなければ、どこででも横になっ

て寝た。畑や田んぼ、あるときには屋根の上で日を浴びながら寝ていたので、顔が赤くなってい
た。きれいさっぱり忘れていたウンの顔をありありと思い出すなんて。ふんっ、そう声に出して
みる。ウンが初めてわが家の門から入ってきた日まで思い出すなんて。ウンは三番目の兄と同じ
くらいの年だった。　ウンがわが家で暮らすためにやってくると聞いたときの、母の顔。母が父に、
あのウンがうちに来るの？　確かめるために尋ねた。母が知るウンが、そのウンだということが
わかると、母は深いため息をついた。

――ああ、いやだ、あのウンがどんな子か知らないんですか。
顔まで真っ赤にしてウンが家に入ることを反対する母の言葉に、父は沈黙を貫いた。
――あんなノロマな子を連れてきて、どうしようというんですか？
父が黙っていると、母は大声で父を呼んだ。
――あなた！
ようやく父が独り言のように呟いた。
――ノロマが、なんだって言うんだ？
――……
――力はあるじゃないか。
――……
――ウンの家には戦争中に世話になった借りがある。だからもう何も言わんでくれ。
――だからって、誰もわかっちゃくれませんよ。

――わかってもらおうと思うてするんじゃない。ウンのばあさんに頼まれなかったならまだしも、頼まれたんだから知らん顔はできん。

――忘れた方がいいことは、忘れて生きてくださいよ。まったくどうして、ひとつひとつ全部覚えていて、それをまたぜんぶ返そうとするんですか。

――返そうったって、返せるもんでもないだろ。

――……

――わしができることなら、やる。そうやって生きようとしているだけじゃ。

ウンのおばあさんがウンの手を握って、うちの門から初めて入ってきたとき、ウンはおばあさんの後ろにぼうっと立っていた。後ろに立っていてもあの図体だから、ウンしか見えなかった。これからは、このおじさんの言うことだけを聞けばええんじゃ、わかるか？　ウンはぼんやりと父を見つめた。父の言うことを聞くつもりはないように見えた。父がウンの背中を叩いてやると、ウンは頭を掻いてばかりいた。

――ウンを頼みます、これが人並みに暮らすのを見ることができたら、明日死んだってもう悔いはありません。あたしゃ、このままでは死に切れんのです。家にばかりおったから、どうなることやらわからんですが……まったく話も通じんし、どうにも使えんようでしたら、あたしがまた連れに来ますから、あんまり負担に思わんで、しばらく置いてみて、身過ぎ世過ぎを教えてやってください。

父は、わしが教えることなんてありゃせんです、と言いながらウンを連れて牛舎に行った。おばあさんが父を指さして、これからはこのおじさんの言うことだけを聞けばいい、と言ったからだろうか。ウンは父のもとを離れて町のハンコ屋に移るまで、父の言うことならなんでも行動に移した。ウンは一生懸命に父のあとをついて歩き、飼料を用意し、飼い葉を作り、水を汲み、父と一緒に牛舎の牛の糞をかきだした。ウンは、木をきれいに削って、人の名前を彫ることに没頭することもあった。いったいどうして、ウンはあなたの言うことはなんでも聞くんですかね。母が尋ねた。わしはなんもしとらんよ、ただ子牛一頭はおまえのもんだ、と言っただけじゃ。そう父は言った。私は、今はもう廃屋になってしまった部屋のドアノブを引いた。

この部屋だった。

父が文字を書けないウンに、「ウンの子牛」という文字を何度も書かせていた部屋。かわりに書いてやることもできたのに、父はスケッチブックを広げて、その前にウンを座らせ、「ウンの子牛」を繰り返し書かせた。そして、読ませた。「ウンの子牛」。ウンは千字文《せんじもん》*22を諳《そら》んじるように「ウンの子牛」と、いつでもどこでも言っていた。やがて、ついに、ウンは何も見なくてもスケッチブックの余白に「ウンの子牛」と書けるようになった。父は木を切ってカンナをかけ、ウンの手にノミを握らせると、そこに「ウンの子牛」という文字を彫らせた。さらに、ウンに文字のところにだけ墨を入れさせた。「ウンの子牛」という文字は、表札の文字のように鮮明になった。父はウンに木の両側に穴を開けさせ、青色のひもをつけて、牛の首にかけさせた。父の言うとおりに作業するウンの顔は、いつも上気していた。父は子牛の首にかけられた木札を指さして、読んでみなさい、と言った。ウンは声を張り上げて「ウンの子牛」としっかり答えた。そのようにして、牛舎の一頭の子牛に「ウンの子牛」という木札がかけられた。ウンは木札に文字を刻むことに興味を持った。真面目に父のあとについて飼料を用意し、飼い葉を作り、水を汲み、夜の間にたまった牛の糞をフォークで掻き出していたウンが、しばしば木を切ってカンナをかけては、人びとの名前を彫っていた。父はウンに、父が知っている人の名前をハングルと漢字で書いてやった。自分が知っている文字をウンに教えもした。やがてウンは、父が父親から習った四書三経[*23]を前に置いて読むようになった。父はウンに、このさき生きていくには、村を離れて町に出なければならん、そのためには文字が読めなくちゃならん、と言った。町には仕事が沢山あり、仕事をすればお金を稼ぐことができ、そのお金で家を買うこともできるのだと。

ウンが去って、ナクチョンおじさんがここに来たときも、母は、ナクチョンさんがうちで暮らすんですって？　父をなじるように尋ねた。

――ナクチョンさんに何ができるんですかね？

――……

＊22：千字文　中国で南北朝時代に作られた、重複のない漢字四字を一句とした二百五十句・千字からなる漢文の長詩。韓国では漢字を学ぶための教材として広く使用されてきた。

＊23：四書三経　四書五経から『礼記』と『春秋』を省いたもの（四書は『論語』『大学』『中庸』『孟子』、五経は『易経』『書経』『詩経』『礼記』『春秋』）。

——あたしにナクチョンさんの世話をしろってことですか？

ナクチョンおじさんは、村の子どもたちまでもが、ナクチョン、ナクチョン……と呼び捨てにしてからかう対象だった。いつも酒に酔っていて、どこでも横になって寝てしまう。その人を家に入れると聞いて、母が仰天してすぐさま反対したのは、ある意味当然のことなのだった。

不満を言う母に父は、ナクチョンおじさんはもとはあんな人じゃなかった、と言った。村の橋の下を住み家にして暮らしていた人たちが、川辺の区画整理によってちりぢりになって消えたときに、最後まで残っていた人がナクチョンおじさんだった。彼は川辺から春風に押されるようにして村にやってきて、野良仕事やよその家の仕事を手伝いながら暮らしていた。一つの家に長くいることもなかった。流れ者のように、この家に一年、あの家に一年というぐあいに暮らしていたナクチョンおじさんは、忽然と村を去って長いこと姿を現さずにいたこともある。おじさんがどこにいたのか、知る者はいなかった。おじさんはいつからか仕事をほとんどせずに、打ち棄てられた人のように酒に酔ってどこででも寝る人になった。酒を沢山飲むからではない。体が弱くて、一、二杯飲んだだけでも酔っぱらってしまうのが、ナクチョンおじさんだった。家族はいるのか、村を離れているときにはどこで暮らしていたのか、誰も知らなかった。父はそんなナクチョンおじさんを〝羞痛《ソトン》〟な人だと言って、かばっていた。羞痛？　中学生の頃だっただろうか。父がナクチョンおじさんのことを表現する「羞痛」がどういう意味なのかわからず、辞書で調べたことを思い出した。辞書には、恥ずかしくて心が痛むこと、と書かれていた。母は、人を置くなら、ちゃんとした働き手を置かにゃならんのに、あなたって人はどうしていつも……と言いながらも、父が庭や門や柿の木を何も言わずに眺めてばかりいるのを見て、家に鶏一羽入れても尻ぬぐいはいつでもあたしですからね、と言って、引き下がった。母が引き下がると、ナクチョンには自分のことは自分でさせるようにするから、と母に約束した。〝騒ぎ〟の最中《さなか》に、人民軍に牛を奪われるのではと、牛を引いて村の警察署に行ったあのとき、橋の下でナクチョンおじさんがそばにいてくれたのだ、というのが父の言い分だった。

——また、騒ぎのときの話ですか？

母は聞くのも嫌だというように手拭いをかぶり、裏庭に行くことで、ナクチョンおじさんが家に来ることを受け入れた。ウンがいなくなったあとにナクチョンおじさんが来て、今度は子牛ではなく雄牛の首に「キム・ナクチョン」という札がかけられた。ウンもナクチョンおじさんも、牛たちに飼い葉をやり、水を汲んでやりながら、しばしば「ウンの子牛」という札をかけた子牛や、「キム・ナクチョン」という札をかけた雄牛の前に立っていた。ご飯どきに、私が母に言われてウンやナクチョンおじさんを呼びに牛舎に行ったとき、ウンはたまに、子牛、俺の、と言いながら明るく笑っていたが、ナクチョンおじさんはぼんやり雄牛を見ているだけだった。二年ほどウンと一緒に牛を飼育していた父は、ウンを町のハンコ屋に送り出し、牛舎を離れさせた。国がやっていることを見ていると、牛を飼うことには希望がない、と言いながら。農民に借金させて牛舎を建てさせ、牛を大量に飼育させていた政府が、外国の牛を大量に輸入したために、牛の価格が暴落しはじめていた頃だった。牛を飼うようになってから、よく笑うようになった父の顔が、その頃、あっという間に十歳は老け込んでしまった。ハンコ屋は父の友人だった。父はウンが木に文字を一生懸命彫っているのを見て、そこで仕事を覚えたら何か生きていく支えになるのではないか、と考えたのだった。どこであれ、ウンが人の役に立つ人間になることは、父にとっても重要なことだった。学校に行けなかった父が文字を教えたのは、ウンが初めてだったから。ウンがわが家を去った日、ウンのおばあさんが父に、ありがてえ、ほんにありがてえことですじゃ、と何度も何度も繰り返した。ウンの手には「ウンの子牛」という札を掛けた牛の手綱が握られていた。父はウンとウンのおばあさんに、すぐには牛を売らないように言い聞かせた。

――牛の値段は犬の値段ほどにしかならんから。

時機を待って売るように、と言った。ウンが牛を引いて門を出て、路地を曲がって見えなくなるまで、父はじっと立って見ていた。かまどの火で焼いたスズメを私の前ににゅっと突き出して、私をひっくり返らせたウンは、町でばったり会ったりすると、ホン！　と、ところかまわず大声で私の名を呼んだ。ウンが私をからかおうとして、にゅっと突き出したスズメは、羽をむしられて黒く焼けていた。羽がむしられただけで形はそのままだったので、私はそのたびに驚かされたものだった。ウンが近づいてきて、また焼いた鳥をにゅっと突き出すのではないかと、ウンに名前を呼ばれるとぎょっとして、急ぎ足でウンから遠ざかった。

雄牛の首にかけられた「キム・ナクチョン」という札も、ナクチョンおじさんを引きとめておくのには、あまり役には立たなかった。後日、イッピが結婚したときに、鈴なりのホタルブクロが描かれた薄い綿布団を贈り物に持ってきて、私たちを驚かせたナクチョンおじさんは、ある日忽然と牛舎の住まいを去ったのだった。おじさんは父にさえ、出てゆくとは一言も言わなかった。おじさんが挨拶もなしに姿を消す頃には、牛の価格は八十パーセントも暴落していた。田植えをする代わりに牛を飼っていた村の人たちと共に、父も牛の価格を補償してもらうための闘争に立ち上がった。郡庁と村役場を目指して、村の人たちと父が耕耘機に乗り込むと、ナクチョンおじさんも一緒に乗り込んだ。牛飼い闘争の先頭に立つ人たちが配布した、アメリカは農畜産物輸入開放圧力を撤回せよ、と書かれたプラカードを父が牛の背中につけたときには、ナクチョンおじさんがその両端を押さえてくれた。父が村の人たちと一緒に、J市からデモ現場である鎮安《ジナン》に向かったときには、ナクチョンおじさんも、被害の補償をせよ、というプラカードを掲げて一緒に行った。

——わしも、自分があんなところに行くとは思わなんだ……

戦争を経験した父は、人びとが群れをなして集団で行動することを恐れていた。

——あんまり差し迫っとったもんだから、なんか言わなきゃならんと思うて立ち上がりはしたがな、先頭には立てんかった。

牛を引いて出ていってデモに参加しても、父には牛こそが大事なのだった。デモが終われば、父は牛を疲れさせないよう、トラックを呼んで牛を載せて家に帰ってきた。それでも結局、もう持ちこたえることはできず、父は「キム・ナクチョン」という札をぶら下げた雄牛と七頭の牛だけを残して、一頭当たり七十万ウォンの損を被りつつ牛を売った。そのとき、父の背中はいきなり曲がってしまった。父は背中が曲がったが、一緒に闘おうと父を訪ねてきた村の人たちの一人は、牛の価格暴落を怒り苦しんでみずから命を絶った。牛舎いっぱいにいた牛を売ってしまうと、牛舎は静かになった。ナクチョンおじさんは、毎朝、残った牛たちに餌をやり、がらんとした牛舎の奥の方を眺めやっていたが、ある日姿を消してしまった。牛は八頭しかいないので、ナクチョンおじさんが家を出ても父が困ることは別になかった。けれども父は、ナクチョンおじさんを見かけたという人がいれば、そこがどこであっても訪ねていった。高校の試験に落ちた三番目の兄が家出したときに、探しまわっていたように。ナクチョンおじさんの行方は知れなかった。雄牛でも連れて行けばよかったのに……　ナクチョンおじさんを探しに行って、落胆した顔で帰ってくると、牛舎にポツンと残された雄牛の首にかけられた「キム・ナクチョン」という札ばかりを寂しげに見つめていた父。

私はドアノブに手をかけたまま、廃屋の部屋の中を覗き見た。

がらんとしているだろうと思っていた部屋の中には、捨て置かれた物が棚と床にいっぱいに詰め込まれていた。蜘蛛の巣は牛舎だけでなく、部屋の中にもあった。突然にドアを押し開けた振動で、あちこちにかかっていた蜘蛛の巣がゆらゆらと揺れた。一匹の蜘蛛が糸を長く伸ばして、天井の向こうまで移動しようとしていた。羽虫が数匹、蜘蛛の巣にひっかかったまま干からびている。蜘蛛の巣が顔にまとわりつきそうで、手を振りまわした。蜘蛛の巣の間から、開けてもいない箱がいくつも積み重ねられているのが見えた。何の箱だろう。中に入ろうとして、またもや目の前を遮る蜘蛛の巣に、一歩あとずさった。ウンが去ったあと、この部屋を長いこと住まいにしていたナクチョンおじさんの雨具と、膝まである黒いゴム長が、埃をかぶったまま今も隅に置かれていた。長靴の足を入れるところにも白い蜘蛛の糸がかかっていた。蜘蛛の糸で服を作って着るなんて話もあるけれど……髪にまとわりつく蜘蛛の糸はうんざりするほどだった。埃が舞い上がりそうで、私はドアノブに手を掛けたまま茫然と立ち尽くしていた。中に入る気になれなかった。部屋のドアを閉めるのと同時に、雨音が耳に飛び込んできた。振り返る間もなく、大粒の雨が土の匂いとともに廃屋の軒下へと、どっと押し寄せてきた。私は雨を避けて、たった今閉めたばかりの部屋のドアをまた開けて、急いで中に入った。

第三章　木箱の中から

あの沢山の箱はいったい何？

いきなり降りだした雨に押されて廃屋の部屋の中に入るなり、またもや部屋の隅に積まれた沢山の箱が目に入った。顔にまとわりつく蜘蛛の巣を払いのけながら、箱が積まれている方へと私は近づいていった。蜘蛛の巣に引っかかって死んだようになっていた羽虫が、私の動きに反応して力を振りしぼろうとしているのか、しきりにもがいている。近づいてよく見ると、ほとんどが宅配便の箱だ。その多くは開封もされないまま、乱雑に積まれていた。大きさもばらばらだった。

この沢山の箱は、どうして開けられもせずに、ここに積まれているんだろう？

怪訝に思って、そのうちの一つを取り出して、中を見てみた。シャンプーだ。ほかの箱を取り出して、中を見る。ビタミンD。これは何だろう。よくよく見てみれば、たんぱく質のパウダーだ。DÖHLER。エンドウたんぱくの粉末（ドイツ産）と表記されている。父はこれが何なのかわかって注文したのだろうか。思わず箱の前に座り込んで、一つ、また一つと確かめはじめていた。運動靴、ハンガー、アイロン、歯ブラシ立て。朝、父が国楽院の集まりに行くために門を出たあと、その門から入ってきた宅配のドライバーの躊躇するさまが思い出された。納屋の平台に置いたフライパンの箱のことも同時に。父が自分で受け取っていた宅配というのは、この沢山の箱のことなのだろうか。できれば、母にわからないように配送してほしいと頼んだという、その宅配？　オンマに知られずに配送なんてできるのかしら？　積まれている宅配の箱の、少なくないその量に私は茫然となった。

本当にアボジが？

私は閉ざされたドアの前に立っているような気分で、この沢山の物を注文している父を想像しようとしたけれど、目がちかちかするばかりだった。父はどうしてこんな沢山の物を注文して、包装のまま、蜘蛛の巣だらけのこの部屋に積んでおくのだろう。理解ができず、目の前の宅配の箱が幻のように思えて、手を伸ばして触れてみた。

これは手の消毒液ね、思わず独り言が漏れ出る。宅配の段ボール箱を開けてみると、中からさらに個別包装された手の消毒液の箱が現れた。見たことがあるような、と思ったら、ソウルの私の家にあるものと同じ商標だ。私は手の消毒液の箱を開けてみた。1リットルと表記された大きな瓶二つと、小さなサイズの消毒液が並んで入っていた。小さな瓶をつまみあげ、じっと見る。そして、書かれている文字を読む。手、皮膚などの殺菌消毒。キーボード、机などの殺菌消毒。除菌99・9パーセント。エタノール62パーセント。本製品は公正取引委員会告示の消費者紛争解決基準に依り、交換または補償を受けることができます。案内文をうつろに目で追う。

夜明け前に目を覚まし、ホームショッピングのチャンネルをつけて、手の消毒液を売っている司会者をぼんやりと見ていた、あの日。司会者は、細い手に数えきれないほど何度も消毒液をかけ、いま私たちに手の消毒液がなぜ必要なのかを説明していた。私たちの手が運ぶこともありうるウイルスについても。明け方に、テレビ画面の中から、目に見えもしない多くの人々に向かって、熱心に手の消毒液について説明している司会者。目が覚めてぼんやりとその声を聞いていたら、深い孤独が押し寄せてきた。終了時間まで三分だったかを残して、私は画面に浮かんでいる自動注文番号を押して消毒液を注文していた。一日ほどして配送されてきた手の消毒液の箱が、J市のここにもある。あの夜明け前に、父もここであの同じ画面を見ていたのかも。都市の私の家に配送された消毒液を、私はどこに置いたのだったか。

新聞で読んだのか、本で読んだのかは思い出せないけれど、アメリカのある海辺の老人ホームの、あるおばあさんの話を思い出した。年金を受け取り、いくらかのお金を口座に持っているおばあさん。老人ホームに入ってから最初のうちは、家族や知り合い、友人たちがおばあさんに会いに来たけれど、そこでの暮らしが長くなると、おばあさんは独り老人ホームに取り残された。一日中、一言も話さず、窓の外を眺めて過ごす日々。ある日、偶然、おばあさんに一本の電話がつながった。テレフォンショッピングの販売員だった。寂しかったおばあさんは、何を言っているのかよく理解できなかったにもかかわらず、販売員の声を最後まで聞いた。電話が長くなったのが申し訳なくて、その日おばあさんは商品を買った。最初の売り込みに成功した販売員は、新しい商品が出るとおばあさんに電話した。そんなことが繰り返された。おばあさんは販売員の話をうなずきながら聞きもすれば、うんうん、一言ずつ相槌も打ち、通話が終わる頃にはその商品を買った。こんな二人の関係は数年間続いた。配送された商品は、おばあさんの部屋にきちんきちんと積まれていった。おばあさんがこの世を去らなかったら、電話のベルは鳴りつづけただろう。おばあさんが亡くなったとき、その部屋は、郵便で配達されてから開封もされなかった無数の品物で溢れかえっていた。

父が真昼や深夜や夜明け頃にホームショッピングを見ながら、司会者の話を聞いて注文番号を押す姿を想い描くのは、気の重いことだった。寂しい気持ちで、おかずもなしにごはんだけを、口の中にぎゅうぎゅう押し込むような気分だった。私に何が言えるだろう。この数年の間、田舎の両親に電話すらまともにかけなかった。とりわけ父に。私自身がいたたまれなくて、両親をそばに来させもしなかった。また今度ね、今度会いましょう、今度にしましょう……そう言っていた。わかっていた。父と一緒にいようと思えばできたのに、そうしなかったことを。やがて後悔することになるということを。父が望んでいたことは、難しいことではなかったのだから。父は独りでいる私と一緒にいたいだけだった。顔を見て、ご飯を一緒に食べて、私の家の柿の木に肥料をやりたかったのに、私はまた今度と言った。時折J市に帰っては、父と一緒に裏山にのんびりと登ったり、蟹を買いに町に行ったり、自転車に乗って墓所に行ったりしていたというのに、それもしなくなっていた。父が古い太鼓の埃を払って、調子をとって叩きながら、この山、あの山、花咲いて……と歌うときに、そばで聞いてあげることもしなかった。

あれは、ここにあったんだ。

困り果てて座り込んでいた私は、宅配便の箱で隠れてしまっている棚に置かれているものが、かつて父の店にあった、あの木箱だということに気づいた。宅配の箱を押しのけ、棚の上に手を伸ばして木箱を引っ張りおろそうとして、その角に頭をぶつけてしまった。思いもよらぬ鋭い痛みだった。手にした木箱を離すまいと両手でつかんでいたので、ぶつけたところに触ることができない。頭皮がすぐにも腫れあがってくるのが感じられた。これ、ここにあったんだ、私はしばらく目を閉じて、痛みが治まるのを待った。

木箱の中にはいったい何が入っているのか、ひどく重かった。

父のことを思うと、たまにこの木箱のことが思い出された。この地を離れてからは見たことがなかったから、父が店をたたんだときにそのまま置いてきたのかもしれない、と思いながらも、行方を尋ねたことはなかった。その木箱がまだ存在していたとは。バランスを崩してよろめいて頭を打ちはしたものの、棚から木箱を無事に床におろしたそのとき、牛舎側に開いていた部屋の扉が、いきなり外に向かってバタンとめいっぱい開いて、ざあざあと雨の音が聞こえてきた。畑のフキの葉ぐらいなら、穴があきそうなほどの勢いだ。

父が店をしながら稼いだ、いくらかのお金が入っていた木箱。五百ウォン紙幣が一、二枚だけというときもあった。ごくたまに千ウォン札。そしてその隣の小銭。私がこの木箱をたまに思い出すのは、父を騙した記憶のせいかも。父にはわかりそうもないものをひねりだしては、それを買わなくてはいけないと父に嘘をついたのだ。ノート、鉛筆、クレパスのような、誰でも知っているありふれたものではないもの。父には到底わかりそうもないものを考え考え、線路を渡って父のところにお金をもらいに行く少女は、ずいぶんかしこまった表情をしていたはずだ。少女がいきなり、セロファン紙を買わなくちゃいけないとか、覚えられそうもない本の題名を言って、その本を買わなくちゃいけないと言えば、父は私をじっと見つめて、それから木箱を開け、少女が必要としているだけのお金をくれたものだった。もしも父が、お金を渡しながら使い途について詳しく聞いたり、それは絶対買わなくちゃいけないものなのかと言ったり、大事に使うようにとか、真面目に勉強しろなどと言っていたら、私はこの木箱のことを忘れていたかもしれない。嘘を言って顔が赤くなり、胸がどきどきしていたことを知ってか知らずか、父は酒の甕《かめ》を洗う手を止めて立ち上がり、上着の裾で濡れた手を拭き、少女が言っただけのお金を出してくれた。少女の目をじっと見たり、頭を二度ほどなでてくれたりしながら、学校に遅れるぞ、早く行きなさい、と言った。嘘をついてもらったお金で少女は何をしたのか？　貸本屋に行った？　学校前の文房具屋の練炭コンロの前に座り込んで、お玉でカラメル焼きを作って食べた？　何をしたのか思い出せはしないのに、父を騙したという罪悪感は、心の中にそっくりそのまま残っていた。その嘘が心の中から消えず、何度も考えることになった。単純な嘘ではなく、学校に通えなかった父に向かって、授業に必要な物や宿題を言い訳にしてひねりだした嘘だった、という思いまで加わって、罪悪感は次第に重くなっていった。いつだったか、友人にこんな自分の気持ちを打ち明けると、友人は、本当に純真ね、と言った。意外な反応に、えっ？ と聞き返すと、どうしてお父さんがあんたの嘘に気づいていないと思うの？ と尋ねる。アボジはわかっていてお金をくれたっていうの？ 私にはそんなことは思いつきもしなかった。お父さんは騙されたのではない、というのが友人の言い分だった。父親たちがそんなふうに簡単に騙されていたら、この世の中はいったいどうなってしまうのかと。あげくのはてに友人は、騙されたふりをしてやるのが父親の役割だ、とまで言った。友人の言うように、父は騙されたのではないとしたところで、私が父を騙したのではないことになるわけでもない。それでも妙に慰められた。

父が自分で作った木箱は、蝶番《ちょうつがい》までもがあの頃のままだった。錠前をかける部分もそのままだ。これがここにあったんだ。時の風波にさらされて、黒ずんだ木箱の蓋を開けてみる。いちばん上に錠前、その下に手紙の束が入っていた。

父が店を完全にたたんでからというもの、行方がわからなかった木箱の中に、手紙とは。私は手紙を押さえている錠前を取り出して、床に置いた。手紙は二つの束に分けられて、ゴム紐でくくられている。いちばん上の手紙を取り出して、封筒の表書きを読んでみた。受取人のところには太いサインペンで一文字、父の名が書かれている。見覚えがある達筆な筆跡。サインペンで書かれた昔の住所は滲んで、潰れて消えそうになっている文字もある。私は差出人の住所を確かめてみた。トリポリ。リビア？　この見慣れた筆跡は、一番目の兄のものだ。

兄がリビアに派遣されて勤務していた頃に、父へ送った手紙の束だった。私は手紙の束を目分量で数えてみた。兄が、父に、こんなに沢山の手紙を書いていたんだ。まったく知らなかった。あの頃、兄と私もよく手紙のやりとりをしていたから、兄の筆跡だと気がついたのだ。兄がリビアで勤務していた期間、私は二週に一度、ソウル駅の前にあった兄の会社の、海外業務管理室に立ち寄っていた。あとの方になると、週に一度、立ち寄っていたように思う。子育て中で外出がままならない義姉が兄に送る品々や手紙を、私が代わりにそこに届け、兄がソウルに送った手紙や物品を受け取ってきて、義姉に渡した。ソウル以外の地方宛ての物品や手紙は、会社が郵便で送っていた。地方に住んでいる社員の家族が手紙や物品を本社に送ると、それを集めて海外の派遣先に送るのも、海外業務管理室の仕事だった。手紙を見るうちに、Ｊ市に行っては母が用意した品々を鞄につめて持ってきて、火曜日に海外業務管理室に託していたことも思い出した。私は兄が送った手紙の束の下の、もう一つの束を見てみた。父が兄に送った手紙だった。会社の住所とこの家の旧住所が書かれている。封筒の表書きの住所はすべて、時とともに霞んで消えそうになっていた。父が兄に、こんなに沢山の手紙を書いていたのか。その手紙がどうしてここにあるんだろう。兄が手紙を全部取っておいて、父のところに持ってきたのだろうか。でなければ、兄の家に行ったときに父が持ってきたのかも。木箱の中には、その二つの束のほかにも、何通もの手紙が入っていた。私は訝《いぶか》しく思って、手紙の表と裏をしげしげと見た。そして、派遣勤務を終えて帰国した兄が、私が兄に送った手紙をこうやって束ねて返してくれたことを思い出した。

――どうしてこれを返すの……？

きまり悪い思いをしつつも、返してもらった手紙の束。もったいなくて取っておいたのだと、兄は言った。おまえは作家だから、必要になるかもしれないし……と。文芸誌の新人賞は取ったものの、一年後にその雑誌に短編を一つ発表しただけで、自分に与えられる誌面はなかった頃のことだ。新人賞を取れば新しい世界が広がる、と思っていたわけではなかった。が、依頼がないので、新人賞以前も以後も先が見えないのは同じことだった。いや、先陵《ソンヌン》にあった『女高時代《ヨゴシデ》』という雑誌を出していた雑誌社に応募したとき、履歴書に文学賞入選年度を書くことはできた。それが就職の役に立つかはわからなかったけれど。兄が私に返してくれた手紙は、私の家のどこにあるのだろうか。兄の言葉は間違っていなかった。のちに私は引き出しの整理をして、兄が返してくれた手紙を読み、「遠ざかる山」という短編を書いたのだ。兄がトリポリの本部で勤務していた頃に、ワウアルカビール空港の工事現場に出張することになったときの話。兄はトリポリからセブハまでは飛行機で行ったが、ワウまでは陸路で五百キロメートルも行かなければならなかったという。タイ人の運転手が運転し、兄は助手席に乗っていた。砂漠の中を行くので、前も後ろもまったく同じ風景がつづいていた。砂の上の日差しが屈折し、蜃気楼が現れた。同じ風景ばかりを眺めているうちに、うとうとしたともいう。突然つむじ風が吹きつけ、顔をしかめて見ているうちに、その砂嵐で車が横に三回転した。あっという間の出来事だった。運転手と兄は気を失った。車が転覆したあとに何が起こったのか、わからなかった。兄が目を開けると、燃え上がる砂漠の太陽が目を刺すようだったという。兄はそのとき乗っていた車種を正確に覚えていた。プリンス3・0。やっとのことで体を起こし、果てしなく広がる砂をぼんやりと眺めていた。どうにか気を取り直して確かめてみると、三度も回転して砂に突き刺さっていた車は、砂から引き出すことができないほどに壊れている。砂漠の風景はどこも同じで、今まで走ってきたのはこちらなのか、あちらなのか、見分けることもできなかった。プリンス3・0が骨組みだけ残してばらばらになったというのに、不思議なことにタイ人の運転手と兄は無事だった。

——俺は神を信じるようになったんだよ……

そのときのことを回想するたびに、兄は敬虔な表情になったものだ。日曜日に義姉と聖堂に行けば、必ずうとうとと居眠りしていた兄が、派遣勤務を終えて帰国してからは、真面目にミサに参加していた。私はタイ人の運転手を砂漠に暮らしているベドウィン族に、小説のモデルである兄を「ユン」と設定した。車が転覆する直前に、運転手が到着地のワウまではあと十キロメートルほどだと言ったが、車が転覆してから砂嵐が起こり、どこもかしこも同じ風景になってしまうと方向感覚まで失い、どちらから来たのかわからなくて途方に暮れた、という兄の手紙をもとに書いた作品だった。車が転覆したとき、ワウとの唯一の通信手段である無線機も投げ出され、砂のどこに埋もれているのかもわからなくなった。五時を過ぎれば、砂漠は野犬の天下になるだろう。何よりも気温が下がって危機に瀕するだろう。車はめちゃくちゃになり、通信は途絶え、時間ばかりが過ぎてゆき、日が沈もうとしている現実の中で奇跡が起こった、と兄は書いていた。

信じられないことだが、遥か彼方から、農夫が運転する車が一台、現れたのだと。最初は点に見えていた車が近くまで来ると、その中にイエス様が乗っているのだろうと思った、と兄は冗談を言った。タイ人の運転手と兄はその農夫の車に乗せてもらい、ワウ警察署に行くことができたということだったが、私は兄の手紙の内容とは反対に書いた。二人は転覆した車を起こし、どちらから来たかわからなくなってしまった砂漠でコインを投げて、表が出ればこちら、裏が出ればあちらに行こうと決める、ということに。そうやって方向を決めて、ふたたび車を走らせたのだが、行っても行っても同じ道がつづいている、ということに。結局、目的地ではなく最初に出発したところに戻ってくる、ということに。

兄が父に書いた手紙を取り出した。雨音はますます激しくなっていく。いきなりどうして雨なのか。私は外を眺めやった。雨音が流水の音のように聞こえるほど、勢いよく降り注いでいる。傘も持たずに外出した父が心配になって、電話をかけてみた。呼び出し音を長い間鳴らしたが、父は電話に出なかった。電話を切って、激しい雨をぼんやりと眺めやり、やがて手にしていた一通の手紙を広げてみた。

父上前 上書*24

黒い罫線が引かれた古い便箋の、最初の二行分を使って書かれている「父上前 上書」という文字をじっと見つめた。前　上書……ひさしぶりに読む単語だ。消えてしまった言葉がここにあるのね。切ない気持ちになる。かつて、トリポリという都市でこの便箋を取り出して、「父上前上書」としたためていた兄の丸まった肩が目の前に見えるようだった。兄は二行使って大きく文字を書いたうえに、さらに、一つの文章が終わると、余裕を持って二行空けて手紙を続けていた。

この間、おかわりありませんか。

私は、おととい、こちらに無事到着しました。

飛行時間は二十時間でした。金浦《キンポ》空港から飛行機に乗り、アメリカのアラスカ空港で降りて三時間待ってから、ドイツのフランクフルト空港へと出発し、そこでもまた六時間待って、ここトリポリ空港に到着しました。待っている時間を除けば、飛行機の中に合わせて二十時間もいたことになります。

済州《チェジュ》島に行く飛行機ですら一度も乗ったことのない私が、飛行機に二十時間乗って、ここ北アフリカまで来ることになるとは。思いもしていなかったことが私の人生に起こりました。

＊24：父上前　上書　「前　上書」とは、本来、臣下が王に文書を差し上げる際に使われた言葉であり、目上の人に書状を送る際の格式ばった形式。現在ではあまり使われず、手紙にまつわる懐かしい記憶として語られることも多い。

ここはリビアで、私が勤務する事務所があるところはトリポリという都市です。リビアやらトリポリやら、発音するのもたいへんでしょう？　韓国とはまったく違う風景の国です。砂漠が全国土を覆っています。砂漠では農業ができません。アボジ、考えてもみてください。農業のできない砂地が国土のほとんど全部という国なのです。農耕地はわずか0・19パーセントだそうです。韓国では想像もできない、そんな場所でもあります。けれどもアボジ、この砂漠の深いところには石油が埋まっています。

ますます想像がつかないでしょう？

私がどんなところにいるのか気になるのではないかと思い、私が到着したこの国について説明しようとしているのですが、実は私もまだよくわからない国なのです。これからここで暮らすのですから、だんだんわかってくるでしょう。新しいことがわかれば、アボジにもお知らせします。世の中にはこんなところもあるのだと、思ってください。トリポリは韓国で言うなら、ソウルにあたる場所です。この国の首都です。

生活も単純、業務も単純なので、ソウルで暮らしているときとは違って、時間的に余裕をもって暮らせそうです。手紙をまめに書くつもりです。ですから、私が遠く離れていると思わないでください。韓国でもアボジはJ市に、私はソウルに住んでいたでしょう？　それと大きく変わるところはないと考えたらどうでしょうか。私の勤務地が少し遠くなっただけ、と思えばいいのです。

あるいはアボジ、この世の中のどこかにリビアという国があり、そこにあるトリポリという都市へと息子が旅に出た、旅を終えたら帰ってくる、こんなふうに思うのはどうでしょうか。私がソウルにいないからといって、何も変わりはしないのです。

ソウルには今も妻と子どもたちが、ホンと三番目と一緒にいます。私のいない家に、ホンと三番目までが一緒に暮らすことが気にかかって、妻とも話し合いました。家は賃貸に出して、実家に帰るということならば、そうしてもいいと言いましたが、妻は数日考えたすえに、このまま暮らすと言ったのでした。結婚してからもうずいぶんになるので、実家に帰って暮らすのも気づまり、とのことでした。妻は、あなたがいないのにホンと三番目もいなくなってしまったら、がらんとして寂しくなりそう、と言いました。子どもたちにとっても、父親がいないのに、一緒に暮らしていた叔父さん叔母さんまでいなくなってしまったら、その空白は大きいだろう、と。実のところ、ホンと三番目を独立させる余裕がないというのが最大の理由かもしれませんが、妻は言葉ではそのように言いました。今は、家を買うときに私が借り入れできる金額を、全額借りて使ってしまった状態ですから。こんなことをいちいちアボジに伝えるのも、なんだかですね。妻と何も話し合わなかったのかと心配するのではと思って、お話ししたのです。とにかく、ご心配されませんように。

私の願いは、私がいなくても父上母上が心穏やかに暮らすことです。ここは遠く離れたところですが、当分はここが私のいるべき場所なのだと思っています。私はここで、私のやるべきことに最善を尽くしますから、父上母上もそちらでお変わりなく、元気に暮らしてくださるなら、それよりほかに望むことはありません。

話したいことは沢山ありますが、今日はここまでにしておきます。

配送を担当している業務室に、今この手紙を持っていけば、明日出発の飛行機に載せてもらえます。毎週このようにして手紙を書くつもりです。アボジはお返事をくださらなくてもかまいません。この手紙で、私がそばにいることを感じていただければ、それで満足です。

それではこれにて、草々……

一九八九年四月九日
息子　拝

P.S.　あ、アボジ。

この国の名前はリビアだと言いましたよね。「海の中心」という意味だと、おととい初めて会った同僚が教えてくれました。私は海の中心にいるというわけです。アボジ、かっこいいでしょう？

リビアは海の中心という意味だったのだろうか。私は手紙の最後に、アボジ、かっこいいでしょう？　と、ずいぶん前に兄が書いた文字を長い間見ていた。今まで兄からこんな言葉を聞いたことがあっただろうか。かっこいいという言葉は兄の語彙ではなかった。兄は日常であれ、話し方であれ、服装であれ、飾りたてることをあまり好まない。公務員、そして大企業のサラリーマンとして四十年近い年月を送りながら、誰もがしているようなネクタイピンも、つけているのを一度として見たことがない。便箋を折りたたんだり開いたりして付いた線のせいで、崩れている文字もあった。黄色くシミになって文字が潰れているところもあり、水滴が落ちたのを手で拭き取ったかのように、サインペンの跡が上の方まで流れるように滲んでいたりもした。

水滴？

ああ……私は膝から崩れ落ちそうな気がした。この手紙を読みながら、父が流した涙の雫が滲んだ跡なのだ、と思われて。手のひらで、文字が滲んだところをなでてみる。そこにあるさまざまな思いが、手のひらに写真のように写し取られていくような感覚だった。かつて、見知らぬ国に業務で派遣された若い男が、机だか宿所のベッドだかにうつぶせて、便箋を前に、あとにしてきた故郷の父親に太いサインペンで手紙を書いている姿を想像するのは、意外にも私の心を揺さぶった。干からびた草むらのようだった心が、どこかにまっさかさまに落ちたかのように一瞬のうちにちりぢりばらばらになって、その向こう側に若い男の背中が見えた。アボジ、かっこいいでしょう？　と書いているサインペンを握った大きな手も。

私は埃と蜘蛛の巣と箱だらけの廃屋の床に、そのままぺたりと座り込んだ。ほかの手紙の束をほどいて、リビアのトリポリで兄が受け取った、父からの最初の手紙を見つけた。それほど苦労もしなかった。手紙は意外なことに、送った手紙と返事、また次に送った手紙と返事の順に整理されていた。

スンヨプへ

元気でやってるか

無事に着いたということで　安心した

飛行機にそんなに長いこと乗っとったとは　ずいぶん疲れたろう

こっちは心配いらん　かあさんも元気だ　わしも元気だ

おまえに返事を書こうと　この便箋を買いに　町の文房具屋に今日はじめて行った
こういうものは一度も買ったことがないから　どんなものを買えばいいかわからんで
おまえがわしに書いてきたのと同じものを買うた

父の口ぶりそのままに書かれた手紙を目にすると、激しい雨の中に立っているような心持ちになった。父が店をしていたときに帳簿に書いていた数字。

煙草9箱。
アンコパン7個。
マッコリ2本。

父は数字を記すためだけに文字を書いていた。それ以外に父の文章を見たのは、私がここを離れて兄と一緒に下宿生活をしていた頃のことだ。私たちに米を送ってから、父が電報で知らせてくることがあったのだが、日付けもない、たった一行。

コメ　オクッタ

兄が結婚するまで一緒に暮らしていた私は、電話が引かれるまで、父の電報を何度も受け取った。電報はいつも一行だけだった。

　キムチ　オクッタ

　ゴマノハ　ウケトレ

　サツマイモ　ホッテ　オクッタ

父は兄と同じ色のサインペンを買い、兄が使っていたのと同じ便箋を選んで、兄と同じように便箋の二行分のスペースに一行ずつ、話すとおりに文字を書いていた。

　おまえはいつもかっこよかった
　わしは父親としておまえの力になってやれずに　おまえにばかり苦労をかけたが
　おまえはいつでもかっこよかった
　おまえの言うとおりだ　今はそこがおまえのいるべきところだ
　おまえはいつでもそうしてきたように　おまえのいるところでおまえのやるべきことを真面目にやりとげるということを　わしはよく知っとる

家にひとり残って子どもを育て　ホンと三番目まで世話してる嫁のことを思うと　申しわけないばかりだ
気だてのいい人だということは　わかっておったが
ありがたいことだ　遠く離れても　大切に　誠実に　やさしくしてやりなさい

望むことはそれだけだ

一九八九年四月十八日
父より

リビアに出発する前、兄は家族と一緒にJ市を訪れた。両親に出発の挨拶をするためだった。私も一緒だった。兄はJ市に着くなり、五差路にある父のいきつけの精肉店に寄って、牛肉三斤を一斤ずつ、分けて包んでもらった。義姉もJ市の出だった。義姉はJ市を訪ねるときはいつも、まずうちの両親に会い、合間を縫って実家に行って夕食を食べてきたり、そのまま泊まって朝に帰ってきたりしていた。その日は兄の送別会でもあったので、夕食を私たちと一緒にとり、夜が更ける前に子どもたちを連れて実家に行った。にぎやかだった家は一瞬で寂しくなった。この地方では、梨の花が咲く四月にも、たまに雪が降る。春風というにはまだ早い風がそよぐ、四月初めのあの夜。庭の柿の木には新芽がついていたことだろう。兄は、母と義姉が夕食の準備をしているときに、父とナクチョンおじさんが牛に餌をやっている傍らで手伝っていた。牛の価格の暴落のために牛たちをほとんど売り払い、「キム・ナクチョン」という札をさげた雄牛と、ほかに七頭の牛だけになっていた頃のことだ。ナクチョンおじさんひとりだけでも十分にできる作業を、父と兄が一緒にしていた。兄は水が勢いよく出るホースを調整し、ナクチョンおじさんが飼い葉桶に入れておいた飼料を、牛たちが食べやすいように広げてやり、父がかきだして集めておいた牛の糞を、フォークで押していって一か所に積み上げた。私は黙々と働く兄を見ていた。まるで、昼間に都会からやってきた人ではなく、この家で長いこと牛に餌をやる仕事をしてきた人のように見えて。兄が熱心に動く姿は、夕暮れの陽光の中でシルエットのようにも見えた。兄さんは、いつ、あんなに牛と慣れ親しんだんだろう。牛たちは兄を知っている人のようにふるまっている。私がそばに行くと、モーと声をあげて後ろ足を蹴りあげるのに、兄が入れてくれる飼料をみんなおとなしく反芻し、兄が入れてくれるきれいな水に赤い舌をつけ、長いまつげがくるりとカールした目をぱちぱちさせながら、そばにいることを許している。兄も、たまに腰を伸ばして、牛の背中を手のひらでとんとんと叩いてやったりも。

義姉を実家へと送り出したあと、兄は町の精肉店で新聞紙にくるんでもらった牛肉を持って、叔父の家、伯母の家、そして父のいとこの家をまわって帰ってくると、大きい部屋で寝たようだった。私は洗い物をしながら、母が箪笥から布団を出して兄にかけてやるのを横目で見ていた。濡れた手を拭き、小さい部屋に戻ってごろごろするうちに、いつのまにか私も眠っていた。それからどれほど眠ったのかはわからない。夢うつつにひそひそ話す声を聞いた。何の声だろう。目を開けたいのだけれど、疲れていたせいで、どうしても目がふさがってしまう。近づいてきたと思うと遠ざかる声を聴きながら、夢かな、それとも誰か来たのかな、と考えている。声は近くで聞こえたかと思うとまた遠ざかり、ずいぶん離れていると思うと、また近くで聞こえる、を繰り返した。その声が子守唄のように聞こえもして、遠ざかるとまた浅い眠りに落ち、近づいてくると、何の音だろう、と思う。ときおり笑い声も混ざっていた。相変わらず疲れて目を閉じたまま、ふっと、ああ……アボジだ、と思った。笑っているのは兄だった。家は四方に開かれた構造だったから、門や塀を通らずに前庭、横庭、裏庭をぐるぐる回ることができるようになっていた。父と兄が前庭から横庭へ、横庭から裏庭へ、そしてまた前庭へとぐるぐる回りながら、ぼそぼそと話しているのだった。二人が、私の眠っている小さい部屋のそばを通るときには、話し声が大きく聞こえ、横に曲がると小さくなり、裏庭の方に行くと聞こえなくなり、ふたたび前庭の方に出てきて、小さい部屋の窓の前を通ると聞こえ……ということなのだ。目が覚めた私の耳に、父の低い声が飛び込んできた。父は海外派遣を控えて挨拶に来た息子に、行かなくちゃだめなのか？　と聞いていた。意外な言葉だった。思わず体を起こして窓の方へと近づき、二人のやりとりに耳を傾けた。


――アボジ、どうして？

――おまえがここにいないと思うと、怖いんじゃや。

――アボジとここで一緒に暮らしていたわけでもないのに、どうしてそんなふうに思うんですか。

――そういうことではない。

父の声には力がなかった。

——おまえがこの国にいないというのに。

——……。

——眠れんのじゃ。

——何年か勤務したら帰ってきますから。

——すまない。

——何がですか、アボジ。

——わしにもっと力があれば、おまえがそんな遠いところに行かなくてもよかったのに。

——会社の仕事です。辞令が出たから行くんです。アボジとはなんの関係もないんです。金を稼ぎに肉体労働をしに行くわけじゃないんですから。

そうではなかった。リビアに行って勤務すれば、給料が二倍になるから志願したのだった。兄は貯金して都市に家を買う計画を立てていた。家さえあれば、どうにか暮らしてはいけるだろう、というのが兄の心積もりだった。声はまた横庭の方へと曲がって、遠ざかっていった。私は、父と子が横庭をまわり、裏庭をまわってまた前庭に出て、小さい部屋の窓の下を通るまで、ずっと耳を傾けていた。父は、兄が韓国を離れることが不安なようだった。二人の会話を聞いていると、息子と父の立場が入れ替わったかのようだった。兄が父を慰め、おまえがいなかったら、わしは……という言葉を父が繰り返していたあの夜。

兄は、自分がいないことで父が感じる不安をぬぐってやるために、一生懸命手紙を書いたようだった。あまり口数の多くない兄が選んだ手紙という手段は、当時の父には大きな慰めになっていたようだった。

兄の手紙は判で押したように、父上前上書、で始まっていた。そして、最初の挨拶は決まって、この間、おかわりありませんか？　だった。そこだけ見ると、どれもみんな同じ手紙のように見えるほどだった。父もまた判で押したように、スンヨプへ、で始めていた。元気か？　これが、どの手紙でも父の最初の挨拶だった。

父の手紙は簡潔で短い。

スンヨプへ

元気か

今日は本屋に行った

生きてるうちに本屋に入ることはないと思っとったのに　入ってみたら本の匂いもいいもんだった

リビアという国がどんな国か　本に書いてあるかと思うて行った　ここの本屋にはリビア

の本はなかった
おまえはリビアが海の中心という意味だと教えてくれたが　わしにはリビアがなにか花の
名まえみたいだなぁ　サルビアみたいな花

ホンにリビアの本を買《こ》うて　送るように言った
おまえのいる国がどんな国なのか　とにかく知りたい

かあさんがしょっちゅう泣いとる
おまえに会いたいみたいだ
よくわからんことを言うんじゃ
泣いたら目の前が明るくなるんだと

だから心配いらん

一九八九年四月二十四日
父より

父上前　上書

この間、おかわりありませんか。

こちらの生活に早く慣れようと、忙しく日々を過ごしています。それで先週は手紙を書けませんでした。夜、いつ寝入ったのかもわからないほど、正体もなく眠りこけてしまいます。

アボジが私のために本屋に行ったという話がずっと頭を離れません。J市で私がよく行っていた本屋は、湖南《ホナム》高校の前の第一書店でしたが、アボジもそこに行ったのでしょうか。想像していました。

三十を過ぎてからは、私も本屋に行くことが少なくなりました。

オモニが泣いたとのこと、気がかりです。私は元気ですからご心配なくとお伝えください。お二人とも、どうかお体に気をつけてください。

それではお元気で……

一九八九年五月六日
息子　スンヨプ拝

父が書いた一行だけの手紙もある。

スンヨプへ
元気か
今日は苗床を全部出して　種もみをまいた

一九九〇年四月二十九日
父より

スンヨプへ
元気か
話しておくことがある
わしはおまえにちゃんと手紙を書くために
ハングルを習いに行っとる

わしは書くことに重きを置いとる
もう何か月かになる
農業高校のとなりにハングル学校ができた　大学生たちが夜学をしている　そこで週に三回ハングルの授業がある
おどろいた
わしより若い人が読むことも書くこともできなくて　最初から勉強しているじゃないか
「鎌を前にしてキヨク（ㄱ）の文字も知らない[*25]」というのは本当だったんだな
大学生の先生は　わしが漢文を書くとおどろいて　ここで何を学ぼうというのですか　と言うとったよ
わしのようなものにはもう教えることはないと言うから　わしはおまえの話をした
息子に手紙を書かにゃならんので　字を間違えずに正しく書きたくて来たと言うと
わしを別に座らせて　ハングルの綴りがあっとるかを見てくれて　本を持ってきて読ませたりもした
わしのことを本を読むのがうまいと　言うとったよ　心の中で　それは父親のおかげだと思うた

＊25：鎌を前にしてキヨク（ㄱ）の文字も知らない　鎌の形がハングルのキヨク（ㄱ）の文字に似ていることから生まれた慣用句。

おまえのおじいさんに小學から四書三経まで習ったときに　いちばん熱心にしていたのが声を出して読むことだった

楽しい

かあさんにもいっしょに行こうと言うたんだが　いまさら書くこともないのに何を習うんですかと言っておった

なにをいまさら　とな

文字を書けるようになったら　おまえに手紙が書けるぞと言ったら　ちょっと乗り気になったようだったが　なにも言うてこん

また話してみようと思う

かあさんはおまえたちが文字を習っていたとき　知っていることがなくて教えてやれなかったのが心残りだそうだ

これから文字を習っても　教えてやる子もいないのに　習ってどうするんだと

わしにはほかに望むことはない

一九九〇年五月二日

父より

スンヨプへ

元気か

かあさんは誰にきいたのか　リビアが石の上でトリを焼いて食べるくらい暑いところだと言うんじゃ

そっちにミスッカル[*26]があるのかわからないと言うとる

暑い日にミスッカルを作ってやったら　おまえは本当においしそうに飲むんだと

ミスッカルを送ったら　おまえは受け取ることができるのか　聞いてくれと言うとる

わしにはとくに望むことはない

この空の下　おまえが元気ならそれでいい

一九九〇年六月五日
父より

＊26：ミスッカル　米・麦・豆などを粉にして混ぜ合わせた伝統食品。水、牛乳、豆乳などで溶いて飲む。

父上前 上書

この間、おかわりありませんか。

この一週間がどう過ぎて行ったのかもわかりません。ソウルにいるときより時間的には余裕があるはずなのに、一週間があっという間で、明日はもう手紙を集荷する日だというのです。先週もあれこれやるべきことが多くて、手紙を出せませんでしたので、怠け心を振り払って手紙を書いています。毎週手紙を書くと約束しておいて、一週飛ばしてしまい、申し訳ありません。

もう田植えは終わりましたか。

オモニは田んぼに食事を届けるのに忙しいでしょうし、アボジも田植えの目印の縄を田んぼに張りわたして、顔が真っ黒に日焼けしたでしょうね。

子どもの頃から私は田植えの時期が好きでした。からっぽの田んぼに田植えをすると、田んぼが青色に変わるのが不思議でした。朝、学校に行くときに、人々が田んぼの中で列になって田植えを始めるのを見ながら、あんなふうに一つ一つ苗を植えていって、いつになったら、あの広い田んぼに全部植えることができるんだろう……と思ったことを覚えています。ところが、学校を終えて帰ってくると、その広い田んぼに、目印の縄に合わせて苗がきれいに植えられているのです。人々が力を合わせると、どれほど驚くべき結果をもたらすのか、田植えを見て学びました。人々が集まって、一定時間休むことなく労働した結果が、あんなにもはっきりと表れるのならば、本当にやりがいのあることでしょうね。うちの田んぼにかぎったことではありません。水利組合を間に挟んだ両側の田んぼに植えられた、青々とした苗を見ていると、私の力になってくれる何かを両側に引き連れているかのようで、心が満ち足りたものでした。

ここは、前にも書きましたが、全国土の98パーセント以上の土地が砂漠なので、アボジがいるところのように稲作のできるところはない、と言っても間違いないでしょう。

オモニにミスッカルは送らなくてもいいと伝えてください。

食べるものの心配はなさらないでください。

ここには韓国から沢山の社員が派遣されています。

私たちは、学生たちが寮生活をするようにして、集まって暮らしています。韓国の調理師たちも派遣されています。彼らが三食を韓国式に作ってくれます。ソウルで暮らすのと同じように、韓国料理を食べて暮らしているのです。起床時間も就寝時間も決まっているので、軍隊生活をしているような気分になります。まだそれに慣れなくて、就寝時間になっても眠くならず、目がぱっちり開いていることが多いのですが、すぐに慣れるでしょう。こんなに規則的な生活をしていれば、健康になれそうです。

アボジ

私は遠くにいますが、家のことで何かあれば、ためらうことなく話してください。ひとり、心の中に抱え込まないでください。

それではこれで。

一九九〇年六月十二日
スンヨプ拝

兄の手紙を読むうちに、水利組合の土手道の両側に広がっていた青い田んぼが、心に浮かんできた。子どもの頃、学校に行くときに通った、あの青い田んぼが。私は夜露に濡れて咲く朝顔や、その下の繁みのイチゴを木の葉で隠しておいたのが、赤くなっているかどうかとか、そんなことばかりに気を取られていたのに、兄はそこを通るたび、田植えを終えた青い田んぼを眺めては、両側に力のある何かを引き連れているような気分になっていたとは。同じ風景を前にして、こんなにも違う心のありよう。父は、兄が北アフリカの中央に位置するリビアという国にいるという、ただそれだけで、種イモを一つ一つ畑に植えるように、その国に関することを調べては、自分のものにしていった。あとになって知る父のさまざまな思い。そうだったんだ。あのとき、父が私にリビアに関する本を買って送ってほしいと言っていたのは、こんな思いからだったんだ。私が書店でリビアに関する本を買って父に送っていたとき、父は慣れない読書をし、ハングルの正しい綴り方を学ぶために夜学に通っていた。そのおかげだろうか。最初は単文だった父の手紙は、ときには複文になり、記号を使い、ピリオドも打ち、長さも少しずつ長くなっていった。

スンヨプへ

元気でやっとるか？

うれしい知らせがある
きのう　一頭の牛が子牛を産んだ
三つ子を産んだ
こんなことはそうはないことだから、想像もしとらんかった
いままで牛を育ててきたが、はじめてのことだ
たまに双子はうまれた
妊娠中の牛の姿がずいぶん違っていたから、もしかして双子かとは思うとったが
三つ子がうまれるとは思いもせんだった

おまえにすぐに知らせようと、こうして書いている

一頭ずつ、三頭が十分おきくらいに出てきた
一頭だけのときよりも体は小さいが、三頭とも元気だ　初めてだから驚いたが
おまえに教えてやろうと思うて書いてみたら　言いようもないほどうれしい

子牛は母牛の腹の中からでてくると、すぐによろよろと歩きはじめる
三つ子もそうだった
鹿みたいだった
胎盤でくっつけてきたものを母牛が全部なめとるよりもまえに　体を起こしてよろよろとあるいた
一頭ずつ足をのばして立ちあがるんだが、笑いがとまらなくてこまった

スンヨプ
わしはおまえが結婚するときに　わしに言うたことを忘れとらん
牛七頭をわしに買うてくれて、結婚して家庭をもったら自由になるお金もないだろうから、
この牛を育てて妹や弟たちの学費にあててほしいと言うただろう　昼は町役場に通い、夜は
大学に通って、大企業に入るまで役場ではたらいてもらった退職金を増やした金だと言う

とった

私は父の手紙を途中で読むのをやめて、顔をあげた。兄が結婚するときに父に牛を？　頭の中で、じん、と音が鳴ったようで、手紙から目を離して戸の外を見やった。雨音の中に雷の音が混じっていた。畑の野菜を踏み荒らすかのように、雨音もさらに激しくなった。

今まで私は知らずにいた。確かに、兄の結婚後に父は牛七頭を飼いはじめたが、突然どうして牛が七頭になったのか、ちゃんと考えたこともなかったなんて。私は、畑で激しい雨に打たれている塀の下のフキの葉になったような気分だった。だから、あの牛の騒動のあとも、七頭の牛は売らなかったのだろうか。父が兄に対して申し訳なく思っている気持ちの奥底に、牛七頭がいたということをいまごろ知るなんて。

心が苦しかった

貧しい父親を持ったばかりに、早いうちから家を出て、見知らぬ土地でひとり働いて生きるようになっただけでなく、結婚を目の前にしても心配ごとばかりだったおまえのことを思うと、いつも胸が痛むし、申し訳ない気持ちでいっぱいだった

わしができることは牛の数を減らさないことだった

おまえが買うてくれた七頭から一頭も減らさないように努力した

耕耘機にのってナクチョンと牛飼い闘争に出ていったのも　そのためだった
おまえが牛を買うてくれたとき、とにかくこの数だけは絶対に守ろうと思うた
増やすことはできなくても、減らしてはならんと思うた
いまでは三つ子が生まれたから、おまえの牛は七頭ではなく十頭だ
そこにいて気持ちがふさいだり、怒りがこみあげたりするときには思いだしてくれ
ここにおまえの牛が十頭いるんだと
きょろきょろと大きく目を開けて、おまえを待っているんだと
そんなことがおまえの力になってくれたらと思う

いつも言っとるように　父には望むことは何もない
この空の下、おまえが元気ならそれでいい

一九九〇年九月四日
父より

父上前　上書

この間、おかわりありませんか。

牛が子牛を三頭も生んだという知らせに、びっくりしました。そんなこともあるのですね。アボジの手紙を読んで調べてみたところ、受精卵の移植をしても三つ子が生まれることはめったにないのだそうです。アボジはいつものように一般的な人工授精をしたのでしょうに、どうして三つ子が生まれたのでしょう？　子牛三頭がふらふらと立ちあがって歩く姿を想像するだけでも、楽しくなります。それにアボジがそんなにも喜んでくれるなんて、私もアボジと同じ気持ちです。


アボジ。

子牛一頭をとりあげるだけでも大変なのに、三頭も順番にとりあげたアボジが誇らしいです。

アボジ。

牛舎の牛たちは私の牛ではなく、アボジの牛です。


アボジの牛舎の牛が少しずつ増えていくことを思えば、心強く、力が湧いてきます。私たちを大学まで行かせることが、アボジの願いだったことは知っています。アボジが山の畑を売って、私の大学入学金を準備してくれたとき、そのお金を受け取って私も心に決めました。どうあっても、アボジの思いを実現するのに役に立つ人にならなければ、と。

アボジ。

そうです。私は下に妹や弟が五人いる田舎の家の長男です。結婚するときにずいぶんと悩んでいたことは事実です。ご存知のように、ソウルというところはお金の概念が田舎とはずいぶん違っていて、結婚するというのに、私にはホンと三番目を別に住まわせるだけの余裕がありませんでした。幸いなことに、妻も弟や妹の多い田舎の家の長女だったので、結婚後も私の兄弟たちと一緒に暮らすことを理解してくれました。

アボジ、私に申し訳なく思う必要はありません。

私はあのとき、牛を買うお手伝いをすることで、兄弟たちの学費を捻出しなければならないという負担から抜け出したのです。ほんの牛数頭ぐらいのことで。私にそんな腹積もりがあったなんて、アボジは知るはずもないでしょう。

アボジ。

私がそうすることができたのは、アボジが私の父親だったからです。J市で暮らしていたとき、ときおり、どこの家の子なのかと、人に父親の名前を聞かれることがあったのです。アボジの名前を言うと、誰もがああ……と言って、アボジにするのと同じように、私にもよくしてくれました。アボジの名前を言うと、すぐに親切になり、やさしくなる人々を見て、アボジが私の父親であることがいつもうれしかったのでした。そんなアボジですから、牛を育ててしっかり世話してくれるはずと信じていたので、実行できたことでした。そして私は自由になったのです。アボジが畑に牛舎まで建てて、政府の支援を受けて牛を数十頭に増やし、朝夕フォークを手にしていたり、長靴を履いて腰をかがめて、牛が吐き出す熱い息と糞にまみれて働いたりしている姿を見ると、牛を飼うように勧めた私のせいであんな苦労をしているのだろうかと、ソウルに戻ってからいたたまれない気持ちになりました。アボジがどれだけ一生懸命に働いているのか、私は知っています。学費が三人分重なったときもあったのに、きちんと揃えてくれたときには、私はアボジへの尊敬の念を抱きました。そうやって守り育てた牛なのに、私の牛だなんて。

私が勤務しているところは作業現場ではなく、トリポリにある本部です。ここでしていることの大部分は、ソウルの会社と連絡を取ることなので、そんなに大変な仕事はなく、私は比較的よく適応しています。ですから私の心配はしないでください。

一九九〇年九月八日
スンヨプ拝

スンヨプへ

元気でやっているか

じき秋夕《チュソク》*27だ
夜になると風が冷たくてもう掛布団を出している
夏にここにいた鳥たちがそろそろよそへ行こうとしているのか　にぎやかなことだ

おまえがなんと言おうと　この牛たちはおまえの牛だ
かわいそうなことに三頭のうち一頭は目が見えん
どうしたことかまっすぐ前に進めずに　やたらと壁の方へと行っては頭を打つもんだから調べてみたら目が見えんのだ
目が見えんから乳首にもろくに吸いつけんでな　三頭が同じように生まれたのに、目の見えんやつはほかの二頭とは体の大きさに、もう差がついている
目が見えんから　わしもいつも気にしているんだが母牛もそうなのか　三頭の中でも目の見えんやつだけ、舌でせっせとなめてやっている　目が見えなくてもじきに大きくなるだろう
おまえたちがそうだったみたいにな

父はなにも望むことはない
この空の下　おまえが元気で帰ってきてくれたらいい

かあさんが横で　秋夕に松餅《ソンピョン》*28は食べるのか聞いてくれと言うとる

かあさんが　こっちのことはなにも心配せずに安心して暮らすようにと言うとる

一九九〇年九月十二日
父より

父上前 上書

今日はうれしいお知らせがあります。

会長が、ソウルからこちらに来る飛行機について、週に一度往復できるように交渉してくれていたのですが、交渉成立したんだそうです。これまでは飛行機の来る日がバラバラでした。航空会社が最低でも週に一度、飛行機を飛ばしてくれないのなら、会社で飛行機をチャーターしてでも、一週間に一度はソウルとトリポリを往復させる、と会長が言ったのだそうです。これからは一週間に一度は、ソウルから飛行機が飛んでくることになります。このことがこちらのみんなを喜ばせている理由は、工事に必要な物資の調達が円滑になるということもありますし、韓国料理の食材を本社から一週間に一度はこちらに送ると言ってくれたから

＊27：秋夕　旧暦のお盆にあたる、韓国の大型連休。
＊28：松餅　秋夕に食べる、米粉で作った伝統食品。餡を入れた半月形の餅を松葉を敷いた蒸し器で蒸しあげる。

です。十分な量ではないでしょうけれど、食材が毎週調達できれば、韓国料理を食べる日が増えるだろうと、みんな喜んでいるのです。

今日、本社の海外業務管理室の職員と連絡を取ったのですが、今度の秋夕に合わせて松餅を送ってくるそうです。一週間に一度は飛ぶことになったから、できることです。同僚たちが私に、松餅にありつける幸運な人だと言います。秋夕当日ではありませんが、その頃にはこちらに松餅が届くのだそうです。冷凍で送るので凍ったまま届くでしょうが、ここの調理師たちが蒸して温かくして出してくれるでしょう。ですからオモニに、こちらでも秋夕に松餅を食べられるのでご心配なく、と伝えてください。

アボジ

食べ物の話が出たので、お話ししますね。

来月の日曜日に、私がこちらの同僚たちのためにピビンバを作ることになりました。調理師が、派遣されてきてから二年にもなるのに、一度も市内観光をしたことがないと話したのです。その日は自分たちで食事はなんとかするから、観光に出かけるようにと言いました。その日の昼食は新参者の私が責任を持ってピビンバを作ってふるまう、とまで言ってしまったのです。実はひそかに心配しています。私がピビンバを作ると言ったのは、アボジが作ってくれたピビンバをおいしく食べた経験者としてのことだったのですが、よくよく考えてみれば、食べただけで作ったことはなかったではありませんか。ここは暑い国ですし、韓国のように野菜が豊富なわけでもないということを忘れていました。書いていると、アボジが作ってくれたヨルムキムチ（大根の若菜キムチ）のピビンバを思い出して、唾がわいてきます。わけもわからずに大言壮語してしまって気が重いです。

ピビンバを作るときの秘訣のようなものはありますか。
手紙を書きながら笑ってしまいました。
アボジに変なことを聞いていますよね。

私は元気でやっていますから、心配しないでください。
それでは。いつも変わらずお元気で。

一九九〇年九月十六日
スンヨプ拝

スンヨプへ
会社の会長というのは　本当に力があるんだな

その気になれば、なかった飛行機も飛ばせるのだから
おまえがいるところに一週間に一度はソウルから飛行機が行くんだから安心だ　その飛行機に松餅ものせていくとは　いい世の中だ

ピビンバ作りの秘訣といっても簡単なことだ
わしがピビンバを作るとき　かあさんが必ずゴマ油の瓶を開けてくれたからだ
あの頃はゴマ油が貴重だったから　ほんの一滴使っただけでも香ばしい匂いが広がったもんだが
このごろのゴマ油はそうはならん
油を搾る方法がかわったからかもしれん
おまえがピビンバをおいしく作ろうと思うんなら
ゴマ油は必須だが　そっちにゴマ油はあるんか？

私は読んでいた手紙を置いた。

そうだった。子どもの頃、父はよく食べるものを作ってくれた。チャジャン麺も作ってくれたし、味付けをした豚肉を網で焼いてくれたりもした。みんなで集まってご飯を食べるのに、これといったおかずがないときなど、たまに母が父にピビンバを作るように言ったこともあったよう

な。母も兄と同じことを言っていた。おとうさんのピビンバはほかの誰が作ったのよりおいしいと。母は家でいちばん大きなボウルを父の前に置いて、春ならサンチュ、夏なら大根の若菜、秋にはサツマイモの蔓のキムチ、冬は古漬けのキムチを切ってご飯の上にたっぷりのせた。父は黙々とご飯を混ぜていた。スプーンでコチュジャンを掬って入れ、辛い唐辛子を刻んで入れ、出し汁で煮詰めた味噌があるときは、それも味を調えるためにご飯の上にかけ、大根の若菜がつぶれてしまいそうだと思ったら、箸でご飯をかき混ぜた。そうだった。父がご飯を混ぜて作るピビンバはとりわけおいしくて、テーブルを囲んで座っていた家族みんな、早く食べないとピビンバがなくなってしまうと、急いでスプーンを動かしていたのだけれど、それというのも、父がピビンバを作るときだけ、母はゴマ油を出していたからだったのだ。

夢だったのだろうか。それにしては、ふと見上げた壁時計の時間が鮮明に思い出される、数日前の深夜二時頃。私はいったん母のベッドに横になったが、やっぱり居間の父のベッドの下に横になり、さらに今度は小さい部屋に行って机の前に座り、それから台所に行ってうろうろしたすえに、冷蔵庫の扉を開けてドングリのムクが入っている大きなタッパーを取り出した。食事をとろうとしない父のために、J市に来た最初の日と同じように、残ったドングリの粉でムクを作ったのに父は手もつけず、タッパーに入れておいたものだった。私は食卓の上に容器を置いて、居間のベッドの上の父を眺めやった。ベッドライトの下の父は静かだった。私はスプーンでドングリのムクをつんつんとつついてみた。ムクは冷たく固まっていた。ひと匙すくったことしか覚えていない。我に返ったのは、私の前に父が立っていたから。スプーンは食卓の上に放り出されていて、私は手でムクをすくって口に詰めこんでいるところだった。ムクのかけらで食卓が汚れていた。私の上衣の裾にもムクの塊がべったりとついていた。父が人差し指の先っぽが丸まっている手をのばして、私の口の周りを拭きとってくれた。そして、空っぽになったタッパーとスプーンを流し台の中に置き、食卓を布巾で二度拭いてから私の隣に座った。父が私の手を握ろうとするのを、私は慌てて手をテーブルの下に降ろしてはねのけた。つぶれて指にくっついたままの茶色いムク。父はやや前かがみになって座ったまま、何をするともなく、ただ私の隣にいた。やがて私が気を取り直して、もう休みましょう、アボジ、と言うまで。

冬の夜を思い出す。

冬になると、四日ものあいだ降りつづいた雪が積もりゆくJ市だった。私は作家になってから、これと似たような文章を何度も書いた。冬になると四日ものあいだ雪が降りつづくのがJ市だ、と。平野から吹いてくる風が線路に、小川に、畑をこえて庭に、さらには縁側にまで吹き込んだ。障子紙が揺れる音で、真夜中に目を覚ますこともあった。雪が舞い散る影が部屋の戸にちらちらと映るのを、布団の中からぼんやりと眺めていた冬の夜。オンドルの焚口に近いところには、まだ帰ってきていない父の飯茶碗が毛布にぐるぐるとくるまれていて、オンドルの焚口から離れた冷たいところには食膳が調えられている、そんな冬の夜。母は、父がご飯を混ぜるときだけゴマ油を出していたのではなかった。風が吹き、雪の降る冬の夜、村の集会所で村の人たちと過ごして帰宅が遅くなった父の食膳にだけ、焼きのりが出ていた。若い父。酒も少しばかり飲んで上機嫌の父は、開いている門から入ると、縁側の前で雪に降られながら腰をかがめて、踏み台に脱ぎ散らかされた靴を縁の下に押しこみ、縁側の雪を掃き出してから、部屋の戸を開けて冷気と一緒に入ってきた。どうして夜中に出歩くんですかね。母が棘のある声で言いながらも、食膳にかけてあった布を取り、オンドルの焚口の近くで温めておいた飯茶碗を膳に載せ、ゴマ油を塗って四角く切ってあぶった海苔を皿に入れて、父の飯茶碗の横に置いた。香ばしい海苔の匂いが冬の夜の部屋の中に広がると、私たちはしめし合わせたかのように、父の食膳のそばに、一人、二人と近づいて、ぐるりと囲んで座った。子どもの頃から、長男だからと大人と同等の扱いだった一番目の兄だけは、父のそばに行けずに小さい部屋の机の前に座っていた。父は海苔一枚一枚にご飯を包んで、ぐるりと座っている私たちの口に順番に入れてくれた。あんたたちのせいでおとうさんがご飯を食べられんよ、と母が言えば、わしは食ってきた、と父が言う。夜更けまで外にいながら夕食を食べなかったとは、母も思っていなかったはずだ。それでも母は、冬の夜更けに、焼き海苔を添えた食膳を父のために調えていた。

雪が降っていたあの冬の夜、遅くに帰宅した父が、母が用意した焼き海苔でご飯を包み、ぐるりと囲んで座っていた私たちの口に順番に入れてくれた瞬間を、私は何度も書いてきた。そのたびごとに比喩は変わったが、私たちはまるでブナの森のキツツキのヒナのように、父が作ってくれた海苔巻きをぱくぱくと食べたのだ、と。あのときは口の中に残る香ばしい海苔の余韻を感じながら、自分の番がまたまわってくるのを待っていただけだったが、いつだったか、なにかのインタビューで、幸せだと思ったことはあるかという質問を受けたとき、ふとあの冬の夜のことが思い浮かび、父が作ってくれた海苔巻きを食べたときは本当に幸せだった、と答えた。一番目の兄がそのインタビューが載った紙面をパネルにして私に送ってくれた。この田舎の家にも持ってきて、小さい部屋の本棚の前に立てかけた。父はインタビューを読んで、あのとき幸せだったのか？　と尋ねた。

——ええ、アボジ。

父は虚ろな笑いを浮かべた。私が幸せだったと言ったあのときのことを、怖かった、と父は言った。若かったあの頃、子どもらの食べっぷりが怖かったのだと。

——怖かったの？　なにが？

私が怪訝に思って聞くと、父の顔から笑みが消え、心許ない表情になった。

——そんなこと、説明できるか。

父が話を打ち切ろうとすると、母が脇から助け舟を出した。

——あんたたちがどれだけよく食べたことか。食べ物のことを心配しないで暮らせるようになったんは、ずいぶんあとのことでしょうが。今日の夕飯を食べながら、明日のご飯の心配をしとったんだから。ご飯を炊こうと思うて納屋に行ったら、米びつの底が見えることもあったし。胸がどきりとするあの感じは誰にもわかりゃせんよ。米びつはだんだん底が見えてくるというのに、もりもり食べる子らが六人もいっぺんに押し寄せてきてごらんな、そりゃもう怖いさ……

父が飲み込んだ言葉を、代わりに話すうちに重苦しくなった空気を振り払うように、母はすぐにも明るい声でこう言ったものだ。

——怖がってばかりで、どうして暮らしていけるもんかね。怖いだけじゃない、生きる力にもなっとったんよ……

あなたもそう思っとったでしょ？　母が父に同意を求めると、話すことは何もない、と父は答えた。私は、話すことは何もない、と言う父をぼんやりと見つめた。そうだろうか。父も母のように、私たちの食欲が怖かっただけでなく、力にもなったのだろうか。母の明るさとは反対に、私は気が重くなった。若い頃はおまえたちの食べっぷりが怖かったと、父が告白するように言った言葉は、私にとっては衝撃だった。初めて父の幼い頃を、父の少年時代を、父の青年時代を考えるようになった。伝染病によって三日の間に両親を亡くした気持ちを、戦争に巻き込まれたときの気持ちを、たった一度顔を見ただけの母と結婚したときの気持ちを、一番目の兄が生まれたときの父の胸中を。見当もつかなかった。さらに、兄たちを亡くし、本家の跡継ぎとなって、これまで生きてきた父の若き日々を想像してみようと努力もしてみたが、難しかった。幼い頃の写真が一枚もないということ。それが、父の生きてきた時間なのだということを確認しただけ。私が知っていることのほとんどは、伯母の話や母の話の中の父だけなのだということも。

私は、父を、一度もひとりの人間として見ていなかったということも、そのときになってようやく悟った。父を農夫として、戦争を体験した世代として、牛を飼っている人として、ひとくくりにして考える癖がついていて、父個人については正確に知っていることもなければ、知ろうともしてこなかったということを。いまさらながら、たまに父が、学校くらい行かせてくれたらよかったのに、と祖父への恨み言を呟いていたことが重く迫ってきた。子どもたちが一人、二人と学校へ行き、さらに上の学校へと進み、ついには大学に行くために家を離れていったとき、父は何を思っていたのだろう。

怯え、恐れることのない日が、ただの一日でもあったのだろうか。

廃屋の、蜘蛛の巣だらけの部屋で見つけた木箱の中の、ひもでくくられていた手紙を読みながら、私は突然また悟った。普通、父親といえば間違いなくついてくる家父長的な抑圧を、日頃父から感じることがなく、母より父にやさしさを感じて生きてきたのは、父の内面に潜む世の中に対する怯えゆえのことだったということを。怖くて恐ろしいものが多い父は、多くを話さないというやり方で、世の中に立ち向かってきたのだということも。父がいちばんよく使う言葉は、話すことはない、だった。話すことはない……父はうれしいことがあってそれを表現するときも、話すことはない……と言い、つらいことがあっても、話すことはない、と言った。父はますます口数が減ってゆき、いつからか、話すことはないという言葉すら言わなくなった。父が、話すことはない、とさえ言わないときは、脇で母が代わって父の心中を語った。それは、実はね……と言って。

スンヨプへ

こちらは冬がきた。

おまえがいるところは一年中夏だけだと言うから、雪が降るのは見られんだろうな。

その国には死の大地と呼ばれる砂漠があるんだってな。死の大地と呼ばれるからには、それだけのわけがあるんだろう。

わしは今日になってようやくわかった。

サハラ砂漠の奥底に巨大な湖が見つかって、その水を汲み上げるための大水路工事をしに、沢山の韓国人がそこに働きに行っているんだとな。

砂漠に一万年前から溜まっている水があるとは、想像もつかんなぁ。ものすごく大きいんじゃろうなぁ。その地下の湖を思い浮かべようとしたけれど、うまくいかん。けど、大変なことだ。その湖から水を汲み上げたら、砂漠は農地になるのか？　そちらの国の土地はほとんど砂漠だと言うとったが、大水路工事が成功すれば、その広い土地がみんな農地になるのか？

この世の中のどこかで、そんな大工事が行われているとは不思議なことだ。

わしはこの村で生まれて、ここでずっと生きてきた。

若い頃はあちこち沢山出かけていったが　それも生きる道を探してのことで、余裕もなくて、わしがどこをどう訪ねていったもんだか、何にも覚えてはおらん。

ソウルに初めて行ったときのことは心に残っとる。忘れられん。

ここでは食べて暮らしてはいけるが、おまえたちを学校に最後までやることはできんだろうと思うて、とにかくソウルというところへ行ってみようと、決心したんじゃ。おまえたちが生まれてから、飢えずに暮らすことだけがすべてじゃないと、思うようになったんじゃ。子どもたちを勉強させにゃならん、と思うた。それを目標にすえたんじゃ。それなら金を稼がにゃならん。金も人の沢山集まるところにあるもんと思うて　ひとりの知り合いもおらんところへ、夜汽車に乗っていった。わしひとりの働き口ぐらい、あるだろうと思うてな。とにかく野良仕事よりはましなはずだと、それればかりを思うて行ったんじゃ。


一九六〇年だった。その年の四月に三番目が生まれたんだが、赤んぼの目がどうしてあんなにぱっちりしとったのか。三番目は生まれたときからそうだった。赤んぼが、生まれてほんの三日で目をぱっちりと開けて、わしを見るんじゃ。真っ黒でぱっちりとした目がわしを見るんじゃ。どきどきしたよ。わしは村の仲間たちより早くに結婚した。思えば、三十になる前にもう、息子が三人もおったんだからな。ホンが生まれる前に息子ばかり三人だ。おまえたち三名を前にすると、わしは胸がどきどきして怖くなったよ。学校にもまともに行ってないわしが、この子らをどうして立派に育てられるんだろかと思うと、夜寝ていても胸が押しつぶされるようで、不意に飛び起きたりしたもんじゃ。

金を稼がにゃならん。金が沢山あるところに行こうと思うた。とにかくわしが家を出てどんなことをしてでも金を持って帰らにゃならんと思うた。わしがいない間のことを考えて、屋根を修理して、便所の汲み取りをして、はがれた床板を張りなおした。

わしの考えがわかるのか　おまえはわしのあとをなにかとついてまわった。

アボジ、アボジと呼びながらな。今でも覚えとるよ。線路脇のあぜ道の草取りをしておったら、学校帰りのおまえがカバンを背負うたまま、アボジ、アボジと呼びながら駆けてきて、わしの胸に突き刺さるくらい息をはずませて飛び込んでくるもんだから、どうしたんじゃと聞いたら、おまえは息をぜえぜえさせながら、アボジここにいたんだねと言うて、明るく笑うた。息が落ち着くとおまえはわしから離れて、刈ってあった草の上にぺたんと座って、どこにも行かないで、と言うたんじゃ。

おまえはわしの心の中をすっかりわかっとった。おまえは、アボジさえそばにいてくれたら勉強をちゃんとやると言うた。二番目に算数も教えてやるとも言うた。このごろは学校に行っても勉強が手につかんと言うた。アボジがどこかに行ってしまいそうで、窓の外ばかりを見てしまうと言うた。家にアボジがいないと眠れないと言うた。おまえとわしは、あぜ道に座って線路をはしる汽車を見た。おまえは早く大きくなって検事になるとも言うとった。オモニとも約束したと。

　おまえは最初からそうだった。

　もっと小さい頃から、わしがどこかに行ってくると、しばらくの間わしのそばにひっついてまわった。おまえが最初にわしにア……バと呼びかけたときのことを思いだす。仲間たちはまだ誰も結婚していなかった頃だ。わしだけ早くに結婚して、わしのことをア……バとよぶおまえが生まれた。最初はそれに慣れんかった。仲間たちはみんなぶらぶらと、自由にどこへでも気軽に遊びに行ったりしとるのに　おまえが生まれてからはそれが難しくなった。もぞもぞと指を動かしてわしの服の裾を握るおまえを振り切って、仲間たちに会いに門を出ようとすると、おまえがア……バ、アッパ《おとうちゃん》とわしを呼んで、声をあげて泣いたりもしたんじゃ。もう少し大きくなるとおまえは、アッパ、アッパと呼びながらどこへでもついてきた。歩けもせんかったときに、わしが縁側に座っていると、おまえが部屋からずりずりと這ってわしのそばに来るし、歩くようになってからは土間によちよちと下りてきて、肥やしを汲んでいるわしのそばにちょこまか歩いてやってきて、アッパ、と呼んだんじゃ。座って遊んでいてもアッパと呼び、転んでもアッパと呼んだ。歩くようになってからは、部屋でもどこでもわしが立ち上がりさえすれば、おまえはアッパアッパ……と　わしについてきた。仲間が川辺で待っているのに、おまえはわしの手をにぎって立ち上がろうとし、服の裾をつかんで歩こうとし、わしの腕とふくらはぎにしがみついて一緒に行こうとした。やっとのことでおまえをひきはがして、仲間たちに会いに橋の下へと町へと出かけた。おまえがわしのあとをちょろちょろついてまわるのは、うれしくもあり、面倒でもあった。おまえを振り切って出てくると、どこにいても、アッパ、アッパ、おまえがわしを呼ぶ声が聞こえて、立ち止まってすぐ後ろを振り返ったり、遠くを眺めたりもした。とにかく落ち着かんかった。おまえに会うために仲間たちを置いて、家に帰ったりもしたんじゃ。

父は十九歳で母と結婚した。

国軍に追われて山に入った人たちは、日が沈むと山から近くの村に下りてきて、食糧を奪うだけでなく、女たちを連れて山に戻っていったりもした。母が生まれたところはノンメというところだった。ノンメはカルチェ峠に近い山里だ。未婚の女たちが山の人たちによって村から消えることが続き、妹を結婚させなくてはと思っていた外伯父《おじ》（母の兄）の目に父の姿がとまった。外伯父は父を注意深く見ていたが、やがて妹との結婚を先頭に立って進めた。わが家から振山里《チンサンリ》の方へと曲がり、さらにイスロジを過ぎてからもずいぶんと歩いて、ようやく辿り着く山深いノンメで生まれた母は、その地で十七になるとすぐに父と結婚し、この家に嫁いできた。

——顔もまったく見もせんで。

母はたまにため息をつきながら、一度も父の顔を見ずに結婚したことが信じられないのか、どうしてあんなことができたんだろう、と言った。聞いている私も信じられないことだ。まったくどうしてそんなことができたのか。外伯父は外祖母《そぼ》（母方の祖母）に父のことを、両親を早くに亡くし、牛一頭を使って真面目に働いて、暮らし向きもだんだんとよくなっている、飾り気のない人物だと紹介した。外祖母は、背が高くて大柄な母が山の人の目につかないよう、安全なところに隠したい一心だったので、結婚を急いだ。

外伯父と父は友人であり同業者だった。二人は、木こりが伐った木を牛の荷車に乗せて製材所に運ぶ仕事を一緒にやって、もらった手間賃を半分ずつ分けていた。父には牛がいて、外伯父は木こりと知り合いだったから、できたことだった。父の牛は昼間は犂《すき》をつけて田畑を耕し、夜には荷車をつけて木を載せて運んだ。木を伐採する仕事は禁止されていて、発覚すれば罰金を払うか、刑務所に行くこともあったので、手間賃は高かった。だから、その仕事は多くの場合、人気《ひとけ》の途絶えた夜中に行われることが多かった。

――牛が倒れそうになるくらい木を積んだんじゃ……

父がその牛のことを話すとき、まるで今も目の前にいるかのような切ない表情になるのだった。

――わしが悪かった。昼にあんなにこき使ったうえに、夜も眠らせずにあんなに引っ張りまわしたんじゃからなぁ……

伐採した木を運搬して帰ってきたある日の夜、外伯父は父に妹との結婚話を切り出した。こんな騒然とした世の中だから、結婚は略式にしようと。父は外伯父の言葉をただなんとなく聞いていたが、伯母はその話をしっかりと聞いていた。伯母は、父に嫁が来れば家のことをやってくれるから、他人様《ひとさま》の目にもちゃんとして見えるだろう、と真っ先に考えた。外伯父は母のことを、まだ幼いところはあるが芯の強い子だと言った。どんな家に嫁いでも、暮らしを切り盛りしてくれるだろう、と。国軍に追われて隠れている山の人たちが、妹を連れ去りはしないかと気を揉んでいた外伯父は、はやる思いで、こっそり一度だけ妹を見せてやると父に言い、父は結婚前に母を一度だけ見ることができた。

十九歳の父は、母の実家の小屋の裏側にある竹やぶに隠れて母を見た。何も知らない十七歳の母は、小屋の裏手に置いてある醤油の甕《かめ》の蓋を開けて、器に醤油を汲み入れようとして、真っ黒い醤油に映った白い雲を見た。十七歳の母は、醤油に映った白い雲から目を離し、顔をあげて空の白い雲を見た。美しかった。母は歌をうたった。春の娘さんがいらっしゃいましたね、新しい草の衣を身にまとい……[*29] 歌詞が思い出せないところはハミングして、覚えているところはまたメロディーに乗せて歌った。白い雲のヴェールをかぶり、真珠の露を履いて…… 日の光を沢山浴びて日焼けした顔の母の歌を、父は竹やぶの中でじっと聞いていた。風が吹き抜けるたびに竹やぶが揺れて、母の声が遠ざかるから、せめて母が歌い終わるまでは風が吹かないよう祈った。歌声が途切れると、父は母の方を見やった。母は歌うのをやめて、白い雲が流れてゆく空を見て

＊29：春の娘さんがいらっしゃいましたね～ 韓国の詩人、李殷相《イ・ウンサン》（一九〇三～一九八二）の有名な時調（詩）である「春の乙女」にメロディーをつけ、広く歌われたもの。

いる。雲が流れゆく空に向かって、なにか言っている。あたり一面、静まり返っていた。父は竹やぶで、母が何と言っているのか耳を澄ませた。おかあさん。母は空に向かって、おかあさん、と言っていた。おかあさん、あたしお嫁にいかない、と。竹やぶに隠れていた十九歳の青年である父は、母の嘆きを聞いて身がこわばった。竹やぶから出て、母を連れていって、牛を見せてやりたかった。将来お金ができたらきっと買おうと決めている田んぼも、見せてやりたかった。自分がどうやって牛に鼻輪をかけたか、話して聞かせたかったし、その牛がどれだけ自分の言うことをよく聞くか、教えてやりたかった。目をつけてある田んぼを買って二毛作をすれば、一年に収穫できる麦と米の量がどれほどになるのかも、母に教えてやりたくて顔が火照った。

手の甲が痒い。よく見てみると、親指と人差し指の間が赤く腫れあがっている。木箱の手紙の束を取り出したとき、小さな虫が見えたのだけど、それに咬まれたようだった。痒いと思ったとたん、我慢できないほど痒くなり、腫れているところを思わず舌で舐めて唾をつけようとして、ハッとした。父がよくやることだ。父は田んぼでヒルに咬まれても、牛小屋に迷い込んだ蜂に刺されても、ご先祖の墓の草刈りをしていて草にかぶれても、その部分に唾をつけた。小さい頃から身についた習慣だった。ケガをしたら、そこに薬の代わりに唾をつけること。消毒をして薬を塗って病院に行かなくてはいけないと言っても、父の習慣はそう簡単には変わらなかった。

私は、手紙の間に挟まっていたかもしれない毒虫をばたばたと払い落としてから、また手紙を広げた。

父上前 上書

この間、おかわりありませんか。

そろそろ、そちらは冬がやってくるでしょうから、冬の準備でオモニはとても忙しいでしょうね。障子の張替えもしなくてはいけないでしょうし、なによりもキムチの漬け込みをしなくてはいけないですから。オモニは今年も白菜を二百株漬けるのでしょうか。いまごろになると、収穫して畑にずらりと並べられていた沢山の白菜を思い出します。あの沢山の白菜を全部塩漬けして、リヤカーに載せていって洗って……キムチの漬け込み作業のたびに巨大な工事を見ているようでした。結婚して初めての冬、オモニが漬け込んだキムチを送ってくれたその量に、妻がびっくりしていた姿を思い出します。いつもオモニは、三番目はキムチが好きだから……と言っていましたね。おかげでうちには夏になっても古漬けのキムチがあって、いつでもキムチチゲを作って食べることができました。

アボジのおっしゃるとおり、ここには冬がありません。冬がないので、雪を見ることもできません。四季がはっきりしている韓国では、冬のない国は想像できませんが、この国の人たちもまた雪が降る国というのを想像できないのです。

Ｊ市のように雪の沢山降る地方も珍しいでしょう。雪の話となれば、子どもの頃の冬の日々が思い出されます。そちらは雪が一度降りだすと、何日も降りつづきましたね。井戸の脇の塀の裏に、アボジが掃き寄せた雪の塊が春になるまで積もっていましたよね。けれども、アボジのおかげで、雪がどんなに沢山降り積もっても心配したことはありませんでした。アボジが朝にはもう、私たちが起き出す前に、雪を全部掃き寄せておいてくれたからです。雪があんまり沢山降って、ほうきで掃き寄せられないほどになると、アボジは白い雪に覆われた庭をじっと見渡して、まず三つの道の雪かきをしましたよね。井戸に行くことができるように、トイレに行くことができるように、門に行くことができるように。雪が真っ白に積もっているなかをのびてゆく三つの道が、今でも目に鮮やかに見えるようです。雪が降りつづいて三つの道を覆ってしまうと雪かきをし、積もるとまた雪かきしていたアボジの姿も。ある冬の朝、朝早くに目を覚まし、アボジがひとりで雪かきしているのを手伝おうとアボジのそばに行ったら、風邪をひくから家に入りなさい、とアボジは言いました。早く入れと、寒いからと。

この暑い国で、あのときのことを思うと、首筋が涼しくなるような気がします。

アボジが雪かきしておいた三つの道は、クリスマスカードに描かれた絵のように、私の脳裏に鮮明に残っています。遅くに起きた弟や妹たちは、アボジが雪かきした道を通ってトイレに行き、顔を洗いに行き、学校に行ったものです。雪が沢山降った日は、門の外から新《シン》作路《ジャンノ》まで、人がひとり歩けるほどの幅に雪を掃き寄せて、道を作ってくれました……

冬になると、父は一生懸命雪かきをした。雪かきをしている父の頭の上に真っ白な雪が積もり、ときどき顔を上げると眉毛にも雪が積もっていた。それを払う暇もなく、父は腰をかがめて、夜の間に計り知れないほど雪が積もった庭に道を作った。朝を迎えた私たちがその道を歩くことができるように。目覚めて部屋の戸を開ければ、どんなに沢山雪が降った日でも、庭には三つの道が雪を掃き寄せて作られていたのだった。忘れていたあの三つの道が思い浮かぶと同時に、兄がサインペンで書いた大きな黒い文字が、雪のかけらになって舞っているような気がした。

父が躾のために木の枝で作った鞭を手にしたのを、これまでに、ただ一度だけ見たことがある。一度、だからだろうか、そのときのことは忘れられず、父のことを思うといつも決まって現れるので、文章に書いてもいる。それも頻繁に。

高校入試に失敗した三番目の兄が家出したとき、父は何も手につかなくなって、ただただ兄を探しまわっていた。誰かがどこそこで兄を見たと言えば、それがどこであっても飛んでいった。

二次募集の試験が目前に迫っても、兄を見つけることができなかった父は寝込んでしまった。兄はどうやって、家から遠く離れた茂朱《ムジュ》まで行ったのだろう。茂朱の村で、柄の悪い若者連中の中に兄を見たような気がする、という誰だかの言葉に、寝込んでいた父は飛び起きて茂朱に行った。そこで髪を肩まで伸ばし、似合いもしない幅広ズボンの裾を折って履き、だらしなくポケットに手を突っ込んで、自分よりも年上の若者たちに混ざっていた兄を家に連れ帰ったのも、冬の日の夜のことだった。

——飯にしよう。

父はひさしぶりに家に帰ってきた兄と向かい合って座り、汁にご飯を混ぜて夕飯にした。緊張して何度もスプーンを置こうとする兄に、もっと食べなさい、と父は言った。怒鳴りもせず黙々とご飯を食べる父の前で、兄はもぐもぐとご飯を食べている。一番目の兄は小さい部屋の机の前に座って、身じろぎもしなかった。食事を終えると、父が箪笥の上から新聞紙にしっかりと包まれている何かを取り出して手にすると、三番目の兄に、行こうか、と言って先に立ちあがった。どこに行こうというのか、言いもしなかった。心配になった母がつづいて立ち上がると、私も母の手を握ってついていった。夕暮れどきから降りはじめた雪が、ずいぶんと積もっていた。雪の上を父が歩き、兄がそのあとを歩き、母が歩き、そのあとを私がついていった。思いもよらぬことは、いつだって起きるもの。新聞紙に包まれていたのは鞭だった。父は空き家に兄を連れて入り、戸を閉めて鍵をかけた。それまで父は、鞭はおろか、私たちに大声ひとつあげたことはなかったから、あんなに沢山の鞭が全部折れてしまうまで兄を鞭打つとは、母も思いもしていなかった。

三番目の兄の高校受験失敗こそ、父としては思いもよらぬことだっただろう。父にとって三番目は、何をさせてもできすぎの息子で、将来何をさせたらよいか、わからないほどだったのだから。学校でも先生たちは三番目を欲しがった。軽音楽部の先生はドラムをやらせたがったし、バレー部のコーチは選手にさせたがった。しかも三番目は、一番を逃したことがないほど勉強もよくできた。もしかしたら、試験に落ちて誰よりも驚いたのは、三番目の兄本人だったかも。運動会のかけっこでも一等だった自分が、自分より成績の悪い友達が合格した高校に落ちるなんて。思いもよらぬその事実を受けいれられず、動揺したまま、とにかく家を出てしまったのかも。母は閉め切られた戸の取っ手をつかんで、じきに試験を受けなきゃならん子を鞭打つんですか、と父に向かって必死で叫び、私は一度も見たことのない父の姿に早々とおびえてしまって、雪が積もった空き家の庭に大の字になって泣いた。

——試験に落ちたぐらいで家出するんか。

兄は声を殺して泣きながら鞭打たれた。

——これから先もなにかに失敗するたびに、全部放りだすんか。

——……

——家出するんか。

三番目の兄が、足を引きずりながら全州《チョンジュ》に試験を受けに行った日の朝も、雪がしんしんと降っていた。父はほかの日よりもさらに早起きして、雪をきれいにかいておいた。兄が乗っていくバスが到着する新作路に続く路地まで。父は、焚口の前に置いて温めた靴を三番目の兄に履かせ、ウールのマフラーと手袋をはめてやった。父は低い声で、試験に落ちたっていいんじゃ、と言った。思うようにいかなくても、来年また受ければいいから、試験が終わったらまっすぐ家に帰ってこい、と。兄は足を引きずりながらバスに乗った。バスの窓際に立って、通りに立っている父に向かって頭を下げた。

荒れるだけ荒れて、部屋の中まで吹きこんできそうな雨音を聞きながら、私は父の手紙をまた広げて、便箋の折れたところに挟まっている虫を払った。咬まれたわけでもないのに、あちこちが痒くなりだした。

遠い国に派遣されていった息子に、最初は短いものから始まった父の手紙は、だんだん長くなっていった。便箋がいっぱいになって、裏へ裏へと続いていった。

おまえが学校に行っているあいだに家を出た。
おまえの顔を見たら、家を離れることができなくなるから。
夜汽車に乗ってソウル駅で降りた。九時頃の汽車に乗って、ソウルに着いたのは夜中だった。おまえの大学の卒業式があったとき、おまえがわしに、ソウルは初めてかと聞いたことがあった。わしが答えられんかったのは、若い頃にソウルに来たことがあったからじゃ。今まで、そのときのことは誰にも話したことがない。

ソウル駅に降り立って、便所に行っておどろいた。乞食たちが便所に新聞紙を敷いて寝とったんじゃ。思わず顔を背けた。汚物の臭いがひどくて、鼻を覆いたくなるほどだった。ソウルは違うと思うていたのに、J市の橋の下で暮らしている人と同じような人たちが、ソウル駅に溢れとった。待合室の椅子も、新聞をかぶって寝ている人たちでいっぱいだった。吐きそうになるのをこらえて、用を足して駅の外に出ると、真夜中だというに、傷痍軍人が切断された足を投げ出して物乞いをしとるじゃないか。ソウルにはがっかりした。貧乏を振り払えるかと思うて来たのに、あの夜のソウルはもっと惨めな修羅場だった。ソウル駅広場に茫然として立っとったら、空が明るくなってきた。かすかな光の中に、話にだけ聞いていた時計塔が見えて、その後ろに南山《ナムサン》がはっきりと見えた。せめて遠く向こうに南山の姿を見て、ようやく少し息をつくことができた。タイヤのついたリヤカーを引いて荷物を運ぶ人たちをじっと見とったよ。わしも仕事を見つけにゃならんかったから。野菜やらなんやらをいっぱいどれだけ積んだのか、リヤカーが後ろにひっくり返りそうになっていて、前の方で引き手を力いっぱい引いている人がおったので、手伝ってやったりもした。ソウル駅の広場を自転車に乗った人がびゅんびゅん走るのを見ながら、ソウルも大したことないな、と最初は思ったもんじゃ。汽車から降りた人たちの荷物を受け取って、カゴに載せる人たちも見えた。担ぎ屋たちのことはよく見ておいた。ワシも担ぎ屋になるかもしれんから。

今思えば、おまえが入った会社がソウル駅の前に高々とそびえて、南山が見えなくなっとるな。あの建物ができる前のことだったんだな。

夫婦者らしい女と男がリヤカーをとめて、溶き卵を四角いパンに塗って焼いて売っとった。なにかが腐っているにおいが鼻をつくのは同じだった。それでもあの人たちはあれを作って売って、一日にいくら稼ぐのか気になった。腹は減っていたが我慢した。いくばくかの金は持っとったが、いくらかでも一日の稼ぎがないなら、金を使わんことにした。それだけが生きる道だと思うたからだ。

人の多いところはなにかと仕事があるものだから、わしひとりぐらいの仕事がないわけなかろうと思うておったが、誰ひとり知る者のないところにいざ立ってみると、足を一歩踏み出すことも不安になった。

初日はあちこち歩きまわるだけじゃった。ソウル駅から道を渡って下の方へと歩いていった。あとからわかったことだが、それが明洞《ミョンドン》で、南大門《ナムデムン》市場じゃった。建物より人の方が多かった。商売している人も多かったが、乞食や、群れ歩いている子どもらや、座り込んでいる傷痍軍人やらがあちこちにいっぱいおった。あの人たちの目には、わしだって同じようなもんだろう。その人たちの中に交じって一日中あちこち歩きまわったすえに、露台を出して大豆の汁にトコロテンをいれて売っている店に入り、一杯食べてから、金がないので何でもやれと言うことをやります、と言うたんじゃ。金を稼げなかった日は金を使わないと決めとったから。ソウルでやっていくなら、とにかく話をして知り合いを作ることが、なによりも最初にすることだと思うとった。それがわしにはいちばん大変なことじゃった。店の主人がわしを見て、田舎から来たのかと聞いたから、そうだと言うと、乱れた世の中だから、こんなときは田舎で静かに暮らすのが生きのびる道だと言うて、とにかくこの店では仕事はないから、何でもやるならあっちに行け、と指さした方へ行ってみると、市場の奥まったところにめし屋があった。めし屋の看板にJ村の名前が書かれていた。市場の人たちが飯を食う時間だったのか、狭い店の隅々までが人でいっぱいじゃった。まずは店に入って、おかずをテーブルに運び、せわしく動きまわっていると、忙しい時間帯だったからか店の主人も誰だとも聞かんで、そのまま店が閉まるまで働いた。そうして、ようやくどこから来たかと尋ねた。J村から来たと言うと、主人はわしが看板を見て適当に作り話をしていると思うたのか、ただ聞き流しておったから、わしが本当だと、ケッタリから来たんだと言うと、ケッタリ？と聞きかえすじゃないか。うちの村はケッタリと呼ばれておったんじゃ。ケッタリはそこに住む者だけが知っている名前じゃったから、めし屋の主人はようやく信じたようだった。

故郷を離れた者たちは、よその土地では誰もが寂しいもんじゃ。

めし屋の主人は、厳密にいえば故郷はJ村でなかったのに、わしがJ村から来たと言うと、うれしい客人が来たとばかりに、寝るところはあるのかと聞いた。若い頃に車天子《チャ》を訪ねて笠岩《イバム》に入って、家を建てて暮らしていたが、車天子が死んで朝鮮総督府によって強制解散させられたときに、J村を離れたんだそうだ。笠岩にやって来たときとは違って一文無しになって、最初は仲間たちと一緒にあちこちつるんでまわっておったが、思うところがあってそこを抜けて、南大門に来ることになったのだと言うとった。はじめのうちは商売にならんかったが、新ジャガを敷いてその上に太刀魚を載せた煮つけをJ村で食べたことを思い出して、それを作って出したのが当たったのだと。J村で暮らしたのも車天子のためだったが、結局、そこの人たちが作って食べていた太刀魚の煮つけが当たったことで、娘を大学にやることができた、とも言うとったな。

新ジャガを入れて作る太刀魚の煮つけは、おまえも好きだからわかるじゃろ。もともとは大根を切って入れるんだが、大根は貴重だから、新ジャガが出る頃は大根のかわりにジャガイモを使うんじゃ。その太刀魚の煮つけを、市場の人たちが昼どきになると食べにきて、その人がまた別の人を連れてきて、そうやってどんどん客が増えて、ついには列を作るほどになったんだと。

ソウルに鐘閣《チョンガク》というところがあって、そこに曺溪寺《チョゲサ》という大きな寺があるのだが、そのうちそこに行ってみようとも言うとった。笠岩に建てられた普天教《ポチョン》の総本山の、十一殿の建物が取り壊されたあとの木材を使って、曺溪寺は建てられたのだと。十一殿の建物を建てるときに使った木材は白頭山《ペクトゥサン》から持ってきたものだが、知っているか、と聞かれたので、聞いたことがあると言うた。主人は食堂の椅子を並べて、わしが寝られるようにしてくれた。それが、わしがソウルで過ごした初めての夜だ。

太刀魚の煮つけの匂いで目が覚めた。休む間もなく太刀魚の煮つけを作っているのだから、店を開けてないときも、店じゅうどこも煮つけの匂いが染みついていたんじゃ。もう眠れんかった。店の外に出てみた。夜中なのに市場の通りは明かりがついていて、人がせわしなく行き来していて、わしもつられて早足になった。そのときも屑拾いは紙を拾って、靴磨きは靴を磨いて、新聞配達は駆けずりまわっておったよ。担ぎ屋の背負子《しょいこ》には白菜や織物屋の絹が積まれていて、きらびやかなことだった。せわしなく動いている人たちを見ているうちに、わしも一生懸命生きなきゃならんという気持ちが湧いた。今は無職でも、これからここで仕事にありついて一生懸命に金を稼げば、ほかはともかく、子どもたちを大学までやれるだろうという自信がわいてきたんじゃ。

自信がわいてきたと書いた父は、ソウルに来てから二か月後に、ソウル駅からJ市に帰る汽車の切符を買った。

父は一番目の兄に宛てて書いていた。J市に戻ったという選択を後悔することになったが、それは後年、一番目の兄をソウルにひとり送り出してからのことだったと。デモ隊が大統領の銅像を引きずり下ろし、ロープで縛って街を引きまわしていたのを見ても、また戦争が起きたかのようであっても、耐えることができたのに、と父は書いていた。私は首をかしげながら、手紙の行間を読みとろうとした。また戦争が起きたかのようなソウルであっても、耐えることができたという父にとって、もうそれ以上は耐えがたかったこととは何であったのか、知りたかったが、書かれていなかった。あのとき何を見ようとも、どんな思いであったとしても、勇気を出して自分を守ってソウルに基盤を作っていたなら、一番目の兄がのちにソウルに行って、あんな苦労をすることはなかっただろう、とだけ父は書いていた。

私はここまで読んできた手紙を、最初の行に戻って読みなおした。また戦争が起きたかのようであっても耐えることができたのに、なにゆえに父は家に戻ってきたのだろうか。それが気になって。

ソウルに着いた数日後に父が見たのは、十三、四歳の中学生くらいの学生たちに向けて発射される銃弾だった。めし屋の主人には大学生の娘がいた。学校を終えて帰ってくると、腕まくりで店の仕事を手伝っていた娘だった。昼どきになると太刀魚の入ったアルミ鍋が並ぶ調理台の上に、娘は走り書きのメモを一枚残していた。

私がデモをしに行くと言ったら、家から出してもらえないでしょうから、こうして手紙を残して出て行くしかありません。目の前で票をすり替えているというのに抵抗もせずにいれば、これからも不正選挙がずっと続くでしょう。それは民主主義へと進んでゆくうえで最初の障害になります。私は闘う仲間と共にいます。私のことを理解できなくても、どうかお許しください。お体に気をつけて

娘が残したメモを見て、居ても立ってもいられなくなっためし屋の主人が、店を閉めて娘を探すために街に出ようとしたそのとき、父の手をつかんで一緒に行こうと言った。年を取って目もよく見えないから、娘を見つけられないかもしれない、だから一緒に探してくれと。父はそこが世宗路《セジョンノ》だということも知らずに、めし屋の主人のあとをついてゆくうちに、うっかりデモ隊に紛れ込んでしまった。そこにいるのは学生たちだけではなかった。めし屋の主人と路上に立ち、大学生たちが宣言文を朗読する声を聞いていた。学生たちはやがて、スローガンを叫びながら前進しはじめた。不正選挙をやりなおせ、というスローガンの意味が、父にはよくわからなかった。若者があんなに沢山集まっているのを初めて見た父は、今まで見たことのない新しい世界を見に来ているようでもあった。どこがどこなんだかわからない通りで、デモ隊と警察が激しく対峙していた。催涙弾がはじけた。父は立派な銀杏並木の中の一つにしがみつくと、その根元に倒れ込んだ。途切れることのない空砲の音で耳がよく聞こえなくなった。人々は散らばってはまた集まる、を繰り返した。そうこうしているうちに、めし屋の主人ともはぐれてしまった。どこではぐれたのか、わからない。空砲ではなく実弾の炸裂する音に人々がパニック状態になるなかを、二

人もそれぞれに逃げまどい、互いを見つけられないまま押し流されていってしまったのだ。気がついたときには、父はひとりになっていた。このあたりには、話に聞く景武台《キョンムデ》*30があるんだな。父は直感的に思った。でなければ、こんなにも性急に国民に銃を向けるわけがない、と。最初は学生たちがはじめたデモだったが、路傍に立っていた市民がデモ隊に加わっていった。デモの隊列には入らずに、路傍で拍手したり歓声をあげたりしていた人々だ。銀杏の木の下に倒れ込んで見ていると、銃弾の音を聞いて、逆にさらに多くの市民が集まってきた。父は体勢を立て直し、帰らなければならないと思った。家に帰らなければと。生まれたばかりの、おくるみにくるまれた三番目が目の前をよぎる。どこにも行かないでと言っていた上の子の、不安げな顔も。妻の言うことをよく聞く小さな二番目は、犬に餌をやっていることだろう。父は銃弾が炸裂する音を聞きながら、デモの隊列とは反対の方向に走りだした。戦争を生き抜いたのに、こんなふうに死ぬわけにはいかない。そう思った。この隊列から無事に抜け出して、家に帰らねば。

家に帰らねば。

その瞬間の父にとっては、それこそがスローガンだった。催涙弾が炸裂して目を開けられない状況の中でも、デモ隊とは反対側に出ていった。ほかの人たちとは逆の方へと向かいながら、見た。恐怖にとらわれた人々がちりぢりになって逃げていくというのに、警察がその背中に向けて銃を撃つのを。手に鎖や角材を持ったやくざ者たちが通りにどっと押し寄せて、学生たちの頭をめった打ちにするのを。父は群衆とは逆方向に走って路地へと入ろうとして、ふと立ち止まった。角材を持ったやくざ者たちに取り囲まれた女性が、めし屋の娘のように見えたから。闘っている仲間たちと共にと言っていたのに、どうしてたったひとり、あんな情け容赦ない連中に取り囲まれているのか。娘はおびえて、あとずさりするうちに尻もちをつき、地面に両手をついた状態で倒れていた。父は無我夢中で駆け寄りながら、めし屋の娘の方を指さし、あれを見ろ、と人々に向かって叫んだ。ただ父ひとりだけが叫んでいた。めし屋の娘がやくざ者たちに追い詰められていることなど、おかまいなしに、人々はただ前進するのみだった。家に帰らなくては、ということだけを考えて、後方へと全力で走っていた父は、ほとんど地面に横たわっているめし屋の娘に向かって、ダレ！　と叫んで突進していった。

——おまえ、ここでなにやってんだ！

角材を持ったやくざ者たちが、父をじっと見た。

——この子の名前はダレといって、俺の妹なんだが……いったいどうしたんです？

父は地面に倒れておびえているめし屋の娘を起こして、頬をひっぱたいた。

——だから言ったろ……今日は大変な騒ぎだから、外には出ずに家でおとなしくしてろって……おまえの耳は役立たずか！

父は大声をあげて、早く家に帰ろう、と言って、有無も言わさずめし屋の娘を引きずるように

＊30：景武台　旧大統領官邸および公邸の名称。韓国初代大統領李承晩《イ・スンマン》が、旧朝鮮総督官邸を景武台と名称を変え、使用するようになった。一九六〇年李承晩の下野後、第四代大統領の尹潽善《ユン・ボソン》が名称を「景武台」から「青瓦台《チョンワデ》」へと変更した。

して、路地に入っていった。いきなり現れた父がめし屋の娘を引きずって、美容室のある路地に入っていくと、ほんとにあいつの妹か？　えい、××……と口汚い言葉を吐きながら、連中は角材を握りなおして、大通りへとまた押し寄せていった。

地獄に落ちたような気分だった、と父は書いていた。

父上前　上書

この間、おかわりありませんか。

アボジが前の手紙で書いていた、ここリビアで大水路工事をした韓国企業は、私の会社でなく東亜《トンア》建設という会社です。

文字どおり、人類最大の土木工事と呼ばれるほどの大きな工事でした。今もまだ終わらずに続いています。

地下に発見された湖の水を地上に汲み上げて、この国の砂漠を農地に変えようというプロジェクトです。最初は誰もがとんでもない話だと思いました。夢に過ぎないことだと。この国の最高指導者の名前はカダフィと言いますが、彼は到底ありえないと言われたこの事業の入札を全世界に向けて募り、わが社も受注しようと、社内に専任チームを作って受注競争へと飛び込んでいったのですが、失敗しました。実のところ、全世界の建設会社が参加した受注競争だったので、期待はしていませんでしたが、結果が韓国企業の東亜建設だったから、わが社の受注失敗はいっそう目立ったのでした。

アボジ。

わが社は受注を逃しはしましたが、ここサハラ砂漠に大水路を引く事業を韓国の企業が行ったのは、誇らしいことです。大水路工事に携わった東亜建設関係者の経験談は、建設業界に神話のように語り継がれています。総工費は三十九億ドル。そんな大規模工事の受注を勝ち取ったことを喜んだものの、現場に行ってみて劣悪な作業環境に絶望したのだそうです。作業現場がアボジもおっしゃったように、死の大地と言われるサハラ砂漠の真ん中であるうえに、この国で確保できる資材は水とセメントと鉄骨だけで、そのほか必要なものをすべて国外から調達しなければならず、第一段階の工事だけでも送水管二十四万六千個が必要だったというのですから、想像を絶しています。結局、その送水管をリビアでは調達できず、東亜建設は送水管製造工場をこちらに建てたのです。

わが社の業績ではありませんが、サハラ砂漠の大水路工事は、驚くべき記録を沢山打ち立てました。

東亜建設は第一段階の工事を無事に終え、第二段階の大水路工事を進めています。この工事がすべて終われば、農耕面積が韓国の六倍ほどにもなる農地が造成されるそうです。とてつもない工事です。


アボジ。

四・一九[*31]のとき、アボジがソウルにいたということを、アボジの手紙を読んで初めて知りました。

私が子どもの頃のことなので、本で見ただけで実感がなかったのですが、アボジがそのとき現場にいたという話に驚きました。


ところでアボジ。

めし屋の娘の名前も「ダレ」だったのですか。

オモニと同じ名前なので、びっくりしました。


アボジは地獄を見て、敗北者になった思いで家に帰ってきたと言いましたが、私はアボジが帰ってきてくれて、どれだけうれしかったことかわかりません。アボジがいちばん長い間家を空けていたときでした。あのとき、ソウルにいたんですね。私はまったく知らずにいました。子どもの頃、アボジが家を空けると、眠れませんでした。オモニはとても大変そうでしたし、弟や妹たちはより幼く見えたのです。アボジがいないと、いったん布団に入っても起き出して、外に出て門に錠をかけたりしました。オモニが、もしやアボジが夜中に帰ってくるのではないかと、門は開けていたのですが、それが不安だったからです。

アボジ。

私はもうすぐトリポリを離れます。

アジェダビア－トゥブルク間の五百キロの道路工事の現場で勤務します。トゥブルクは第二次大戦のときの激戦地で、いまだに対戦車地雷が見つかるのだそうです。アボジ。ロンメル将軍という人がいます。第二次大戦の英雄です。私が映画館で初めて観た映画がロンメル将軍の一代記でした。ヒトラーに忠誠を誓った将軍で、この砂漠の国までやってきて戦い、なんとそのすべての激戦に勝利したというのです。けれど、のちにヒトラー暗殺を共謀した罪で、特別裁判を受けなければならない運命に見舞われます。ロンメル将軍は家族の安全を保障してもらい、家の近くの森で自殺することを選びます。驚くべき物語なので忘れられなかったのですが、トゥブルクがそのロンメル将軍が連戦連勝したところなのだそうです。い

＊31：四・一九　一九六〇年、大統領選挙における大規模な不正選挙に反発した学生や市民による民衆デモにより、当時大統領だった李承晩が下野した事件。最大のデモが四月十九日に起こったことから、四・一九革命などと呼ばれる。

つかアボジとじっくり話をする機会があれば、もっと詳しくお話ししましょう。今でもトゥブルクで車を走らせると、地雷が爆発してタイヤがパンクすることもあるそうです。トゥブルクの現場には、わが国の労働者が百名、タイの労働者が六百名、バングラデシュの労働者が四百名います。私のそこでの仕事は、彼らを安全に食べさせ、寝かせ、給与を用意し、医務室を運営することです。つまり、人材管理です。

ここトリポリでの勤務よりも、物事がスムーズに運ばないことは沢山あるでしょうが、人が多い現場なので、学ぶことも沢山あるだろうと期待しています。なにより身も心も忙しくなるでしょうから、時間が早く過ぎるでしょう。

それからアボジ。

勤務地を移る前に、ソウルに二十日間ほど休暇で帰ります。今までも休暇はありました。でも一週間ほどしかなかったので、ソウルに行って戻ってくるには短すぎて諦めていたのですが、今回は帰ります。一年半ぶりに父上母上に会うことを思うと、胸がいっぱいになります。わが家の二番目ももうすぐ二歳になります。この子が言葉を覚える前にこちらに来たので、背がどれぐらい伸びたのか、どれぐらいしゃべるようになったのか、とても気になります。妻やホンがときどき送ってくれる写真を見ると、もう公園に行って走りまわって遊んでいるらしく、カセットテープを聞くと言葉もだいぶ出るようになっています。先日はテープの中で、パパこんにちは、と言ったので、本当にびっくりしました。妻がさせているのでしょうが、私に歌も歌ってくれました。歌の出だしが、こんにちは、また会いましたね、だったので大笑いしました。妻の手紙によれば、どこで覚えたのか、こんにちは、また会いましたね、とずっと歌っているのだそうです。家に帰ることを思うと、アボジが長い間家を空けていて帰ってきたときも、こんな気持ちだったんだろうな、とあの頃のことが懐かしくなります。

アボジ。

このごろは、休暇で帰るときに二番目にどんなプレゼントを買っていこうか、毎日考えています。この子にプレゼントをするのは、これが初めてですから。おもちゃの飛行機が好きだというので、それを買ってみようかと思うのですが、この国でそれが可能かどうかわかりません。ここで手に入るもので、二歳の男の子が気に入りそうなものはなさそうです。家を空けていたアボジが帰ってきた冬の夜のことが、ふと思い出されます。アボジがいないときには、オモニが私以外の弟妹たちみんなを大きな部屋で一緒に寝かせていました。冬だから、ということもあったのでしょう。集まって寝れば、オンドルも二つの焚口にだけ、火をつけておけばよかったのですから。秋の農作業が終わって冬がはじまる頃に家を出たアボジが、それまでに見たこともない洋菓子を買って帰ってきました。ガサガサいう音にみんな目を覚ましまして、その洋菓子を食べた夜。くるくるロールに巻かれたスポンジの間にクリームや小豆がたっぷり入っていたケーキもありましたね。オモニは、私にだけは、どのケーキも皿に取り分けてくれました。オモニはいつもそうでした。ブドウがひと房あれば、半分にきっちり分けたのを取りおいて、これは大きい兄さんの分だから、手をつけちゃだめだと……。今思えばお恥ずかしいかぎりですが、そんなのはいつものことで、私にとっては当たり前になっていましたから、そういうものだと思っていたのですが、弟たちにしてみれば、それは相当な特別扱いに見えていたらしく、今でもたまに恨みごとを聞いたりもします。ときおりホンが私に言うんです。長男も大変よね？　でも、子どもの頃、オンマが、桃の大きいのは兄さんにだけあげていたじゃない、トウモロコシもびっしりと粒が詰まっているのは兄さんに先にあげてたし、スープも兄さんに先によそってあげて……その代価だと思いなさいよ、と。あのとき、私は、アボジはこんなおいしいものをどこで買ってきたのか、気になってしかたありませんでした。

私も、子どもたちに、記憶に残るものを贈ってやりたいのですが……

ご存知かどうかわかりませんが、アボジが家にいなくても、オモニはいつもアボジの茶碗にごはんをよそい、オンドルの焚口に近いところで温めていました。夜も門を開けたままにしていました。風が強ければ、開け放した門を石で押さえたりもしていました。オモニはきっと知らないはずです。ときおり私が、開け放した門をしっかりと閉めていたことを。そんな夜があったのです。アボジが家にいないと思うと不意に不安になり、長男である私がとにかく何かせずにおれなかった、そんな夜が。

オモニによろしくお伝えください。オモニは自分の体をいたわらずに、ただただがむしゃらに働くので、いつも心配です。
またお便りします。

一九九一年十二月四日
息子　スンヨプ拝

手紙を読んでみれば、兄もつまらぬことを全部覚えていた。

父は村のはずれの店を畳んだあと、農閑期になるとちょくちょく家を空けたものだった。父が家を出ると、伯母は母に、戦争中に最初は兵役忌避者として、あとになってからは山に隠れていた人たちから牛を守るために、あちこち逃げまわっていたから、外を出歩くことが身に染みついているのだろうと言い、母は私たちに、アボジはお金を稼ぎに行ったのだと言った。母の話は正しいようでもあった。家を空けていた父が手ぶらで帰ってくることはなかった。父はラジオや新しい自転車を手にしていた。新しい自転車はいつも一番目の兄のものになった。それまで兄が乗っていた自転車は二番目に、二番目が乗っていたものは三番目に……順繰りに持ち主が変わった。四番目である私がおさがりをもらう頃には、自転車はもうすっかりオンボロになっているのだった。タイヤに穴があいたところを自転車屋さんで塞いでもらった箇所が、シミのように見えた。タイヤがつぎはぎになっている自転車だったが、完全に私だけの自転車を持ったときのあの喜び。そんなふうにして、J市のわが家の庭に、父の分まで入れて自転車七台が並んでいたことがあった。家族の中で唯一自転車に乗れない母だけ、自転車がなかった。

私に自転車の乗り方を教えてくれたのは、二番目の兄だった。

父は二番目の兄に、ホンが自転車に乗れるようにしてやってくれと言った。ひとりで乗れるようになるまで、後ろでしっかり押さえてやれ、と。それまで、村で私の年頃の女の子が自転車に乗っているのを見たことがなかった兄は、ホンが自転車に乗るの？　と父に聞いた。乗れるようにならにゃいかんだろ、中学校に行くんだったら。

——女子中学の制服はスカートだよ、アボジ。

二番目の兄の言葉に、父はしばし首をかしげていたが、とにかく自転車に乗れないといかん、と言った。足が短い私が、縁側の前の踏み石にあがってサドルに座ると、二番目の兄は自転車の後輪を足の間に挟んで立ち、サドルを両手でつかんで、さあ！　出発！　と合図をした。私は出発できずに、そのまま倒れた。いったいどれほど倒れたことか、今でもあのときの感覚が残っているほどだ。左膝を怪我して、そろそろ治ろうかという頃に右膝も怪我して、足首をひねった。両膝同時に怪我をして膿んだこともある。私はなかなか上達しなかった。兄が手を離すと、バランスを崩して倒れた。二番目の兄が匙を投げて言った言葉。アボジ、ホンには自転車は無理だよ。

運動神経が全然ないんだ。

　じっと私を見ていた父は、一度乗れるようになれば、大人になっても乗れるのが自転車だ、と怖がる私に言った。だから、どんなに役に立つかと。父は、片方の足だけペダルに載せろ、と言った。もう片方は地面につけておいて、バランスをとる前に倒れそうになったら、すぐに地面を踏めばいいのだと。大したことじゃない、バランスさえきちんととれればいいのだと。父は、まず、自転車に乗っている私の体をつかまえて、庭を一周ぐるりと回った。私が笑うと、面白いか、と父が聞いた。私がうなずく。すると父は、それだ、と言った。倒れることを怖がらないで、面白がれば、すぐに乗れるようになると。倒れそうになっても、後ろでアボジがしっかり支えているから、心配するなと。倒れるときは、自転車が倒れていく方に体を傾けて、そっちの方の足が地面に先につくようにすれば、膝を怪我することもないし、自転車も倒れないと。私が倒れてばかりいると、自転車のサドルが高すぎるんじゃ、おまえのせいじゃない、と父は言った。世の中、発展しているんだから、いつかはサドルの高さを調節できる自転車が出てくるだろう、とも。そうでなくとも、じきにおまえの背丈が自転車にちょうど合うぐらいまで伸びるだろうから、問題ない、と。後ろで持っていてやるから、安心してペダルをこぎなさい、という父の言葉を聞いて、両足でペダルをこいだ。自転車が前に進み、風が顔にふわりとかかった。私は父が自転車から手を離したことも知らずに、ペダルをこいで庭を回っていた。庭を回ったら、後ろにいると思っていた父が、出発地点に立っていた。父が両手を上にあげて振っていた。私の口から弾けた笑い声。父と私は、自転車に乗るために橋の上へ行った。前方が大きく開けた橋の上でペダルを踏むと、自転車が前にすっと進んだ。ペダルを踏んでいる足にぐっと力を入れると、スピードが出た。私が自転車に一人で乗れるようになると、父は同じスピードで並んで走ってくれた。あの日、父は橋の上を二十回以上も走ったはずだ。父が言ったとおり、自転車は一度覚えたら乗り方を忘れることはなかった。中学生になると、私は自転車で町の中学校に通い、今も、どこでも、自転車を見ると、ほんの少しでも乗ってみる。二年、三年と自転車に乗らなくても、ペダルを踏めば自転車は前に進む。

父が家に帰ってきた夜更けには、母とぼそぼそと話す声を夢うつつで聞きもした。母が、どこに行ってきたのかと尋ねると、父は、群山《クンサン》から船に乗って長項《チャンハン》に行き、溶鉱炉の仕事をしたと言ったり、いつの年だったか、伯母の家の隣に住むハチョル青年と太白《テベク》でひと冬を過ごして帰ってきた、と言ったこともあった。

スンヨプへ

休暇で帰ってきて、また戻る道のりはどれほど遠いことだろう。
仕事が手につかんだろうな。
子どもたちを置いて、また飛行機に乗って、おまえは何を思うていたのか。

昔のことが思い出される。

何年頃のことだったか、光州《クァンジュ》の牛市場で牛の売買を仲介する仕事をしたことがある。数か月して家に帰ると、中学生になったおまえが制服をびしっと着こみ、学帽をかぶって、自転車に乗って帰ってきた。おまえを見て胸がいっぱいになった。

この子はいつのまに、こんなに大きくなったんだろう。

背丈がもうわしと変わらんくらいで、頼もしく感じつつも、もう家にいなくちゃならんな、と思うた。

おまえを連れて、町の風呂屋に初めて行った日のことを思い出す。わしの背中をごしごしとこすってくれたおまえの手の力が強くて、それが気持ちよくもあったが、これからはきちんと暮らさなくちゃいかんと、心に決めたんじゃ。そうやっておまえはわしの気持ちを引き締める鏡になったんじゃ。

こんなに大きな息子のいる父親の役割というのは、なんだか果てしないもんだと思うた。

子どもたちを置いて、遥か遠い国に戻っていくというのも、気の重いことだろう。

こんなときにも力になってやれずにすまない。

一度会えば、会いたい気持ちも収まるかと思うてたのに、会うともっと会いたくなるもんなんだな。

望むことはなにもない。

この空の下、おまえが元気ならそれでいい。


あ、それから、スンヨプ。

前にめし屋の娘の名前が「ダレ」というのかと聞いとったが、返事をしとらんかったな。あのときは、その娘の名前を知らんかった。切羽詰まって、とっさにかあさんの名前が口をついて出たんじゃ。そう言えば、かあさんのダレ[*32]という名前を文字で書いたのはいつ以来のことなのか、思い出せんな。外伯父《おじ》さんの名前はモル[*33]じゃった。

めし屋の娘の名前は、あとで知ったんだが、「スノク」だった。キム・スノク。その人にも聞かれたよ。「ダレ」って、誰なのかって。


すべて過ぎ去ったことだ。

わしはなにも望むことはない。

この空の下、おまえが健康であればそれでいい。

一九九二年一月十九日

父より

父が書いた手紙の中でいちばん短いものは、私に関するものだった。気が動転していたのか、兄の近況すら聞いていない。

スンヨプへ

一つ、聞きたいことがある。

ホンは煙草を吸うんか。
昼間に裏のサトイモ畑でホンが煙草を吸っとるのを見た。驚いてまだ心臓が飛び跳ねとる。
わしの見間違いなら、ええんじゃが。
どうしたらいいもんか、わからん。とりあえず見なかったことにした。

ホンの煙草のこと、なにか知っとるか。

＊32：ダレ　「サルナシの実」の意がある。
＊33：モル　「山ぶどう」の意がある。

都会では何者にもなれずに、本を抱えてJ市に帰ってきていた夏の日。かばんに入れてきた本は、すぐに全部読んでしまった。夏の陽射しは連日強く降り注ぎ、庭に咲いたオシロイバナなどは見る間にしおれてしまうような真昼のことだった。用事で出かけた父が、帰ってくると上衣を縁側に放り出して、また出ていった。上衣の内ポケットから煙草の箱が飛び出していた。縁側に腰かけて、なんとなく煙草の箱を見るうちに、私はそこから一本ぬきとった。マッチを見つけて手に取ると、前庭の気配をうかがい、家の裏に回った。父は田舎の人だ。娘の私が煙草を吸うなんて、想像したこともないだろう。家の構造は、今もその頃も庭がすべてつながっていて、ぐるりと一周できるようになっていた。裏庭の塀の方に、手のひらよりも大きな青いサトイモの葉が、傘を開いたように広がっていた。がらんとした縁側には座らず、サトイモの葉の前にしゃがみこんで煙草をくわえた。あらためて耳を澄まして、家の中に人の気配がないのを確認してから、マッチを擦った。夏の昼下がりのじっとり湿った空気の中に、硫黄の匂いが広がる。煙草を吸うことに興味があったわけではなかった。ソウルの友人の何人かが煙草を吸うときに、服に匂いがつくのを嫌ってもいた。それなのに、思わず煙草を手に取って、サトイモの葉の前にしゃがんだのは、あの夏の日の気怠さのせいだったのだろうか、と書きかけて、ぞっとした。ある年、長編小説を書いたあとに虚脱感に見舞われたことがあった。心の中からむくむくと、つまらないという思いが湧き上がってきた。生きていくというのはこういうことなのか、こんなものか。何日も何年もあの日のことを繰り返し考えた。あの日が娘の誕生日だということに最後まで気づかなかったなら、あの日、気がついた私がいつもとは違って、車で塾の前まで迎えに行かなかったなら、横断歩道の向こう側に車を止めて娘を待たなかったなら、子どもたちの中に娘を見つけて、反射的に室内灯をつけてから助手席の窓を開けて、娘の名前を呼ばなかったなら、呼ばなければ、道の向こう側にいた娘は、左右を確認もせずに私に向かって駆けてこなかっただろう。あの日、あの瞬間を思い起こして、自分の行動を責めるたびに全身の血が凍りついては沸騰し、沸騰しては凍りつき、まともな精神状態ではいられなかった。全世界がトラックの急ブレーキの音でいっぱいになったかと思うと、何もない真空状態に陥っていた。そんなある日、私が、こんなものか……と、つまらなそうに世の中を小馬鹿にしていたことがあったのを思い出したのだ。思い出した瞬間、絶望で背骨がずたずたになったかのようだった。あの日のことが、私の愚かな虚脱感に対する刑罰のように感じられて。

今さっきから口にくわえていた煙草に、マッチの火をつけようとしたところに、なんとしたことか、右手の横庭から裏庭へと回ってきた父とまともに目が合ってしまった。私の手には火のついたマッチ、口には煙草をくわえている状態で。父が立ち止まった。父は私を見たようだったのに、身を翻して来た道を戻っていった。そのときもまだ煙草は口に、マッチは手に持ったまま。弁解の余地もなく、まともに見られてしまったのだ。サトイモの葉の中に煙草とマッチを放り捨てて、首をすくめた。冷や汗が出た。父と顔を合わせるぐらいなら、本も何もかも置いて、そのままソウルに逃げ出してしまいたかった。父に叱られる覚悟をして夕食の席に着いたが、父は一言も触れなかった。次の日も次の日も、今の今までも。私にはただの一言も言わなかった父が、あの日の夜に動揺したまま、遠い異国にいる兄にこんな手紙を書いていたなんて。あの日の父が、女のくせに煙草なんか吸いよって、と叱っていたら、私は何をはばかることもなく煙草を吸うようになっていたかもしれない。もしかしたら、ヘビースモーカーになっていたかも。

父が何も言わないので、それからというもの、私は煙草には手も触れなかった。

雨音はなかなかやまなかった。携帯電話で天気をチェックするのが習慣になってから、ずいぶんになる。夜中に目が覚めて携帯電話の天気アプリを確認したときには、雨が降るという予報はなかった。なのに、こんなにも雨が激しく降るなんて。時計を見ると、もう昼も過ぎて午後三時になろうとしていた。アボジは国楽院の人たちとちゃんと会えて、お昼を食べたかしら？　電話をかけようとして、とりあえずこの廃屋から出なければと思い、読んでいた手紙を木箱の中に戻したところで、なんだか気が遠くなった。この木箱を、またあそこに置かなくちゃいけないかしら？　うずたかく積まれた宅配の箱は、どうすればいいんだろう？　箱を見ていると気が重くなった。近頃の父が、この田舎の家で、どんなふうに過ごしていたのか、開けてもない宅配の箱が教えてくれているようだった。雨音の中、牛舎に入る扉を押す音がしたようで、私は蜘蛛の巣の向こう、廃屋の入口の方を眺めやった。私が手紙を読んでいる間に、蜘蛛はまた巣を張っていたのか、さっきはなかった蜘蛛の巣が入口の方から箱が積まれている方へと張りめぐらされていた。いつのまに？　私は呆気に取られた。すでに蜘蛛の巣には二匹の羽虫がかかっていて、じっと息を潜めていた。

激しい雨を避けて、誰かが急いで牛舎の囲いの扉を押して、廃屋の開いている戸の前にやってきていた。

父だ。朝着ていった外出着姿だ。あ……という間もなく、木箱を抱えたまま突っ立っている私と、父の視線が、正面からぶつかった。ずいぶん前、サトイモ畑の前で、口にくわえた煙草にちょうど火をつけようとしていたあの瞬間のように。父は、私が中身を確かめて納屋の平台に置いておいた宅配の箱を、胸に抱えていた。箱は雨にすっかり濡れていた。木箱を抱えている私を見た父の目を、すっと諦念が通り過ぎていった。思わず抱えていた木箱を落とすと、その瞬間、父も抱えていた宅配の箱を地面に落とした。木箱の中に入っていた手紙が、廃屋の埃だらけの床にばさばさと飛び出した。蜘蛛の巣を破って床に散らばった手紙もあった。宅配の箱の山の上にも手紙が落ちた。父が落とした箱の上に雨粒が跳ねた。家に帰るなり宅配の箱を見て、まずはここに置いておこうと急いでやってきたのが、ありありとわかった。傘もささずにいた父の帽子が雨に濡れて、真ん中がくぼんでいた。

——ここにいたのか。

父がぽつりと言った。

——たまたま……

私は、父の秘密を盗み見しているのを見つかった人のように狼狽《うろた》えて、思わず、たまたま……と、脈絡のない言葉を口にした。

——ここ、片づけておくから、アッパ《おとうちゃん》。

狼狽えていたからか、思わず、アッパ、という言葉が飛び出した。

——家に入りなさい、わしがやるから。

夜、うっすらとした火の匂いで目が覚めた。

習慣のように父のベッドを見た。いない。私は起き上がってその場に座ったまま、アボジ、と呼んでから、寝室、トイレ、台所、台所の裏の多用途室を見てまわり、今度は居間に行って、小さい部屋のドアを開けてみた。父の姿はなく、なにかが燃えている匂いだけが相変わらずしている。窓際に行き、カーテンを開いて庭を眺めた。木々が雨の中で揺れている。門は閉まっている。

アボジ？

雨の降る庭に向かって父を呼んでみた。声は虚ろに響いて戻ってきた。燃える匂いに不安になって、玄関を開けて外に出た。雨が降っているというのに、なにかが燃える匂いが鼻をついた。納屋の方だ。私は玄関の戸につかまって立ったまま、赤い炎があがっている納屋を見つめた。雨ですぐに消えそうになる火を、父はうちわで煽って熾《おこ》し、なにかを燃やしていた。父が燃やしているものが何なのかを確かめようと、首を伸ばして目を大きく見開いた。手紙だ。兄の手紙を？驚いて、アボジ！　思わず呼ぼうとして、とどまった。手紙を燃やしている父の手は急いではいない。一枚一枚開いては手紙に火が燃え移るまで持っていた。指が熱いだろうに。昼間、家に入るようにと言った父の口調は、これまでに聞いたことがないほど断固としていた。父は廃屋の部屋に、そのますぐに入ってきた。私はその場を明け渡すようにして部屋を出ると、雨に打たれていた宅配の箱を部屋の中に入れた。そのとき、父が、いくつかの手紙を木箱の中に入れずに、別に取り分けているのを見た。その手紙をポケットに入れようとしたとき、私が見ていることを感じたのか、父が振り返って、早く家に入れ、と言った。あのとき別に取り分けた手紙のようだった。

私は玄関の戸を閉めると、戸を背にしてもたれかかり、暗闇の中で手紙を燃やしている父をぼんやりと眺めていた。ママ。娘がそばに来て私の隣に立っているようだった。おじいちゃんが、なにか燃やしているよ、ママ、と言いながら。私たちは並んで玄関にもたれて、父の前の炎を見ていた。雨音が激しい。手紙を燃やす父は、私が父を見ているということに気がついていなかった。雨音のせいだけではない。たぶん、玄関をバンと音を立てて閉めても、父にはその音は聞こえないだろう。それほど父は手紙を燃やすことに集中していた。

わざわざ別に取り分けて、こんな夜中に私に隠れて燃やしているなんて、いったいどんな手紙なんだろう。

アボジのことをまったくわかっていない、そう思った瞬間、もたれている玄関の戸が冷たく感じられて、思いもよらぬ寂しさが押し寄せてきた。夜が明けると、昨夜父が手紙を燃やしていた納屋に行ってみた。黒い灰が積もっていた。どんな手紙を燃やしたんだろう。私は足で灰の山を掻きまわし、そして腰をおろした。灰だらけの地面に、ほとんど燃えてしまった手紙の封筒の切れ端が残っていた。手を伸ばして、黒く焼け焦げた封筒の欠片《かけら》をつまみあげ、表も裏もじっくりと見てみた。差出人の住所を書いた文字は滲んで、焼けて、読み取りようがなかった。私は目を細めた。なんとか読もうとして、解読できた文字は「スノク」だった。スノク？　あのめし屋の娘さん？　彼女が父に手紙を送っていた？　私は灰の山の前で、焼け焦げた封筒の欠片を持ったまま、ぼんやりと座り込んでいた。

第四章　彼について語る

二番目の息子

アボジについて話せというから、ここ何日かアボジのことを一生懸命考えてみたんだが、本当に難しい。ふだんアボジのことを話すことはほとんどないということに、思いもかけず気がついた。不思議だ。オモニのことなら話すことは山ほどあるし、話したいこともいくらでもあるのに、アボジの話をしようとすると、途方に暮れたような気分になる。なんだ、これは？　と思うんだ。どういうわけか言葉に詰まる感覚なんだな。おまえがメールで送ってきた七つの質問を、折に触れては開いて見ていたよ。特に最後の七つ目だ。アボジと一緒にしたいことは？　と尋ねられて、驚いた。考えるまでもなく、何がしたいのか思い浮かばないといけないだろうに、頭の中が空き缶になったみたいにからっぽなんだ。思えばここ数年、アボジが言いだして何か一緒にしたことなんて、ほとんどない。俺たち兄弟が順番に、週末ごとにJ市の家に行き来しはじめてから、ずっとそんな感じじゃないか。そもそも両親の状態が良ければ、そんなルールを作ることもなかっただろうし。よくよく考えてみると、あの頃から、アボジは、俺たちがやろうということをただやっていただけで、何かをしようとアボジから言ってくることはなかった。あっ、一つあるな。先祖の墓のある山に行くことだ。アボジは、秋夕《チュソク》や旧正月《ソルラル》じゃなくても、しょっちゅう墓に行っては草刈りをして、墓碑を確かめるようにして見ていたな。朝の運動に出かけるみたいにして、毎日行くこともあった。アボジと墓を引き離すなんてできるわけがない。俺たちみんなが独立してから、アボジが墓を整備することに多くの時間を費やしてきたことは、みんなが知っていることだろう？　自転車に乗っていたときには自転車に乗って、オートバイに乗っていたときはオートバイに乗って。俺たちも暗黙の了解で、アボジと電話がつながらなければ、ああ、墓に行ってるんだな、って思うほどだったじゃないか。俺たちの結婚式の祝儀が集まると、墓の手入れをするのにそのうちのいくらかを取っておくぞ、と言ってたこと、覚えてるか？　金に関して、アボジがまるで言い渡すみたいに話すのを聞いたことがなかった俺たちが、とっさに、はい、って言うと、そのたびにオモニが横で、これから新しい暮らしをはじめるのにお金がいくらあっても足りないでしょうに、余分にやるどころか、差し引いて渡すなんて！　そっくりそのままあげなさい、と怒ってたじゃないか。アボジはその金で墓の土も十分に盛って、新しい芝生も植えて、墓碑も一つ一つ建てたんだよ。とにかく墓のことをずいぶんと気にかける人だから、そうもなるんだろうと思っていたんだが、それが末っ子の結婚のときまで続いていたのを見ると、アボジにとっては儀式のようなものだったんじゃないかと思う。俺たちがみんな家を出たあと、梅雨に入ったり、台風が来たりすると、まずは墓に行くのがアボジの仕事だったからな。

急に寂しい気持ちになってきたよ。

思えば、今では、アボジは自分ひとりじゃ墓に行くこともできないんだな。週末にJ市の家に泊まるたび、墓に行くか？　と、暇さえあれば話しかけてきたアボジの声も、聞けなくなる日が来るんだろうな。これからはだんだん、不自由なことばかりになっていくんだろうな。アボジが墓に行こうと言ったときも、いつでも一緒に行けたわけじゃない。日常というのはそういうものじゃないか。過ぎてしまえば何だったか思い出せないようなことが、いきなり起こることがままあるし、また今度にしましょう、と言ったことも何度かあった。昔みたいに歩いていくとずいぶんと時間がかかるけど、今は墓の近くまで道が通っているからすぐに行けるのに、また今度にしなくてはいけないほど、あれやこれや忙しいこともあったんだ。そうしよう、と言いながらも、落胆したアボジの顔には暗い影が落ちて、申し訳なかった。今はもう何も望むこともないように見えるアボジが、墓に行くときはタンスのあの服、この服とひっくり返して、なかでもいちばんいい服を着ていたものだ。夏でも靴下まできちんと履いて、帽子をかぶっていたよ。車に乗るときには、どこか遠足に行くみたいな明るい顔をしていた。車の中では昔の話をするんだ。昔、俺たちが子どもの頃、みんなを先に立たせて、秋夕の墓参りに行ったときの話を。そのときばかりは、アボジの記憶も細かなところまではっきりしていて、話を聞くたびに俺は、そんなことまで覚えているんですか、アボジ？　と言ったよ。あの頃も今も、墓に行くときは、アボジは少しばかりはしゃいでいるようでもあるね。いちばんに庭に出て、俺たちが出てくるのを待って立っていて、墓参りに連れていくために全員の名前を呼んで、否応なく出てこさせた。墓参前の簡単な祭祀のあとは、台所も部屋も大変なことになっているから、片付けのために家に残りたがっていたオモニまで呼びだされて……叔父さんとこのいとこたちまで先に立たせて、アボジは何かの行列でも見守るようにして後ろから歩いていったことを思い出すよ。いとこたちとわいわい言いつつ墓に向かう途中、振り返ってみると、少し後ろの方で物思いにふけるアボジの姿が見えたりもした。

話が横道にそれてばかりだなぁ。とにかくおまえに聞かれるまで、アボジと一緒にしたいことについて深く考えてみたことがなかったという事実にあきれつつも、寂しくなった。実は、J市に行くたびに、一緒にドライブでもしようかと二人を車に乗せて格浦《キョクポ》にも行き、来蘇寺《ネソサ》に行ってみたりもしたんだが、いつの頃からか、二人とも何も話さず、車の窓からじっと外ばかり見ているんだ。それでもオモニは、花が咲いたねぇ、この道は変わらんねぇ、とか言ったりもしていたけれど、アボジは静かに窓の外を見ているだけだ。窓の外がどこだろうと関係ないようだったよ。最初はおまえの質問への答えを録音して送るつもりで、携帯の録音機能を使って話そうとしたんだが、携帯の前でうんうん唸るばかりで、言葉が出やしないからノートに書いてみた。でも、これも簡単ではないな。しゃべる方がいいかな？

俺は生まれてひと月にもならないうちに麻疹《はしか》にかかった、と聞いている。伝染力が強いから俺を隔離しなければならなかった、と。今でも麻疹にかかる子どもがいるのかな？　珍しいんじゃないか？　当時は、子どもが麻疹にかかることはしょっちゅうだったし、命を落とすこともよくあったらしい。特に一歳になるまでに麻疹にかかると、免疫力がないから二日ももたないことがよくあったそうだ。粟粒みたいな赤い斑点が体中に出て、高熱に浮かされて、泣いているうちに声も出なくなってしまった俺を抱いて途方に暮れているオモニから、伯母さんが俺を奪い取って小さい部屋に寝かせたんだそうだ。それも床の冷たいところに。冷たいところに置くというのは、死んだものと思えという、暗黙の了解だったということだ。

上の子のことを考えなさい！ 伯母さんが俺をおくるみにくるんで、小さい部屋の床の冷たいところに置くと、誰かほかの人が出入りしないよう、小さい部屋の前で見張っていたという。もしかしたら、兄さんが俺のそばに来るのではないかと、別の部屋に俺を置いたのだろう。二日後にオモニが、小さい部屋の床の冷たいところでおくるみを取ってみると、俺が黒い眼《まなこ》でオモニをじっと見つめていたというよ。俺の誕生日が七月だから、真夏だったはずだ。夏に高熱で真っ赤になっている俺を抱いて病院に行ったのは、アボジだったと聞いている。法事も近かったから、家を空けていたアボジが帰ってきて、部屋の中の様子を見るや、これはいったいどういうことだと、引きとめる伯母さんを払いのけて、首もすわっていなかった俺を抱いて夜道を歩いては走り、走っては歩いて病院に行ったんだそうだ。

俺としては、まだ一歳にもなっていなかったのだから、まったく記憶にないことだ。覚えていないから、その夜を想像してみたりはする。誰も入れないようにしていた部屋の、冷たい床に置かれた赤ん坊が俺だったと思うと、どういうわけか孤独な気持ちになる。泣く力もなく、高熱と発疹に苦しむ俺を抱いて、あの夜道を歩いたり走ったりする大きな影がゆらゆら揺れる姿になって浮かぶこともある。病院に着いたアボジは、閉まっていた扉を足で蹴ったり叩いたりして病院の人たちを起こしたんだそうだ。そうして命を取りとめたのが俺だと、伯母さんはよく言っていたじゃないか。おまえの父親が別の人だったら、おまえはあのとき死んでいた命だった、と。正直に言うと、俺はその話を聞くたび、妙な気分になった。病気の子どもを冷たい床に二日も放置するなんて。子どもの頃にその話を聞いたときは、恐怖を感じたし、腹も立って、俺が死ぬことを願っていたんじゃないのか？　と、思わず大声が出そうになったこともあった。俺は気の強い兄さんと弟の間に挟まれた二番目だ。たいていのことは、首を突っ込まずに見守っていれば、大ごとにはならないということを、子どもの頃に自然と悟った。二番目である俺が口を挟んだ瞬間、二つに割れる感じがしたんだ。なんらかのことで俺たち兄弟の間に亀裂が生じて音を立てて軋んだら、オモニだけが大変な思いをするから、それもいやでね。そうこうするうちに、たいていのことはやり過ごせるし、俺も知らないうちに兄さんの機嫌や、三番目の胸の内をうかがうようになっていたよ。なのに、いつだったか、伯母さんがまた、麻疹にかかった俺を抱いてアボジが夜道を走って病院に行った話をするものだから、どうしてアボジが帰る前に病院に連れていこうと思わなかったんですか、と聞いたことがある。伯母さんの返事には拍子抜けしたね。俺としてはここぞとばかりに、どうにか勇気を出して、食ってかかるような勢いで言ったのに、あの頃、麻疹にかかった子を病院に入院させるなんてことはなかった、と伯母さんは答えたんだ。治療するなどということはまったく思いもよらぬことで、ほかの子に伝染《うつ》らないよう、麻疹にかかった子どもを一人にしておくのはよくあることだったのだと。家に悪霊が入ったと考えて、出入りをするなという意味合いで、門に魔除けの注連縄《しめなわ》まで張ったのだと。虎患媽媽《ホファンママ》より怖いのが麻疹だと言うじゃないか、と。そのとき伯母さんの言うことの意味がわからなくて、調べてみた。「虎患」というのは虎に咥《くわ》えられていくことを意味していて、「媽媽」は天然痘。虎に襲われるより、恐ろしい疫病にかかるより、もっと恐ろしいのが麻疹だということなんだが、俺としてはどうにも理解できなかったね。

病気の子どもをそうやって放置して、いったい誰が二日間も持ちこたえられるというのか。麻疹であれ、なんであれ、幼い子が病気になれば病院に連れていかなくては。おくるみにくるんで冷たい床に置くなんて。そんな話、聞かずに育った方が良かったのかな？　俺がとにかく寒さに弱いのも、そのせいみたいな気もするし、この年になっても、部屋の冷たい床にひとり横たわっているように感じることがある。あのときアボジが帰ってこなかったら、俺はどうなっていたんだろう。アボジのことを思い起こすときに、真っ先に思い浮かぶことだよ。生まれてひと月のことだから、俺はまったく覚えていないけれど、伯母さんとオモニから聞いたそのことが、アボジについての最初の記憶だ。

アボジのことを思うたび、なぜだか最初に湧きおこる感情がある。それを言ってもいいかわからなくて迷ったんだが、これも一応インタビューなのだから、率直に語ることにしよう。アボジのことを考えると、寂しい気持ちになったものだった。寂しい？　おまえを驚かすようで、ちょっと申し訳ないな。アボジにまつわる最初の記憶が、麻疹にかかった俺を抱いて夜道を走った姿だと言っておきながら、寂しいだなんて……そうなんだ。俺の心の奥深くにしみついているアボジに対する感情が寂しさだということ。ほかにどう言えばいいかわからなくて、寂しさと言いはしたが、アボジが俺を寂しがらせたということではない。アボジの性格からして、そんなことはありえない。子どもの頃から、家の空気が兄さんを中心に回っていることを見てきたからかな。今でこそ長男、次男の区別などないものの、アボジの時代には長男に大きな期待をかけて、将来は大いに頼りにするというのは、自然なことだったろうと思う。おまえは覚えていないだろうが、アボジはどこにでも兄さんを連れていった。アボジを見ると、たぶん韓国の乗り物の歴史がわかるだろう。最初は荷車に兄さんを乗せて、自転車に乗るようになったら自転車、オートバイに乗るようになればオートバイに兄さんを乗せていた。おかしいだろ？　兄さんと俺は三つ違いなのに、子どもの頃からアボジが兄さんを自転車に乗せて出かけていた記憶がこんなに残っているのだから。乗れ、と言うと、あたりまえのように兄さんがアボジの後ろに乗った。誰それに乗れと、名前を言ったわけでもないのに。アボジは出先から帰ってくると、家の中をぐるりと見まわした。それは兄さんを探しているんだということを、俺たち兄弟の中で知らない者がいたか。アボジはいつも兄さんを探していた。子どもの頃、アボジが俺を見て言うことも、たいていは兄さんのことだったよ。兄さんは学校から帰ってきたか？　兄さんはどこにいる？　兄さんは学校に行ったのか？　兄さんは知っているのか？　みたいなこと。それを聞いて育ったものだから、俺もアボジを見ると、兄さんが一番だったよ、兄さんが帽子が要るって、兄さんの自転車がパンクした、兄さんはかけっこが苦手なんだよ……みたいなことを、いつのまにか言うようになっていた。兄さんの足の遅さといったら、驚くほどの遅さだった。同じラインからスタートして、五十メートルも行かないうちに遅れるのが兄さんだった。運動会の日、兄さんがかけっこでビリになるのはわかりきっていたから、俺が先回りしてアボジに言ったりもした。そうしなきゃいけないと思ったんだ。先に言っておけば、がっかりしないじゃないか。兄さんのことでアボジががっかりするのも、いやだったんだ。

冷蔵庫から缶ビールを持ってきたところだ。急にのどが渇いたから。これまで書いたものを読みかえしている。俺は何が言いたくて、こんなことしてるんだ？　思わず笑ったよ。

アボジに対して寂しく思う気持ちが俺の心の底にあると言ったが、たぶん世間の二番目なら、誰もが多少は感じていることだろう。今でこそ子どもは一人、多くて二人だから、二番目の気持ちのようなものは、希薄になっているだろうけれど。長男の気持ちは長男だけがわかるというように、次男の気持ちは次男だけがわかるんだ。それをいちいち説明するなんていうのは無理な話だな。話せば話すほど、みっともなくなるだけの、そんな二番目の気持ちがある。心の奥底の寂しさを話そうとすれば、どういうわけかみじめったらしくなる、そんな感情があるんだよ。とにかく、アボジがいつも兄さんをいちばんに考えていたことは確かだ。それはオモニも同じだった。それがあんまり自然だったから、そのうち俺も俺のことを考えるより先に、兄さんのことを考えていたように思う。だから、兄さんも大変だったろう。兄さんには、どんな状況でも失敗してはいけないという重圧があっただろうから。一家の長男がしっかりしていてこそ、兄弟たちもしっかり育つのだという言葉を、兄さんは、俺が生まれてからずっと聞きつづけてきたのではないか。おまえが失敗すれば、弟や妹たちも失敗するという言葉を、少なくとも末っ子が生まれて二十歳になるまで聞いただろうから、兄さんもかわいそうだなとも思う。それだけじゃない。俺は慶北《キョンブク》(慶尚北道《キョンサンプクド》)永川《ヨンチョン》の陸軍三士官学校*34に行ったから、ソウルで兄さんと一緒に暮らしたことはないが、三番目とおまえがソウルで兄さんと一緒に暮らしていたときに、アボジがおまえたちに、兄さんを父親だと思え、と言っていたのをよく聞いた。あの頃は聞いても何も思わなかったが、今思えば、兄さんにとって、その重さといったらかなりのものだったろう。兄さんもまだ二十代も初めの頃だったのだから。たった三つしか違わないのに、兄さんが大人のように感じられたのは、兄さんに対するアボジの態度のためだったように思う。俺が小学校に入学する頃になると、アボジは兄さんを呼んで、ホンイに字を教えてやれ、と言ったんだ。数字も教えろ、ハングルも書かせろ、と。そのときからアボジは、学校に関することは全部兄さんに聞けと言ったんだ。なんでも兄さんの言うとおりにしろと。最初は、俺よりたった三つ年上の兄さんが何でも知っているわけがないのに、どうして兄さんに聞けっていうのかと思ったが、ほかに聞く人もいないから、宿題

＊34：陸軍三士官学校　一九六八年、ベトナム戦争、北朝鮮との緊張状態を背景として、最精鋭の士官育成を目的に陸軍第二士官学校、第三士官学校が創設され、のちに第三士官学校が第二士官学校を吸収拡大する形で、陸軍三士官学校となった。

も兄さんに聞いて、チェックも兄さんにしてもらって、成績表まで兄さんに見せた。兄さんがアボジに、ホンイが勉強をしないから、美、良ばかりだと言いつけたこともあった。あの頃は成績を「秀優美良可」の順につけていただろ？　アボジは、可じゃないならええ、とだけ言った。もともと口数が少ない人が、学校に関することになると、さらに言葉が少なくなった。学校の先生と面談があるときも、アボジは学校に現れなかった。アボジが来なくちゃいけない場にも、オモニが来た。アボジにとって、学校というところはどんなところだったのだろう。アボジが学校に来る日といえば、秋の運動会のときだった。運動場に日よけのシートを張って、その下に親たちが腰をおろして、子どもたちが走ったり踊ったりするのを見物したものだったが、アボジが学校に来るのはそのときだ。だから俺は、兄さんは走るのは苦手だと、アボジに先に言っておいたんだ。ただ一度、その日だけ学校に来るアボジが、兄さんのことでがっかりするんじゃないかと思って。そうこうするうちに、俺の心の片隅に、俺にだって得意なことはあるのに……という満たされない思いが潜むようになったのだろう。

だからといって、俺がアボジや兄さんに不満があったわけではない。とりわけ、子どもの頃から、兄さんに聞け、とアボジに言われていた、いろいろなこと。兄さんに聞けば、ちゃんと教えてくれた。そのうち、アボジに言われなくても、兄さんを探すようにもなっていた。知らず知らずのうちに、兄さんに頼る気持ちが大きくなっていたんだ。兄さんがいるから、なんでも一人で決めずにすんだ。兄さんがちゃんとやってくれるだろうからと、俺は何もせずにいることもできた。それは今も変わらない。これも二番目の心情の一つだ。それでもときには疎外感を感じることがある。兄さんとおまえと三番目とイッピが、昔のことを話しているとき、四人はなにかで結ばれているみたいなんだよ。三番目が、あのとき兄さんが……と言ったり、おまえとイッピが、あのとき兄さんが……と言ったりするときには、俺もアボジみたいに黙ってしまうことがあった。俺が知らない時間を四人は共有していたんだ。聞いてみれば、美しく幸福な思い出の数々というわけでもなく、なにかが足りなくていつも不安がっていたり、途方に暮れたりしている、そんなことの回想ばかりだというのに、うらやましかった。あの頃、ひとり遠く離れていて、一緒にいられなかった俺は、なにも話すことがなかったんだ。

　こんな記憶が俺の心に潜んでいたんだなぁ。人間というのは、なんとも不思議なもんだ。おまえは忘れただろうが、いつだったか、おまえが……あの頃、あたしたちが加里峰洞《カリボンドン》で暮らしていたとき、ホンイ兄さんが来たじゃない、駅前のホットク屋さんで買ったホットクを置いていってくれて、おいしかったんだよね……と言ったことがある。おまえがその話をするまでは、すっかり忘れていたことなのに、おまえのその一言で記憶が溢れ出してきた。あのとき俺は三士官学校の生徒だった。学校の休みの日に、J町ではなく、兄さんとおまえが住んでいるあの部屋を訪ねていったんだと思う。ソウルに行くということだけでも胸が熱くなって、制服のボタンをどれぐらいピカピカに磨いたことか、窓の外の風景がボタンにきれいに映るほどだったよ。ソウルに行くべきところがある。ただそれだけでも、うれしかった。ソウルに親戚でもなく俺の兄弟が暮らしているということが、誇らしくすらあった。ソウル駅で地下鉄一号線の切符を買って、兄弟の暮らす部屋がある駅で降りたときには、胸がいっぱいだった。地下鉄の駅で、ちょうど焼きあがったばかりのホットクを買って、路地で番地をたどって部屋を探しあてた。なのに、外に面したドアの鍵は閉まっていた。夜遅くなっても、誰も帰ってこなかった。兄さんでも、おまえでも、誰かひとりでも現れるのを待つうちに暗くなってきて、そのときになってはじめて、あたりをぐりと見まわした。門はいつも開いているようだった。常に人が出入りしていた。廊下に沿って並んでいる部屋ごとに鍵がかかっているのも、そのときに見た。あの鍵の後ろに部屋があるんだろうか？　俺としては初めて見る構造だったから、うまく想像できなかったんだよ。みんなどこかに出かけていて、それでどの部屋も鍵が閉まっているのだろうか。と、思ったことを覚えている。門を入ると、すぐ左手は練炭の積まれている倉庫で、右手は共同トイレになっていて、トイレと部屋の間に屋上に向かう階段があったから上がってみた。甕《かめ》がいくつか置いてあって、取り込まれていない洗濯物が、洗濯紐にゆらゆら揺れていたな。洗濯物をよけて屋上の端に行ってみたら、隣接する工場の煙突が目の前に一気に飛び込んできた。そびえたつ工場の煙突を見上げると、そこに夜空があった。夜なのに真昼間みたいに、煙突から流れでる白い煙が夜空を覆っていた。ここが俺の兄弟たちが暮らしているソウルなのか。ソウルに向かう列車に乗っていたときのときめきは萎《しぼ》んで、途方に暮れて周囲を見まわした。俺が降りた地下鉄の駅の方から人々が吐き出されてくるのを何度か見て、そのあとにまた人々が降りてきたときも、あの部屋のドアは閉まったままだった。ホットクの袋を触ってみると、冷めているじゃないか。ボタンがピカピカの制服のポケットに差していたボールペンを取り出して、ホットクの袋に「二番目のホンイ、来たれり」と書いた。それからもしばらく待ったすえに、あの長い路地を抜けて通りに出た。反復記号みたいに、また地下鉄に乗ってソウル駅に行き、J町へ行く列車の切符を買ったんだ。

J町に着いたのは明け方だった。

ソウルに行ってきたと言うと、兄さんは元気か、とアボジが尋ねた。一度行かなくちゃならんのだが、兄さんが来るなと言うもんだから行けんのじゃ、とも言っていた。俺は、行かない方がいいですよ、アボジ、と言った。そのうち兄さんがソウルに呼んだら、そのときに行ってください、と。オモニが用意してくれたご飯を食べていたときホットクのことを考えていた。あの部屋に帰ってきた誰かが見つけるだろう、鍵のかかったドアの前に俺が置いてきたホットク。中のシロップは固まって、外の生地はじっとり湿っているだろうホットク。あれから歳月が流れ、なにげなく交わした会話に、あのホットクが登場した。俺があそこを離れたのは深夜零時頃だったから、冷たくなっていただろうに、おまえはおいしかったと言ったんだ。

そうか、あのホットク、おいしかったんだな。

家族が集まって、兄さんと三番目とおまえとイッピがあの頃に戻って話の花を咲かせると、俺は黙り込んで、深夜零時になるまで誰も帰ってこなかった部屋のドアの鍵と、鍵のかかった部屋のドアの前に置いてきた冷めたホットクのことを考えたりもしていた。あの頃を一緒に過ごしていたから、なにか一つ単語を聞いただけでも、ああ、あのときの、あれ……と言って、すぐに話が通じる四人のことがうらやましかったと言えば、わかるかな？　俺も一緒にいられたかもしれないのに……という。ほらみろ。こんなにも説明が厄介なのが二番目の心情なんだよ。

兄さんの暮らし向きは良くはならなかった。三番目が大学に入ってあの部屋に合流したから、むしろさらに苦しくなったんだよな。その頃もまだ、アボジはあそこに行くことができなかった。兄さんがとにかく、来るな、と言うんだ。何年もずっとそう言うものだから、アボジがソウルに行くとも言わずに、列車の切符を買って、あの部屋を訪ねていった日のこと覚えているか？　アボジは何も言わずにあの部屋に少しの間座っていて、それから黒石洞《フクソクドン》のアボジのいとこの家を訪ねていった。十年前に貸した金を返してくれ、と言うつもりで行ったんだそうだ。その金を受け取って、兄さんに渡して、帰ってこようと。アボジは初めての道をたどって、いとこの家を訪ねていったのだが、いざとなると貸した金を返してくれと言いだせなくて、そのままJ市に帰ってきた。いとこの家に行ってみたら、一間に家族七人が暮らしていたうえに、いとこは留守で、いとこの奥さんがひとり、ヘルニアで寝込んでいたところを起きだしてきたのだけど、部屋は冷え冷えとして、食べ物もない。アボジは生まれて初めて訪ねた町の練炭屋に立ち寄って、いとこの家への配達を頼み、米屋にも寄って米の配達まで頼んでやってから、帰ってきた。あのとき俺はJ市にいたのだが、アボジはすっかり放心した様子で家に帰ってきて、そのまま寝込んでしまった。あのときアボジが、疲れ果てて悲しげな顔で、おまえが兄さんを助けてやれるなら助けてやってくれ、と言ったんだ。いつもアボジから兄さんに聞け、兄さんの言うとおりにしろ、みたいなことばかり言われてきたのに、兄さんを助けてやれ、という言葉を聞いたものだから、気がつけば膝が震えていた。

俺が海洋大学に行くと言ったときの、アボジの驚いていた姿が思い出される。あのときも、兄さんには話したのか？　と言った。話してない。そう言うと、ずいぶん戸惑っていたよ。海洋大学を出たら何になるんだ、と聞かれたときは、俺の方が戸惑った。実は、俺も何になるのかわかっていなかった。アボジに気圧《けお》されまいとして、すぐに、マドロスになる、と言ったよ。

――マドロス？　船に乗るというんか？

アボジは、なぜ？　と尋ねた。なぜ船乗りになろうとするのかと。アボジが、なぜ？　と尋ねたとき、またもや何も言うべきことがなかった。

――船に乗るんじゃなくて。海洋大学を出れば、船長になれるんです、アボジ。

今でもよくわからない。海洋大学を出れば、船長になれたりするんだろうか。俺がやろうとすることをアボジが必死になって止めたのは、初めてのことだった。海洋大学に行こうと思ったのも、二番目の心情だったんだよ。学費が一番安くて、卒業したらすぐに就職できるところを探さなければ、とね。学校の先生が海洋大学を勧めた。国立だから学費がほとんどかからないし、学校の中に寄宿舎があることにも惹かれた。先生に勧められて初めて、海洋大学ってどこにあるんだろうと探してみたら、釜山《プサン》じゃないか。最初は交通部管轄の鎮海《チネ》高等商船学校だったのが、のちに国防部管轄になって、学校名も国立海洋大学に変更されて、それからまた韓国海洋大学に変わったんだ。

いつだったか、イッピがなにかの話の最後に、うちがいつ貧乏だったというの？ と言ったから、俺は驚いた。おまえと俺が六つ違いで、俺はおまえの下のイッピより九つ上で、ほとんど十歳違いだから、あの頃を一緒に過ごしながらも感覚が違うのかと思いもするが、イッピは本当にうちが貧乏だと思ったことがないようなんだな。イッピがそんなふうなのも両親のおかげだ。アボジのことを思い出してみろよ。アボジが冬の初めに真っ先にやることがなんだったか、覚えているか？ 家族みんなのサイズに合わせて買った防寒靴と肌着を、自転車の荷台に載せて帰ってきて、板の間に広げて置くんだ。防寒靴一足と肌着一着、それぞれ揃えて板の間にずらりと並べて、俺たちが自分の分を持っていくようにしてあった。それがどうしたというの？ と受け流すようなことじゃないぞ。弁当を持ってこられずに、水道の水を飲んでいる子たちもいた頃じゃないか。俺たちは冬の間ずっと新しい防寒靴を履いて、新しい肌着を着ていたんだ。冬に、陽の当たる塀のところで、村の子どもたちと並んで立っているときに見てみれば、毎年新しい防寒靴を履いているのは俺たちだけだったたじゃないか。下校のときに下駄箱を開ければ、六十足余りの靴がずらりと置いてあるなかで、俺の靴だけ目に飛び込んでくるくらい新しかった。だからか、俺の新しい靴を自分の古い靴と取り換えていく奴もいたんだよ。

イッピがどう感じたかはともかく、実際、うちは貧しかった。アボジが、農業で子ども六人全員を大学にやるという夢を抱いている以上、貧乏であるほかはないんだ。ソウルで兄さんが昼は区庁で働き、夜は夜間大学に通って孤軍奮闘中だったというのに、普通の大学に行くなんて、俺は言えなかったよ。これも二番目の心情ではある。自分のことだけ考えることができずに、あれこれ気にするところがね。

二番目の心情が妙な感じで作動するのは、今も変わらない。家族の行事で両親がソウルに来たときのことだ。ふたりはソウルに来ると、きっと兄さんの家に行く。誰も何も言わないのに、それが当たり前のようになっていた。兄さんも当然そう思っていたし、アボジもオモニもそういうものと思っていたみたいだ。とりわけアボジがそうだった。みんなそれぞれに家庭を持って独立してからも、不思議とそれは変わらなかった。俺たちも、ふたりがソウルに来たら、兄さんの家で集まるものだと思っていたじゃないか。それだけじゃない。アボジはほかの兄弟の家に泊まるのを、不自然にすら思っていた。兄弟のうちの誰かが引っ越しをしたといえば、その家に行きはするけれど、泊まるのは必ず兄さんの家だ。兄さんが迎えに来なかったら、アボジはそわそわして、兄さんの家に連れていってくれと言ったものだ。兄さんが引っ越したときにアボジが最初に聞いたのは、ソウル駅から近いんか？　だった。アボジにとっては、ソウル駅がソウルなんだ。兄さんの家がソウル駅から近いのか遠いのかが、アボジにはすごく重要だった。俺が禾谷洞《ファゴクドン》に住んでいた頃、一度、義姉さんの両親が兄さんの家に来ていたから、俺の家に泊まったことがあったのだが、夜になってもアボジは眠らないんだ。アボジはなにも言いはしないが、兄さんの家じゃないから自分がいるべき場所じゃないように思っていて、落ち着かなくて、よその家みたいで、居ても立ってもいられない感じだった。俺はちょっと心が傷ついて、うちで寝るのと兄さんちで寝るのと何が違うんだ？　と恨みがましく思ったり、俺だってちゃんとやれるのに……と口惜しく思ったり。

俺は海洋大学に志願したが、落ちた。呆然とした。試験に落ちるなんて考えもしていなかったから、もうどうしたらいいかわからなかった。三士官学校に応募する機会を、あとになってなんとか手にはしたけれど……最初はとにかく自転車で無銭旅行をする準備をした。俺が旅に出ると言ったら、アボジはびっくりして、自転車が古いから危ないぞ、と止めたよ。試験に落ちた息子がひとり旅に出ると言いだしたものだから、困ったんだろう。旅行といえば、俺たちからは修学旅行という言葉しか聞いたことがないアボジに、自転車旅行に行ってくる、なんて言ったのだから。あのときは、兄さんに言ったか、とも聞けなかったんだよね。兄さんはソウルにいたから。俺はくじけなかった。俺たち兄弟は中学生にもなれば、アボジより背が高くなっていたじゃないか。自転車のタイヤをチェックして、地図を買い、望遠鏡も手に入れようと、出たり入ったり慌ただしくしている俺のそばに何度もやってきては、ただ立っているだけのアボジがひどく小さく見えた。家を出たら、アボジがあとから追いかけてきて、後ろのポケットに封筒を入れてくれたよ。J町を出て、淳昌《スンチャン》へと向かう山道に差しかかるところにある丘で自転車を止めて、封筒を取り出してみたら、飯を抜くな、と表に書いてあった。封筒の中にはしわくちゃのお札が入っていた。淳昌でチャジャン麺を食べて、そのお札で払ったことが思い出される。今でこそ自転車で走ることのできる道が整備されているが、あの頃は舗装されていない道路や国道をがたがたと走らなければならなかった。畑や田んぼで農作業する人たちが腰を伸ばして、自転車に乗って通り過ぎる俺を眺めていたときには、ちょっと申し訳ない気もしたな。みんな腰を伸ばす暇もなく働いているのに、ひとりだけ遊んでいるみたいで。峠へと上がっていくときは、自転車に乗るというより、ほとんど押していかなければならなかったが、峠に自転車を止めて、遥か下の方まで曲がりくねった道を見下ろしたときには、胸がいっぱいになった。びっしりと立ち並ぶ木々、渓谷、鳥の鳴き声、サワサワと吹きぬける風の音……大自然の中にいると余計なことが洗い流されていく。少なくとも人のせいにはしなくなる。自分の思いどおりにならないことにも、何か意味があるのだと思えば、力も湧いてくるようだった。

俺の自転車無銭旅行は、不幸にもたった三日であっけなく終わってしまった。世の中を見てやろうと旅に出た坊主頭の少年である俺が、呆れたことに間諜《スパイ》に間違われる羽目になったんだ。今となれば笑い話だが、あのときは深刻だった。そういえば、俺が高校を卒業した年が七六年だったが、その年の夏のことをたぶんおまえも覚えているだろう。俺の誕生日の頃に、板門店《パンムンジョム》にある共同警備区域でポプラの枝打ち作業をしていた米軍将校二人を、北朝鮮軍が斧で殺すという事件が起きた。米軍の航空母艦と爆撃機の編隊が集結するわ、問題のポプラが伐られるわ、大騒ぎだった。また戦争が起こると思い込んだアボジは緊迫した様子で、あんなものを金を出して買うなんて、といつも言っていたラーメンを何箱も買って、甕の中にいっぱい詰め込んだりもしていた。幸い、北側から遺憾の意が表明されて大事には至らなかったけれど、あのとき世の中の雰囲気はずいぶんピリピリしていた。学校に通っていた頃、間諜を捕まえる練習をしたこと覚えているか？反共、防諜をテーマにした標語がいろんなところに貼ってあったよな。反共意識を高めるなんて言って、実際に間諜が現れたという設定で間諜を通報する訓練が各村で開かれたりもしていた。こんな人を見たら間諜かもしれないので通報しましょう、と呼びかけるポスターもどこにでもあった。朝も早くに山から下りてきたかのように靴に土がついている人、帽子を深くかぶってあたりをきょろきょろ見まわしている人、店で物の値段がよくわからない人……間諜を通報すると報償金が出たから、訓練のときには間諜役を捕まえようと、友達と一緒に一生懸命になっていたことを思い出すよ。団体で鑑賞した映画も大体が反共映画だった。獨孤成《トク・コソン》、申栄均《シン・ヨンギュン》、張東輝《チャン・ドンフィ》、許長江《ホ・チャンガン》*35、こんな人たちが登場していたな。南に派遣された間諜が南側の親戚を誘い出し、北を称えるように仕向けて一緒に北に行こうとするのだが、逆に南側の親戚に説得されて間諜が自首するという、よくある話。

　無銭旅行中の俺の恰好が、まさに間諜のそれだったようなんだ。古い自転車を引いて、帽子を深くかぶり、ときどき望遠鏡を取り出して周囲の山々を眺めまわしている俺のことが怪しいと、誰かが派出所に届けた。捕まえてみたら、俺の自転車の荷台から地図が出てきて、地図のあちこちに赤い印がつけてあったから、間諜に間違いないと思う人たちもいたというわけだ。J町からそう遠くには行けなかった。潭陽《タミャン》を通って光州《クァンジュ》の方へ、自転車で行ける道をチェックしようと地図を見ていたところを警察に捕まって、引ったてられてしまって。あとで聞いたところでは、俺が連行されてからすぐにJ町の警察署にも連絡が行って、わが家に私服警察が踏み込んできたらしい。いきなり私服警察が門から入ってきて、靴を履いたまま縁側に上がって、部屋という部屋を全部ひっかきまわしたそうだ。今思えば、呆れるばかりで、ばかばかしくて、惨憺たることでもあるけれど、あの頃にはよくあることだった。

しばらくしてアボジが潭陽警察署に俺を迎えに来た。俺が間諜なんかではなくて、高校を出たばかりの自分の息子だということを証明するために、アボジは家族写真と書類をその手に沢山持っていた。俺の学生証とノート、学校の鞄まで持ってきていた。この子は間諜ではなく自分の次男で、名前はホンイで……アボジが話していた言葉は今も記憶に残っている。善良で心優しく、母親が苦労しているようだからと、妹を背中に負ぶって面倒を見たような子だ、兄と弟に挟まれて言いたいことも言えずに、いつも譲ってばかりで、自分を抑えているような子だというのに、間諜だなんて。学費のことを心配して、あまりお金のかからない海洋大学に志願したというのに、落ちてしまって心にぽっかり穴が開いて、自転車旅行に出ただけだというのに、どうして間諜なのかと、ことこまかに話していた。アボジがあんなに早口で沢山話すのを、あのとき初めて見た。驚いたよ。アボジは全部わかっていた。俺が海洋大学に志願した理由も、どうにもこうにもならない二番目の心情までも。

あの日警察署を出て、アボジは言葉なくうなだれている俺と俺の自転車を見ると、もう無銭旅行を続けることはできないのだから、二人で自転車に乗って家に帰ろう、と言った。俺が警察署

＊35：獨孤成、申栄均、張東輝、許長江　いずれも当時活躍した韓国の映画俳優。

に捕まっていると聞いて、慌てて潭陽までタクシーで駆けつけたというんだ。潭陽からJ市の家までは自転車でまる一日かかるんだが、潭陽警察署を出たのがもう夜だったから、自転車で家に帰るとすれば、潭陽で一泊しなくてはならなかった。庭に竹が生い茂っている旅館に部屋を取ると、風呂でも入るか、とアボジが言って、旅館のすぐ隣の銭湯に行った。入口でロッカーのカギとタオルをもらって中に入ったら、口をぎゅっと結んでいる大統領の写真が脱衣所にかけてあって、またまた呆気にとられたよ。銭湯の主人の好みなのだろうか？　裸の人たちを大統領が厳めしい顔で見下ろしているものだから、吹き出してしまった。そのときになってようやく、間諜として捕まったことがまるでコメディみたいで、声を出して笑った。アボジが風呂に行こうと言ったのにも、理由があったんだな。熱い湯が波打っている銭湯の大きな浴槽に体を沈めたら、緊張もほぐれた。湯気が白く立ちのぼる風呂場で、アボジが俺の背中を流してくれて、俺もアボジの背中を流した。アボジは俺より背だけが小さくなったんじゃなかった。背中も小さかった。右手の人差し指の先がないのは、日々の暮らしの中で見慣れたものだったが、銭湯で見てみれば、肘に傷跡がある、首の下には縫った跡がある、膝の皿のところにも火傷の跡があって……傷跡に石鹸を塗ってなでるようにしたんだが、妙な気分だった。俺はあのとき、これからはアボジに心配をかけてはいけない、そう誓ったんだな。思うにあれは、これまでの人生で唯一の、アボジとの二人旅だった。夜にはアボジとふたり、旅館の庭で縁台に座ってビールも飲んだ。星を見ながら静かに座っていたときに、ふっと、ビールをごちそうするよ、と俺からアボジに言ったんだ。ビールは高い、焼酎を飲もう、とアボジは言ったが、俺がビールをご馳走するからと言い張った。アボジが店をやっていた頃、夏には桶に水を張って瓶ビールを入れていたのを覚えているか。冷蔵庫がなかった頃だったから。ひどく暑い日、アボジに会いに店に行った折に、町からアボジの知り合いが友達と一緒に来て、ビールを注文しているのを見た。アボジが桶につけてあった瓶ビールの栓を抜いて、コップを二つ、その人たちの前に置いたんだよ。アボジが着ていたシャツが、汗に濡れて背中に張りついていた。額も首も玉のような汗だった。あの人たちはコップにビールを注いで、乾杯して飲んでいたのだが、幼な心に、アボジもあのビールを一杯飲んだら気持ちいいだろうに、と思った。そんなことを思ううちに、俺はどうして店に来たのかを忘れてしまったようだった。二人はビールを飲んでいて、アボジはただその人たちを見ているだけというのが、すごく悔しかったんだ。冷蔵庫でもない、水につけておいただけのあのビールが、どれほど冷たかったかはわからないが、アボジだけがカンカン照りの中に立っているみたいだった。いつかきっとアボジに冷たいビールを飲ませてあげよう、と思ったそのときの気持ちを、あの日、淳昌で思い出したんだよ。あの日は真夏でもない、晩春の頃だったというのに。もちろん、ビールに対する俺の気持ちをアボジが知るはずもない。俺がビールにこだわっていると、アボジは仕方なくビールを頼んだ。アボジのコップにビールを注いだときの、あのトクトクトクという音は気分のいいものだった。アボジは一緒に飲もうと言ってコップをもう一つ頼み、俺のコップにもビールをついでくれた。庭の塀のそばに梨の木があって、風が吹くたびに梨の花が散っては縁台の方へと舞い降りた。

アボジがビールをぐっと飲むと、ホンイ、と俺を呼んだ。

——おまえはどうして、そんなに考え過ぎるんだ？

——僕がですか？

——おまえがやりたいようにやって生きろ、人の顔色を気にせんと。

——……

——わしはな、おまえが何でもやりたいことをして生きてくれたらええんじゃ。

——アボジは何がしたかったんです？

——……

——やりたかったことは何だったんです？　アボジ。

——おまえみたいに、自転車に乗って無銭旅行もしてみたかったのう。

俺が聞きなおすと、おまえみたいに……と言いながら、アボジは力なく笑った。アボジも自転車で無銭旅行がしたかっただって？　驚きもしたし、不思議でもあった。アボジは、自転車に乗って一緒に遠くに旅に出たいと思った人もいた、と言った。あの夜、アボジがしてくれた話は、俺が知っているアボジのようではなくて、まったく想像もつかないことだった。アボジがしょっちゅう家を空けていた頃も、旅に出ているとは考えたこともなかった。どこかに出稼ぎに行っているのだろう、としか思っていなかった。実際そうだったのだろうが、ちょっと妙ではある。俺たちは少しでも息苦しさを感じると、どこかに旅にでも出たいと思うのに、アボジだって同じだっただろうということが想像できないなんて。アボジはビールを飲みながら、今日は何日だ？　と聞いた。

——もうすぐ五月ですよ。今日は四月二十九日。

アボジは深いため息をついた。昼間のことがひどく堪えたのか、ビールを一杯飲んだだけなのにアボジは酔っていた。人間らしく生きようと思うなら、まず勉強をしっかりやらなくちゃいかん、と言ったんだよ。必ず大学には行かなきゃならん、と。わしみたいな生き方でいいのか、と。そのとき、何も言わずに、旅館の塀沿いに茂る竹藪なんかを見つめていただけだなんて。一生の後悔だ。どうしてあのとき、アボジみたいじゃだめなんですか？　と言えずに、黙っていたんだろう。アボジは、貧しい田舎暮らしから抜け出す道は一つしかない、それは大学に行くことだ、と言っていた。こんな不毛な土地から抜け出す道はそれしかないんだと。風呂に入ってビールを飲んだからなのか、アボジはソウルで暮らしていたときの話もした。俺はそのとき初めて知ったよ。ソウルに南大門《ナムデムン》があり、その中に入ると市場に太刀魚の煮つけの店があって、そこで働いていたというんだ。主人が笠岩《イバム》に住んでいたことのある人で、アボジによくしてくれたのだと。ところが、そのうち共匪《コンビ》*36だとされて、主人一家は離散してしまったという。共匪？　俺が聞くと、そんな人じゃないとアボジは言った。その店の大学生の娘さんが、時折友人たちと店で集まったりしていて、それが何か誤解を招いたらしいと。おまえも自転車旅行くらいで間諜扱いされたじゃないか、と言いながら。気立てのいい娘さんで、学校が終わると店に来て、一生懸命に手伝っていたんだそうだ。アボジはその娘さんのことを、学のある人じゃ、と言ってたよ。学のある人は、店が終わるとソウルを案内してくれたんだそうだ。世宗路《セジョンノ》がどれほど広いのか、南山《ナムサン》への道が

＊36：共匪　元は中国で共産ゲリラを意味する言葉。韓国では、共産主義側のスパイ、あるいは共産主義者を指す俗語。

どれほど急なのか……、アボジは南大門のあたりを、まるで地図のようにすべて知りつくしていた。学のある人と夜の明洞《ミョンドン》も歩いたのだと。路面電車に乗ってみたりもしたのだと。その頃、アボジは実はソウルに失望していたのだとも言っていた。ソウル駅が汚いのを見てショックだったのだそうだ。残飯粥みたいなのを作って売っている市場に、人々が列をなして並んでいるのを見て、驚いたらしい。その人と電車に乗って終点の麻浦《マポ》に行ったこともあって、そこではバラック村がずらっと並んでいて、裸の子どもたちが線路で遊んでいたのだと。ミアリ[*37]にも行ったことがあって、そこでは今度は占い屋が並んでいて、いったいソウルというところは……と思ったのだそうだ。清渓川《チョンゲチョン》周辺の貧民窟やその前の川の水がとても汚くて、ソウルも貧しいところなのだと思ったのだと。それでも、その人と喫茶店に入ってコーヒーを飲んだこともあったと言っていたな。アボジがコーヒー？　アボジはあのとき、誰にも言わなかったことを俺に打ち明けていたのに、アボジが大学生とコーヒーを飲んだ？　なんてことばかり俺は考えていたのだからなぁ。たしか、奨忠洞《チャンチュンドン》で、下野した李承晩《イ・スンマン》大統領の銅像が引きずり降ろされるのも一緒に見たのだと言っていた。一度は、映画館がある丘で、その人が何人かの友人と何か話しながら笑ったり、わいわいと賑やかに歩いてくるのを見たんだそうだ。その人はアボジの前を素通りしていった。確かにアボジと目があったようだったのに、友人たちと話しながら通り過ぎていったのだと。その前の晩も、店が終わったあと南大門市場を一緒に歩いた人だったのに、友人たちの前では目をそらしたのだと。バカな俺はそのときも、えっ、どうして？　なんて言ってるんだから。アボジはこう言ったよ。友人たちにわしと知り合いなのを知られるのが、恥ずかしかったんじゃろ、と。

その人にアボジが教えてあげられたのは、自転車の乗り方だけだったというよ。夜に南山へ自転車を押して上がっていって、自転車の乗り方を教えてあげたのだけど、その人は自転車にスイスイ乗れるようになると、自転車に乗って遠くに行こう、と言ったそうだ。

――どうして行かなかったの？

――行けんかったさ。

――どうして？

――わしは家に帰らにゃならんかったからな。

アボジは泡が残ったビールのコップを見つめながら、またうつろに笑った。ときどきそのときのことを思い出すんだよ。どうして？　と俺が聞いたとき、わしは家に帰らにゃならんかったからな、と言ったアボジの姿を。俺を後ろに乗せても、平気でペダルをこいでいたあのときのアボジの姿が懐かしくなるときがある。俺はアボジより図体が大きいだけだ。アボジを後ろに乗せて三十分も行かないうちに疲れて、アボジ、トラックが通ったら捕まえませんか、と言ったら、アボジが俺と交代したんだ。自転車の後ろに俺を乗せて、J市の家までずっと自転車をこいでいたアボジが、今は杖に頼って歩くのもしんどそうな弱々しい老人になったということに、実感がわかないこともある。ありがとう。おまえのおかげで、アボジについて考えることができた。

＊37：ミアリ　彌阿里《ミアリ》峠。ソウルの北側に位置する歓楽街。かつて路地裏には百か所を超える盲目の占い師による占い屋があった。

アボジがまた自転車に乗ることができるぐらいに元気になったら、アボジと一緒に自転車旅行をしてみたい。ほんの一日だけでも。今はもう地図なんか必要ないだろう。携帯電話のナビが優秀だから。望遠鏡はあってもよさそうだ。まさか、見知らぬ者が、村の裏山から望遠鏡であたりをぐるりと眺めわたしているからといって、いまだに間諜だと責め立てたりなんてしないだろう？　俺は、アボジが太鼓を前に置いて、バチを持って、この山あの山……と歌う姿が好きだった。アボジの唯一の楽しみみたいに見えたんだな。時折、アボジはがらんとした居間に座って四節歌[*38]を最後まで歌うけど、その姿を見ると心が痛むこともある。あんな才能を全部殺して生きてきたんだなぁ、と思って。オモニの話によれば、アボジがいちばん長く家を空けたのはソウルに行っていたときで、そのときに太鼓を持って帰ってきたそうだ。家に帰ってくるときには、必ず田舎では見ることのできない新しいものを持って帰ってきたのだけど、あのときはほかのものは何にもなくて、あの太鼓だけを持ち帰ってきたんだという。アボジの太鼓を自転車の後ろに載せて、潭陽に行けるかな。あの旅館がまだあるかどうか、調べてみようか。あの竹林がまだあったら、その前に縁台を置いて、アボジが太鼓をたたきながら四節歌を歌って、俺がその姿を動画に撮るんだ。アボジが太鼓をたたきながら、この山あの山、花咲き乱れ、嗚呼《ああ》、春なのだ、春は来たれど、世は儚く……昔みたいに声を張り上げて歌うのを、聞いてみたいよ。

そんなときが来るかな？

チョン・ダレ

いったい何を話せというのかねぇ。おとうさんを家に置いたまま、こんなに長いことソウルにいることになるとは思いもせんかったねぇ。家にあんたがおるということが、電話で話していても信じられんよ。ありがとね。あたしがおるときに来れば、あんたが好きな白玉の入った小豆粥も作ってやったし、サツマイモの蔓《つる》のキムチも漬けてやったのに。もうすっかりよくなったみたいなのに、退院するとすぐに三番目の兄ちゃんがあたしを自分んちに連れてきて、帰らせてくれんのよ。兄弟みんなで、あたしを家に帰さんことにしとるみたいさ。あたしがここにおるから、このごろじゃ、みんなここに来るんよ。いいかげん家に帰らせてちょうだい、って言うと、みん

＊38：四節歌　伝統民族芸能のパンソリで、本編に入る前に歌う「短歌」の一つ。歌い手が太鼓の演奏にあわせて、朝鮮半島の美しい四季を、人生の儚さや美しさに重ねて歌う。

な約束したみたいに、まだだめ、としか言わんの。最初は、半月したらまた検査を受けに来なくちゃいけないから、とかなんとか言うて、あたしがおとなしくここにおれば、みんなが助かるということなんだね。で、半月が過ぎて病院で検査を受けたら、今度はひと月後にまた来なくちゃいかんからって、帰らせてくれんのよ……ひと月過ぎたら今度は、健康診断を受ける日が決まったからって、帰らせてくれんし……なんだか妙な理屈ばかり言いたてて家に帰さんの。ここにいれば楽ではあるさ。なんたって、おとうさんのせいで目を覚まされることもなくなったし。でも、楽ならいいってもんでもないでしょ。畑にも行きたいし、老人会にも行きたいのよ。三番目の嫁が朝ごはんを用意したらそれを食べて、三番目が会社に行って、嫁も用事で出かけたら、がらんとした家でひとり立ったり座ったりしてるんだから。

もうきっと、あんたも気がついてるだろうねぇ。いつだったたか、寝ていたはずのおとうさんがどっかに消えちゃってね。隠れとったのよ。いったい何がそんなに忘れられなくて、いつまでたっても、あんなふうなんだろうね。そうなってから、もうずいぶんになる。脳梗塞で倒れてからじゃないかな。末っ子が大学に入った年には五回も倒れたから、あのときはもう、おとうさんはだめだとばっかり思うとったよ。あの年にどうにか持ちこたえてからは、眠っとるのになにか言うたり、動きまわるようになって、なんの夢を見ているのか、腕を振り回して苦しそうな声をあげながら、いきなり飛び起きてはどこかに隠れちゃうんだ。目が覚めたときには、なんにも覚えてないの。覚えてないから最初のうちは、おかしなことを言うなって、あたしに怒ったんだ。くだらんことを子どもらには言うなって、念まで押してね……おとうさんの病気も、あのときには見たことも聞いたこともない名前だったし、それにまるで発作を起こした人みたいに全身が震えたり、どこにそんな力が残っとったんだろうってぐらいの力で、いきなり人を押したりするから、てんかんと間違われて噂になるかもしれん、って伯母さんに口止めされたんよ。伯母さんに言われてみれば、確かにそのとおりで、そんな誤解をされたら、あんたたちが結婚するときにつまらんことを言われるんじゃないかと思うて、おとうさんが夜に寝てからあんなふうにあちこちに隠れることは、あたしの胸にしまっとったんだよ。薬を飲むようになって、倒れて深刻な状態になることはなくなったから、それだけでもよしとしようと思うたし、魘《うな》されたり隠れたりしても本人は覚えとらんから、それもまたそのときかぎりで、そのときだけやりすごせば、どうってことはないし……そうやってあたしだけが知っとったことを、とうとうあんたも知ってしもうたんだね。びっくりしたろうねぇ。あたしもびっくりした。目が覚めたらおとうさんの姿が見えんもんだから、納屋のトイレにでも行ったかな、と思うて待っててても戻ってくる気配がなくてね、おかしいと思うて、外に出て、おとうさん、おとうさん……って呼んだら、縁の下に隠れとったおとうさんがあたしを見て、口に手を当てて、静かにしろ、早く逃げろって……それがはじまりだったんだけど、あのときの驚いたことというたら、今でもありあり覚えとる。おとうさんは縁の下に隠れていたことを朝には忘れとるのよ。甕置き台の大きな甕の中に隠れとったときには見つけられなくて、どこにおるのーって言いながら、家じゅうを探しまわるうちに転んで、膝を怪我して、血が出ちゃってねぇ、そしたらおとうさんが甕の中から出てきて、ここで何をしとるんじゃ、って言うて、早《はよ》う逃げろ、わしがここで食い止めとるから、小さい門から早う逃げるんじゃ、って大声を出すんだ。あたしはひとりで怖かったよ。あなた、もう一度病院へ行きましょう、行かないなら子どもたちに言いますからね、って脅かして、一緒に何度も病院に行ったよ。あんまり効き目はなかったけど。脳梗塞の薬のせいかもしれんというけれど、その薬は、おとうさんの脳の中の本当に小さな点ほどの石灰質が、脳髄の中をふわふわ動きまわらないように固定させる薬でね、それをやめたら、また動いて昏睡状態になるらしくて……薬をやめることもできずに、今日まで来たんだよ。あんたたちに黙って、脳の写真も何度も撮ってみた。けど、そのとき以外はなんでもないんだから……年月が流れて、気力も衰えて、隠れることも少なくなって、その状態もだんだん軽くなっていって、今じゃ、あたしもすっかり慣れっこになって暮らしてきたんだけど……とうとう、あんたに知られちゃったねぇ。あたしがあんたたちに会いにソウルに行っても、二、三日もたたんうちに、犬に餌をやらなきゃいかんて言うて家に帰っていたのも、そういうわけなのよ。あんまり驚かないで、朝になったらおとうさんに栄養注射を受けさせてやって。逃げ隠れするのにもありったけの力を使うから、次の日にはぐったりして、一日横になっとるでしょ？町にイム・チョルス内科っていうのがあるんだよ。そこに行けば栄養注射してもらえるから。三万ウォン、五万ウォン、七万ウォンのがあるんだけど、いいのにしてやって。そしたら、何日かは元気だから。

なんにもしなくても夜が来て、朝が来るんだ。若い頃は寝不足で、横になった途端に眠りこけたもんだけど、近頃は寝ている時間が増えたせいか、いつも目が覚めてるみたいなんよ。おとうさんが、どうしてそんなにぐっすり眠れるんか、誰かに担いで連れてかれてもわからんじゃろう、って言うたもんだけど、今じゃもう、ぐっすり眠れなくて、まわりの気配が全部伝わってくるんだ。三番目が朝早く運動に出かけるときに、ドアを開ける音。嫁がトイレで手を洗う音なんかも、みんな聞こえる。嫁は昔も今も変わらないねぇ。年寄りがこうやってずっと部屋を使《つこ》うているんだから、いい気はせんだろうに、ちっとも顔に出さんの。聖書の勉強に行くって出かけるときには、いつも、お義母さん、なにか食べたいものないですか？　帰りに買ってきますよ、って言うてくれる。なんもしてないんだから、食べたいものもありゃせんよ。昼間に、玄関のドアを開けて外を眺めることがあるんだけど、ドアの外に一歩出てみようかと思いはしても、このドアが閉まったら、もう自分で開けられそうな気がしなくて、そのまま閉めちゃうんだ。あたしは、団地みたいなところで暮らせって言われても、無理だねえ。ドアを開けるのも、どうしてああも難しいんだか、やっとのことで覚えたよ。どの家もみんなおんなじ形だから、どこがどこだかわからんし。玄関を開けたら、エレベータと階段をじっと見とるんだ。エレベータも一人じゃ乗ったこともないから、乗るのも怖い。それにあたしは、歩行器なしじゃろくに歩けんのだから、階段を上がることも、降りることもできやせん。しまいには、外に出たところで……って思うてしまって、玄関のドアを閉めてしまうんだけど、次の日にはまた同じようにドアを開けるってのは、どういうわけなんだろうねぇ。なんもすることがなくて、ただ寝て起きてばかりするうちに、今はもう本当に役に立たん人間になってしもうた、って思うとる。長生きしすぎたみたいで、いい気はせん。家に帰りたい。あんたがそっちにいるから、なおさらだよ。娘が何年かぶりに家に帰ってきとるのに、あたしがこっちにいるんだから。あんたは子どものときから、あたしよりおとうさんのことが好きだったろ。あたしがこんなことを言うと、あんたはまた、えっ？　私がいつ？　って言うだろうね。寂しくて言うとるんじゃないの。寂しがるようなことでもないし。あんたが子どものときからおとうさんが好きで、ひっついていたのは本当のことでしょ。父親によそよそしくする娘も多いっていうのに、あんたはおとうさんと仲がいいから。それもあたしが授かった福なんだよ。

去年の冬からどういうわけか、ご飯を食べたら胃がキリキリと痛かったんよ。町の薬局に行って、薬をもらって飲んでもあんまり効かなくて、銀行の横の病院でレントゲンを撮ってみたら、医者が最初はこう言うたんだ。大したことはない、年を取ったら誰でも消化が悪くなるし、ここが痛い、あそこが痛いと言うもんだ、ってね。そのうち、病院に行っても、医者たちはもう、あたしが知っとることしか言わんようになった。消化が悪いと言えば、三十回噛んで飲み込んでください、食べてすぐに横にならないでください、一日に十分でも歩いてください、大きな声で笑うか、でなければ手を叩いて拍手でもしてみてください……という調子なのさ。全部わかりきったことばかりじゃないか、言われたとおりになんかする気にもならん。面倒くさいだけ。病院で処方された薬を飲んで、イッピが送ってくれたよく効くという薬も飲んでみたけど、ちっともよくならなくて、それであの病院にまた行ってレントゲンを撮りなおしたら、胃になにか見えるから大きな病院に行けって言うのさ。いまさら大きな病院に行けって、どういうことですか、って何度も聞いてみたけど、どうもすっきり話してくれんのよ。家族と一緒に来るなりなんなりしてください、って。家族っていうたって……おとうさんはあたしより二つ上の年寄りなんだから、あたしに言わんことをおとうさんに言うはずもないだろうから、毎朝電話してくる三番目に話したんだ。三番目は名前に孝《ヒョ》の字を入れたからか、親孝行だよ。朝、出勤したら、まずはおとうさんに電話をかけるんだから。なにか、これといって話すことがあるわけじゃないんよ。隣で聞いてると、アボジ、よく眠れましたか、オモニは変わりありませんか、二人とも風邪には気をつけてください……まあ、そんな感じね。朝早くに出かけることがあっても、三番目から電話がくるだろうからって、電話を待って出かけることにして遅れたこともあったねぇ。気性の激しい三番目が、おとうさんにはおとなしい羊のようになるのを見とると、まったく……今になってようやく歯の治療を始めたのも、三番目の気性のせいじゃないか。三番目が高校の頃だったかね。おとうさんと所聲《ソソン》の旦那との間で喧嘩になったんよ、所聲の旦那がお酒を沢山飲んで、戦争の頃の話を始めてね、戦争に行かんですむよう指を切り落とした、ってからかったもんだから、とうとう殴り合いの喧嘩にまでなってしもうて、そのときにおとうさんは奥の方の歯が二つも折れちゃったんよ。その頃は家にいた三番目の性格からして、そのことを知ったら所聲の旦那のところに乗り込んで、アボジに謝れ、と大騒ぎになるのは目に見えとったから、黙ってろって、おとうさんがとにかく言い張ってね、それでそのままやりすごしたんよ。あのときに歯が折れたまんま、今までやってきたんだ。その話をちょっと前に三番目にしたら、そんなことがあったのかって、びっくりして大騒ぎになってね。あんたにはなんも言うとらんの？　三番目が出勤したら毎日家に電話するのを、あの子の会社は知っとるんかな？　あたしが社長だったら、あの子に電話代を払ってもらうね。三番目が毎朝電話してくるもんだから、秘密にできないんだ。おとうさんやあたしが町の病院に入院するたびに、あんたたちにばれちゃうのは、全部あの子のせい。

　おとうさんが野山に鳥を撃ちに出かけていた頃のことだけどね。猟銃を持つには、なにか試験を受けて、講習も受けたりするんだ。生まれてこのかた試験なんて受けたこともない人が、苦にもならんのか、しっかりその課程を終えたんだからねぇ。あんたも覚えとるでしょ？　うちに長いこと猟銃があったじゃないか。なんでこんなものが家にあるのか、危ないものだから返納するようにって、あんたたちが言うても、返すふりだけして、そのまま家に持って帰っとったじゃないか。あたりの山にイノシシがあんまり沢山出てくるから、狩猟期間を決めて、その期間だけはイノシシを捕まえていいって、役所で猟銃を貸してくれたりもしとった。だからって、おとうさんがイノシシを捕まえてくるわけでもなくてね。イノシシどころか……キジの一つも捕まえられんのだから。それでも猟銃を担いで、日中の間ずっと野山をあちこちまわって帰ってきたりしとったよ。なんで鳥一羽も捕まえられずに、手ぶらで帰ってくるの、って聞いたら、鳥を捕まえてどうするんじゃって、それだけ……おかしな話じゃないか。じゃあ、何をしにいくわけ？　なんで鳥撃ちに行くの？　鳥撃ちに行くって銃まで担いで出てったのに、手ぶらで帰ってきて、こう言うのさ。捕まえてどうするんじゃ？　こんなこともあったよ、猟銃を担いで鳥撃ちに出かけていったんだけど、新作路《シンジャンノ》のところで錦山《クムサン》の旦那がおとうさんに猟銃を貸してみろって言うて、ここに本当に弾が入ってやせんよな？　って言いながら、引き金を引いてしもうたんよ。おとうさんが止める間もなく、一瞬のうちに。鳥やイノシシを撃つための弾が、おとうさんの太ももに撃ち込まれて。今考えても、本当にぞっとするね。あのときは、錦山の旦那の葬式が出るところだったんよ。わかるでしょ。おとうさんのこととなったら、それはもう尋常じゃない伯母さんにしてみたら、青天の霹靂の出来事だったにちがいないから。もしもうちの弟の足がダメになって歩けなくなったら、おまえの両足も使いもんにならんようにしてやる、って言うてねえ……アイゴ、伯母さんもまったく。そのことがあってから、伯母さんは亡くなるまで錦山の旦那とは口もきかんかったね。当の本人は錦山の旦那とわだかまりなく付き合っとったのにね。あの旦那もまともじゃないよ。おとうさんの右足を見てごらん。今でもあのときの手術の痕が残っとるから。とにかく足に力がないのも、あのときに足を撃たれた影響があるんだろうね。

あのとき、病院に行って太ももに撃ち込まれた弾を取り出す手術を受けたんだけど、病院に向かう道でおとうさんは、子どもたちには絶対言うな、って言うたんだ。いい話ならともかく、悪い話をソウルで忙しくしとるだろう子どもたちに知らせたくない思いは、あたしも同じだったよ。思えば、いつからか、あたしたちはお互いに、子どもたちに言うたらいかんという言葉を、なにより多く口にして暮らしとったんだねぇ。そうして何日かはうまく隠しとったんだけど、毎朝電話してくる三番目が、その数日間、あたしばかりが電話に出るもんだから、ある朝とうとう、アボジにかわって、って言うてね、あたしはもう動転しちゃって、おとうさんなら出かけた、って言うたら、どこに？　そう聞くじゃないか。とっさに返事もできずにあわあわしているあたしに、三番目があれこれ尋ねてきて、もうすっかり話しちゃったんだ。よりによって、なんでそんな大事なこと隠してたんだよって……三番目にひどく叱られちゃって。子どもたちからこんなふうに叱られることもあるんだねぇ、妙な気分でもあるけど、心強くもあるね。

　三番目がソウルから来て、町の病院に立ち寄って医者に会ってから、あたしんとこに来て、こう言うたんだ。大したことないよ。胃に小さなできものが一つあるんだけど、内視鏡で取ってしまえばいいから。ソウルに戻って、ほかの兄弟とも相談して日を決めるから、そのときにソウルに来ればいいよ、って。それで、こういうことになったわけよ。あたしには、手術じゃなくて施術、って言うてたけどね。絶食して病院に行って、いろんな検査をして、睡眠内視鏡をやったんだけど、眠れんの。年とってるから少しぐらいの薬じゃ眠れなくて、あとから薬を増やしたって言うてたけど、あたしはずっと意識があった。声もぜんぶ聞こえるし、なんかが口から入ってきて胃の中をかきまわすもんだから、ものすごく痛くてね……田舎でも胃の内視鏡をやるときは、痛くないように上手にやってくれたよ。大きな病院なのに、なんでこんなに痛くするんだろうって、こらえきれずにあたしが手を振りまわして、医者を押しのけたりしたんだ。安静にしていただかないと。そう言うてるのが聞こえたと思うたら、イッピが入ってきたじゃないか。イッピが、オンマ、って言いながら、あたしの手をギュッと握って、オンマ、痛くてもサッとやってしまえば、すぐ終わるから。オンマがそうやっていやがって邪魔してると、時間がかかるだけなの。そう言うたよ。そこに横になったまま、不安でいっぱいになって、あたしはずいぶん悪い病気なのかい？　って聞いたんだ。ちがう、胃に目くそほどのポリープがあって、それを取っちゃえばいいの。ポリープ？　それはまたなに？　って思うたら、なんてことないの、胃って敏感でしょ、そこにくっついているものを切り取るんだから、痛くない方がおかしいのよ。オンマ、あたしを生んだときのこと思い出してよ。それに比べたら、それこそ鼻くそを取るのと同じようなもんじゃない？　ってイッピがね。あんなときでも、鼻くそって言葉には笑いだしそうになっちゃったよ。イッピはほんとに話し上手だから。私があのドアの向こう側にいるから、なんにも心配しないで、さっさとすませて会おうね、って言うたんよ。イッピの言うことを聞いて、医者にされるがままになって、おとなしくしてたんだ。目をギュッとつむって、生かすも殺すもご自由に、ってね。目を開けたら、あちこちのベッドに人が寝とった。むかむかするし、目の前はくらくらするし、すぐ隣のベッドを誰かが押して行こうとするのを見て、ここはどこです？　って聞いたら、回復室だと言うじゃないか。それでやっと、自分が麻酔から覚めたんだってわかったんよ。チョン・ダレさんの保護者の方は回復室までお越しください、という放送が聞こえたら、すぐにイッピが、オンマ、って言いながら姿を見せてね。保護者という言葉。その言葉を聞いてイッピが来たから、ああ、この子が、あたしチョン・ダレの保護者なんだなぁ、あたしの人生ももう終わりなんだなぁ、って思うた。施術はうまくいったんだそうだ。あと二日入院して、退院したら一週間後に検診を受けに来ればいいって。家に帰ろうと思うてたら、半月後にまた来なくちゃいけないのに、何しに家に帰るんだって、引きとめられてね、で、検診がすめば家に帰れるだろうと思うてたのに……帰らせてくれないんだ。胃にできたポリープだかなんだかを取るのはうまくいった、って言うてたくせに、なんで家に帰らせてくれんのかわからなくて、三番目の家に子どもらの誰かが来るたびに、あたしを家に帰らせてちょうだい、って言うたんよ、そしたら先週の日曜日に、一番目と末っ子が話しているのを聞いちゃったんだ。昼ごはんを食べて、だるくて横になっとったら、あたしが寝とるとばかり思うて、あれこれ話をしているのが聞こえてきてね、あたしの胃から切り取ったのは、四センチのガン細胞だったって、知ってしもうたんよ。末っ子が、あと一センチ大きかったら内視鏡で取れなかっただろうって。慎重に経過を見守らなくちゃいけないって話しているのを、聞いたんだ。あたしがガンだって？ 目の前が真っ暗になって体の力が抜けてしもうた。みんなして、なんでもないって、胃にポリープだかなんだかができているのを取るんだって、すっかりあたしを騙して、あたしもうっかり騙されちゃって。末っ子が、今の状態でオモニを家に帰すのは絶対ダメだ、って言うてた。あたし、ガンなんだな。そうだよね、なんでもないのに、ご飯を食べるたびにおなかがひっくり返るみたいにむかむかして、キリキリするもんかね。胃の内視鏡で焼き切ることができてよかった、なんて思うてたのに、それはあたしの年を考えてそうしただけみたいなんよ。年寄りの体にできたガン細胞は進行が遅いから、それに期待しよう、ってイッピが言うてた。一番目は、かわいそうなオモニ、どうしたらいいんだ……って。まるで秘密の寄り合いでもするみたいに、ひそひそ話し合っているのを聞いたんだ。

朝、三番目が出勤するときに、オモニ、ホンがオモニからアボジの話を聞きたいんだって、と言うてね、これはオモニが一日中しゃべっても大丈夫な録音機だから、話したいことがあれば、話してみて。こうやってつけておくから、話が終わったら、ここを見て、ここをポチ、って押してね、そう言うて出かけていったよ。

あんたが、どうして、急におとうさんのことを知りたがるのかね？　おとうさんのこと、イライラするってさんざん言うてたのに……世間はもうあたしたちのことなんか、すっかり忘れてしもうたみたいなのにねぇ。あんたがおとうさんのそばにいてくれるから、安心だ。あたしが一緒だったら、もっとよかったんだけど。

あたしの体にできていたのがガンだってわかっとったら、手を出させんようにしたのに。下手にいじれば、ガンがもっと広がるかもしれないし、そうやって苦しんで死んでった人たちも見てきたからね。あたしももういい年じゃないか。残りの人生を病院に出たり入ったりで終わらせたくはないの。望むことがあるとしたら、あんたたちに迷惑をかけず、最後まで病院には行かないで、ずっと家にいて、家で死ぬことよ。これも欲張りなのかい？　おとうさんを見送ることも願っとったけど、そればかりはあたしの思いどおりにはならないことだからねぇ。あの子たちが話しているのを聞いてから何日かは、あたしがガン？　落ち込んだけどね、だからなに？　今はそう言いたいね。もうすっかりいい年なんだ、ガンがなんだっていうんだい。ただ、あんたたちの願いどおり、ここにいろって言うんならここに、そこにいろって言うんならそこにいるよ。そうするしかないだろ。一つだけ、後悔してることがあるんだ。おとうさんがひとりのときにご飯が炊けるように、教えておかなくちゃいかんかった。昔みたいにご飯を炊くのは難しいことでもないし、米を洗って水を合わせてメニューボタンを押すだけでいいんだけど、それを教えてやれんかった。トマトジュースの作り方も教えておくんだった、けど、教えるのもいやだったんだよねぇ。教えてやったら、すぐにできるようになると思う。

今までにおとうさんのことで驚いたことが二つあってね、そのうちの一つが耕耘機を買ったときのこと。部品が全部バラバラになっていて、それを組み立てなくちゃいけなくて、最初はこんなのをなんで買ってきたんだろ、って心配したんだけど、おとうさんは庭にござを敷いて、そこに座って、説明書をあっち見たりこっち見たりしているうちに半日ほどで耕耘機を組み立てたんだ。で、すぐにあたしの名前を呼んで、ちょっと出てこい、って。顔にはあんまり出さなかったけど、正直、あのときはびっくりしたねぇ。胴体も、車輪も、後ろに物を載せるところも、全部バラバラだったのに、説明書を覗き込んで、間違《まちご》うてたらやり直して、とうとう頑丈で立派な耕耘機を組み立てちゃったんだから。本当にびっくりしたよ。この人、こんな技術を持っとったんだ、ってね。あんたも知っとるように、あたしはそういうことは全然だめでしょ。それどころか、甕をまっすぐに揃えて並べることすらできなくて、あちこちぐにゃぐにゃ曲がっているでしょう？　蓋を閉めても、あたしがやると、なんか歪んでいる感じがするんだから。まったく。あたしはいつも、おとうさんのことがなんか信じられないときには、あのときのことを思うんだ。部品を全部つなげて立派に耕耘機を組み立てて、あたしを呼んだときのことをね。それだけじゃないよ。それまでおとうさんが耕耘機を運転するのなんか、見たこともなかったのに、本を読んであれこれやってたら、じきに意気揚々と耕耘機を運転して門を出て行ったんだ。胸がいっぱいになって、誇らしかったねぇ。おとうさんはそういう人だよ。今でこそインターネットだかなんだかのせいで、列車の切符も買えない人になってしもうたけど、村の新しい農機具はみんな、おとうさんが最初に買うて、組み立てて、試運転してたんだ。田植え機もおとうさんが最初、草刈り機もトラクターもおとうさんが最初に買《こ》うてきて、広まったんだよ。それで、十年ぐらい前に、おとうさんが運転を習いたいって言うたとき、あたしがあんたにやめるように言うてちょうだいって電話したわけ。あんたは、まさか、アボジが習うって言ったって免許なんて取れるの？　あの年で？　って言うたけど、あたしにはわかってたんだ。おとうさんには免許をとることなんて、簡単なことだったろうよ……筆記試験だかなんだかに通るのは、苦労するだろうけど。あんたがあたしの言うことを聞いて、とめてくれたからあきらめたけど、あとから思うとちょっと申し訳なかったね。あのとき習わせておいたら、生きてる間に車の運転もできてよかったろうに、あんなふうにとめちゃって。

　もう一つ、おとうさんがあたしをびっくりさせたのは、家を空けるときのことだよ。これは伯母さんも知らないことだと思う。おとうさんは家を出るときに、出かけるの一言もないんだ。どこに行くとも言わない。米櫃の置いてある物置の天井の隅に差し込まれた封筒を見たら、おとうさんが家を出たとわかるんだ。黄色のときも白色のときもあったけど、おとうさんが夜になっても家に帰ってこんから、物置の天井の隅を見てみると、そこに封筒が差し込んであるんよ。封筒の中にはお金が入っとった。戻るまで、これを使えってことさね。沢山ではなかったよ。田舎の人間だから、お金のかからんように暮らすことはできるからね。ただ、あんたたちの学校に払うお金とか、急な出費に備えるくらいの額は入れて出ていった。

一度は、その封筒に大金が入っていたんだ。あのときはどれほど驚いたことか。大金だったから、きっとおとうさんは戻らないつもりで出てったにちがいないと思うて、伯母さんのところに行ってその封筒を投げつけて、またあの人が家を出ていった、伯母さんが探して連れ戻してください、って泣きわめいたんよ。その頃、しょっちゅう手紙が来てたんだ。その手紙を読むおとうさんの顔は、あたしが初めて見る顔だったね。あたしがなんの手紙かって聞くと誤魔化すのも変だったし、忘れた頃にまた手紙が来るのも変だったし、その手紙をどこにしまったのか、いくら探しても見つからないのも変だった。

手紙が来る前に、一度、井戸で白菜を洗っていたら、誰かが門を押し開けて、じっと庭を覗き込んでいるんだよ。あたしが、どなたです？　って言うと、中に入ろうとしていた人が、さっと体を後ろに引くんだ。誰だろ？　と思うて、濡れた手を服の裾で拭きながら門の方に出ていくと、村でも町でも見たことのない顔じゃないか。膝までのタイトスカートに焦げ茶色のジャケット、その中に黄色いブラウスを着て。今でも覚えてるよ。あたしが誰を訪ねてきたのかと聞くと、笠岩に引っ越してきたのですがって、おとうさんの名前を言いながら、その方がここに住んでいるのかちょっと気になって、通りすがりに立ち寄った、と言うんだ。笠岩といえば、家から歩いて一時間の距離なのに、通りすがりに立ち寄るなんて、誤魔化すにしてもすぐにばれちまうようなことを言うもんだから、胡散臭くて、それで、どちら様です？　って、あたしが重ねて聞くと、自分の名前は言いもせずに、おとうさんにソウルで会ったことがあって、そのときとてもお世話になったと言いながら、口ごもるんだ。

ソウル？

おとうさんがソウルに行ってたときが、一番長いこと家を空けていたときだったたってことを思い出したよ。一番長いこと家を空けていたんだけど、それまでみたいにお金を持ってくるでもないし、運動靴とか、自転車とか、あんたたちのために都会で見た新しいものを買《こ》うてくることもなかったたってことを、思い出したんだよ。意外にも太鼓とバチを買うてきたことも思い出した。あたしや子どもたちにはなんの役にも立たないものを持ち帰ったのは、そのときが初めてだったね。それに家に帰ってからというもの、二週間ほども寝込んでしもうたんだよ。

うちの人だったら今は家にいない、どなただと伝えればいいかと聞くと、そのまま帰ろうとしたから、引きとめてまた聞いたんだ。誰なのか名前を教えてくれないと、伝えることもできないじゃないかって言うたら、ようやくキム・スノクだって言うじゃないか。そのときまではおとなしそうな顔をしていたのに、急に表情がキッとなって、キム・スノクが訪ねてきたと伝えてくれと言うて、帰ってった。日も暮れる頃に、自転車から降りようとしていたおとうさんに、キム・スノクって誰なんです？　って聞いたら、おとうさんは転びそうになるほど驚いたんよ。名前を言っただけなのに。笠岩に引っ越してきたそうですよ、と言うと、スノクさんのお父さんが車天《チャ》子を慕って笠岩に住んでいた人で、そのうちソウルに移ったんだけど、何らかのことで刑務所にまで行って、ソウルではもう暮らせなくなって笠岩に帰ってきたんだ、って言うから、スノクさんのお父さんじゃなくて、スノクさんていうのは誰なんですか？　ってあたしが聞くと、黙り込んでしまうんだ。あたしは、スノクさんがほかの人のことを、さん付けで呼ぶのを初めて聞いたね。それも女の人に。スノクさんがあなたに大変お世話になったと言うてたけど？　どんなお世話をしたんですか？　そう聞いても、おとうさんは二度と口を開かなかったよ。嘘のつけない人だから。そのことがあってから、仕事をしていても、おとうさんがスノクさんと言うてたことが、ずーっと引っかかって。スノクさん？　考えていると妙に不安で、やることなすこと全部がこんがらがってしもうてね。封筒にいつもより大きなお金が入っているのを確かめると、すぐにそのスノクさんを思い出した。あの白い顔と黒い瞳とスカートの下のふくらはぎをね。雷に打たれたみたいに。何かが襲いかかってくるみたいに。怖くなって、一番最初に思いついたのが伯母さんだったから、走ってったんだ。おとうさんをひっ捕まえて連れ戻すことができるのは、伯母さんだけ、そう思うたんよ。伯母さんは本当に力が強いんだから。あたしの話を聞いたからというより、もうどこかで何かを耳にしていたみたいだったね。ソウルで太刀魚の煮つけの店を出して一儲けした人が、笠岩に帰ってきたんだけど、すっかり落ちぶれて帰ってきたんだとさ。娘のせいらしいよ。大学に通っていた娘が容共分子（共産主義者に共鳴する者）として追われて、通っていた学校もやめて、監獄に行くことになってね、店をたたんでどうにか娘を監獄から請け出して、隠れて暮らすために笠岩に帰ってきたんだけど、その娘がまたどこかに逃げていったとかどうとか。あたしは、今の今まで確かめたことはないけど、あのときも、今も、その娘がキム・スノクだと思うてる。小さな村だから、どこんちの犬が子犬を何匹産んだとかまで、みんな知っとるじゃないか。とにかく伯母さんは、おとうさんが家を出てから十日くらいで、本当に連れ戻してきたんよ。伯母さんは、あのとき、どこからおとうさんを連れてきたのか、とうとう言わずに亡くなった。ほんとに凄い人だよ。

とにかく、その日、畑から帰ってきたら、おとうさんが縁側に座ってて、伯母さんは土間に座っていたんだ。二人は何も言わずにただ座っているばかりで、あたしも頭の手拭いを取って手に持つと、柿の木の下に座ったよ。

——あたしが死ぬのを見たいなら、勝手にしなさい。

いきなり伯母さんが、突き放すようにして立ち上がってね。伯母さんが怒ったときの癖があるだろ？　チマなり、上衣のヒモなり、そんなのを手でぎゅっと握りしめてぎりぎりねじるだろ。あのとき伯母さんはチマじゃなくてモンペをはいてたけど、それをぎゅっと握りしめるようにして、前に引き寄せたり緩めたりしながら、おとうさんを冷たく睨みつけると、門から出てってしもうたんよ。伯母さんがおとうさんにあんなに冷たい顔をしたのを、初めて見たね。おとうさんは、姉さん！　って呼びながら、伯母さんを追いかけようとしたけど、そのまま縁側に座りこんでしもうた。あたしは柿の木の下から立ち上がると、納屋から持ってきた封筒をおとうさんの前に投げつけてやったさ。

——いりませんよ、こんなもの！

あたしも冷ややかに言い放つと、伯母さんみたいに冷たく突き放して台所に行ったんよ。もう夕飯時だったからご飯を作らなきゃいかんでしょ、納屋に米やらなにやら取りに行って、井戸で水を汲んで、畑からカボチャを取ってきて、あれこれ忙しく動きまわりながら見ていたら、おとうさんは一時間たっても、その場からピクリとも動きやしない。いつのまにか一番目が学校から帰ってきて、アボジ、って呼んで、隣に座るじゃないか。父と子がなんにも言わずに、ただそんなふうに縁側に腰掛けてるんだ。二番目が帰ってきて、兄さんがそうしているのを見ると、兄さんの隣に座り、三番目が帰ってきて二番目の隣に座り……あんたはどこにおったんだか、わからんね。そのうちあたりが暗くなってきて、あたしは夕食の膳を板の間に出したのさ。一番目が、アボジ、どうぞ食べてください、って言うと、おとうさんは、うん、そうしようか……って言いながら、食膳についたよ。家族がなにごともなかったかのように、そうやって夕食を食べた日があったんだねぇ。テンジャンチゲ（味噌鍋）の匂いがして、あんたたちの匙がかちゃかちゃ音を立てるのを聞いてたら、涙が出た。今度はあたしがおとうさんを置いて、家を出てってやろうか。そんな気持ちを必死でこらえていたんだ。

おとうさんは、その日を境に、あたしに何も言わずに家を出ることはなくなった。

たまにあたしが、あんたたちに会いにソウルへ行って、家に電話をかけると、おとうさんは口ではもっとゆっくりしてこい、って言うんだけど、具合の悪い牛が飼い葉を食べられずにうずくまっているときみたいに、声に力がないんだ。あとから伯母さんに聞いたら、肩ががっくり落ちて、楽しいことなんて一つもない人みたいな顔をして、そのうち太鼓を引っ張り出してきて、バチを握ったりしてたらしいよ。おとうさんの太鼓の腕前というたら、玄人に引けを取らないからね。うちのあたりじゃ、おとうさんくらい叩ける人はいないはずよ。歌だって、どれだけ上手なことか。もうすっかり聞きほれてしまうもんねぇ。たぶん、おとうさんが初めて自分のためにお金を使《つこ》うたのが、あの太鼓だったんだと思う。あの太鼓はあたしよりもずっと長く、おとうさんのそばにいるんだろうね。家に帰ったら、あの太鼓、ちょっと手入れせんといかんね。下側の革の部分が擦り切れてボロボロだろ？ あたしがこんなに長いこと家に帰れんでも、おとうさんがなんとかもっているのが不思議だよ。まあ、あんたがいるからね。あたしがいないときに、伯母さんがご飯の支度で来てみたら、その前の食事にもまったく手を付けてなかったことが多かったんだ。あのときは胸がドキリとした。おとうさんが夜寝てから夢うつつでどこかに隠れてしもうて、誰も見つけてあげなかったら、一晩中隠れているだろうと思うてね、犬に餌をやらなくちゃいかんから帰ると言うて、慌てて家に帰ったんだ。犬の餌は言い訳だよ。だって、犬の餌なら、おとうさんの方があたしよりちゃんとやっとったし。

家を空けることがなくなってからは、おとうさん、本当に農作業に精を出していたね。今じゃ、うちのあたりはどこもかしこも打ち棄てられた畑や田んぼばかりだけど、あの頃は違ったろ。おとうさんが農業に専念するようになってからは、あぜにも隙間なく豆やカボチャが育っとった。

苗の品種の勉強も熱心だったよ。毎年米が足りなくて、外国米を買い入れて食べてた頃だから、味よりも収穫量の多い品種の方に関心がいっとったね。本当においしい麦租《メクチョ》みたいな在来種は、植民地の時代にすっかり滅んでしもうたから。あれ、今あたし、麦租って言うたかね？　あの品種の名前を思い出せるなんて、あたしもまだまだ死にやせんね。農村振興庁だかで、苗の品種の開発をずいぶんしたんだよ。おとうさんはそこの人たちの言うことをしっかり聞いて、それを真っ先に取り入れた先駆者なんだ。春に苗床に種をまいて、育てて、田植えをしても、病気に弱い品種だと、梅雨が終わって夏に台風がやってきたら、倒れてもうすっかりだめになってしまうから、病気に強いものがとにかく最高だったんよ。〝統一《トンイル》〟という品種が出たときのことが思い出されるよ。みんな〝統一〟が好きじゃなかった。一度植えてみたんだけど、不味いのなんの。だけど、一般の苗は稲熱《いもち》病にかかると終わりだから、政府じゃ稲熱病に強い〝統一〟を育てるよう、大々的に政策を打ったんだ。食べ物が足らなかった頃だから、政府の目標は味より量だったんだね。何も残りはしなくても、なんとか自給自足くらいはできるようになることを目指していた時期だったから、収穫量の多い〝統一〟はその目標にぴったりだったんよ。あの頃を思い出すと、笑っちゃうね。種もみを水に漬ける頃に役人たちがやってきて、種もみを漬けた容れ物を確認しては、〝統一〟じゃなかったらそれをすくいだして、代わりに〝統一〟を漬けてったんだから。今なら、なんてことするんだ、って言いもするだろうけど、あの頃はそういうもんだった。あたしも本当に〝統一〟がいやだったね。炊いても粘りがないし、ごはん粒はパサパサでまとまらんし、まるであたしが水の量を間違えたみたいで、噛めば甘みが残らなくちゃいかんのに、まったくなんの味もしない、ほんとに味気ない。それで、おとうさんが漬けておいた〝統一〟の種もみを一般の種もみに替えといたんだけど、振興庁の人が家庭訪問にやってきて〝統一〟の種もみに替えちゃうんだ。その人たちが帰ってから、あたしがまたすぐに一般の種もみに替えたのに、今度はおとうさんが〝統一〟に替えちゃうもんだから、大喧嘩になってね。あの口数の少ないおとうさんの理屈に、あたしが負けるんだからねぇ。あたしが〝統一〟は丈が小さいからいやだって言えば、丈が小さいから風が吹いても倒れんって言うし、あなたは柔らかいご飯が好きなのに、〝統一〟はパサパサなんだって言えば、もう柔らかいご飯は好きじゃないって言うし、稲を刈るときに鎌の刃がこぼれるって言えば、それでも〝統一〟は収穫量が一般の稲の三倍になるって……かなうわけがないよ。おとうさんの言うことに間違いはなかった。おとうさんの言うとおりに〝統一〟を植えた人たちが、こりゃ稲かい、草かい？　って言うぐらい、丈が小さかったけど、台風にも倒れずにすんだんだから。なにより、以前の品種より収穫量がずば抜けてたね。〝統一〟が出てきてから、あたしたちが米に困ることはなくなったと思う。だからって、あたしが間違ってたってことじゃないよ。もう本当に不味かったんだから。とにかく、多収穫品種のはしりと言えば、〝統一〟だね。不味いってことで有名になったから、〝統一〟もまたさらに研究されて、新種が出ると、村ではおとうさんが一番に勉強して、苗床に種もみをまいて育ててみて、それを人にも教えてやったりしてね。品種の名前も、なんだってあんなに多いんだろねぇ。マンソク、テベク、ヨンジュ、ナミョン、ファソン……植えなかった品種はないよ。生活に余裕が出てきてからは、収穫量よりも味のいい特殊米の品種を好んで選ぶようになって、〝イルプム〟を植えるようになったんよ。

なんだったっけ、ほら、あのコシヒカリとかいうのより、もっとおいしい米を作るんだと言うて、すっかりのめりこんで農業をやっとったよ。おとうさんが言うてたけど、在来種は昔からずっと研究されてこなくちゃいかんかったし、そうなってれば、うちの国の土に合った品種もそれなりに開発されただろうに、植民地にされた頃に途切れて、長いことそのままになっていて、在来種の芽が断ち切られてしもうたんだって。

あたしが思うにね、農業ってのは、人間の業《わざ》ではないような気がするんだ。稲ひとつが実を結ぶには、人の手が八十八回かかるっていうだろ？　そこまでしても、天の助けがあってこそ収穫もできるものだし、助けがなけりゃ全部倒れてだめになってしまう。それに、国に買い上げされるときには、等級がつけられるだろ？　特等級から等外まであるけど、二等級でも悔しくて眠れんよ。それでも買い上げには応じなきゃ、お金がもらえないから、買い上げの日が決まったらそれにあわせて、朝、稲を広げて干して、日が暮れたらそれをまた取り入れて、おかげで腰を伸ばす暇もなかった。おとうさんは特等級をもらったりもしていたよ。台風が来たり、干ばつになったりで、村の人たちの稲はほとんど等外だったときも、おとうさんはどんなに悪くても二等級はもらっていたね。農業やってて、賞も沢山もらったし。おとうさんがもらった多収穫賞をぜんぶ並べたら、壁いっぱいになるだろうね。農業やってる家は一軒二軒じゃないだろ？　その中から選ばれて賞をもらったんだから、どんなにすごいことか。そう簡単に選ばれるもんじゃないよ。審査もずいぶん厳しいんだから。同じ田んぼでもこっち側はうまくできて、あっち側はいまひとつだったりするんだ。審査を受ける方はうまくできたのを見せたい、いまひとつのは見せたくない。激しい駆け引きがあるんだよ。審査委員は推薦された田んぼの、特によくできているところを除いて、それからあんまりひどいようなところも外して、平均的だと思うところに縄を張って、稲の株を数え、稲穂も数え、それどころか米粒の数まで数えるんだからね。そうして全部合わせて、田んぼ全体の収穫量を計算して賞を決めるんだから、並大抵のことじゃないだろ？　多収穫賞をもらうたびに、あたしが壁に掛けておくと、おとうさんはすぐに外してしもうてね、それで喧嘩したこともあったねぇ。あたしの名前はないけど、あたしも最初から終わりまで一緒に農作業したんだから、あたしがもらった賞でもあるじゃないか。あたしは飾っておきたい。そう言うても、あたしの言葉なんて耳にも入らん。おとうさんは賞金の方がもっとうれしかったみたいだし、心の中では、賞がなにほどのもんか、って思うてたんだね。賞というのは、学校でもらうものこそが賞だと言うて、一番目がもらってきた優等賞とか皆勤賞なんかをずらっと並べてね……そういえば、あんたは勉強ができなかったから、飾る賞状もなかったし、遅刻が多かったから、皆勤賞ももらえんかったろ？　遅刻を三回したら欠席一回になってしまったろ？　兄弟の中で、学校で優等賞をもらえんかったのは、あんただけじゃなかったかね？　あの頃は壁に飾る賞状がないから飾れなくて、今はあんたが学士帽だかをかぶって撮った写真をくれないから、飾れずにいて……

イッピのことでおとうさんに叱られたことがあってね。イッピが小学校二年生の頃だったかな。

正確にはわからんのだけど、その頃だったんじゃないかな。記憶が曖昧なんよ。もうこんなこともすっかり忘れてしまうのかねぇ。忘れることしか残されてないみたいで、虚《むな》しいねぇ。こんなふうになんもかも忘れてしもうたら、何が残るんだろう。何も持たずに逝くものだと言うけれど、本当みたいだねぇ。秋だったね。収穫の頃だったから、暗くなるまで田んぼにいることが多かったんだ。農作業を終えてから、家に帰ってご飯を炊くもんだから、夜も遅うなってご飯を食べることが当たり前になっとってね。あるとき、野良から帰ってきたら、イッピがご飯を炊いとってくれたんよ。ご飯をやわらかくするんだって、石臼で麦まで碾《ひ》いてね。イッピが覚えてるかどうかわからんけど。初めてだったろうに、上手に炊けてた。アルミの入れ物に唐辛子を刻んで入れて、ジャコを炒めて醤油で味付けしたのまでご飯の上にのせて、よく蒸らしてあった。あたしはびっくりして、小さなイッピに、どうやってこれ作ったの？　って聞いたら、オンマがやってるのを見て真似したって、イッピが言うんだ。あんたはイッピより三つも上だけど、そのときにはまだご飯の炊き方も知らんかったのに、あんたより小さいイッピがご飯を炊いたんだよ。あの子にしたら、野良仕事してる母親が遅くなって帰ってきて、夕飯の支度までするのが大変そうだった、ということもあるし、夕飯があんまり遅いから一度やってみた、ということだったんだろうけど、それがうまくいったんだ。あたしは、すぐにもご飯を作らなくちゃと思うて門を入ったら、家の中からご飯の匂いがするもんだから、どれほどうれしかったことか。米が少し混ざった麦飯が釜の中でよく炊けてたから、腰がすっと伸びて、何か贈り物をひと包みもらったみたいに、明るい気持ちになって、うれしくて、まあ、あんたがご飯の支度をしてくれたのかい……そう言いながら、イッピを抱きしめてやったんだけどね、それを見とったおとうさんが怒ってねぇ。幼い子にご飯を作らせたって言うて。あたしが作らせた？　イッピがやりたくてやったんよ。とにかくイッピはご飯を上手に炊いて、おとうさんからは誉められるどころか、飯なんか作るな！　って言われて。イッピがべそをかくくらい、おとうさんが怒ったんだよ。あんたはそのとき、まだ学校から帰ってもいなかったね。ちょっと、どうして怒るんですか？　幼い子が母親のことを思うて、ご飯の用意をしてくれたのに……って、あたしがなじったら、幼いうちから飯の用意をさせるなってね。あのときは言葉も出なかったよ。娘にはとにかく甘くて……ご飯を炊くのを見るのもかわいそうで、ずっと野良仕事をしてたあたしが帰ってきて、慌ててご飯の支度をするのは当たり前だっていうのかい？　あたしがなじったときには、黙り込んでなんも言わんかったのに、あとになってからこう言うたよ。すまなかった、姉さんが子どもの頃から、自分のためにご飯の支度に追われてたことが思い出されて、とっさに飛び出した言葉だった、って。幼いイッピがご飯を炊くのを見て、伯母さんのことを思い出して、あの子が伯母さんみたいになったらどうしよう、って思うたみたい。とにかくあたしは、おとうさんの顔色をうかがって、あんたやイッピに、ご飯をお願い、なんて言えんかった。娘がご飯を作るのがそんなにいやなら、自分がやればいいのに。あたしがいなくてもご飯を炊いて食べられるように、あたしがおとうさんに教えておかなくちゃいかんかったのに、あたしにはできなかったねぇ。おとうさんは料理も大抵のものは作るでしょ。あんたたちが小さかった頃は、冬の間は栄養のあるものを食べられなくてふらふらするって言うて、春になると、町の肉屋で豚のカルビをたっぷりと買うてきては、味付けをしてね、柿の木の下のかまどに薪で火を熾《おこ》して、その上に大きな焼き網を置いて肉を焼いて、あんたたちに食べさせたりもしたしね。豚の骨を入れて、よく漬かったキムチをざくざく刻んで入れたクッパも、そのかまどで作っとった。長いこと煮込んだら、骨から白いスープが出て、味も良かったねぇ。なのに、ご飯は炊けないんだ、おとうさんは。水の量をうまく合わせられないんだ。昔みたいにかまどで炊くってわけでもないのに、できないんだよ。おかしいよね。圧力釜が出たときに、あれを村で最初に使ったのはあたしさ。あたしは圧力釜が何なのか、わかりもしなかったけど、おとうさんが買うてきたんだ。あの釜はまったく大したもんだよ。どうしたらあんなふうにご飯がうまく炊けるんだろ。圧力釜は蓋を合わせるのも大変だし、水の量を合わせるのもほかの釜とは違って失敗することもあるにはあるけどね。最近の電気釜は、米をしかけてボタンを押せば、あとは全部やってくれるし、おまけにご飯が炊けたら炊けたって教えてくれるじゃないか。それなのに、おとうさんは米をしかけようなんて思いもせんのよ。今こうやって話してみると、できないのか、やらないのか、どっちかわからんね。ねっ、そうだろ？　耕耘機も半日でぱっぱと作って、門の外へ運転して行ってしまう人なんだから。男の人というのは、本当にわかってないよ。衣食住の中で、食を自力で解決できさえすれば、どれぐらい自由になれるのかってことがわかってない。それさえわかってれば、ご飯がいつ出てくるのか、様子をうかがわなくてもいいし、食べたいときに食べ、食べたくないときは食べない……まあ、おとうさんにご飯の炊き方を教えようとしたってことを伯母さんが聞いたら、伯母さんはあたしを追い出しただろうね。

ご飯は作らんかったけど、おとうさんは農業に身を入れてやるようになったのが遅かった分、かじりつくようにして覚えていったんだ。縦横に張った縄に沿って田植えをするときには、縄を手に歌を歌ってみんなの気分を盛り上げるし、誰よりも早く田んぼに水を引こうと、日も昇らぬうちにショベルを持って家を出て、水門を開けて、あんなに温厚な人がほかの田んぼの人たちと水のことで喧嘩もするし、収穫を全部終えた田んぼに行って落穂まできれいに拾い集めるし、農閑期には農機具を本当にピカピカに洗って磨いて掛けておくし、春になってもいないのに、堆肥をほかの人たちより何日か早く撒くし、夏には草刈りをして堆肥を作るし。土を入れるんだと、居昌《コチャン》まで行って持ってきた黄土のいいやつを、田んぼに入れてね、おとうさんが耕した田んぼは本当にきれいで、道ゆく人たちも、あの田んぼはノンメの旦那が耕したんだなぁってね……すぐにわかったもんだよ。

朴武陵《パク・ムルン》＊39

どちら様？　わしを訪ねてきたのか？

誰？

ああ……

この箱に入っているのは何かな？

本？

君のお父さんがわしにこれを持って行くようにって？　わしはもう目が見えんから、本は読めんって言うたんだがね？　お父さんは元気なのか？　もうずいぶん会っとらん。どこか悪いんじゃないのか？　ひと月に一度は来とったのに、まさか娘さんがわしを訪ねてくるとはね。作家の娘がいると聞いとったが、その娘さんなのか？　なら、お父さんが大いに喜んどるだろうな。娘に会えないといって、かなり気を揉んでおったんだ。

なんと呼べばいいのかね。初対面でいきなり名前を呼ぶわけにもいかんし、そちらさんと言うのもねぇ。作家先生？　それも今まで口にしたこともない言葉だから、落ち着かんな。君、と呼んでもいいかね？　ここでは目下の者を君と呼ぶんじゃよ。

「君」はやめてくれって？

そうはいかんだろう。初対面だし、作家先生なんだから。君という呼び方があんまり気に入らなくても、わしらがまた会うこともないだろうから、君と呼ぼう。君が書いた本を読んだからか、まったく初めての人のようには思えんよ。ご存知かな？　君のお父さんからは、ずいぶんと君の話を聞かされとる。わしが興味がなさそうでも、君の新しい本が出れば、ここに持ってくるんだ。サイン本もあるんじゃが、記憶にあるかな？　まあ、サインしてやった人は、一人二人じゃすまんだろうからね。どうしてそんな顔をしとるのかな？　ああ、わしの名前をやっと思い出したか。思い出そうとすれば、思い出すもんだな。毎回サイン本を持ってきてくれたんじゃが、君が言われもせんのにサインするわけもないし、お父さんがそのたびに頼んでいたんだろうよ。わしの名前を書きながら、この人は誰？　なんて、気になったことはなかったかね？

ああ……急に笑って、すまんな。昔のことを思い出してね。わしが、娘は何をしとるんかと聞いたときのことだよ。お父さんは、君のことを、文字を書く人だって言うたんじゃ。だから、わ

＊39：武陵　陶淵明の『桃花源記』に記された理想郷「武陵桃園」に由来する名前。

しは最初、君のことを書芸家だと本気で思うとったよ。硯《すずり》に墨をすって、筆につけて書く〝書芸〟のことじゃ。二番目の娘は薬剤師だと聞いとったのに、上の娘は字を書くなんて、まったく変わっとる。そう思うとった。こんなこと言うたら、差別するみたいに聞こえるかもしれんが、わしの世間はそう広くはないから、今まで女が書をするのを見たことがなくてな、想像もつかんかった。それでも字を書くというから、そうなんだろうと思うて、そのままにしとったんだが、あるとき、お父さんが、新聞を折りたたんだのをズボンの後ろポケットから取り出して、広げたのさ。娘が新聞に出たと言うて。広げて見てみたら、君だったんじゃ。わしは驚いて聞いたね。

——この人が君の娘なのか？

君のお父さんがそうだと言うた。新聞を見ると、J市で発行されている地域新聞じゃないか。作家探訪みたいな、そんな記事だった。君の故郷がここだから、記者がJ村で暮らしていた頃の話を何度も聞いとった。J村の学校に通うてたときのこと、記憶に残っているあの頃の先生のこと、ここで暮らしている両親のこと……あのときは、いやいやインタビューを受けたんだろ？記者の質問もつまらんかったが、それに答える君の言葉もそこらの人の言うことと大して変わらんかったね。ひとつ覚えているのは、子どもの頃、納屋で虫に刺されながら本を読んだと話しとったことだ。なんで納屋に入って本を読んでいたのか、と記者が尋ねたら、兄弟が多くて自分の部屋がなかったのだけど、納屋に入って本を読んでいれば、誰にも邪魔されないから、と答えとったよ。

わしは体がこうなふうになってからは、目にとまるものは何でも読んで暮らしてきたんじゃ。

今では読むのもきつうなってな、数年前から読むのはやめたんじゃが、いっときはこの山奥で新聞三紙を購読しとった。新聞一つをここまで配達してくれというのが申し訳なくて、新聞屋が扱っとる新聞を全部申し込んだんじゃ。新聞を読むのが楽しみだったと言うても、間違いじゃないね。わしにとって明日というのは、新しい新聞が配達されるという意味じゃった。真夜中に目が覚めて、早く夜が明けんかと新聞のせいでじりじりしたこともあったな。わしはその新聞で君を何度か見たよ。でも、君のお父さんが持ってきたのは、ソウルで発行されている新聞でもなく、J市で発行された新聞じゃった。わしに見せると、その新聞の切れ端をまたきれいにたたんで、後ろのポケットに入れとった。だから、わしは言うてやったんだ。上の娘さんは字を書く人じゃなくて、作家だと。これからは誰かに聞かれたら、作家だと言えよって。お父さんは、何がどう違うのかわからんという顔をしとったな。お父さんは君の新しい本を、わしにずっと持ってきとったよ。わしがいつでも何か読んでいるから、役に立つだろうと思うたのかもしれんし、わしなら自分とは違って君を理解できると思うたのかもしれん。お父さんは、君が書いた本を読んではいないようだったな。読むスピードが遅くても、ゆっくり読めばいいじゃないか、娘が書いた本なんだから読んでみろよ、と言うたら、君が書いた本を読めば読むほど、君が遠くなる感じがして、読まないことにしたと言うとった。君が嘘をついていると思うてしまうんだと。嘘なんてつかない娘だったのに、書いたものを読んでみると嘘が多い、と言うんじゃ。わしは、それは嘘じゃなくて想像力だ、と言うてやった。わしの言うたことは合っとるかな。

本棚に本が沢山あるって？

君のお父さんに買うてきてほしいと頼んで、わしが買うたものだから、わしの本じゃ。君のお父さんがわしに本を持ってくるようになったのは、君の本が沢山、お父さんの家に届いてからだよ。何の本なのかと聞いたら、娘が二年ほど外国で暮らすことになって、住んでた家を引き払うことになったんだが、本を置いておく場所がないから宅配トラックで送って来たんだと。ソウルの娘の書斎にあった本が全部、J市に運ばれてきたんだとね。それをひと箱ずつ、ここに適当に持ってきとったよ。本を読んどると、その本の中にまた別の本の話が出てきて、それをメモしておいて、君のお父さんに買うてきてくれと頼めば、お父さんは町の本屋にメモを渡すんだ。数日後にまた本屋に寄って、本を受け取って、わしに届けてくれる、それが二十年以上にもなるんだから、こんなにも増えるわけだ。

そこに立ってないで、こっちに来て座ったらどうかね？　見てのとおり、わしは歩けん。義足をするのも面倒じゃ。戦争が終わってからは、この家に出入りする猫と一緒にこんなふうに暮らしてきたと言うたら、おかしいかな。はっきりはわからんが、猫たちも数十代は代が替わっただろうな。ここに出入りしながら子猫を産んで、子猫と一緒にうろついているうちに母猫は死んだのか、いつのまにか姿を見せなくなって、また別の子猫たちが現れるのをずっと見てきたんじゃ。しっぽがちぎれている猫もいたし、指が六つある猫もいたね。家のどこにいても猫が見えるくらい沢山いるときもあったがね、やっぱり食い物が足りないから、一匹二匹と姿を消していって、それでも来るやつは来るというわけだ。わしも体がこんなんだから、何ができるのか、自分に残されているものを考えたんだよ。読むこと聞くことのほかは、もうなかったな。見ることも限界があったからな。わしの視野というても、せいぜいあそこの下の方までだ。戦争のあとに、時折、人づてに聞いたんじゃ。あそこの下の科橋洞《クァギョドン》の人が、長城《チャンソン》から来たとか長城に住んでいるという者に会うと、戦争のあとにわしを、パク・ムルンを、見たことはないかと尋ねているという話をな。わしの名はパク・ムルンだと言うと、パク・ムルン？　どこかで聞いたようなと言うて、ああ……あの科橋洞の人が騒動の後にパク・ムルンを見たことがあるかと尋ねとったと。そんなふうにして君のお父さんがわしの行方を尋ねているという話を、何度も何度も聞いた。けれど、それだけじゃ。本人がわしを訪ねてくることはなかった。まあ、わしだってそうしただろうよ。君のお父さんは、わしがこうして暮らしているのだから、訪ねてくればわしに会えたんだがね。見てのとおり、体がこんなざまだから、そのときも、今も、わしが君のお父さんを訪ねていくことはできんのだよ。お父さんがわしを訪ねてくるまでは、会うことはできんかった。わしの行方が気になっていることはわかっとったし、会いに来ない気持ちも、なんとなくわかっとった。それはわしの気持ちでもあったから。わしが君のお父さんだったとしても、そうしたはずだ。互いを救えなかった者同士が、会ってどうする。驚かんでくれ。みんな戦争の頃の話じゃ。あの頃のことを思うと、わしがここで生きて死んでいったあとに、何が残るんだろうと思うよ。どうやって生きれば、より後悔が少なくなるか、考えて生きなければならんと、よく言うだろう。わしみたいな者にもあてはまるのかね？　こんな言葉もあるな。時代と状況が未来を決めるのだと……ならば、何を考えろと。波に流されていくことにも気づかずに流されていくわけにもいかんから、考えつづけなきゃならんということか？　どんな波なのかわかったところで、どうする……何ひとつ変えることなんてできやせんのに。君のお父さんがわしの安否を尋ねるばかりで、わしを訪ねてこなかった時間を、わしは理解しとる。そんなふうに時が流れていったとしても、わしは何も言いやせんよ。ところが、いつだったか、お父さんが大学生の三番目の息子を連れて、訪ねてきたんじゃ。あのときはもう、お父さんもわしもずいぶん年を取ってしもうて、問題になることなど何もなかった。どうしてあんなに長い間、会うのをためらっていたのか、あっけなくて馬鹿らしくさえあった。お父さんが現れたとき、ついに来たな、と言うたよ。そのときになってわかったんじゃが、いつかは君のお父さんがわしのところに来るだろうと思っとったんだな。待っていたようでもあったんだな。まるで他人《ひと》のことを話しているみたいじゃ。そんなふうにあとから気づくことがあるんだよ。お父さんに会ったとき、懐かしくもあり、うれしくもあったが、なによりもつれた糸がほどけるように感じとった。

三番目の息子が誰かって？

わしにわかるもんかね。

君の方がよく知っとるだろう。

三番目の息子だと言うとったから、君からしたら三番目の兄さんだろう。

あの頃、世の中は殺伐としとった。わしにしても、君のお父さんにしても、命が飛び交う戦争をくぐり抜けてきたから、そのあとの世の中がいくら殺伐としていると言うても、あのときほどじゃない、という思いが心の底にしみついている人間じゃよ。それはもう変わりようがない。そんな思いを近頃の若いもんたちに繰り返し話して聞かせたところで、わかりゃせん。クーデターが起きて大統領になった御仁[*40]が、二十年近くもその座に居つづけていたから、その男が永遠に大統領をやりつづけるのかと思うとったら、部下に撃たれて死ぬということがあったじゃないか。そのあとのことだったと思うんだが、緊急措置だかなんだかが発動されて、学校には休校令が下って、普通の人も五人以上で集まることもできなくなったんじゃよ。その息子はソウルで大学に通うていたようだね。何かに追われ追われて家まで逃げてきた息子を連れて、君のお父さんがここを訪ねてきたんだ。息子は腰を伸ばすこともできずに縮こまっとったよ。痛みがひどいのか、眉間に沢山の皺が寄っていたが、目鼻立ちはすっきりしとった。背はお父さんよりも高かった。その息子をほとんど背負うようにして支えて、わしの前に現れたんじゃ。戦争の只中にカルチェ峠で別れてから、二十年も経って訪ねてきたんじゃが、まるで昨日も一昨日も会っとったみたいだった。君のお父さんは昔のようにわしを、兄さん、と呼ぶと、いきなり、息子をしばらく預かってくれんだろうか、と言うた。いや、正確には、匿《かくま》ってほしいと言うたんじゃ。血気にはやるばか

＊40：大統領になった御仁　朴正熙《パク・チョンヒ》（一九一七～一九七九）を指す。軍事クーデターを経て韓国の第五代～第九代大統領として軍事独裁政権を敷いた。一九七九年、側近によって暗殺。

りで、恐れを知らないやつが調子に乗って取っ捕まって、拷問でひどく殴られて腰までやられて、追われている、このままた捕まって豚箱に放り込まれたら、生きてはおられんだろうと。

その息子はどうしている？

どんな罪を犯して手配されているのかと聞いたら、デモをした罪だと言うとったな。あのとき、その息子はここで半年ばかり、わしと一緒に暮らしたよ。あとから息子の話を聞けば、自分で家に帰ってきたのではなかったんだな。手配されて、学校に隠れて暮らしていたんだと。父親が学校まで探しに来るとは思わんだったと。こっそり印刷物を配っとったら、学校のキャンパスできょろきょろとあたりを見まわしている父親を見つけてな、古宮との間の塀を越えようとしたところが、塀の瓦に服が引っかかって学校側に落ちて、そのはずみで印刷物があたり一面に散らばって騒然となって、父親に捕まったと言うとった。あの頃、毎日毎日新聞をくまなく読んどったのに、見たことも聞いたこともない話をその息子から沢山聞いたよ。ソウルの南営洞《ナムヨンドン》[*41]とかいうところには、デモをする大学生を捕まえてきて拷問する場所があることも知った。そこで殴られて腰を痛めて、塀を越えようとして落ちたせいでさらに痛めて動けずにいたところを、父親に引きずられて家に帰ってきたんだな。君のお父さんは毎朝、お櫃《ひつ》と、汁物とおかずを入れた重箱とを、自転車の後ろに載せてここに来た。三日に一度は、新しい塩を背負ってきて、釜で温めた塩を袋に入れて息子の腰の下に当ててやったりしとったね。温めた塩が腰に効くという話をどこかで聞いたんだろう。しかし、おかしなもんじゃ、効果があるようにも思えんかったのに、今、わしは、腰がうずくと塩を温めとるんだ。親子は言葉を交わさんかったな。君のお父さんは息子の前では、口をぴたりと閉じとった。息子が何か言おうとすると、その場を立ってしまうんじゃ。一度わしが、なんで息子と話さないんだって聞いたら、やつはもうすっかり大人だから話したところで勝てやせん、と言うたんだよ。息子の話を聞いていると、世の中への怒りがこみあげてきてたまらんのだと。だから、わかりたくもないし、そうでもしなければ自分も耐えられそうにないからとな。戦争だってくぐり抜けたんだから、今のこの時間だって、やり過ごせるんじゃないのかと、それまでは息子を守ってやることだけを考えるのだと、言うとった。

ところで、わしらの話を知ってどうするんだ？
ああ……君は作家だったな。
これは取材なのか？
違うなら、なんのために？
お父さんを知りたいからだと？
うん？
君のお父さんの脳が眠らないだと？

＊41：**南営洞**　朴正熙による軍事独裁政権時代、「対共分室」があった場所。「海洋研究所」と偽装されていたが、実際は反独裁主義デモ、民主化闘争などに参加した人びとを調査・拷問する施設だった。一九八七年、ソウル大学の学生だった朴鍾哲《パク・ジョンチョル》が拷問死した事件は、その後の民主化要求デモに強い影響を与えた。

とにかくこうして君に会えてよかった。最後に人に会ったのがいつだったか、わからんのじゃよ。昨日、わしは一一九番に電話したんだ。きょろきょろしなくてもいい。何も焼けてはいない。火事で一一九番に電話したんじゃないんだ。ここに人が現れるようにするには、一一九番に電話するのが一番はやくてね。消防車に乗って来るのでなければ、たびたび呼ぶんだが、消防車で来るから申し訳なくて、そうは呼べん。昨日は、もうひと月も人と話すことがなくて、わしとしてはずっと我慢したすえの電話だった。チャジャン麺を出前してもらって一緒に食べよう、と消防隊員に言うたんだよ。金はわしが出すからと。ここまでチャジャン麺が配達される世の中が来るとは思わなんだ。君が立っているところで、一緒にチャジャン麺を食べたよ。酢豚の出前も頼んだ。消防隊員の青年の口元にチャジャン麺のソースがついてて、笑ったりもしながらな。チャジャン麺をたいらげた消防隊員が、もうこんな電話をしちゃだめだと言いながら帰っていった。口元にソースをつけたまま帰るんじゃないかと思うて、こっちに来てみなさいと言うたんだが、そのまま帰ってしもうた。チャジャン麺の代金も置いて。それがちょうど昨日のことなのに、今日は君が訪ねてきて、明日また誰かに会うことがあれば、三日続けて人に会うことになるんじゃが、そんな幸運があるかな。

君のお父さんとは戦争が起こる前に出会ったんだよ。

鉄道庁から線路修理の要員を採用するという公告が出たんだが、応募するにはJ駅の事務所で書類をもらってきて書かなくちゃならんかった。鉄道員になるつもりだったわけじゃない。まして行政職でもなく、列車が走らない時間にレールを点検して連結部分を締めて、故障したところがあれば修理する臨時職だったんだよ。わしは父親と不仲だった。兄が一人いたんだが、父親はその兄を勉強させるだけで精一杯だったから、わしが勉強するのを喜ばなかった。あの頃はわしも若かったし、とにかく父親の言うことを聞きたくなくて、その公告を見ると、すぐに駅に行ったんじゃ。書類を出して、筆記試験を受けねばならんかったからな。農業だけじゃ食べていくのが大変なときだったから、志願者が多かった。書類を取りに駅の事務所に行ったら、まだあどけなさの残る若者がぼおっと立っとった。それが君のお父さんだ。きちんとした服を着てきたのがわかったよ。白シャツの裾を黒いズボンの中に入れとったな。お父さんの手には書類の入った封筒があった。わしのように就職したくて書類を取りに来たんだな、と思うたが、わしが事務所を出たときもその場に立っとってな。わしが歩きだしたら、あとをついてくるじゃないか。帰る方向が同じなのかと思うたが、そうでもなさそうだし、しばらく歩いてから後ろを振り向いて、なんでついてくるのかと尋ねたら、書類を一緒に作ってはいけませんか、と聞いてくるんだ。その顔が切羽詰まっていて、とてもじゃないが断れん。どうせ作らなきゃならん書類なんだから、そうしようか、と言うたんだ。腰を下ろせるような適当な場所がなくて、駅に戻った。臭いのする待合室の、座り心地の良くない椅子に座って書類を作っていると、君のお父さんがわしをムルン兄さんって呼ぶんじゃよ。どうしてわしの名前を知っているのかと聞くと、J村で一番の物知りを知らないわけがないじゃないですか、と言うんだな。わしがJ村で一番の物知りだって？　悪い気はしないさ。わしは本当に勉強がしたかった。父親があぁでなければ、この土地を離れていただろうし、そうすれば戦争も別の場所で経験しただろうから、人生も変わってたかもしれん。百姓だった父親は、わしが兄のように学校に行きたがるんじゃないかと、内心びくびくしとった。二人とも勉強させることなど経済的に無理だから、もう子どもの頃から、上級学校への進学なんて夢にも見られんようにしたんだ。勉強は兄さん一人で十分だ、おまえは家に残って家業を継がなきゃならん。それが、わしが子どもの頃から聞いてきたことじゃ。父親は、朝早くからわしを田んぼに連れていっては草取りをさせ、山に連れていっては木を伐って薪にして背負わせた。わしは鬱憤がたまりにたまって、そんな父親の横で毎日本を読んでいたんじゃ。薪を拾ってこいと言われたら、斧を持って山に行って、カン！　と木の幹に音を立てて斧を打ち込んで、その脇に座って本を読んだ。父親と荷車を引いて町に出なきゃならんときは、前に座っている父親に見せつけるようにして、背筋をぴんと伸ばして座って、後ろで本を読んでいたもんじゃ。荷車ががたがたしていてもだ。わしのそんな姿を君のお父さんは見とったんだろう。見るたびにわしが本を読んでいたから、物知りだと思うたんだろう。あのとき、書類を作ったとき、お父さんは漢字を実にすらすらと書いとったよ。うまいなと言ったら、父親から習ったと言うとった。その一方でハングルは、音読はできるものの、正確な意味が取れんということもあって、わしが書類を何度も読んでやって、空いている欄を埋めてやったりもしたんじゃ。とにかく、その日に、書類を作ってそのまま提出もして、ぶらぶらと歩いとったら、君のお父さんが、きっとなにかお礼をするから筆記試験の勉強を一緒にしよう、と言うんじゃ。

試験勉強だって？
どんな問題が出題されるかもわからんのに、何を一緒に勉強するのかと、わしが呆れて笑うと、君のお父さんは顔を真っ赤にして、きまりわるそうにしとったな。ムルン兄さんは本を沢山読んで、勉強を沢山したから、試験に出そうな問題も予想がつくんじゃないですか、どうか一緒に勉強してください、と必死になって言うもんだから、心が揺れたよ。父親の前の自分の姿を見るようでな。それに、そんな提案をされるまでは、筆記試験の予想問題なんて考えたこともなかったから、君のお父さんの言うことが新鮮に聞こえたということもある。遊ぼうというんじゃなく、勉強を一緒にしようと、すがりつく人間もいるんだなぁ、と。

どうしてその木の下にばかりおる？

わしの姿が醜くて怖いのか？　こんな姿だから近寄りたくもないか……父親の話を聞きたいと言いながら、ずいぶんと離れておるもんだ……君が立っとるその木の名前はオニメグスリだ。オニメグスリという名前を聞いたことはあるか？　オニメグシリと呼んだりもするんじゃ。オニメグスリの横へと枝を広げているのは、カツラの木だ。作家なんだから、オニメグスリとカツラが紅葉するのは必ず見ておきなさいよ。別にここでじゃなくてもいい。体がこんなだから、時間をつぶすのに、もうたいていのものは読んだり聞いたりしたように思うが、オニメグスリとカツラが紅葉するときの様子を描写している本はなかったね。物書きたちは実に怠け者だと思うたよ。

オニメグスリが紅葉するときは、本当になんとも言いようがない。身動きがとれないから、四季の中で夏を越すのがなにより大変で、死んでしまいたくなったときには、オニメグスリの紅葉するのをもう一回見てから……という思いが心の中に湧いてくるくらい美しいんじゃ。葉っぱの赤い色が、鳥のひなの目のようにキラキラしてな。ほかの木が紅葉するのとは比べものにもならん。作家なんだから、オニメグスリの紅葉する時期には森に行ってごらんなさい。作家でなくても、紅葉の時期のオニメグスリの姿、カツラの木が放つあの甘い匂いをかいだら、その瞬間だけでも縛られていることから自由になるよ。オニメグスリの紅葉している様子は、遠くからでもすぐにそれとわかる。まぶしいほどに輝いとるからね。われこそがオニメグスリなのだ、と誇らしげに立っとるんだ。ヤバルジダ（야발지다）と言えるな。ヤバル（야발）がどういう意味かって？　作家がそれをわしに聞くのか？　辞書的な意味としては、憎たらしくて、こまっしゃくれている、だ。オニメグスリのことを小憎らしいと言うのは、あまりにも立派で憎たらしいということだよ。その隣の木はカツラの木なんだが、どこでもよく育って成長が早い。五色に色づくときは、とびぬけて美しいんじゃ。カツラの姿が目に飛び込んでくるずっと前から、匂いがするんだよ。あの匂いをなんと言えばいいのか。作家というからには、必ず匂いをかいでみて表現してごらんなさいよ。葉が色づくと同時に、実に甘い匂いがあたりに染みわたっていくんだが、その匂いがどこからするんだろうと、甘い匂いを目で追っていくと、カツラの木の前で止まるんだ。

ずっとそこに立っているつもりか？　わしがそっちへ行くこともできんしな、まったく……

あんたのお父さんの向学心ときたら、大したもんだったよ。あの取るに足らん試験を前にして、目をキラキラさせとった。わしが言うことを一言も聞き逃さず、どんどん吸収して、覚えて、わしの方がついていけなかったんだからな。お父さんは夜に一時間半も歩いて、ここに来とった。ちょうどそこだ。そこの縁台にお膳を置いて、わしらは頭を突き合わせて勉強ともいえん勉強をしとった。お父さんは来るたびに何か持ってきたもんだった。ジャガイモとか、卵も持ってきたな……あ、ジャガイモ、卵！　そうじゃ、君のお父さんの一生のうちのある時間は、常に何かをわしの家に運んでくる時間でもあったんだよ。君のお父さんが三番目の息子を連れてきて、匿ってくれと言うたとき、わしにしてみれば二十数年ぶりの再会だったんだが、それまでの間、君のお父さんが頻繁にこのあたりにやって来ていたのを、あとになって知ったんじゃ。戦争が終わって、わしが生きていることを知ってから、お父さんはわしに隠れてこの家に来とったんだな。秋の収穫のときには米を置いてゆき、ジャガイモを掘ったらジャガイモを一袋、秋夕や旧正月には新聞紙にくるんだ肉を、冬が近づくと分厚い肌着と毛の手袋を……置いていったりもしとった。わしは、親戚のうちの誰かがわしの暮らしぶりを気の毒に思うてのことだとばかり思いこんでおって、それが君のお父さんだったということを、あとになって知ったわけだ。三番目の息子がここにおる間に冬になって、お父さんが三番目の息子の肌着と防寒靴を持ってきた。そのときにわかったんじゃ。わしの肌着も持ってきてくれたんだが、その年は君のお父さんのほかは、誰もわしの家に肌着を置いていかなかった。それで、それまでわしの家の前にいろいろ置いていったのは、この人だったんだ、と気づいたわけだ。あの長い歳月のあいだずっと。一緒に勉強したとはいっても、あの頃、わしだって何を知っとったわけでもない。わしも、あんたのお父さんの言うことを聞いてはじめて、どんな問題が出るんだろうかと考えて、問題みたいなものを作って、一緒に解いてみるだけのことだった、なのに、あんなにもありがたがってなぁ。手ぶらで来る日はなかったよ。サツマイモ何個かでも持ってきとった。ただで習うわけにはいかんからと。そのうちもう、思いつくこともなくなって、やめようと言うたら、自分が熱心でないからそんなことを言うのか、一生懸命やるからと……まったく。あんなに一生懸命やったのに、不運にも試験の日が来る前に戦争が始まって、勉強したのも骨折り損になってしもうた。戦争が起こってなかったら、わしらはそろって鉄道員になっとったかな。ここから眺めると、川原《チョノン》の方へ列車が通り過ぎていくのが見える。たまにあの頃のことを思うんじゃ。人生なんてわからんものだから、戦争になっていなくても、また別のなにかに巻き込まれて、思いもよらぬどこかに流れついていたかもしれん。今とは違う姿でな。

あのことが起こったのはカルチェ峠だった。蘆嶺《ノリョン》と言えば、もっとわかりやすいだろう。いわくのないところなんてないだろうが、このカルチェ峠は今でもあちこちで幽霊が出るのを見たと言う人がいるくらい、沢山の人が死んだ場所だ。あちらを見てごらん。あそこが笠岩山で、あっちは方丈山《パンジャンサン》だ。険しい山だから、パルチザンが隠れて活動したときに、あの谷、この谷でそれはもう大勢の人が死んだ。無力な村人たちは、こちら側の人に殺され、あちら側の人に殺され。隠れているやつらが自分の居場所がばれるのを恐れて、用があってカルチェ峠を越えようとしただけの人たちを殺して、谷底に転がして捨てたんじゃ。やつらは国軍にも恐ろしいほどの打撃を与えたよ。双方がカルチェ峠を奪われまいとしとったからな。カルチェ峠は全羅南道《チョルラナムド》と北道《プクト》の境界線だったうえに、南道に行くにはその道しか……国軍はカルチェ峠をパルチザンに取られたら、南道に行く通路が断たれてしまうから、なおのこと熾烈だったんじゃ。

うん?
チャ・ウヒョクと言うたかね?
あの人のことを君がどうして知っとるんだ?
お父さんに聞いたって?
ウヒョクじゃなくて、イルヒョク（車一赫《チャ・イルヒョク》）だ。

あの人は並大抵の人じゃなかったね。洪城《ホンソン》が本籍地で、金堤《キムジェ》で生まれたとも言うてたが、イルヒョクさんは車天子の庶子だ、と言う人もおったね。忘れられん人だ。戦争のさなかにも、チャ・イルヒョクのような人のおかげで歌も聞けたんだからな。戦争が起こって、年を越して、春にもなる頃だったな、あの頃のカルチェ峠のパルチザンの勢いはすごかった。パルチザン討伐の警察隊を統率していた人が、チャ・イルヒョクだ。わしを学校にやってくれなかった父親は、村の区長でもあった。ああ、区長というのは、つまり、今の里長のようなもんだ。C市に出て、学校に通っているものとばかり思うていた兄さんが、あの頃の言葉で言えば「アカ」になっとったなんて、父親が知るはずもないのにな。パルチザンが竹やりや棍棒を手に、意識教育をしなければならんと言うて、村の幼い子どもたちまで並ばせて山へ引っ張っていく途中に、わしを列からはずしてくれたのは、愚かにも区長だった父親の影響だとばかり思うとったんだ。あとになってわかったことだが、左翼活動をしていた兄のおかげだったんじゃ。形勢は常に変化していた。村の人たちを脅かしている者たちがパルチザンだったかと思うと国軍になり、かと思うとまたパルチザンの勢いが強くなり、国軍に協力した人たちが虐殺され、国軍が強くなるとパルチザンに協力した人が虐殺され……カルチェ峠の谷は、おぞましいことこのうえなかった。今思えばばかげたことだが、当時、父親がせいぜい頭を使ってひねりだした結論が、兄が左翼だから、弟は警察側に置いとかなければということで、わしをチャ・イルヒョクの部隊の隊員にしたんじゃ。

そんなこと可能だったかって？

できないことなんてなかった時代だ。蚕業中学校を卒業して教師になったりもした時代だったんだから。

全国で学徒兵たちが立ち上がっていた時代でもあったよ。

そんなわけでチャ・イルヒョク部隊の隊員になって、カルチェ峠の戦闘に参戦したんじゃ。君のお父さんは、あの頃、徴兵問題が解決してなくて、家で眠ることができずに野宿をしとったよ。うまい隠れ場所がないときは、わしのところに来とったんだが、わしがチャ・イルヒョク部隊の隊員になったと言うと、自分も隊員にしてくれって言うんだ。指があんなだから銃を撃つこともできないし、無理な話だというのに。わしは、君のお父さんが訪ねてきたら、家から少し離れた納屋に置いて、食べる物を運んでやったりもしたんじゃ。そうこうするうち、お父さんはわしらの部隊の隊員たちのまわりをうろうろするようになった。こっそりあとをついてきたんだ。山でわしらが夜どおし雨に打たれ、風に吹かれているときに、お父さんも少し離れた森の中に隠れとった。わしが見つけだして、山から降りろと言うても、納屋に隠れているよりは、こっちの方がもっと安心だからと言い張って。そんなある日、わしらの部隊が歌劇団を助けるという事件が起きたんだ。

戦争中になんで歌劇団かって？

そうだな、今思えば、ありえんようなことだろうけど、そんなことがあったんだよ。戦争中だからこそ、歌がより必要だったのかもしれん。士気も上がるし、憂さも晴らしてくれるし。あの歌劇団の名前はなんて言うたかなぁ。思い出せんなぁ、でも、あの頃、誰もが観たがる有名な歌劇団があったんじゃ。涙の女王[*42]と呼ばれていた悲劇俳優がおってな、その人が団長だった。高福《コ・ボク》壽《ス》[*43]、黄琴心《ファン・グムシム》……そんな人たちがその歌劇団の団員だったから、有名税も大変なものだったよ。

＊42：涙の女王　植民地期より歌手、女優として活躍した全玉《チョン・オク》のこと。悲劇を演じて人々の涙をしぼった。植民地期には「南海芸能隊」を組織、解放後には「白鳥歌劇団」に改編し、朝鮮戦争当時も避難民のための公演を行った。

＊43：高福壽　日本の植民地期にデビューした人気歌手。一九三〇年に「半島楽劇座」に加入し、座員でスター歌手だった黄琴心と、のちに結婚した。解放後、黄琴心とともに「白鳥歌劇団」の看板スターとなった。

歌劇団の名前を忘れてしもうた。なにか鳥の名前だったんじゃが。あの当時、あの人らの活動はすばらしかった。荒れはてて疲れきっていた頃だったから、歌劇団が来れば雲霞のごとく人が集まってきた。知ってる人たちが無数に死んで、いつどこでどんなことが起こるかもわからずに、不安な気持ちで一日一日を生き延びていた中で歌劇団の歌を聞くと、最後は涙の海になったもんだ。その歌劇団が光州で公演を終えて、全州《チョンジュ》に向かおうとカルチェ峠にさしかかったところで、パルチザンの襲撃を受けたんじゃ。国軍側がチャ・イルヒョクじゃなかったら、団員みんな射殺されるか、でなければパルチザンにひっぱっていかれただろう。ひっぱっていかれたら、どうなっていたことか。チャ・イルヒョク部隊の反撃を受けて、パルチザンたちは山へと戻っていった。死ぬか生きるかの襲撃を受けたあとだったから、団員たちは恐怖に震えとったんだが、チャ・イルヒョクは涙の女王と呼ばれていた団長のところに行って、隊員たちの士気を奮い立たせてくれと、なんと公演の要請をするんだ。今さっきまで銃弾が雨のように降り注ぐ戦闘の中にいた人たちに、公演だなんて。まったくとんでもない話だ。戸惑っている団員たちにチャ・イルヒョクは頼みつづけたよ。顔は笑っとったが、本当のところは命令と変わらん。あの人は不思議な人でもあった。火のように激しいところがあったんだが、話せば痛快で、的確で、あの人を言い負かした人など見たことがない。パルチザンを討伐するのがあの人の任務だったんだが、ほら、あの、全羅南道の華厳寺《ファオムサ》*44だがね、あの華厳寺を守ったのもあの人だと言ってもいい。パルチザンたちが隠れているのは、たいていが山深いところだった。で、山に木が生い茂って掃討が難しくなった頃に、僧坊もなにもかも寺院を焼き払ってしまえという命令が下った。あの人が仏教信徒だったかどうかはわからんが、チャ・イルヒョクは華厳寺を守りたかったんだろうな。チャ・イルヒョクは隊員たちに華厳寺の扉を外させると、大雄殿《テウンジョン》（本堂）の前で燃やしたんじゃ。そして、扉がないからパルチザンたちは隠れることもできないし、銃を撃つにしても身を隠すものがなくなったのだから、あえて寺を焼き払うこともないと言うて、その場を立ち去った。任務も遂行し、守るべきものも守ったというわけだ。

歌劇団の団員たちが、こんな状況でどうやって公演をするのかと難色を示すと、チャ・イルヒョクは、この山中でいつ死ぬかもわからない隊員たちを慰労してやってください、勇気を出してくださいと、丁重な態度どころか、もうほとんど哀願になっていたんじゃ。あの冷徹なタフガイ、チャ隊長があんなふうにすがるように話すのを見た隊員たちも、初めのうちこそ怪訝に思うていたものの、そのうちあちこちでくすくす笑っとったよ。チャ隊長の哀願はとうとう通じてな、驚いたことに、ついさっきまで銃弾が飛び交っていたカルチェ峠の山中で、歌劇団の公演が繰り広げられたんだ。涙で来たりて涙で去りゆく悲しい事情を　あなたがわかってくださらなくて　いったい誰がわかってくれるのでしょう。[*45] 黄琴心の声が谷に響きわたったんじゃ。信じられないだろうが、本当のことだよ。隊員たちが一人、二人と一緒に歌いだすと、山中は水の音と歌声で溢れた。情け深いあなたは　情け深いあなたは　どうして知らぬふりをなさるのでしょうか。戦争とは

＊44：華厳寺　智異山《チリサン》山中にある古刹。
＊45：涙で来たりて涙で去りゆく～　一九三八年に発表された黄琴心の代表曲、「情け深いあなた」の一節。

まったく不相応で場違いな歌が山中に広がったんだ。戦闘で負けて、別の谷へと追いやられていったパルチザンたちも、遠くでその歌声を聞いて一緒に歌っとったんだそうだ。そんなことがあったんだよ。「情け深いあなた」は、今でもこうして口ずさむことができる。これまで生きてきて、知らず知らずこの歌を歌っていたこともあったな。一人で歌い、一人で聞いている歌だが、歌えば悔恨が滲む。同じ民族同士、なにゆえに、あんなふうに命をかけて、銃を向けあって、いがみ合って、殺して、穴を掘って死体を捨てたりしたんだろう。日帝の植民地時代には共に独立運動をした者同士が、だ。一緒に歌いつづけることはできなかったんじゃ。公演をしていたら、パルチザンが奇襲をかけてきた。また戦闘の始まりだ。最初は恐ろしさで公演をためらっていた団員たちが、あとになると戦闘中でも歌いつづけてくれたよ。

これはわしが作ったまな板だ。これは木の枕。これはキューブ（木片）。枕の中に入れたり、脱臭剤としても使うんだってな。これはヒノキの蒸し器。これを作る過程はちょっと複雑だから面白い。まな板と木の枕は作るようになってずいぶんになるけど、この蒸し器は作りはじめてまだ日が浅い。食堂でこの蒸し器を使って、食材を蒸して食べるんだそうだ。もやしを底に敷いて、その上に牛カルビやらを載せて、野菜も載せて。ヒノキがこんなふうに使われるなんて、誰も思いつきもせんだろう。これを作ってみろと言うたのは、君のお父さんだ。食べていかなくちゃいかんじゃないか、と。お父さんに再会してから、わしはこれを作って生計を立ててきたんじゃ。最初はお父さんがまな板を作ってみろと言うて、製材所から下処理をしたヒノキをわしのところに運んできてくれた。まな板を初めて作った日のことが思い出されるね。水に触れるとヒノキの香りがいっそう強くなるから、水に浸けておいてから取り出して、枕元に置いたりもして……わしはここに座って、ヒノキの板を切って、仕上げて、長い歳月を送ってきた。君のお父さんが、わしが作ったものを売ることができるようにと、町の店とも話をつけてくれたんだ。まな板から始めて、わしが俄然やる気になってきたら、ほかのものも作ることができるように調べてくれてな。頸椎枕のようなものを作っておけば、お父さんがまとめて町の店に持っていく。それが売れたらお金を受け取って、わしのところに持ってきてくれた。ヒノキは燃えにくい木だ。それはいいんだが、なかなか切れないから、加工も簡単じゃない。だから木材が貴重だったときも、誰もヒノキには見向きもせんかったのに、今じゃヒノキ様様《さまさま》だ。殺菌作用が優れてることが知られてから、ヒノキをとても貴重に思うようになったんだな。世の中の基準はこんなふうに、ひとところにとどまってはおらん。必要に応じて変わるもんだ。当然のことじゃないか。だから信念なんてものは実にくだらん。

　また始まった戦闘でわしらの側が圧勝したんだ。そもそも火力で圧倒しておったからな。仲間の死体すら打ち捨てたまま、パルチザンの主力が完全に敗退して、もうカルチェ峠を放棄して峠の脇の方へと押しやられていったのは誰の目にも明らかだったよ。隊員たちの士気はいつにもまして高かった。山中で鶏を茹で、握り飯を作り、酒もまわってきたからな。そんなふうに食べることができる日は、そうはない。わしは森の中に隠れている君のお父さんのことを思い出して、わしの分の鶏肉と握り飯を持って、こっそり森に入ったんじゃ。腹がへってるだろうから、急いで分けてやって、すぐに帰ってこようと思うとったんだが、お父さんのいるところに辿り着く前に、食べ物を奪いに現れたパルチザン数名に包囲されてしもうた。やつらはわしの手にあったものを奪って、電光石火でたいらげるじゃないか。まるで落人《おちうど》のようだった。何日餓えていたのか知る由《よし》もないが、たいらげる速さが尋常じゃない、わしまで食われるんじゃないかと恐ろしくなったよ。すっかり食いつくすと、銃口をわしの耳元にあてた。こんな夜に、食い物を持って誰に会いに行くのか。そう聞かれたんだ。わしは、誰かにやろうというんじゃなく、森に隠れて一人で食うつもりだった、と言うた。ほかの隊員たちに取られるんじゃないかと思うて、一人で食おうとしたんだと。わしの取ってつけたような嘘をやつらが信じるはずもない。やつらの銃口がわしの顎に狙いをつけた。今思えば、弾丸《たま》が装填されていたのかどうか……弾丸を惜しんで、殺し方も無慈悲になっていた頃だった。戦闘中でもないのに、握り飯と鶏肉の入った袋を持ってどこかに行こうとしているわしを殺すために弾丸を使うことなど、きっとなかったろうよ……でも、それはあとから考えたことで、そのときは、ここでこうやって死ぬかもしれんなぁ、と思うとった。木が生い茂る森の中で、危機に瀕したわしを見ていた君のお父さんが、もう隠れてられなくなって茂みの中から飛び出してきた。出てくるよりほかなかったんだ。やつらはわしを連れて、お父さんが隠れている方に向かっていったんだから。そんなふうにしてわしらは捕虜になったんじゃ。やつらは君のお父さんの両手をわしの方に、わしの両手を君のお父さんの方に、後ろ手に回して縛ったんじゃ。わしらは背中合わせに両手を縛られたまま、やつらが命じるとおりに夜の森を歩いた。やつらに見つかってからずいぶんと時間も経って、どこを歩いているのかもわからんかった。山道で転んだり、木に引っかかったり、谷を滑り降りたり登ったりもしたよ。わしらをどこに連れていこうとしているのか、知りようもない。どこからか異様な臭いがしてきた。後ろからわしらに銃口を突き付けて急き立てていたやつらが、わしらより先に鼻を押さえて、一歩あとずさった。わしはそれが死体の腐る臭いだとすぐにわかったね。牛峙里《ウチリ》だかナムチャン谷だかでパルチザンたちが掃討されて、その死体がいくつもの穴の中に積み重なっているという噂が流れておって、わしの兄もそこで処刑されたという知らせを聞いてな。取り乱して靴もまともに掃くことのできない父親と二人で、兄を探しに行ったことがある。そのときにわしの鼻をついた臭いだったよ。明るいうちは警察が見張っていたから、近くに隠れて暗くなるのを待った。夜が更けると、父親のあとをついて、死体があるという谷へと向かったんだが、暗くて前が見えやしない。わしらが動くたびに鳥たちがばさばさと飛び上がって、ばれるんじゃないかとひやひやしながら、真っ暗な木々の間をかきわけていった、あのときの臭いだったんだ。それが死体の腐る臭いだというのがわかった瞬間、わしはもう、一歩も前に足を踏み出せなくなった。もちろん恐怖もある、でも、とにかく臭いに耐えられなかったんじゃ。父親は兄の死体だけでも見つけるんだと、その臭いの中を谷へと入っていったがね、わしはあとを追うことができずに、うずくまってしもうた。目も鼻も耳の穴も、穴という穴から膿がどろどろ出てくるようで、しきりに袖で顔をぬぐっとったよ。あのとき嗅いだ臭いを、どうして忘れられるもんか。背後にいるやつらが、自分らが穴を掘ったところじゃないかと、声をひそめてやりとりするのが聞こえた。パルチザン討伐隊に協力した裏切者たちを探し出して、数十人を処刑して、その死体を放り捨てたところのようだった。穴を掘って放り込む余裕すらなくて、死体を谷にただ投げ捨てたこともあったんだろうよ。夜だったから、臭いがするだけで目には見えん。それが、いかに幸運だったか、わしにはよくわかっとった。このすさまじい悪臭からして、もう原形をとどめてはないだろうし、骨も散らばっとることだろう。死んだ人たちが誰だかわからんように、草や土をかぶせてあったかもしれんが、臭いをさえぎることはできんじゃないか。わしはその場にへたりこんだ。君のお父さんだって、そう変わりはない。何も食べていないだろうに、闇の中で木にしがみついて吐きつづけとったんだから。

　谷から上がってくる臭いに比べたら、吐瀉物の臭いなんて、むしろ新鮮な香りだったね。そのひどい臭いのせいで、わしも、お父さんも、歩きつづけろというやつらの命令に従うことは、もうできんかった。そうなってしまえば、それ以上先に進めとは、やつらも言えんわけだよ。わしらを捕虜にしたパルチザンは三人だったが、そのうちの一人が君のお父さんに、臭いのする方へと逃げろと言うたよ。そっちに走っていけば助けてやるとな。げえげえ吐いていたお父さんは暗闇の中でわしを探しとったが、今すぐ走らなければ撃つとやつらに脅されて、谷の方へと身を翻した。木と岩と下り坂が続く道だったから、走ることなどできたもんじゃなかったのに。闇の中でさまようお父さんを見ていたやつが、後ろ手に縛られているわしの縄を解いて、銃を握らせた。谷の方へ逃げている君のお父さんを撃てと言うてな。残りの二人が両側からわしに銃を突きつけとった。わしはそいつらに言うたよ。今、ここで銃を撃てば、銃声でおまえたちの位置がばれるだろうと。やつらは躊躇した。わしはその隙を逃さずに、自分はチャ・イルヒョク隊長が率いる部隊の一員だと言うた。近くにチャ・イルヒョクとその隊員たちがおるぞ、と。やつらは、チャ・イルヒョク？　と問い返した。一瞬動揺したようだったが、おまえがチャ・イルヒョクの隊員だということをどうやって信じるんだ、と言うて、君のお父さんを銃で撃てと、また命じるじゃないか。わしがやつらの言うことを聞かずにおったら、やつらがお父さんに向かって、戻ってこいと叫ぶんじゃ。もし戻ってこなかったら、わしを撃つと脅してな。すでに暗闇の中へと遠ざかっていたお父さんが、はたしてその声を聞いて戻ってくるだろうか。ところが、少しして、谷の方からとぼとぼと上がってきたんだよ。まったく、殺し殺されの戦争のさなかではあったけれど、それでもまだいい時代だったし、人間にも純粋な面が残っておったんだなぁ。わしが、やつらに、チャ・イルヒョク隊長が近くにいると言うたのは、やつらを説得しようと思うてのことだった。当時、チャ・イルヒョクは、ほかの討伐隊長たちとは少し違っとった。チャ隊長はパルチザン討伐に多くの功を立てたが、ただ討伐するだけじゃなかった。隠れているパルチザンたちを説得して、転向させたりもしとったんだ。拡声器で話すチャ隊長の弁舌は、よどみのない朗々たるものだったよ。実際、あの人は自分が言ったことを守ったし。銃で撃たれたパルチザンたちの死体を、礼を尽くして埋めてやりもした。だから、チャ・イルヒョクという名前は、パルチザンの間ですぐに広まっていった。チャ・イルヒョクに会ったら生き残れるかもしれない、と思わせるようにしとったんだ。だから、わしはチャ・イルヒョクの隊員だと言うたんだが、やつらはその手に乗ってこなかった。わしらを殺したければ撃てばいいのに、そうしないところを見ると、必ずしもわしらを殺すつもりではないのだと思うた。やつらを説得して部隊に戻れたら、みんなが生きのびることができると思うていたんじゃ。なのに、君のお父さんが戻ってくると、やつらはまたわしの手を後ろ手に縛った。臭いが上がってくる谷の方へとわしを押しやると、銃をお父さんに渡した。わしを撃てと指示しながら。暗闇の中で、お父さんは、銃を撃つことはできないと言うて、先っぽの切り落とされた指をやつらに見せた。暗闇の中で繰り広げられた寸劇だ。一人が近づいてきて、わしを銃の台尻で殴りつけた。どれほど殴られ、踏みつけられたのか、意識が遠くなった。うつ伏せに倒れているわしを、また別の一人が足で蹴りあげた。肺が飛び出しそうな苦痛が押し寄せてきた。わしは血まみれで倒れたまま、やつらが君のお父さんに、こいつを谷底へと落とせ、と言う声を聞いたよ。さもないとおまえを撃つ、と言うのをな。

君のお父さんはわしをどうしたか？　やつらの指示どおり、死体の山になっている谷底にわしを落としたんだろうか。わしにはわからん。ただ覚えているのは、やつらの言葉よりも、谷底から立ちのぼってくる臭いの方が、もっと恐ろしかったということさ。あの臭いのせいでくらくらしとったし、さんざん殴られて意識が遠くなってしもうたからな。体じゅうがぼろぼろで、意識がなくなるほどに打ちのめされながらも、だめだ、あそこへ投げ捨てられるのだけは絶対にだめだ、そう心の中で叫んどったんだ。そのうち、パタンと頭の中が暗転した。なにもわからなくなる瞬間がやってきた。あのときのことは、君のお父さんに再会してからも聞いたことはない。わしの父親が、谷底の穴に山となっとった死体の中から、わしを見つけだしたんじゃ。父親がわしをチャ・イルヒョクの部隊に送るときに、肩に刻みつけたパク・ムルンという文字のおかげだ。

死体の山の中で、何の目印もなかったために兄さんを見つけられなかった父親が、わしを送り出すときに肩に名前を刻みつけたんだ。そのおかげで、腐りつつある死体が折り重なって山になっている谷の穴の中から、わしを見つけ出すことができたんだが、それが良かったのかどうか。血まみれのわしの体はもう半分腐っていて、こんなふうに足を切断しなけりゃならんかったんだから。

君のお父さんが最初に持ってきた本の中で、フランスのヴォノンという地名を見た。たぶん、わしは、君の本はほとんど全部読んだんじゃないかな。お父さんが、もう持ってくる本がない、と言うまで、読みつづけたんだからな。

君はもしかして、そのヴォノンというところに行ったことはあるのか？ ない？

そこはどこなのかだって？

本当にわからないのか？

驚いたな。わしは君の本棚にあったというその本を読んで、その村に興味がわいて、できることなら行ってみたくてたまらなかったことがあるんだよ。二人があんなふうに生きて、ついには旅立っていったのが、いったいどんな村なのか、知りたくてね。なのに、君はヴォノンをまったく知らないなんて。君の本棚にあった本なのだから、当然、君は知っとると思うとったよ。ゴルツが書いたその本のことを覚えとるか？ 薄い本だが、いろんなことを考えさせられた。思うに、きっと、ヴォノンはここみたいな田舎の村なんだろう。ゴルツという人は八十三歳で、ドリーヌだったか、彼の妻は一つ年下の八十二歳で、二人はヴォノンでベッドに並んで横たわって死んでいた、と書かれとった。その本[*46]のことを覚えとるか？ 別々に死ぬことを望んでいなかった二人が選んだ死の形に、世界中の人たちが驚いたと書かれとったよ。わしはそれまで、その人たちのことは何も知らんかった。二人が二十年間一緒に暮らしていたヴォノンの、その家の庭に、自分たちを埋葬してほしいと書いた遺書を、まず最初に知ることになったというわけだ。その遺書のことは今も忘れられん。死んでも一緒に埋めてほしいと言うた二人は、どんな人たちなのか気になって、猛烈に知りたくなった、そんな時期があったんじゃ。ゴルツがオーストリア出身のユダヤ人だということ、資本主義、社会主義、生態主義を深層分析してきた哲学者で、言論人でもあるということ、ドリーヌはゴルツよりさらに高い知識を身につけた知性豊かな人であることを知ったよ。人生には、誰にも、ひとところに根を張る時期があるじゃないか。二人にもそんな時期があった。フランスを本拠地にして、いちばん活発に書いて活動していた頃に、ドリーヌが脊髄の手術が原因の重い病気になってしまう。やっと君も思い出したようだな。そうだ、妻の病を知ってから、ゴルツが選択した人生の話だ。あんな選択をたやすくできる者は、そうはいない。ゴルツはそれまでのすべての社会的な活動をやめたんじゃ。パリでの暮らしをすっかり整理して、ヴォノンという田舎の村にドリーヌと一緒に移った。そこで妻と闘病生活を送るんだ。二十三年もの間。ゴルツはヴォノンで病気の妻の看病をしながら、新しい人生を生きたんだ。妻のために代替療法を研究し、妻の体に良いものを食べさせようと、みずから有機農業をはじめて、環境主義者になったりもするんじゃ。彼にとって生態主義というのは理論ではなく、生き方だったんだな。ゴルツは病気の妻のために田舎に引っ込んだが、かえって省察の空間と時間を得たと言うとった。本質的なことに集中できるんだと。ゴルツは書いとるよ。どんなに考えても、自分にとってただ一つの本質的なこととは、あなたと一緒にいることなのだ、と。二人が共に世を去る一年前に、ゴルツがドリーヌに書いたという手紙の最初の文章は、こんなふうに始まるんじゃ。

あなたはもうすぐ八十二歳になります。背は前よりも六センチ縮んで、体重はたったの四十五キロです。それでもあなたは、今もあでやかで優雅で美しい。一緒に暮らして五十八年になりましたが、これまでのどんなときよりもずっと、私はあなたを愛しています。

わしみたいに何もできん人間が口にするには、いたずらに美しすぎる文章だろうか。ヴォノンでの暮らしは平穏とばかりはいかなかった。ヴォノンで二人が最初に暮らしていた家は、ドリーヌの治療のために瞑想ができるように設計をしたんだが、そこでは三年しか暮らさなかったんだそうだ。思いもよらんことに、近くに原子力発電所ができて、追われるように引っ越さなきゃならんかった。二人は古い家を買って引っ越して、新しい垣根を作って、原っぱに木を植えた。今

＊46：その本　アンドレ・ゴルツ（一九二三〜二〇〇七）は、哲学者、ジャーナリスト。二〇〇七年、パリ近郊のヴォノン村の自宅で不治の病の妻ドリーヌと心中した。「その本」とは死の一年前にベストセラーとなった愛妻へのオマージュ『また君に恋をした』（杉村裕史 訳　水声社二〇一〇）を指す。

日は木を二百本植えた、と書いてあったよ。腹をすかせた病気の野良猫を家に入れて、餌をやり、治療もしてやった。幸いにもドリーヌの体が少し回復すると、行ける範囲で旅行に出かけたりもしたんだな。行ける範囲でだ。二人は遠くには行けなかったそうだ。ドリーヌの病気は、車が揺れると頭痛だけでなく、全身が痛みの中に沈んでしまうから。ドリーヌは苦痛を受け入れて、好きなことを少しずつ手放していった。そんななかでもゴルツは、ドリーヌに励まされて書きつづける。それが、二人がヴォノンという場所で送っていた暮らしだ。互いに相手にのみ集中して、互いに相手に忠実に過ごした時間。二人の遺書を覚えとるか？　あの本の最後の文章ともいえる遺書には、この世界はがらんとしていて、私はもう生きていようと思わない。私たちふたりは、どちらかが死んだあとに、一人で生きつづけることがないことを望む、と書かれとった。あの本を読んだのは、わしにとっては幸運だったよ。本を読みたい気持ちが生まれたから。二人の遺書を読んでからは、新聞を読むより君のお父さんが持ってくる本を読む方が、もっと面白くなった。本を読むことが、わしの前にやってきた絶望の時間を押しやってくれたんじゃ。君の家の小さい部屋にあるという本棚を見たことはないがね、そこにあった本は全部読んだ。おかげで、この田舎の村で、長いこと楽しく過ごしたよ。その礼をこんなふうに言うことができるとはな。気になっていることがあるんだが、釣りのやり方、鳥の飼い方……君はそんな本をどうして読んだんだ？　君のお父さんが持ってきた本の箱から、そんな本がいっぱい出てきたことがあってな。すっぽんの飼い方についての本もあった。そんな本をわしも読んでみた。とりわけ、そういう本には君は沢山線を引いとったな。なんでここに線を引いたんだろう？　ずいぶんと考えながら読んでみたけれど、理由はわからんかった。

うん？

小説を書くときに必要で読んだ本だって？

そうか、ああ……それでやっとわかった。君が書いた本も読んだんだがね、たまにところどころ間違っているもんだから、読んでいて気が散ることがあったんじゃ。君の初期の作品だと思うんだが、百合の種をまく場面が出てきたんだよ。百合は球根だ。球根は植えるもんであって、まくもんじゃない。指摘しようということじゃなくて、本を読んでいてそんなところが目につくと、味わいが損なわれる。君は百合を好きなだけで、育てたことはないんだな、と思うた。百合のことを書くために本を読んだって？　じゃあ、すっぽんが登場する小説もあるんだろうね。とにかく本を読んでいるときはたいてい、心も落ち着いていたな。本を読んで、自分自身を受け入れることができたと言えば、わかってもらえるかな。本をとおして人間を知ったんだよ。どれほど弱くて、またどれほど強いのかということも。かぎりなく善良で、果てしなく暴力的でもある。人生が思うようにならず、不幸と向き合いながら生涯を送った人たちは、気配を残していくんだ。ひどい状況を耐え抜いた痕跡をな。わしにとって本を読むのは、その痕跡を探すことなのかもしれん。

　このごろは目の調子が悪くて、本が読めんのだよ。最近やっとのことで読んだのは、ピアニスト白建宇《ペク・コヌ》の帰国インタビューだ。この人はパリに住んでいて、今回はシューマンを演奏するために帰国したんだそうだ。わしはシューマンのことはよく知らんが、白建宇によれば、シューマンはとても複雑な人生を生きたということだ。痛みに満ちた人生を送った作曲家だと。若い頃には、そんなシューマンの人生が理解できなくて、シューマンの曲を演奏するのを避けていたと。でも、今は、シューマンが晩年に荷物をまとめて自分から精神病院に入院したことを、理解できるようになったんだそうだ。わしはその部分を何度も読んだよ。荷物をまとめてみずから精神病院に入院する人というのは、どういう人なのか、それを考えながら。遅ればせながらシューマンを理解するようになったという白建宇は、独りだった。いつも隣にいて一緒だった妻の姿がなかった。どんな演奏旅行にも同行していた妻の姿はなく、白建宇は独りだったんだ。わしが自由に動けるならの話だがね、白建宇のシューマンの演奏を聞きに行きたいという思いがわく。こんなでも、まだ、音楽は聴けるから……でも、行けんのだよ。まあ、目がこんなになってしもうたし、耳だって同じだ。じきに聞こえなくなるだろう。かまわんさ。いい人生だったとは言えなくても、これぐらいなら、よくやったと思うとる。こんなふうに思うようになるまでは、つらかったがね。

今まで話してやったんだから、わしの頼みも一つ、聞いてくれんか？　君がJ市に来ないということを、君のお父さんから聞いとる。君を見るといつでも駆けよってきた娘さんを、亡くしたそうだね……お父さんは、君に何もしてやれることがないと嘆いとった。いつだったか、君の最初の本を読んだことがある。内容はすっかり忘れてしもうたけれど、一つだけ覚えとるよ。人生には奇襲がある、という文章を。その文章を読んでから、本の前扉を開いてみた。若い君が口をぎゅっと閉じて、どこか遠くを凝視している写真を長い間じっと見とった。年端も行かない者がこんな文章を書くのか、と思うてね。生きていれば、確かに奇襲がある。奇襲だけでできている人生もある。どうしてこんな目に遭うのかと、空に向かって、大地に向かって、胸も張り裂けよと滅茶苦茶にわめきたいのに、言葉が詰まって一言も吐き出せない……それでも生き抜くのが人間じゃないか。君のお父さんは、ただただ君のそばにいてやりたいのに、君がそばに寄せつけないと言うて、悩み苦しんどった。君が死んだ人間のように気配がないと、胸を痛めとった。ヤマネコはヤマネコを見分ける。君がこの家に入ってきたときにわかったよ。君はすでに一度死んだ人間なんだということを。それでも生きなくちゃならんのだから、君もつらいだろうが、お父さんはわしの人生の、たった一人の、人間の友達なんだ。お父さんを君のそばにいさせてやってくれんか。つらいことも一緒に見て、日にも当たり、木の実も拾い、雪かきもしながら。君の話もして、お父さんの話も少しは聞いてやってくれんか。それだけでいいんじゃ。

もう一つ頼みがある。正直に言ってくれ。この家に着いたときから、なにかひどく臭うと思わんかったか？　だったら、どうして言わない？　わしの臭いだと思っとったのか？　確かに、わし自身、臭いのかたまりみたいなもんじゃ。今君が立っているそのオニメグスリの木じゃなくて、裏庭の手前に立っているあの木……見えるかね？　あれはヒノキだ。あの木の下に行ってみてくれ。毛の色が黄色で、背中に白くまだら模様のある猫が一匹、死んどるだろう。一緒に暮らしていた友達だったんだが、死んでからもう何日か経っとる。あの森を抜けて、垣根を越えて、庭を横切って、わしの膝元まで来て気配を放っていた唯一の生き物だったんだが、先に逝ったんだな。

聞かせてやった話と引き換えに、わしの猫を埋めてやってくれんか。そのままにしとったら、蛆《うじ》が湧くかもしれんから……

人間でも動物でも、死んだら腐って分解される肉体ばかりが残るだけだ。わしは生涯忘れることのできない、あの臭いに苦しみながら生きとるんじゃ。どんなに時が流れようとも、どんなに時代が変わっても、消えることなく、執拗に、わしのあとを、わしのそばをついてまわる、あのぞっとする臭い……だから、帰る前に、あの哀れな命を埋めてやってくれ。

息子の息子の話

叔母さん。

J市でいかがお過ごしでしょうか。叔母さんがJ市に行ったことは知っていましたが、今もそこで過ごされていることを、昨日初めて知りました。父が話してくれたんです。これまで叔母さんのことをあまりに気にかけていなかったなぁ、と申し訳なくなりました。J市に行くときには、列車で行ったんですか？　僕に電話してくれたら、送ってあげられたのに。何年か前に叔母さんが僕に電話をしてきて、J市に行くんだけど運転をお願い、と言ったことはご記憶ですか。最初は叔母さんの頼みだから仕方ないと思って、同行するのを引き受けたんですが、J市に向かって高速道路をゆく車中で叔母さんと話した時間は、とてもいい時間でした。僕が覚えていない小さい頃のいろいろな話……を叔母さんから聞くのは、いつだって楽しいことです。なかでもウンチの話。僕が小さかった頃にいちばん興味を持っていたのはウンチだったという話は、聞くたびに、どうしてあんなにもおかしいのか、知らず知らず笑いがこぼれます。おまるに座ってウンチをすると、僕は必ず父を呼んだんだそうですね。パパ、僕、ウンチしたよ、と言って。あとになって聞いたことには、赤ん坊の頃から僕にウンチをさせるのは、父の役割だったそうです。父が来て、おまるをのぞき込んで、いやあ、ほんとに可愛らしいウンチだ、と言うと、幼かった僕がほっぺたがはちきれんばかりに笑ったという話。幼い僕がどうしてあんなにウンチに興味があったのか、考えてみると、たしかにそれはまったくもって、父のせいだったようです。僕がウンチに興味があったというよりは、父がいつも僕のウンチに深い関心を寄せていたのです。水っぽいウンチをするとおなかが痛いのかと心配し、量が少ないとおなかが苦しくないかと尋ねたり……父はウンチで僕の健康をチェックしていたのでしょう。いいウンチをすると満足そうに笑う父が、僕には不思議でもあり、うれしくもあったようでした。幼な心に、父さんを笑わせるにはいいウンチをしなくては、と思っていたのですから。だから、ほめられそうなウンチをしたら必ず父を呼んで、ウンチを見せて、父がにっこり笑う姿を確かめてもいたのでしょう。

おじいさんはお元気ですか。僕が子どもの頃、父の勤務先がC市だったでしょう？　C市とJ市は近かったので、おじいさんの家によく行っていました。思えば、あの頃のおじいさんは若かったですね。革ジャンを着て、ポマードで頭をオールバックにして、自転車に乗っていたおじいさんを思い出したりします。おじいさんの家に行くのが楽しかったのは、おじいさんが僕の話をよく聞いてくれたからでしょう。自転車の後ろに僕を乗せて町へ行き、ゲーム機とか、サッカーボールを買ってくれたりもしました。親はゲームなんかには手も触れさせないようにしていましたが、おじいさんは、僕と同じ年ごろの子どもたちはみんなゲームで遊んでいるのに、全然やらせないんじゃ、友達と遊ぶこともできずに反抗心ばかりが育つ、と言っていました。幼な心に、ああ、おじいさんは僕の味方だ、と思ったこともあります。いつだったか、僕の本の表紙になにかシミみたいなものがついていたので、おじいさんがカバンの中の教科書を全部取り出して、厚めの紙でできたカレンダーを一枚一枚剝ぎ取って、一冊ずつカバーをつけてくれたことも思い出しました。カバーをつけ終えると、理科の教科書には理科、数学の教科書には数学と表紙に書いてくれました。そうやってカバーをかければ本が汚れないと言うのです。学期が終わってから、おじいさんがつけてくれたカレンダーのカバーを取ると、本当に教科書が新品のままだったから、それを弟に譲ってやったことも思い出します。一度は、母に叱られて家出して、僕ひとりでバスに乗っておじいさんの家に行ったこともあります。その頃は、おじいさんの家には電話がありませんでした。おじいさんは、ひとりで来た僕をしばらくじっと見つめて、おまえ、お母さんに叱られたんか？　そう聞きました。僕が泣き出すと、おじいさんが僕を自転車に乗せて、そのまま町の郵便局に行って電話をかけて、トンはここにいるから心配するなと言いました。まったく拍子抜けしたことに、僕が悲しくて悔しくて何も言えずにJ市のおじいさんの家まで来たというのに、家の方では僕が家出をしたことを知らなかったんです。もういやになるやら、寂しいやら、郵便局でまた泣いたことが思い出されます。おじいさんは僕を自転車に乗せて、中華料理屋に連れていきました。そうして、おじいさんと一緒に、僕は初めて中華料理屋に行ったのでした。焼きギョーザも、チャジャン麺も、そのとき初めて食べました。おじいさんはチャジャン麺と焼きギョーザを僕の前に押しやりながら、うまいか？　うまいか？　と尋ねました。うん、おじいちゃん……泣きやんで、チャジャン麺のソースを口もとにべたべたとくっつけながら、おいしく食べたことも思い出されます。のどに詰まるからゆっくり食べなさい、と言っていたおじいさんの声もよみがえってきます。初めて食べたチャジャン麺だったからか、今でもチャジャン麺を食べるたび、おじいさんのことが胸に浮かびます。叔母さんとおじいさんの家に行ったときも、町にチャジャン麺を食べに行きましたよね？　あの中華料理屋があのときもあったので、びっくりしました。叔母さんはおじいさんに五香醤肉《オヒャンジャンユク》（五香風味の煮豚）や八宝菜のようなものを頼んであげようとしましたが、おじいさんがチャジャン麺でいいと言って、叔母さんをがっかりさせたことも思い出されます。ときどきはこうやっておじいさんのところに来なくちゃ。と、叔母さんとあのとき話したけれど、叔母さんがJ市に行こうと言ってから、もう何年にもなるのですね。

叔母さん。

一週間前に二人目の子どもが生まれました。家族のグループトークルームでお知らせしましたから、ご存知ですよね？　二人目はどうやらせっかちなようで、予定日よりも二週間も早くこの世にやってきました。二か月前にも一度、突然子宮収縮がはじまって、慌てて病院に入院したんです。医者は、収縮が続けば早産になるかもしれない、赤ん坊を早めに迎える準備をするように、と言いましたが、幸い、入院から一週間で正常に戻って退院したのでした。早産になっていたら、赤ん坊は生まれるなり保育器に入らなければならなかったところでした。そうならずにすんだので、退院するときも、家に帰ってきてからも、妻はおなかの子がまるで言葉を理解するかのように、ありがとう、こらえてくれてありがとう、と言ったのでした。結局、予定より二週間早く生まれました。

二週間早くこの世に出てきたからでしょうか。

赤ん坊が本当に小さいのです。体重は二四〇〇グラム。二四〇〇グラムの中に、頭、顔、体、手、足がすべて含まれているということが不思議です。顔も本当に小さいのです。その小さな顔に鼻、目、口がちょこちょことすべて収まっているのです。赤ん坊なのに髪も多く、眉もくっきりしています。もぞもぞと動かす手足の指があんまり小さくて、僕の手のひらにのせると、僕の手がまるで広い運動場のようです。生まれたばかりの赤ん坊は小さいに決まってる……と思われるでしょうが、きっと叔母さんも僕の二人目の子を見たら、本当に小さいのねえ、と言うはずです。二人目があんまり小さいので、最初の子はどうだったかな？　と考えることがあります。もう記憶も薄れていますが、最初の子を見て小さいと思ったことはなかったようなのに、二人目は小さいのです。あんまり小さくて、動作も余計にゆっくりに感じられます。二人目が小さい、という話ばかりしていますね。

僕は厚浦《フポ》で仕事をもう少ししていたかったのですが、妻が赤ん坊が生まれそうだと言うので、急いでソウルに帰りました。臨月の妻を置いて厚浦にいたって？　叔母さんが呆れている姿が目に浮かびます。どういうわけか、そうなってしまったんです。厚浦は東海岸にある港町ですが、叔母さんはこの土地のことはあまり知らないでしょう？　叔母さんが厚浦について話すのを、聞いたことはありませんからね。厚浦は今年二度目の訪問でした。僕は今年の初めにも、シナリオを書くためにそこにいたのですが、自分の担当分の作業はもう終わっていて、今度の仕事はその作業の合間に企画されたものでした。ウェブドラマの台本を書く仕事です。子どもが生まれたら当分は仕事ができないでしょうから、終わらせておこうということだったんです。

厚浦は、ウェブドラマ制作を企画しているプロデューサーの故郷でもあります。プロデューサーのご両親が厚浦でペンションをしていて、そこに泊まりました。プロデューサーは僕の仕事がなかなかはかどらないのが心配になったのか、子どもが生まれるまでに集中して台本を書き終えろと言って、厚浦にまた僕を連れてきて、ひとりソウルに帰っていきました。厚浦にいる間、新しいウェブドラマの台本を三本書きました。あと二本書かなくてはならないのですが、帰ってきました。三つも書いたのかと驚かれたことでしょうが、五分から七分くらいの短いものなのです。しかも互いに連続性のある作業だから可能なのです。今の雰囲気だとすぐにも制作に入りそうな感じで、そうなれば本当にいいのですが。僕らの仕事は今日までうまくいっていたのが、明日ひっくりかえるということがよくあるので……

厚浦で過ごしている間、叔母さんのことを何度も考えました。そのたびに叔母さんもここに来てゆっくりしたらいいだろうに、と思いました。叔母さんにしろ、僕にしろ、内陸部で育ったから、海に親しんだことがないじゃないですか。いつだったか、遠くにある山はそこへ行っても旅行に来たという気がしないぐらい親しみを覚えるのに、近いところにあっても海に行くと、ずいぶん遠いところにやってきたという思いがする、と叔母さんが書いたものを読んだことがあります。僕もそうなのです。とりわけ束草《ソクチョ》を起点とする、いわゆる国道七号と呼ばれる海沿いの道、そこに初めて行ったとき、本当にここは僕の生まれた国の一部なのだろうか、と思うくらい、馴染みのない風景でした。こんなに美しい場所もあるのだなあ、と思いました。厚浦はその国道七号沿いにあります。浦項《ポハン》、盈徳《ヨンドク》、蔚珍《ウルジン》。こんな地名を聞くと、サンマの干物とかが思い浮かぶでしょう？　後輩や友達と電話で話しているときに、厚浦にいると言うと、厚浦ってどこだと聞かれたりもしました。みんな、厚浦をあんまり知らないんです。厚浦は蔚珍の下に位置していて、わが国の漁村の中ではかなり裕福な人たちが暮らしているところです。車が二台ある家もあります。トラック型の古い車は町や港に出るときに使い、蔚珍や盈徳に出かけるときは、ジープに乗っていくのだそうです。厚浦港には旅客船ターミナルがあるのですが、そこから鬱陵《ウルルン》島《ド》に行く船に乗ることができます。仕事で来たのでなければ、鬱陵島に行ってくることもできたのですが、行ってみたいと思うばかりで、行くことはできませんでした。今この手紙を書きながら、ふと、二人目が大きくなったら厚浦に連れてきて鬱陵島に行かなくちゃ、と思いました。僕が除隊したときに、父が僕を連れて全羅南道を旅したあのときのようにです。

東海《トンヘ》*47の海岸はおおむね整備されていますが、厚浦は村と海が一体になっていて、ああ、こういうのが漁村なんだな、という感があります。ソウルからずいぶんと離れているからなのか、ひっそりとして静かなところです。そのどこもが海辺につづいていて、海を見ながら散歩をしたり、ジョギングしたりするのにもうってつけです。プロデューサーのお母さんが営むペンションも、まさに海とつながっているのです。わざわざ海に行こうと思わなくとも、朝起きて部屋から出れば、もうそこは海です。叔母さんが朝に夕に厚浦の海辺の岩の方へ歩いていく姿を想像したりもします。水が本当にきれいで……心が澄みわたるようなんです。なによりも、厚浦はどこに行ってもご飯がおいしい。とりわけプロデューサーのお母さんが作ってくださるご飯は最高です。毎日、食事のたびに、食べ過ぎないよう努力しなければなりません。プロデューサーのお母さんの料理の腕前が抜きんでてすばらしいと言うよりは、材料が海からとってきたばかりのカレイやズワイガニのようなものばかりだから……叔母さんの好物が厚浦にはすべて揃っていますよ。たぶんそれで叔母さんのことを思ったのでしょうね。観光客のようにすぐに帰ってしまうのではなく、長い間滞在していたので、そこに住んでいる人たちとも親しくなったのですが、彼らの暮らしぶりを聞いても、叔母さんのことを考えていました。叔母さんと一緒に聞きたい話が沢山ありました。裕福な人が多いとはいえ、若者は多くはないのです。よその地方とこれといって変わるところはなく、外国人労働者がいなければ、船の仕事はできないそうです。若者はみんなソウルに行ってしまって、老人だけが残っているという状況です。住民の中には船を持っている人も少なくないですし、海に出漁しての漁獲量も多いので、一生懸命働けば、お金を貯めることができるところなのですが。仕事がいくらでもあるので、ここで暮らそうかと考えたこともあるんですよ。厚浦の船員のほとんどはインドネシアから来た人たちです。僕にはその風景も印象的で、フィルムに収めてみようと思い、年の初めに厚浦を訪れたときに彼らと一緒に食事をしたり、仕事も少し手伝ったりしました。色黒で素朴な彼らの年齢は二十五歳から三十五歳までと、多様でした。話してみると、みんなそれぞれ故郷に子どもたちが三、四人いました。もらった給料をきちんきちんと家に送るんだそうです。たまにインドネシアに帰って家族の顔を見てくるのだけど、会うたび大きくなっている子どもたちをあとに残して戻ってくる足取りは重い、と彼らは話すんですよ。子どもたちに会いたいか、と僕が聞くと……何も言わずに、ただ静かに微笑んで海を見ています。彼らのうち三十五歳の人は、厚浦に来て七年になると言いました。韓国語がとても上手で、住民たちがインドネシアの人たちと話していて意思疎通がうまくいかないときには、彼が間に入ったりもしていました。僕ともすぐに親しくなったんですが、厚浦で稼いだ金でインドネシアに家と土地を買ったと、自慢してもいました。あともう数年働いて、土地を広げるつもりだそうです。帰ったらその土地で農業をするのだと。その土地に植える穀物や果物の名前も沢山教えてくれましたが……買った土地で妻がヤシを栽培しているんだそうです。ヤシ栽培がうまくいきすぎて、値崩れするのを心配していました。豊作になると、かえって儲けがなくなるのはどこも同じようです。彼と親しくなったおかげで、見知らぬ国に出稼ぎにきた貧しい労働者から、また別の姿が見える

＊47：東海　朝鮮半島と日本列島のあいだに横たわる海域の韓国での名称。日本海。

のでした。わずか数十年前には、僕の父もこんなふうだったのだろうと思ったりもします。伯父さんがリビアに行ったときに、空港に見送りに行ったことも思い出したりして。二度目の厚浦行で、僕をいちばん歓迎してくれたのは、インドネシアから来た彼らでした。彼らは家族と再会するかのように、僕との再会を喜んでくれました。ソウルに帰ったとたんに彼らを忘れて過ごしていたことが申し訳なくなるほどに、歓迎してくれました。彼らの人生にスポットライトを当てたいという気持ちもわきました。いつか厚浦を背景に映画を作る機会があればいいなと思っています。ご飯を一緒に食べたり、休憩時間の合間合間に彼らと話したりもしました。僕らとはいろいろなことが違います。僕らは余裕があれば、子どもたちの教育についてあれこれ沢山の計画を立てますが、彼らは家を買い、土地を買う話をよくします。子どもたちの教育にはあまり関心がない……そこが違うのでした。

思いどおりになるかどうかはわかりませんが、僕は子どもたちと沢山旅行したいんです。軍を除隊したときに、父と一緒に旅したことが、今も僕の脳裏に深く刻み込まれているんです。あのときの父との時間はとても良いものでした。旅行というと、あのときのことが思い浮かぶほどに。おとといは、二人目の顔を覗きこんでから銀行に行きました。この子が五つか六つになったらキャンピングカーを買おうと、積み立てを始めたのです。当座の生活費もギリギリなのに、キャンピングカーを夢見て積み立てとは……ちょっと可笑しくて妻には言えないのですが、銀行から帰ってきたときには実にいい気分でした。あのときの父との旅はどういうわけで行くことになったのか、あらためてよくよく考えてみました。除隊したらすぐに旅に出よう、と父の方から言ってきました。ノートを取り出して旅の計画を立ててみるのは、思ったより面白かったです。除隊の日、父が部隊の前に車で来ました。父と交代で運転し、全羅南道へと向かいながら感じたあの解放感。父のおかげで、自分が特別な人のように感じられました。麗水《ヨス》、木浦《モッポ》、海南《ヘナム》、康珍《カンジン》、高興《コフン》……毎日宿を変えて、海にも行き、寺にも行き、ハイガイも食べ、タコも食べて……楽しかった。一週間が一日のように過ぎていった旅でした。あのとき、父と初めて大人同士として向き合ったようでした。父は僕が通っているデジタルメディア学科についてあれこれ尋ね、そこを卒業したらどこに就職するのか、と聞きました。僕は分別もなく、卒業したら就職よりは映画の演出をしたいと言ったんです。さらに映画の勉強をしたいのだと。デジタルメディア学科で学んだことすべてが、映画作りに役立つのだと、興奮して自分のことばかりしゃべっていたようです。父は僕の話を半分も理解できなかったろうと思うのですが、それにもかかわらず、やりたいことをやらなくちゃな、と言いました。あとになって思うに、あの頃、父は僕と弟のことでずいぶんと思い悩んでいたようです。メディア学科なんて、いったいそこで僕が何を勉強しているのか、父にはよくわからないところに通っているときに入隊し、弟の方は美大受験の準備をしていましたが、予備校の費用はほぼ父のひと月分の給料でした。それでも父は海辺のジャガイモ畑の前で車を降りて、僕と差し向かいで煙草を吸い、夜の浜辺でビールを一緒に飲んで……

旅の最後に、おじいさんの家に寄りました。全羅南道の旅の最後の日に、父が、J市に寄っておじいさんとおばあさんを連れて温泉に行こう、と言ったのです。おじいさんは温泉のあたたかな湯に入るのが好きなのだ、と言って。J市の家に着いたら、おばあさんは内蔵山《ネジャンサン》に行って留守でした。村の女性たちだけの山菜料理の昼食会だそうで、おじいさんがひとりで家にいたんです。前もって知らせて立ち寄ったわけではなかったので、残念ですが、おじいさんだけ連れて辺山《ピョンサン》のあたりにある温泉に行くことになりました。運転は僕がしていたのですが、温泉に行く途中、どのあたりだったか、おじいさんが父に封筒を差し出しました。父は封筒の中に入っているのがお金だということを確認すると、手を横に振って断りました。おじいさんはとにかく渡そうとし、父は受け取るまいと押し問答するのを、僕はバックミラー越しに見ていました。おじいさんがいっこうに引き下がらずにいると、とうとう父が、本当にもう、どうしてこんなことをするんですか、アボジ！　と、おじいさんに怒ったんです。それでもおじいさんは頑として譲りません。

――稲を買い上げてもらって受け取った金だ。

――……

――おまえには苦労ばかりさせて、何もしてやれなかったから。

――……

――おまえが三士官学校に行ったのも、わしが学費を出してやれんかったからじゃないか！

――……

――あのとき、おまえの学費を出してやれんかったから、トンの学費はこれで払え。

僕の学費？

口数が少なく、いつも人の話を聞くばかりだったおじいさんが、トンの学費をこれで払え、と言ったものだから、いつのまにか、お金の入った封筒は僕の問題になっているじゃないですか。運転しながら、父とおじいさんをバックミラー越しに見ている僕の気持ちは、しばし混乱しました。封筒を押しつけたり、突き返したりしていた二人の間に、重い沈黙が流れていました。温泉に着くまで、おじいさんはあちらの窓を、父はこちらの窓を眺めていました。なんだってそこまでするんだろう、と思いもしました。温泉に着いて、あたたかい湯の中に入ってもなお、二人は何も話しませんでした。ただ、父は、おじいさんの背中を丁寧に流していました。アボジ、ずいぶん痩せましたね、と言いながら。父がおじいさんの背中を時間をかけて流していたので、そのとき僕も父の背中を流してあげました。おじいさんがくれた封筒に入っていたお金で、父が僕の学費を払ったのかどうか、僕は知りません。でも、父との旅の最後に遭遇したあの光景が、僕の心の中にくっきりと残っています。

僕が結婚するときのことが思い出されます。僕が結婚すると言ったとき、叔母さんまでが心配そうな表情で僕を見ていましたよね。叔母さんがあんな表情で僕を見つめたのは、あのときが初めてです。僕が何をしても、叔母さんはいつも、あんたならきっと大丈夫、と応援してくれていたのに、結婚の話をしたら、何も言わずにただじっと僕を見ていました。どうやって暮らすつもり？　そう口に出して言いはしませんでしたが、叔母さんの目はそう言っていました。それまで、短編映画を三つ作っただけで、定収入があるわけでもない僕が、結婚をすると言い出すなんて……それでも結婚して、二人の子の父親にまでなるなんて。もしかしたら、僕がいちばん世間知らずの危ないヤツだったようです。まったく本当に、何を信じて結婚して、子を二人も持ったのでしょうか。妻がこんなことを聞いたら悲しむでしょうね、叔母さん。妻は短編映画を撮っているときに出会ったので、僕の事情をよくわかっているほうでしょう。妻は僕がしていることが好きで、僕を信じて、明日は今日よりよくなっていると考える人なので、どれほど幸運なのかわかりません。実際、僕は妻のそのような気持ちを信じて結婚したのだと思っているのですが、妻は僕の何を信じて結婚したのでしょう……聞こうとして、ぐっとこらえたことがあります。叔母さんも知ってのとおり、最初の子はよく食べるでしょう？　何でも本当においしそうに食べるんです。リンゴも大きなのを一つ、ひとりで食べるし、スライスチーズも何枚も一度に食べ……ご飯を食べなくて、親が追いかけて食べさせる子もいるというのに、うちはそんなことはありません。むしろ、おいしそうに食べるので、食欲がないときにも食べる気になるほどです。妻とふたりで暮らしていたときは、チキンの配達を頼むときも一羽分でもう十分だったんです。残すこともありました。ところが、子どもが大きくなると一羽では足りなくなりました。それで、子どもがチキンを食べたいと言うと、二羽分頼もうかどうしようか、悩むようになったんです。チキンを一羽分だけ頼んで、僕は一切れだけ食べると急に約束ができたふりをして家を出て、外をぶらぶらしてから帰ったこともありました。僕はいつになったら、お金のことを心配せず、ためらうこともなくチキンを二羽分注文することができるだろう、と思ったり、お金を一生懸命稼がなくちゃいけないのに、と思ったり……こんな気持ちになるとは、僕もどうやら父親になりつつあるようです。

僕が結婚した頃、おじいさんが足の手術で江南《カンナム》の整形外科に入院していました。病室に誰もいない隙を見計らって、おじいさんがそばに来るよう僕に手招きをしました。何か言うことがあるのだろうか。そう思ってそばに行くと、患者衣のポケットから小切手を一枚取り出して、僕の手にぎゅっと握らせたんです。驚いて、おじいさん、僕も稼ぎがあるんですよ、と言うと、ほかの孫たちにはやれんのじゃ、おまえにだけやるんだから、なんも言わんと、必要なときに使え。おじいさんはそう言ってベッドに上がり、言うべきことは全部言ったというように、目をぎゅっとつむりました。そして、僕に何も言わせまいと、目を開けようとしない。病院を出てから、おじいさんがくれたものを広げて見てみれば、J市農協発行の百万ウォンの小切手でした。僕が結婚すると聞いて、入院するためにソウルに来る途中に、わざわざ農協に行って、小切手を切ってくれたのでした。僕のために。今でもおじいさんは、ちゃんと稼いでいるんだと言っても、僕を見ると少しでもお金をくれようとします。僕の自尊心が傷つくかもしれないと思うのか、誰にも知られないように渡そうと、おじいさんなりに作戦を立てているようなのですが、僕にはその心遣いがすっかり見えているんです。

叔母さん。

おとといに、僕が二人目を抱いている写真を送ったら、叔母さんが、あんた、なんで、あんな顔してるの、とメッセージを送ってきたでしょう？　遅ればせながら、じっくり写真を見てみれば、最近の僕の心情があの写真には写しこまれていました。一人の子の父親になった僕の顔は、深い憂いに満ちています。あの写真を見た人たちは、誰もが生まれたばかりの赤ん坊のことを話しますが、叔母さんは僕を見たんだなぁと、自分のあの表情が恥ずかしくなりました。でも、叔母さん。最初の子ができたという知らせを聞いたときは、僕に何が起こったのかもよくわからないまま、あわただしく時が過ぎていきました。最初、子どもができたと妻が言ったとき、正直、面食らってしまって、どうしたらいいんだ？　という思いから、なんだって？　と言ったんです。赤ちゃんができたと言っているのに、夫ともあろう者が落胆した表情で、なんだって？　なんて……妻の目に涙が浮かぶのを見て、ようやく正気を取り戻しました。あの瞬間を思うと、今でもぞっとします。知らず知らず妻を傷つけたようで、これほど申し訳ないことはありません。

時が流れて最初の子が生まれ、看護師が子どもを確認するようにと、生まれた赤ん坊がいる部屋に僕を案内しました。赤く細い手首に黄色い札をつけた赤ん坊が、もぞもぞしていました。看護師が消毒済の手袋をはめて、赤ん坊の髪の毛と頭に触りながら言いました。見てください、頭もきれいですし、ほら、目も鼻も口もきちんとあります、と。赤ん坊がぎゅっと握っている指を一つずつ広げて、さあ、一つ、二つ、三つ、四つ、五つ……ご覧になりましたね？　ここ、男の子のしるし、ご覧になりました？　赤ん坊の小さくて赤い足の指の一つ一つに触れながら、いいですか、指も一つ、二つ、三つ、四つ、五つ……ご覧になりましたね？　この世に五体満足で生まれてきたことを、父親である僕の前で一つ一つ確認を受けた赤ん坊が、手足をばたつかせて激しく泣きはじめると、ねっ、見てのとおり、赤ちゃんがとても元気に泣いているでしょう？　僕は看護師の言葉にはい、はい、はい、そう答えているうちに、ただもう胸がじーんとなっていました。看護師の一言一言が、ずしり、ずしりと音を立てて胸の底に落ちていくんです。そうか、僕の子は頭もきれいだし、目、鼻、口もちゃんとしているし、手の指も足の指もちゃんとついていて、元気に僕のところにやってきたんだなぁ、という思いが。今まで当たり前に思っていたことを、ここ、ここ、と言いながら一つ一つ確認することで、はじめて、ああ、当たり前のことじゃなかったんだなぁと。なにごともなく無事に生まれてきてくれたことのありがたさに、足をばたつかせて泣いている赤ん坊の隣で、一緒に少しだけ泣きました。

子どもが一人のときと、二人のときでは、こんなにも心持ちが違うんですね。僕ももうすっかり父親になったようで、生まれたばかりの赤ん坊が僕の前に置かれていると、一日一日が重くのしかかります。胸が締めつけられるように苦しいこともあります。昨日は、上の子が母親を弟にとられて、僕の部屋に来て、本を読んでいるうちに寝たのですが、手を額に乗せて、左足を曲げて右足に載せて寝ていたのです。おじいさんが昼寝をするときとまったく同じ姿で。父も昼寝をするときにはそうやって寝るのですが、妻が僕もそうだと言うのです。おかしなところがよくもまあ似るもんだ、と思いながら、子どもの寝ている姿を見ていると、この子たちをどうやって僕が育てるんだという気持ちになって、苦しくなってきました。もどかしいのです。僕がちゃんとしなくてはいけないのに……と。

いつだったか、叔母さんが知っている会社にメディア部署が新しくできて、映像を作って広報するのがその部署の主要な業務だから、僕がやっていることとそう違わないんじゃないか、その会社が社員を採用するから応募してみないかと、尋ねたことがあったでしょう？　叔母さんが僕にその話を切り出すのも簡単ではなかったと思うのですが、僕は即座に、映画を作る仕事だけをやりたいのだと答えました。とにかく、この業界で生き残るつもりだと。あのときの僕の言葉もかっこよかったでしょう？　映画のそばにいたいんだ、と言ったんだったか……何も考えずに、迷わず意気揚々と答える僕に、叔母さんが、うん、そうね……と言って、まじまじと僕を見ていたことを思い出します。あのときも、今も、映画に対する僕の気持ちに変わりはありません。でも、今またあのときと同じ質問をされたら、同じように答えるとしても、あのときみたいに即座に、まるで抵抗するかのように答えることはできないだろう、と思います。

上の子はずいぶん大きくなりました。それまでいなかった弟が生まれて、自分に集中していた関心が二つに分かれてしまうだろうに、幼い子がそれをどうやって克服するのかと少し心配していたのですが、不思議なことに、もうすぐにも兄のようにふるまうのです。どこかで教わったわけでもないのに、赤ん坊の頭をなでてやり、赤ん坊が泣けば、ごはんをあげてと言いながら母親に哺乳瓶を持っていき、赤ん坊が眠ると、トントンとたたいてやり、本を読んであげようと本を開いたりもすれば、布団をかけてやったりもします。そうしながらも、やたらとトイレに行くのです。幼い子が兄らしくふるまおうとして、ストレスがたまっているようなのです。それまではすべての中心が自分であったはずなのに、赤ん坊がやってきてからというもの、お客さんが来ても自分よりも赤ん坊に関心を向けるので、少しばかりショックも受け、喪失感を抱いてもいるようです。それでも、幼い子がそれを顔に出さずにいます。妻が、こっちにおいで、抱っこしてあげるよ、と言うと、これまでだったらすぐに妻の胸に飛び込んでいった子が、今ではまず弟の様子をうかがいます。寂しいの？　我慢しないで、言いたいことがあるなら言ってごらん、そう話しかけても、ないよ、ないよ……と言って。上の子のそんな様子を見ていると、妙な気持ちになります。思わず、僕も頑張ってみよう、と呟いているんです。僕が子どもを育てているのではなく、逆に子どもが父親である僕を育てているように感じるんです。ずいぶん前に、運転する僕の後ろで、おじいさんと父がお金の入った封筒をめぐって押し問答していた姿。あのときはなんでそんなことをするんだろう、と思っていたんですが、ようやくあのときの二人の気持ちがわかるようで、いまごろになって鼻の奥がツンとなるんです。

叔母さん。

おしゃべりが長くなってしまいましたね。家族のあいだには、僕に二人目の子どもが生まれたことを叔母さんに伝えるのを憚《はばか》るような空気があります。でも僕は、頭もきれいで、目も鼻も口もそろっていて、手の指、足の指もちゃんとついている赤ん坊が生まれたことを、叔母さんと一緒に祝いたいのです。いいでしょう、叔母さん？

第五章　すべてが終わった場所でも

南の方では、川が溢れて流されてきた牛たちが、水びたしの畜舎の屋根の上に逃げた夏が過ぎようとしていた。畜舎の上にあがった牛たちをクレーンで救助するテレビ画面を穴のあくほど見つめていた父が、あれじゃあ、腹がひどく痛かろうになぁ……独り言を言いながら深くため息をついていた夏が。

J市に来ることのなかったこの数年間、私はとにかくよく物をなくした。手にしていた物を家まで持って帰ることができなかった。靴屋で買ったサンダルを、魚屋で買った生ガキを、印刷用紙がなくなったので文房具店に行き、支払いを済ませたA４用紙の束を、いったいどこに置いてきたのか、自分でもわからないのだった。家に帰ると、私の手には何もない。私は何も持っていない手を握ったり開いたりして、それから水を出しっぱなしにして手を洗いつづけた。家に入るために必要な玄関の鍵すらもことごとく失くして、最後の一つだけになったとき、その鍵を持って近所の鍵屋に行った。鍵屋は、携帯電話の代理店と狭い路地の間にあった。出入口のドアをつける余裕もないほど間口が狭く、奥に細長く伸びる店だった。映画のチケットを買うときのように、窓口の向こうの鍵屋の男性に鍵を差し出して、合鍵を六つ作ってほしいと言った。鍵を受け取った男が眼鏡越しに私をじっと見て、お元気でしたか、と聞いた。この人、私を知っているの？そう思うと、急に自分の恰好が気になった。洗っていない髪、襟がよれよれのシャツに、かかとを踏んだスニーカー……顔ぐらい洗ってくればよかった、そう思いつつ、返事をするかわりに微笑んだ。どれくらいかかるのかと聞くと、二、三十分もあれば、と言う。それなら二、三十分後に来ます、と言って、あたりをぶらぶら歩いてからもう一度店に行くと、男は、この鍵はフランス製の鍵だから溝が精巧かつ複雑に刻まれていて、同じ型の鍵を取り寄せるのも難しければ、合鍵を作るのも難しいと言った。うちの玄関の鍵はフランス製だったかな。困った様子で突っ立っている私に、簡単にドアを開けられないようにそんな鍵をつけたのだろう、と男は親切に説明すると、この際便利な自動ドアロックに替えてはどうかと言った。娘と一緒に出かけて帰ってくると、いつも娘は、玄関の前で鞄の中の鍵を探している私より早くドアを開けてくれたものだった。ママはいつも鍵が見つからないんだから。私がいなかったら、どうやって生きていくの！　と言いながら、娘は開いたドアの中に私を押しこんだのだった。娘と二人、玄関のドアの前に立っていたあの瞬間が懐かしい。鍵屋の男に、鍵を取り寄せることはできるのかと尋ねると、時間はかかりそうだが取り寄せることはできる、と答えた。私は、時間がかかっても同じものを取り寄せて、合鍵を作ってほしいと頼んだ。男は、鍵ひとつに四万ウォン、全部で二十四万ウォンかかるが、大丈夫かと尋ねた。ひとつ四万ウォン？　高すぎると思ったが、ずっと使うのなら仕方がない。

代わりに数を一つ減らして五つだけ作ってほしい。そう言って、財布から十万ウォンを取り出し、手付金を払ってから私の携帯番号を教えた。合鍵を作るために、一つだけしかなかった鍵を男性に預けてしまったので、鍵を取りにくるようにというメッセージが届くまでの間、玄関の鍵をかけずに過ごした。メッセージを受け取ると、すぐに鍵屋に行った。残金十万ウォンを払い、鞄に入れた鍵をなくさないよう、鞄をぎゅっと抱きかかえて家まで帰りついて、新しい合鍵を試してみた。ドアは開かなかった。それも五つ全部。順番に三回ずつ試してみたが、同じだった。もう一度鍵屋に行き、ドアが開かないと伝えると、男はそんなはずはないと言う。自分はここで合鍵作りを二十年やっているが、今まで自分が作った合鍵でドアが開かなかった客はひとりもない、と。私は鍵屋の窓口の外に立っていて、男は窓口の中にいる。ガラスを間に挟んで、三回ずつ試してみたけれど開かなかったと私は繰り返し、男もまた、そんなはずはないと同じ言葉を繰り返した。男は、自分が行って試してみて開いたらどうするつもりか、と怒りをあらわにさえした。それでも、開かないんです、と私が同じ言葉を繰り返すと、一緒に行ってみようと男は言った。男も自分が作った合鍵でドアを開けることはできなかった。マスターキーと合鍵を受け取って帰っていった男が、二日後に鍵を取りに来るようにとメッセージを送ってきたので、受け取ってきたのだが、状況は同じだった。私がまた鍵屋に行って、今度も開かない、と言うと、男は窓口の外へとお金を押し出しながら「このクソが」と言った。最初は聞き間違えたのかと思った。しかし、男が今しがた吐き出した「このクソが」という言葉が、耳にまとわりついたまま離れないのだ。私は二十万ウォンすべてを一万ウォン札で払ったが、男が窓口の前に差し出したのは五万ウォン札三枚だった。突然鼻血が噴き出すような感じがした。あと五万ウォンくださらないと。はらわたが煮えくり返るようなのを抑えて静かに言うと、一つ三万ウォンが五つだから十五万ウォンだろ、と男が言う。私は、一つ四万ウォンで二十万ウォンだった、と答えた。男の後ろに掛かっている数えきれないほど沢山の鎖や鍵が、大声でわめいているようだった。私は男からお金を返してもらいたかったのではない。ドアを開けられる鍵をもらいたいだけ。だから、もう一度よく確かめてほしいというつもりだった。なのに、突然、このクソが、という言葉が男の口をついて出た瞬間、私の口はぴたりと閉じてしまった。俺がこの鍵を探すのにどれだけ苦労したのかわかってるのか。男のその言葉はもう耳に入ってこなかった。私は鍵を作ることになったときの状況を淡々と説明した。自動ドアロックを新しく取り付けても十五万ウォンかかると、そちらが言ったのだ、合鍵を五つ作ると一つ四万ウォン、合計二十万ウォンだから、合鍵を作る方がお金がかかるとも言った、それでも私が合鍵を作ってほしいと言ったのを忘れたのか……と。男は私の説明を聞くと豹変し、窓口から飛び出してきて、俺がいつそんなことを言った、と大声をあげた。今にも私の胸ぐらにつかみかかりそうな勢いだった。あんた、小説家だってな、顔色一つ変えずに嘘をつきやがる、そんなふうに性根が腐ってるから娘が事故に遭ったんだろうよ、俺が知らないとでも思ってんのか、みんな知ってることなんだ、と男がわめきちらした。道ゆく人びとが、鍵屋の男と私をちらちら見ながら通り過ぎてゆく。信号が変わって道の向こう側から渡ってきた人が、私と男の前に立って見物している。鼓動が早くなり、耳は熱を帯び、頭の中は真っ暗になった。私の手には、男が作ったドアが開かない鍵があった。私はそれらを地面に叩きつけて叫んだ。あんた、一生、その中で合鍵でも作ってなさいよ！　流れ落ちる鼻血を手の平で受けて、バッとまき散らすような気分だった。野次馬がひそひそとささやきあっていた。紅潮した顔で男を押しのけ、道端でささやきあっている人たちも押しのけ、前を向いて歩いてゆく。アボジ。思わず呼んでいた。鍵屋の男に私が吐き捨てた言葉が、私をなんども突き刺していた。自分が吐き捨てた言葉に深々と刺されて、寝てもすぐに目が覚めてしまって、ぼんやりと座っているようなことが、私にはよくあった。両手で顔をさすったら、荒れた手のひらで頬が傷ついた。

父のすぐ横に座って書いているこの文章を、私は消したくはない。もうすでに消しつつあって不安なのだけれど、どうか消してもなお残る言葉がありますように。

最初の台風が来た夜のことだったと思う。屋根を吹き飛ばさんばかりの大きな雨音がしていた。私は、父のベッドの下の床に布団を敷いて眠っていたところを雨風の音に起こされて、天井を見つめていた。雨は次第に激しくなっていった。風で雨がゴオーッと吹き寄せられては、またゴオーッとどこかへと吹き寄せられていくたび、門が揺れ、前庭の椿の枝が折れ、裏庭のサトイモの茎が倒れる気配が耳を打つ。父が目を覚ますのではないかと、寝返りもせずに横になっていた。すると、不意に父がベッドの上に体を起こして、しばらくの間ぼんやりと座っていた。やがて父が私の方を見やると、そっとベッドから降りようとした。私を起こさないよう、父が注意を払っているのがありありとわかった。そのときになってようやく私は起き上がって座ると、アボジ、目が覚めちゃったの？　ねえ、もう寝ないの？……そう言ったときには、父はテレビの下のローボードの扉を開いていた。私は電気をつけた。突然明るくなったせいで目が刺激されたのか、父はしきりにまばたきしながら、何かを探して引き出しの中をずっとまさぐっている。探し物が見つからないのだろうか、中に入っているものを全部取り出して床に広げはじめた。朝夕飲んでいる薬の箱、電池の入っている容器、妹が持ってきたパズルの箱のようなものが山のようになっている。パズルのピースを二つ足りない状態にしておくと、アボジがパズルを組み立てるには難しくなるから、最初は一つだけ除いてパズルを組み立てるようにして、慣れたら二つ除くように、と教えてくれた妹。父がローボードの奥深くまで手を入れて、四角くて白い木綿の風呂敷を取り出した。四隅が結び合わせられていた。父が結び目を解くと、全体が黄ばんでいるうえに、背表紙が黄ばんだ糸で綴じられた古い本が出てきた。小學。天井から降り注ぐ黄色い明かりの下、表紙に漢字で書かれた本のタイトルが現れた。手垢の染みついた表紙は黒ずんでいながらも、つやつやしていた。

——「小學」ね。

——……

——ずっとこの本を持っていたの？

父が分厚い手で顔をなでた。春になれば万物が息を吹き返し、夏が来れば育ち、秋になれば実り、冬になれば収穫するということは不変の法則であり……「小學題辞」を父はしっかりと覚えていた。父が物をどこに置いたか忘れてしまってあたふたしているときに、私がちゃんと思い出

してみて、と言うと、為すべきことを為したのちにも、余力があらば、詩を諳《そら》んじ、書を読み、歌舞をとおして音楽を学び、道理に外れた考えをせぬようにするべし……探し物をしながらも、父は聞こえよがしに「小學題辞」を唱えてみせたりもする。父としては、わしは大丈夫だ、ということを証明したいのだろうが、残念なことに父は探し物をどうしても見つけ出せないのだ。あんなに擦り切れるほどに開いて、読んで、覚えた本の間から、黄ばんだ封筒を取り出した父が、さらに封筒の中から書類と折りたたんだ紙一枚を取り出して広げた。古い便箋だった。父がリビアにいた上の兄に手紙を書くときに使っていた便箋が、黄色く変色していた。そこには、上の兄から末っ子まで、名前と生年月日、生まれた時間が順に書かれていた。私は父の文字をじっと見つめた。漢字とハングルが混ざっていた。一番目の兄は夕方に生まれ、二番目は昼間に、三番目は夕方、四番目の私は真冬の卯の刻だから、早朝に生まれたのだな。妹の誕生日は四月八日、お釈迦様の誕生日の寅の刻だから、夜の明ける頃だ[*48]。最後に書かれた末っ子の名前をじっくりと見た。末っ子の名前の文字のうち「イク(익)」の漢字が「益」だったということを初めて知った。いつのことだったか、父が便箋を広げて兄弟たちの名前と生年月日、生まれた時間を書いていた、その曲がった背中が目に浮かび、切ない気持ちになった。

——これをここにしまったことを思い出したから。

父がさらにもう一つ取り出して見せたのは、意外なことに、住所が大興里《テフンニ》の笠岩面《イバムミョン》になっている土地の登記済権利証だった。

——土地の権利証?

——車天子《チャ》が新天地だと言うて、中央本部を建てた場所が見下ろせる山だ。

——……？

——その山が二束三文で売りに出されたときに買っておいたんじゃ……車天子のことで沢山の人たちが大変な目に遭ったことは知ってはおるが、心の支えがなかった頃だったから……

父の声に、幼い頃に聞いた伯母さんの声が混ざった。伯母さんはまるで目の前で見てきたかのように、新しい世を夢見て車天子のもとへと、まるで群れなす雲のように沢山の人たちがやってきたと話していたのだ。東学《トンハク》も敗れ、国も奪われ、頼るものがなくなってしまったから……と言いながら。父は便箋と土地の権利証をたたんで封筒に入れ、ふたたび小學の間に挟みこんだ。

——何の役にも立たんことをしたもんじゃ。

父は言葉を濁した。私は父をじっと見た。私が知る父は、自分自身が為したことではないことに対して利得を求める人ではなかった。春に種をまかなければ、秋に収穫するものはない。そう考える人だった。鍬ひとつ、鎌ひとつ、それぞれ置き場所を決めて、きちんと保管していた父に、こんな面があったのか。


その夜から、父はなにかするたびに私を呼んだ。これはここにある、というので見てみると、写真の額の裏から取り出した農協の通帳四冊だったり、あるときは呼ばれて行ってみれば、父が

＊48：卯の刻、寅の刻　一日を十二支で約二時間ずつ分ける時法で、卯の刻は午前六時前後、寅の刻は午前四時前後。

井戸にかぶせた蓋を外して中を覗き込んでいる。近づいた私に父は、まだ水が湧いとるな、見てみろ、と言う。深い井戸の中には、父の言うとおり水が溜まっていた。もう誰も井戸水を飲まないけれども、水は音もなく溜まって空を映していた。父は、わしが死んでも井戸を埋めるな、と言った。家は新しくしたが、井戸はいつもこの場所にあった、と話す父の口ぶりは、まるで私に井戸を託すかのようだった。わしが死んでも、という父の声が心に引っかかって寂しくなった私は、そんな話は私にじゃなくて、上の兄さんに言って、と突き放すように言い捨てた。おまえのやっとることを見とると、もう何の役にも立たんもののも大切にしとるようじゃがのぅ……と父は言った。あるとき、父が母のいない寝室のタンスの扉を開けて、ハンガーにかけられていた冬のコートを持って立っていた。初冬から春先まで、出かけるときに父が長らく着ていた純毛の古びたコートだった。コートの肘の部分がすり減って、革が当てられている。あたたかくてよく着とったんじゃがな……父はカビが生えたコートを手にして、おろおろしていた。私が父の手からコートを受け取り、大丈夫よ、今すぐクリーニングに出してくるから、と言うと、ようやく明るい表情になった。行ってきますと声をかけたら、クリーニング屋？　そう聞き返して、少し待ってくれと言う。いつ準備したのだろうか。父は壁のフックに掛けておいた紙袋をすぐに持ってきた。市内の入口のところにクリーニング屋があり、その隣がウンの額縁屋だから、渡してやってくれと。こないだ会ったら、ウンの頭がすっかり禿げていた、持っていってやれば、出かけるときに頭にかぶるだろう、と言うのだった。ウン？　その名前をどれほどひさしく耳にしていなかったことだろう。ウンを思うと、彼の姿ではなく、かつて牛舎の子牛の首にかけられていた「ウンの子牛」と書かれた木札が、真っ先に頭に浮かんだ。ウンに木を切らせ、鉋《かんな》をかけさせ、手に鑿《のみ》を握らせて、文字を彫らせていた若い父の姿と共に。

バスを待って新作路《シンジャンノ》に立ち、父が持たせてくれた紙袋の中を覗いてみると、帽子が四つ入っていた。父がかぶっていた春、夏、秋、冬用の帽子だ。クリーニング屋にコートを出し、店を出てあたりを見まわすと、父の言ったとおり、すぐ隣がウンの額縁屋だった。ガラスに青い文字で、オーダー額縁、と書かれた店の戸は閉まっていた。私はガラス戸越しに、中をきょろきょろと見まわした。ビンテージに見える何も入っていない額縁が店の壁に並べて掛けてあり、ドローイングや犬の写真、刺繍の入ったアクリルの額縁も目に入った。トネリコの木の額縁、と書かれたカードがテーブルの上にあった。額縁の下に5×7、6×8、8×10と写真のサイズが書いてある。ウンが、ここで、こんな店を営んで暮らしていたんだ。うれしさがこみあげた。私に焼いた鳥をぐいと差し出して驚かせたウン。屋根の上にあがって昼寝をしていたウン。そのウンが年を取って、禿げつつあるということも聞かず、屋根の上にあがって昼寝をしていたウン。そのウンが年を取って、禿げつつあるということが想像できなかった。これからウンはアボジの帽子をかぶって歩くんだ、そう思いながら閉まっている戸に紙袋をかけておいた。誰がかけたかわからないかもしれないから、メモでも残しておこうかと思ったけれど、ウンには父の帽子だということはすぐにわかるはず。紙袋がきちんとかかっているか、それだけをもう一度確認した。

クリーニング屋に行く前に、父がタンスから服を取り出しているのを見たときには、夏の湿気でカビが生えてしまった服を虫干しするのだとばかり思っていた。家に戻ってくると、庭の一角に置かれた大きなドラム缶の中で、父の服が燃えている。不要品やごみの類を燃やすドラム缶の中で、父の服が燃えているのを見るなり、私は驚いて、アボジ、と叫んだ。ぼんやりとした表情でドラム缶の中からあがってくる煙を眺めていた父は、もう着ない服だ、と言った。もう着ない服、と淡々と言う父の隣に、ただ立っているしかなかった。服が燃える臭いが家じゅうに漂っていた。かすかな残り火を眺めていると、ナクチョンを覚えているか？　と父が聞く。ナクチョンおじさん？　聞き返すと、どこをふらふらしているのかわからん、と父が言う。ナクチョンおじさんが何も言わずに牛舎から消えたあとに、零細民カード[*49]を作ってやろうと四方八方探しまわったけれど、見つけられんかった、と残念がるのだった。誰かがどこかで見たと言えば、あくる日にはそこに行ってみたりもしたのに、とうとう見つけられんかった、と。ホン。父が声を潜めて私を呼んだ。もしもナクチョンがどこかで死んだという話を耳にしたら、引き取って葬式を出してやってくれ。私が？　と言うと、父は私をじっと見て、なんだ、できんのか？　と聞き返した。アボジがやってあげればいいじゃない。私のその言葉に、父は深いため息をついた。わしがそれまで生きておれば……そこまで言うと、父は私の肩をたたいた。わしがせにゃならんことだが、できそうにもないから言うとるんじゃ。おまえはわしの頼みを聞いてくれそうだから……私が答えられずにいると、家を出るときに「ナクチョンの雄牛」を置いていった人だ、それを考えても葬式は出してやって当然じゃ、でないと借りを返せん、と父は言った。ある晴れた日、父はガーゼのタオルにアルコールをつけて、古くなった太鼓の革に染みついた汚れや、太鼓にぐるりと丸くめぐらされているステンレスの飾りを一つ、一つ、艶が出るほど磨いた。割れてしまった木のバチの先を丁寧に取り除き、木にオイルを何度も重ね塗りした。またあるときには、私と一緒にJ市に出かけ、五差路にある時計屋の前で足を止めると腕時計を外して、長い間大事に使ってきた時計なんだが、中をきれいに掃除してほしい、と時計屋の男性に言った。電池も交換してほしいと。時計屋の男性は時計をあちこちじっくりと見て、古いですけれど、いいものですね、ずいぶん高価だったでしょう、と言った。父は、そうとは知らんかったな、息子がくれたものだから、なくさんようにとばかり思うとった、と言って笑った。家に帰ってくると、父はもう腕時計はつけずにストックバッグに入れて、棚のどこかから時計の箱を探しだしてきた。昨日は手にしていた扇子をどこに置いたのか、見つけられなかったのに、ずいぶん前にしまった時計の箱は見つけられるのね、アボジ？　という私の言葉に、司法試験に三回落ちて就職することになったときに、三番目は泣いたのだと、父は言った。わしの時代があとに残した沢山の不当なことを変えたかったと言うとった、と。今では父にいちばんやさしく接する三番目の兄は、頻繁に父とぶつかっていた。私なら到底言えないことを、兄は父にぶつけた。それはそうじゃない、それは昔のやり方です、アボジが変わらないと……と言って。父が牛を駆ってデモに出ていったのも、三番目の兄の影響だったのかも。父はほこりのこびりついた古い箱の中に時計をしまった。夏の間ずっと、父は片づけをしていた。牛舎の隣の、しっかりと施錠されていた空き家に積み上げていた宅配の

＊49：零細民カード　経済的困窮者のための福祉制度で発給されていたカード。このカードで生活費、住居費などが支給された。現在は、基礎生活受給者資格を取得し同様の支援を受けられる。日本の生活保護制度と似ている。

段ボールを、一つ一つみんな開けて裏庭に広げるとイサクを呼び、要るものがあれば選んで全部持っていけ、と言った。イサクは箱から出てきた包丁セットやフライパンや洗濯ネットのようなものを見ながら、これ、全部新品じゃないですか？　と、目を丸くしていた。消費期限が過ぎた乳酸菌、粉末の健康食品などは、一つ一つ開封して畑に埋めた。それでも残った鍋やスプーンのセットの数々……私はざるのセットに食器類を入れて台所に持っていき、いったいどうしてこんなものを注文したのかと、父に尋ねた。おまえの娘のことを思うたら、会いたくて、むなしゅうなって……と、呟くように言う父に驚いて、ハッと背筋が伸びた。掃除用品の箱といくつもの錆除去剤は、村の近くの商店に持っていった。ずいぶん前に父の店はなくなっていて、その場所には高架橋がかかっていた。父はさらに、サングラスのレンズをはずして、フレームのみぞのほこりまで拭きとって箱にしまった。下駄箱の中の靴も全部とりだして、季節ごとに一足ずつ残すものを選ぶと、あとは燃やすことにした。私が木箱を見つけた日の夜に、父がひとりこっそり燃やしていた手紙の束は、誰からの手紙だったのだろう。父が靴を燃やすのを手伝いながら、あのとき燃やした手紙の差出人は誰なのかと聞いても、父は無言だった。医者は、父がどんなことでも話せるような雰囲気作りをするようにと言った。心の奥に閉じ込めている話を取り出せるようにすることも、心理療法の一種なのであり、父が自分から昔の話をするような雰囲気を作ることが、現状を好転させるのに役立つと言うのだった。いったい誰からの手紙をこっそり燃やしたの、アボジ？　私が何度も繰り返し尋ねると、父は苦虫をかみつぶしたような表情で、キム・スノクからの手紙だ、と言った。キム・スノクって誰？　父は私の問いには答えず、ちらちらと揺らめいている残り火にジョウロで水をかけた。アボジに手紙を送ったキム・スノクという人は、どんな人なの？　父はジョウロを下ろして、もの言いたげな目で私を見ていた。上の兄からの手紙の束のどこかに、キム・スノクからの手紙が挟まっていたのだろうか。その手紙が木箱の中に入っていると知っていたら、先に読んでいたことだろう。その話、私が全部聞くから、キム・スノクが誰なのか話してみて、アボジ。しかし、父は口を閉ざしてしまった。いったい手紙に何が書いてあって、私に隠れて燃やしたの、アボジ？　いい世の中にめぐりあっていたなら、いい人生を送れた人じゃ……私が父を見るたびに思うことを、父はキム・スノクという人に向けて思っていた。いい世の中にめぐりあっていたなら、いい人生を送れた人たち。父の顔に悲しみが滲んでいた。私はもう尋ねることができなかった。二日たっても、靴を燃やした臭いが空気の中にもやもやと漂っていた。

——明け方まで雨が降ったんか。

朝食を食べながら、父が私に尋ねた。

——夜に降って、夜明けにはやんだの。明日は台風が来るんですって。

——台風はもう何度目かな？

——ほんとにね。

例年なら、夏が過ぎて秋夕《チュソク》の頃にやってくる台風が、もうすでに四度目なのだった。昨夜、私は、降りつづく雨音にふと目が覚めて、一晩中寝返りばかり打っていた。そのたびにベッドの上の父の方を見た。妹が送ってくれた薬のおかげなのか、昼から降りだした雨で山の墓所のことが心配になって、ずっとニュースを見つづけて疲れてしまったのか、父は意外にも、昨夜の騒々しい雨音にも一度も目を覚ますことなく眠っていた。夏の間じゅう、強風が吹き荒れた翌朝には、父が墓に行ってくると言って家を出ると、私もついていった。父にとっては特別なことではなく、いつものことのようだった。父と一緒に墓所に行ってみれば、あちこちで山が崩れ、赤土が滑り落ちてきて道をふさいでいる。ニュースでは、南部の河川が氾濫して家々に浸水し、人々が慌てて避難しているという。鶏やアヒルや犬が豪雨の中、頭だけを出して流されているとも。それでも、父が管理している墓所は見事なまでに無事だった。芝生を踏み固め、風雨で落ちて墓の前まで吹き寄せられてきた木の葉を掃き集める父の姿を、私はじっと見ていた。台風の季節の父の日々がどのようなものだったのかが、わかるような気がした。

――この春には五十日以上、一粒の雨も降らんかったというのに、いまごろになって田んぼにも畑にも、なんの役にも立たん雨がやたらと沢山降るもんだ。

――……

――イサクも台風のせいで今年の収穫は難しかろう。

――……

――これまでわしが耕してきた一族の田んぼも、今じゃイサクが耕しとる。

――……

——みんなここを離れて、おらんから。

——……

——今はせめてイサクだけでも残っとるから、一族の田んぼも耕されてはおるが、この先どうなることやら心配じゃ……

——……

——柿も全部落ちてしもうたろうなぁ。

私は何も言えず、柿も全部落ちてしもうたろうなぁ、という言葉にだけ、そうね、と相槌を打った。農業になんの助けにもならない大雨が降ることへの心配、台風の心配、イサクの心配、柿の心配まで、父が淡々と落ち着いた声で話すものだから、なんでもないことのように思えた。昨夜の風雨で落ちてしまっただろう柿の心配をしていると、父は、柿はかあさんの大好物なんだがな……とも言った。夜に雨が降ったあくる日に、父と二人で村をひとめぐりすると、どの家も、柿の木の下にまだ育ちきっていない青柿が沢山落ちて、山のようになっている、そんな夏のことだった。J市は柿の木が多い。どの家にも三、四本の柿の木がある。幼い頃、おやつなどなかったJ市の子どもたちは、誰もが柿の木を見上げたものだ。春に柿の木が水を吸いあげ、新芽が出て、柿の葉の間から花が咲いて落ちると、子どもたちは柿の木の下に三々五々集まって座り、柿の花を拾って食べた。口の中に広がる甘い柿の花の香り。女の子たちは柿の花に糸を通して首にかけたり、手首に巻いたり、おなかがすけばそれを取って食べたりもした。そんなグループのどれかに、おかっぱ頭の私も混ざっていた。風雨で落ちてしまったのは柿だけではあるまい。それでも父がことさらに柿の心配をするのには、無意識の働きがあるのだろう。夏には、雨と台風で青柿が落ちると、子どもたちは小さな甕《かめ》に青柿を入れて水を注ぎ、塩をふって渋が抜けるのを待って、一つずつ取り出して食べた。秋になる前に熟《う》れた柿が落ちることもあった。それをいち早く拾うために、子どもたちは、朝起きるとすぐに柿の木の下に走っていった。わが家の柿の木は平柿の木と呼ばれていた。実が生るのは隔年ではあったが、その名のとおり、平たい柿が鈴なりに生った。偶然、柿の木に赤くなりつつある実を見つけると、毎日それを見あげた。夜の間にその赤い実が落ちてしまったのではないかと、朝起きると真っ先に柿の木の下に行った記憶。収穫を終えた初冬の頃に、柿もぎの日があった。その日の朝、父は先の広がった長い棒を一つずつ、兄たちに持たせた。父が柿の木に登り、枝を引き寄せて柿をもいで、柿の木の下に立っている私と母の方へ投げる。柿を一つずつ受けとってかごに入れていくと、いつのまにか、かごにいっぱいになっている。かごいっぱいの赤い平柿を見ていると、わくわくした。お金持ちになったみたいで。母はその柿のうち、ある程度の数は皮を剝いて干し柿にした。皮もざるに載せて干し、残りは米の入った甕に入れておいて、熟柿になると一つずつ取り出して私たちにくれた。干した柿の皮を噛んで過ごしていた長い冬の日々。柿もぎの日の最後の仕事は、鷺《さぎ》のために柿を残しておくことだった。木の高いところについた柿の果柄を、先の広がった長い棒の間に挟んで柿をもぐ、その作業が面白くなった兄たちが、一番高いところに生っている柿まで取ろうとすると、もうやめろ、と父は言った。

──あれは鷺たちが食べるから、そのままにしとけ。

あのとき、てっぺんに残っていたあの赤い柿の実を、鷺が食べたかどうかはわからないけれど、父のその言葉は長い歳月が流れた今も残っている。木を一本、植えることのできる家に越したとき、私がそこに柿の木を植えたのも幼い頃の記憶ゆえのことだろう。その木の最初の実をもぐときには、娘と一緒にもいだ。枝先にぶらさがる柿をもぐことができずに、じりじりしている娘に、鷺たちが食べるから、そのままにしときなさい、と言いながら。

なにごともなく穏やかに言葉を交わした朝だったが、父の顔にふっと不安の色が浮かび、雨のせいかな、伯母さんが今朝は来んかったようじゃ、と言った。私は箸を持ったまま、食卓の向かい側に座っている父を呆然と見つめた。

──どこか具合が悪いんじゃろうか。

父が手にしているスプーンの上に、肉の煮つけを一切れのせてあげた。数か月にわたる歯科治療を終えた父は、今では肉の煮つけを噛むことができるようになっていた。

──全部食べてね、アボジ。ご飯を食べたら、伯母さんの家に行ってみましょう。

父は肉がのったスプーンを口に入れる。しばしば父は、この世にもうない存在を探すのだった。そんなときにはいつも、伯母さんとチャムが登場した。一昨日は、朝食をとっていた父が私に、どうして娘を連れてこなかったのかと尋ねて、ぼんやりと座っていた。そのうちまた思い出したかのように、どうしておまえは学校に行かんで、ここにおるんだ、と聞いた。学校？　私が聞き返すと、父は疲れきった声で、学校をさぼっちゃいかん、早く学校に行きなさい、と。

毎朝、食後に必ず三番目の兄から電話が来るのだが、今がその時間なのだ。いつもなら、三番目から電話がかかってくるからと電話の脇に座っている父が、帽子までかぶって玄関の前に立ち、私を見ている。早く出てこいという意味だ。

――三番目の兄さんから電話がかかってくるでしょうから、電話に出てから行きましょうよ、アボジ。

それでも父は玄関の前に立っている。父と目が合うと、私は電話を指さした。ようやく父は私の言っていることを理解し、私の方に歩いてきてベッドに腰かけた。父が座るなり、電話のベルが鳴った。父が受話器を取った。

――アボジ、三番目です。

――……

――よく眠れましたか。

父は何も言わずに受話器を耳に当てている。少し離れたところにいる私の耳に、受話器の向こう側の三番目の兄が、アボジ、アボジと呼びかける声が聞こえた。父はその声をじっと聞いていたのだが、そのうち受話器を私に差し出した。

――電話が切れてしまったようだな。何も聞こえん。

私は父が差し出した受話器を受け取った。アボジ、アボジ？　と呼んでいた三番目の兄が、僕の声が聞こえませんか、と尋ねている。私はまた父に受話器を渡した。

——アボジ、よく聞こえるけど。

父は、私が差し出した受話器をただ見ているだけ。三番目の兄と話す気がないのか、受け取らない。ずっとそうやっているわけにもいかず、私が受話器に向かって、兄さん、と返事をした。

——アボジはどうして何も言わないんだ？

ベッドに腰かけてうなだれている父を見て、私はどう言えばいいかわからず、しばし口ごもっていたそのとき、トイレのドアが目に入った。

——我慢できなくて、あわててトイレに行っちゃったの。

——ああ……

——出勤したの？

——うん……アボジは変わりないか。

——ええ。

——おまえには世話をかけるな。

——さ、仕事でしょ、兄さん。

——ああ……明日またかけるよ。

——うん。

受話器を置き、父の隣に座った。

——アボジ、どうしたの？

——……

――兄さんと話したくないの？

父が黙っているので、私はベッドから降りて床に座った。父はベッドに腰かけ、私は床に座っているので、自然と父が膝に置いている手を握ることになった。父の両手を握って指を組むと、切断されて丸くなった指が上に飛び出す格好になった。私は爪のない父の丸まった指をなでてみた。父がびくりとして、私の手を解こうと力を入れたものの、私がぐっと握り返すとすぐに諦めて、深いため息をついた。そうして私たちはずいぶん長い間座っていた。

――オンマに電話してみる？　かけてあげようか？

――かけんでいい。

――オンマとも話したくない？

――話したい。

――じゃあ電話してあげる。

――かけんでいい。

――どうして、アボジ。

――聞こえんのじゃ。

――……？

父は出かけようとしていたのを忘れたのか、私の手を解くと、ベッドに上がって横になろうとした。

――わたしたち、出かけるところだったんだけど、もうやめる？

私の言葉に父は体を起こした。

——どこかに行こうとしていたのか。

このちょっとの間に、伯母さんの家に行こうとしていたのを忘れたのだろうか。

——墓にでも行ってくるか。

——そうね。でも、アボジ、聞こえないってどういうこと?

——電話の声が聞こえんのじゃ。

私は父を凝視した。いったいどういうこと? 父は確かに昨日の朝、三番目の兄と電話したし、夕方には母と電話で話していた。兄にはいつも、車に気をつけろ、煙草をやめられんなら一日に三本までにしておけ、家では酒を飲まんように、とまで言っていた。母との電話では、たいてい受話器の向こうの母ばかりが話しているようだった。受話器の外に漏れ聞こえる母の声には生気があるのに、父はむっつりとうん、うん……とだけ言っていたかと思うと最後に、ホンに電気釜で飯を炊く方法を教わったと言った。ホンがソウルに帰っても、これからは飯を炊いて食べることもできるから、何も心配せんと、すっかり治ってから帰ってこい、と。父との電話を終えた母が、私に電話をかけなおしてきて、あんたがおとうさんにご飯の炊き方を教えたのかい? と聞いた。炊けたらいいじゃない。そう言うと、母の語気が荒くなった。なぜ頼みもしないことをするのか、ということなのだ。おとうさんが今までしたことがないのは、ご飯を炊くことだけだった……そんなことまでおとうさんにさせたくはないのだと言って。母の声には譲れぬものがあった。母が私に思いをそのままぶつけてきたのは、何年ぶりだろうか。私がJ市との往来を断ってからというもの、私たちは言いたいことを飲み込んで、変わりはないか、風邪に気をつけて、ご飯は食べたか、おやすみなさい……というような言葉を交わしつつも、細心の注意を払っていた。ふとした拍子に娘に関する話に触れてしまうようなことがないように。何も言葉を返すことができぬま、ぼんやりと母の言うことをただただ聞いて、そして、オンマ……と声をかけた。ご飯を炊くなんて、大したことじゃないでしょう。米を洗って、内釜に入れて、スイッチを押せばいいだけじゃない。アボジが教えてくれって言ったのよ。と言うと、母は、そうかい……その大したことじゃないことをあたしは生涯やってきたんだ！　そう言って電話を切ってしまった。何がどうして話がそっちの方にいってしまったのか、わからなかったが、もう私の様子をうかがったりしない、以前の母に戻ったような声のトーンだった。私のせいで、どこか心が傷ついて母が電話を切ってしまったのなら、私の方から電話をかけなおして、ことを収めなくてはならないのだけれど、私は電話をかけなかった。待ちきれなくなった母がかけなおしてきて、あんたが悪いのにどうして電話をしてこないの？　と言えば、私は仕方なく、オンマがかけてくるからよ、と言い返した。娘も私に同じように言っていた。電話を切ってしまった母に、少し間をおいて私は電話をかけたが、母はもう電話に出なかった。それが昨日のことだ。

——いつから聞こえないの？

——何日か前から……

——聞こえないのに、今までどうやって電話で話していたの？　昨日も話したでしょう？

――それは……いつも同じ話じゃから、まあこんなもんだろうと返事もして、言いたいことも言うて。

電話に出たところで聞こえないのだからと、携帯電話を家に置いて外出したことも知らず、私はここ数日、父が置いて出た携帯電話を持って、父が行きそうなところを探し歩いたりもしていたのだ。村の集会所にいる父に届けてあげたり、牛舎の脇の畑に母が植えたナスがなっているのだが、それを採っている父のポケットに携帯電話を入れてあげたり。さきおとといには、雨がやんだときに、父が置いていった携帯電話を持ってJ市の国楽院まで訪ねていった。国楽院の人たちと太鼓を叩いていた父は、私のことをぼうっと見ていた。私は、これを忘れて出かけちゃだめじゃないの、連絡がつかなくなるでしょう、と小言を言った。父のシャツの胸ポケットに携帯電話を入れて国楽院を出ると、しばし夏の陽射しの下でぼんやりとしていたが、やがてJ市をひとり歩いてまわった。父が通う国楽院が、私の通っていた中学校と近いことに気がついて、そちらに足を向けたとき、後ろから自転車で来た学生が、そこの人、どいて、どいてと大声で叫んだ。驚いた私が脇によけると、学生は自転車に乗ったまま振り返って、ごめんなさい、ベルが壊れちゃったんです！　と叫んで、ペダルをこいで、あっという間に消え去った。私は学生が消え去った方を眺めながら、しばらく突っ立っていた。ずいぶん前に、私もこの町で、自転車に乗って中学校に通っていたという記憶。そのときのことが思い出されると、自然と膝に力が入った。転ぶたびに、よりによってどうして膝ばっかり怪我したのかしら。すりむいたところから滲みでた血のしずく。怪我をした膝はなかなか治らず、膿むこともあった。治りかけのかさぶたが、水に濡れてはがれてしまうこともあった。傷に軟膏をぬってくれた父の手も思い起こされた。自転車に乗ることを諦めようとしている私に、一度乗り方を覚えてしまえば一生乗ることができる、と言い聞かせていた声も。体で覚えたからだろうか。父の言ったとおり、あのとき自転車に乗ることを身につけたおかげで、私は今でも自転車に乗ることができる。かつて、乗れるようになったばかりの自転車で登校していたJ市の中学校は、校門の位置が変わっていて中に入れなかった。私は校門のあった場所に立って学校の中を覗きこみ、やがて引きかえした。音楽室まで続く長い花壇があり、職員室の前には鐘が釣り下げられていて、授業の始まりと終わりに鐘が鳴り響くのだった。あの鐘を鳴らしていたのは誰だったのだろうか。この土地を離れてからも、どこにいようと鐘の音を聞けば、ここで聞いていた鐘の音を思い出したものだ。プラハのカレル橋の向こうにあった聖堂、名前は忘れてしまったけれど、ステンドグラスが目になんともまばゆかったその聖堂の鐘の音を聞いたときも、生まれ故郷の中学校で聞いたこの小さな鐘の音が思い出されたのだった。学校の中に入ることができたなら、赤煉瓦の塀に釣り下げられていたあの鐘が、今もまだ同じ場所にあるのか、確かめたことだろう。学生や教職員が自転車を置いていた本館裏の藤棚が、今もそのままなのか、ということも。紫色の花が咲くその藤棚の下が、私は好きだった。その下のベンチに座って本を読むことが。すっかり忘れていた昔のことだ。私がこんなに変わってしまったのだから、私が去った場所もそのままであろうはずがない。新しい校門の場所を探すことには思いがいたらず、学校をあとにしてJ市の通りを歩いていくうち、大興里の橋の上に出た。ずいぶん昔、向こう側から歩いてくる父がくたびれて小さく見えて、思わず目をそらしたその橋の上に立って、下を見おろしてみた。大雨で増水した川が、ごうごうと激しい音を立てて流れていた。私はしばらくぼんやりと立ち尽くし、はっとして、一歩あとずさった。渦が作り出す白い泡が一斉に私に向かって突進してきて、これからも今までのように生きていくつもりなのか？　と叫んでいるかのようだった。不意に心が乱れて、恐怖が押し寄せてきた。J市に来て、初めて、娘の顔がくっきりと心に浮かんだ。J市に来ることのなかったこの数年間、娘の顔をきちんと思い出せずにいた。私を見つけて駆け寄ってきた娘の顔は、すぐにぼやけた顔になってしまうのだ。自分がつらいからという理由で、娘の顔をありのままに思い出さずに、ぼやけたままにしておくのではないか。怖くなった私は、家の表札の住所の横に娘の名前を刻みつけた。娘が幼い頃によく絵を描いて遊んでいたスケッチブックから見つけ出したトカゲの絵を基に、銅板レリーフを作って門に取りつけることから始めて、娘が遺した数々のものを基にして、きれいにレリーフができるよう、私は工房に出かけて時を過ごした。痕跡の数々に執着するほどに、娘に対する実感は遠ざかり、娘の顔は次第にぼやけていった。そのうち私は娘の顔すら忘れてしまうのではないかという恐怖に襲われ、夜中に起きだしてノートパソコンを立ち上げては、娘の写真をあれこれ取り出して、じっと眺めてもいた。夢の中にすら出てきてくれない娘が、いきなりJ市の川の白い泡の中から、目にも鮮やかに浮かびあがってくるなんて。娘よ、私はJ市に来たよ。泡は渦巻いているのに、娘の顔ははっきりしていた。白い泡の中で娘が体を起こして、ママ、と呼んでいるようだったのに、消えてしまった。家に帰ろうとしていた私は、父が太鼓を叩いている国楽院の方へとふたたび歩きだした。先に帰ったものとばかり思っていた私を、国楽院の廊下で見つけた父が、ホンか？　そう声をかけてきて、私はすぐに父のそばに行って腕を組んだ。それがさきおといのことだ。

眠れないということがどれほどにつらいことか、身に染みて知ったのは、飛行機に九時間乗って辿り着いた、フィンランドのヘルシンキでのことだった。私の本が出版され、現地の出版社の要請で訪れたのだった。韓国の本がフィンランド語に翻訳されて出版されるのは初めてだと言って、編集者が差し出した本を、私は少し疲れた目でぼんやりと眺めた。私が書いたのに、私には一行も読むことができない本も、私のことをぼんやり見ているようだった。本と私はそんなふうによそよそしく対面した。飛行機に乗ってきて疲れていたに過ぎなかった私の目は、ヘルシンキに着いたその日から眠れなくて、赤く充血しはじめた。白夜のせいだった。一年のうち五月下旬から七月中旬ぐらいまで、フィンランドでは白夜が続くということを、そのときに初めて知った。白夜。文字どおり、夜になっても外は暗くならず、白い夜が続いていた。読んだり、聞いたり、映画で見たりしていたあの白夜を、自分が迎えることになろうとは。見知らぬ都市のホテルの部屋で、眠ろうとしてベッドに横たわったものの、何かがおかしい。しまいには起きあがってしまった。最初は、何がおかしいのかわからなかった。過敏になった神経をなだめようと部屋の中をうろうろするうちに、ふとカーテンを開いてみた。窓の外は夜ではなく、昼だった。時計を見ると夜の十一時。どうしてこんなに明るいの？　私は窓辺に立って、白夜の街をぼんやりと見下ろした。何が起こったのだろう。私は視界に入ってくる白い街を眺めながら、サマータイムかもしれないと、ようやくのことで思いいたった。けれども零時を過ぎても、深夜二時になっても、夜は白いままなのだった。三時に外を眺めても明るい、四時になっても明るい、五時になっても明るい。私は白い夜のせいで冴えわたってしまった目で、夜を明かした。時差に早く慣れるために携えてきたメラトニンとアドビルPMを飲んでも、眠ることはできなかった。白夜だとわかった翌日も同じだった。ホテルの窓には遮光カーテンがあり、カーテンを閉めれば部屋は暗くなった。その隙間から差し込む光を遮るために、左右二枚のカーテンの合わせ目の隙間をクリップで留めておいても、眠れない。ベッドに横になって眠りを待っても、窓の外は明るいと思うと、眠りが逃げてしまうのだった。起きだしてクリップで留めたカーテンの隙間をちょっと開いて、窓の外を眺めたりもした。暗くならない白い街、見知らぬ都市の建物、街灯、扉を閉ざしたレストランや食料品店が、現実ならぬ夢幻の風景のようにそこにあった。暗くならない夜だなんて。とにかく何も考えないようにすると、さらに深く考えることにはまりこんでしまう。忘れようとすればするほど、忘れられないように。考えないようにしようと思うことで、何も考えなくなるといいのだが、何かについて考えまいとすると、逆に何も考えることがなくなるまで考えるほかないのだ。どんなことでも、その時期が来れば忘れるのと同じように。窓の外が明るいということを、ことさらに考えまいとしたが、考えまいとすればするほど、窓の外が明るいということが頭から離れなくなってしまう。そうやって数日間眠れなかった。昼寝もよくするし、本を読んだり原稿を書いていると、しばしば昼夜逆転の生活にもなっていたというのに、どうして白夜では眠れなかったのか。フィンランドの出版社が企画したイベントを終えて、夜にホテルに戻ると、足がパンパンにむくんでいることもあった。ベッドに倒れこんだら、すぐにも眠れそうなほど疲れているのに、横になると頭が冴えてしまう。眠らなくちゃ、そうでないと明日の日程をこなせない。そう自分自身に言い聞かせても、無駄だった。そこに滞在していた一週間、眠れない私の目は常に赤く充血していた。誰かと目が合うと申し訳なくて、すぐに目をそらした。滞在中、睡眠不足の私はしょっちゅうつまずいた。階段を上がるときにはくらくらして、手すりにすがりついた。後頭部が重く、頭痛に襲われ、頭が割れそうだった。三日が過ぎると、相手が何を言っているのか、声が聞こえなくなった。インタビューの質問の意味が理解できないほど、認知能力が低下し、ぼうっとしていた。昼に仕事をして疲れて、夜になればぐっすり眠れるということが、どれほどありがたいことだったのか、いまさらながら思い知った。日が落ちて暗くなる、そんなごくあたりまえのことが、どれほどかけがえのないことだったのかということも。充血した目をして昼食をとっていると、自分でも気づかぬままフォークが手からするりと抜け落ちた。あの国で私の本が出版されるのは初めてのことで、私は新人作家にほかならなかった。そんな私のことなど知る者もないだろうに、いったい誰が書店にまでやってくるのか、と思っていたが、案内されてトークイベントの会場に入ると、準備してあった椅子では足りなくて、床に座る人、立っている人の姿がそこかしこに見えた。私は彼らの前で本を朗読しながら、うっかり居眠りしそうにさえなった。それでも彼らは驚くほどに、いぶかしくさえ思うほどに、私が本を読む声に耳を傾けていた。私がうっかり居眠りしそうになって、息が途切れても、彼らは朗読するのに必要な休止符として受け止めていた。生まれた国も異なれば、使う言語も異なり、社会的、文化的経験も異なる人びとが、私の本によってここに集まっている。しっかりしなくては。私は眠気と必死に闘い、自分自身を叱咤しなければならなかった。私の声に集中してくれた彼らのおかげで、意識がはっきりする瞬間もあった。心に潜む痛みが癒される感覚を覚えるほどに没頭し、一時間の予定だった朗読と対話が二時間になることもあった。そうなると、わけがわからなくなるほど、目がぐるぐるとまわるのだった。抜けられない夕食の席でうとうとしながら食事を終えて、ホテルに帰ってくると十一時だった。

——いつになったら暗くなるのでしょうか。

私は、まるで現地の編集者が暗くならないように呪いをかけているかのように言った。もう呪いを解いてくれという口ぶりで。編集者が申し訳なく思うことでもないのに、彼女は少し申し訳なさそうな顔で笑った。

——でも、ここはまだ、日が沈むじゃないですか。東の方へ行けば、深夜零時でも太陽が空にかかっているところもあります。深夜一時になっても。

深夜一時になっても太陽が空にかかっているのは、どこだろう。そこの人びとはどうやって眠るのだろう。考えてみるとフィンランドに滞在している間、夜にホテルに帰って顔を洗ったことがなかった。冷たい水に手をひたして顔を洗うと、眠気が逃げてしまうようで、顔を洗う代わりにカーテンをしっかりと閉めきり、疲れきった体をすぐにベッドに横たえた。疲れて眠れそうな気もしたが、カーテンを閉めるときに見た窓の外の光が目の前をちらついて、目が冴えてしまうのだった。夜になっても暗くならないということが、私にとって、それほどに大きな衝撃だったのだろうか。こんなに眠れなかったら、死ぬかもしれない。ひとり呟きながら、ベッド脇の床にシーツを敷いて寝そべったりもした。浴室に入って床を磨き、その冷たい床に横たわってみたりもした。それでも眠れなくて、ホテルの部屋でいちばん暗いところはどこだろう、と探して、ベッドの下をしばらく覗き込んだりもした。ベッドが低くて、私が横になる空間はなかった。そうこうするうちに発見したクローゼット。私はクローゼットの中に入って、扉を閉めたままじっとうずくまり、父のことを考えた。父が睡眠障害に陥っていると、妹から初めて聞いたときのことを。睡眠障害？　私はただ受け流してしまった。アボジは眠っているのに、アボジの脳はいわば目が覚めたままなのよ。妹がそう言ったときには、父の状態を説明するための比喩としてしか聞いていなかった。持病の脳梗塞の影響だろうと、父の睡眠障害を気にも留めていなかった。そんなふうに聞き流していた父の睡眠障害のことを、白夜の国に来て、あらためて思い起こした。私の話を熱心に聞いていた人びとの姿が閃光のようにかすめていくのと同時に。通訳を介さなければならないにもかかわらず、真剣に私の本についての話を聞いていた彼ら。眠れるかしら？　と思いながら入った暗いクローゼットの中で、私は恥ずかしくなって顔がほてった。父の話を聞こうと、私が一度でも努力したことがあっただろうか。遠い異国の人たちですら、私の話に耳を傾けてくれるのに、私は自分の父親の話をろくに聞いたことがなかったという思い。父の悲しみと苦痛を、父の脳にだけ記憶させたまま、放っていたのだなぁ、と初めて自覚した。口数の少ない父であっても、心を開いて話すことのできる娘であったなら、睡眠障害など患うこともなかったかもしれないという思い。見知らぬ国に来て、白夜のせいで眠れなくなって、充血した目でおろおろしたあげく、ついにはクローゼットの中にまで這いずっていって、ようやくのことで睡眠障害による父の苦痛がどんなものなのか、思いがおよんだのだ。私がフィンランドに行くと言ったとき、後輩が、湖が二十万個以上もある国だと言った。湖の数を数えてみれば、その国では四世帯に一世帯が湖を持っていることになるとも。白樺のような針葉樹林が果てしなく広がり、その間に大小さまざまな湖がきらめいている。はるばる飛行機に乗っていくのだから、フィンランドの湖を見てくるといいとも言った。それなのに、眠れない私は、湖どころか、ホテルのすぐそばにある岩の教会[*50]にすら行けずにいた。私は、夜になっても暗くならない国の、ホテルの部屋のクローゼットの中に身を潜めて、アボジ、昨日の夜はよく眠れた？　気がつけば、ひとりそう呟いていた。仕事が終わるやいなや、ソウルに飛んで帰った。一刻も早く家に帰って、ただただ眠りたくて。

J市に来てからというもの、毎朝、無意識のうちに、昨日の夜はよく眠れた？　と父に尋ねていた。父は、ほとんどいつもうなずいた。夜に納屋に入りこんでしゃがんでいたときも、父は小さい部屋に座って、よう眠れた、とうなずいた。父の睡眠障害は少しずつ悪化しているのにもかかわらず、昨夜はよく眠れたかと聞くと、とにかくうなずくのだ。若かりし頃の父。一日の仕事を終え、日焼けした顔で門を押して入ってくると、家族と一緒にお膳を囲んで夕食をすませ、夜もまだ早いうちから小さくいびきをかいて眠りこんでいた父。父がぐっすり眠る家は、家族の安

＊50：岩の教会　氷河期から残る天然の岩をくり抜いて造られたというテンペリアウキオ教会。

息の場だったという思い。うらやむことも、恐れることも、なかった。父が穏やかにぐっすり眠る家は心強かった。その父がいつの頃からか眠れずに、夢遊病者のように家のあちこちをさまよったすえに、疲れ切って倒れるような状態になるまで、知らずにいたなんて。妹は私に、父と一緒にソウルに来るように言ったのだが、父は拒んだ。かあさんが具合が悪くてソウルの子どものところに行っとるのに、わしまで行くことはできん、と言うのだ。私が、アボジもソウルに行ってちゃんと診《み》てもらって、治療を受けるべきよ、と言うと、私にはめったに怒らない父が腹を立てさえしたのだった。

——ちょっとくらい眠れんからと、病人扱いするんか。

——……

私は父に、ソウルに行くのがいやなら、せめてC市の病院にでも行ってみようと言った。なんとかして父の脳の写真を撮ってみたかったのだ。C市はJ市が属する全羅北道《チョルラプクト》の道庁所在地で、父が以前に通っていたイエス病院があった。私の幼い頃、J市の人たちは、ひどく具合が悪くなったり、入院するようなことがあれば、イエス病院に行ったのだ。だから私は、今でもその病院がC市でいちばん大きな病院だと思っていた。父がソウル行きをとにかく拒むから、C市のイエス病院に行かなくてはと私が言うと、その病院の名声はもう昔のもので、C市の名前がついた大学病院に行くようにと妹が言った。C市に大学病院ができたのかと聞けば、知らなかったの？　生まれ故郷にもうちょっと関心をお持ちになったら？　と言って、笑う。J市の変化もよく知らないのに、C市で起きていることまで知るわけないじゃない、と言葉を返すと、姉さんはマンハッタンについてはよく知ってるんじゃない？　チェルシーマーケットがどこにあって、エミリーだかエイミーだかいうパン屋さんの名前まで知ってるでしょ、と妹。そう言ったかと思うとすぐに、どうでもいい話ね、と付け加えた。私がそんな話をしたかしら。父に、病院に行くと思うのではなく、ひさしぶりにC市に遊びに行くと思えばどう？　と尋ねた。答えないことで聞かなかったことにしている父に、何かにつけてC市に行こうと言ううちに、とうとう、家族には知らせないと約束するなら行くと言った。

――どうして知らせちゃいけないの、アボジ。

――心配かけたくないんじゃ。

そんな父に私は何も言えなかった。私もまた、心配をかけたくないという理由で、これまで父が私の家に来ることを拒んでいた人間だったのだから。

父と一緒に行ったC市の街はあまりに変わっていて、バスを降りた私が途方に暮れた表情で立ち尽くしていると、あそこからタクシーに乗って行こうと、父が先に立って行った。タクシーの中から、変わってしまったC市の街を呆気に取られた顔で眺めている私に、あっちに見えるのが殿洞《チョンドン》聖堂、あれは新しくできた韓屋村《ハノク》*51だと、父が教えてくれた。C市について説明する父は、本当に私を連れて遊びに行く人のようでもあった。予約をして来たのにもかかわらず二時間待た

*51：韓屋村　伝統家屋である韓屋が密集している地域。観光地でもある。

されて、ようやく睡眠障害の検査が始まった。検査の前に父の状況と病歴を詳しく書く必要があったのだが、私はその都度、妹に電話をかけなければならなかった。問診票に簡単な事柄を書き込むときも、それは変わらなかった。寝食を共にしている人でなければわからないこともあって、母に電話をかけて父の睡眠習慣について尋ねるうちに、私は呆然とした思いにもなった。母の記憶によれば、夜中に父が目を覚ましてぼんやり座っているようになってから三十年、寝言がひどくなってからはもう二十年は過ぎている、寝ていたはずが起き上がって庭をうろうろしたり、納屋に入り込んだりするのも十五年前からのことで、もうずいぶんになるのだという。

——どうしてそういうことを、いまごろになって話すわけ？

——あんたこそ、いまごろになって知ったくせに……

私が父について知っていることは、そう多くはないということはわかっていたが、問診票一つもろくに書けないという事実に直面して、心が乱れるばかりだった。父は、眠れないことを大したことではないと思っているようだったが、容易なことではなかった。睡眠障害検査の四日後、私ひとりで検査の結果を聞きにC市に行くと、カルテをじっくり見ていた医師が、体は休みたがっているのに脳の一部分が眠らないのだと、J市の病院の医師が言っていたことと似たようなことを言った。J市の医師も、C市の医師も、約束でもしたかのように、父の体は年老いて衰えて疲れた状態なので、日が暮れると眠くはなるが、脳は覚醒しているのだと言った。もうひとり、医師たちと似たようなことを言ったのは妹だ。そしてC市の医師だけは、長期間放置されてきた睡眠障害によって、父がうつ病も患っていると言った。うつ病、不安障害、パニック障害も併発しているのだと、どれが最初なのかを今になって知ったところで、あまり意味がないのだとも。初期なら、うつ病や不安障害、パニック障害から睡眠障害が引き起こされたのか、あるいはその逆なのか、観察して治療法を探しただろうが、今は一つ一つ分けて観察することに意味がないほど、互いに絡み合っているのだと言う。短期間で治療できることではないから、忍耐が必要なのだと。

——何が原因なのでしょう？

私の質問に、医師も明確に答えることはできなかった。愚問だったのだろう。人それぞれ過去が同じでないように、眠れない理由もみな違うのだろうから。

C市の病院に行ってからというもの、父を前にして私の心はしばしば暗くなり、父の脳の中を想像したりもした。真夜中に食卓に座ってノートパソコンを立ち上げ、脳を検索し、クルミの実のような形をした脳の前頭葉や松果体、記憶を保存する役割を果たしている大脳の構造をあれこれ調べてみたりもした。父の脳が記憶していることは何なのだろう？　何を忘れることができなくて、まともに眠ることもできずに、目覚めたままなのか。父がよく泣いていることも、父の脳は知っているのか。J市の医師と同じように、C市の医師も心理療法を併せて行うことを勧めた。父の年齢できちんと眠れないと、免疫力が急激に落ちて、認知症の発症率も高くなるということで、医師が病院内の心理療法室につないでくれようとしたが、私は保留した。父がどう受けとめるかわからなかったから。もらった薬の処方箋を妹に送り、アボジが心理療法のカウンセリングを受けられると思う？　と聞くと、難しいんじゃないかしら、と妹は言った。もうずいぶん前から勧めてきたし、医師にも会ってみたけれど、アボジは医師の前ではただの一言も話さなかった、と。

――そんなことがあったの？　なんで言ってくれなかったの？

私は母に言ったのとまったく同じことを、妹にも言っていた。

――聞いたのに忘れちゃってるのよ。私は言ったわよ、姉さん。

私は呆然として、ぎゅっと目をつむった。私はこれまで何をしていたのか。いったい、なにゆえに、あんたこそいまごろになって知ったくせに、と母には言われ、聞いたのに忘れちゃってるのよ、と妹からは言われるのか。


私がＪ市に滞在している間も、週末になると、ソウルから兄弟たちが順番に父の様子を見に来た。具合の悪い母を家で見ている三番目の兄のほかは。兄弟たちがやってきている間は、父はよく眠れるだけでなく、いつもよりよく動きもした。口では、忙しいのに何しに来た、と言いながらも、父の表情はいつもより穏やかだった。とりわけ末っ子がＪ市に来ると、父はにっこり笑いさえした。末っ子がＪ市に来ると言ったとき、私は末っ子に、私の家に寄って、書斎の奥のどこかにあるはずの学士帽姿の写真を探してほしい、もし見つかったら持ってきて、と頼んだ。末っ子は写真を見つけだした。そして、Ｊ市にやってくると、兄弟たちの学士帽姿の写真が並んでいる壁の、今まで空いていた私の場所に写真を掛けながら、写真がなかったわけでもなく、こんなふうに額装までしておいて、どうして今までアボジに持ってきてやらなかったのか、と尋ねた。忘れていたと言いつくろったものの、きまりが悪くて台所に行った。昔のアルバムをのぞき込むかのように、切ない目をして、壁に掛けられた写真を眺めている父の隣に立っているのが心苦しくて。末っ子が滞在していた週末に、父は家の中のガタがきているところを修繕した。きちんと閉まらない門を直し、ぐらついている納屋の戸の取っ手をはずして、新しいものに付け替えた。今はもう使っていない犬小屋の金網を片付けようと、父と末っ子は土、日を犬小屋の前で過ごしもした。末っ子が、アボジ、次はどこ？　と言うと、父は末っ子を先に立たせて、小さな門につながっている塀の、門からはちょっと離れたあたりの今にも崩れそうな石をまた積み直した。末っ子がソウルに帰るとき、父は新作路まで末っ子と一緒に出た。

——アボジ、このまま駅まで来ちゃうんじゃないの……

末っ子が帰るように言っても、タクシーが来るまで新作路に立っている。タクシーの中から末っ子が窓を開けて、もういいから、と言うと、父は体をかがめて痩せ細った手をのばして、気をつけてな、と言いながら末っ子の頭をなでた。末っ子を乗せたタクシーが視界から消えるまで新作路に立っていた父は、やがて肩を落として家に帰ってきた。ほかの誰よりも、末っ子がやってきて帰ってしまうと、父と私だけが残された家はいっそう寂しくなるのだった。母が家にいた頃、兄弟が順番にやってきては週末を過ごし、また帰っていった日曜日の夕方は、こんなふうに寂しかったのだろう。末っ子が帰って、私と二人きりになった父は、末っ子と一緒に直した門を閉めてみたり、納屋の戸の取っ手を引いてみたりしながら、せっかく家に帰ってきたのに、休む間もなく仕事ばかりさせてしもうたなぁ、と独り呟いている。ほかの兄弟たちが帰ったあとと、末っ子が帰ったあととでは、父の様子は違った。末っ子が京畿道《キョンギド》高陽市《コヤンシ》の花井《ファジョン》にある自宅に無事帰ったかどうか、知りたがるのだ。いまごろは列車に乗ったろうな、もう到着したろうな、ちょっと電話してみろ、あいつが家に着いたかどうか……父が催促するので、アボジに無事家に着いたと電話してあげて、と末っ子にメッセージを送ると、末っ子が電話をしてくる。ところが、ずいぶんと気にかけていたというのに、ただ一言、無事着いたならいい、と言って、電話を切るのだった。アボジはどうして、あんたのこととなると、ああなるの？　そう尋ねると、末っ子は、いつも僕を送ってくれていたんだよね、と言った。

——どこに？

——僕が大学に行くために家を離れてからは、J市に帰ってきてソウルに戻るときには、アボジが必ず駅まで送ってくれたんだ。深夜でも、朝早い時間でも……いつも何も言わずに、ただそうやって送ってくれたんだよ。服の乱れを直してくれたり、マフラーを巻いてくれたり、ボタンをはめなおしてくれたりして。それだけのことなんだけど、それがどういうわけか僕には心強くて、うれしかったんだよ、姉さん。入場券を買って駅の中まで入ってきて、僕が乗った列車が見えなくなるまで、ずっと立って見ていたからなのか、家でないところでもいつもアボジがそばにいるようで、ときどき、アボジ！　とか言ったりして。とりわけなにか困ったことがあるときには、思わず、アボジ……って、呼んでいることもあったよ。アボジ、助けてください……なんて、僕がね。あのね、つい最近まで駅まで送ってくれていたんだよ、でも今はそれができなくなったから……

もう退職した一番目の兄が来るという連絡をうけると、父は市内まで出て、兄が好きだからとシレギ（大根の葉などを干したもの）の入ったフナの蒸し煮を買ってきて、私に差し出した。三人分だった。兄さんはフナの蒸し煮が好きだったかしら？　蒸し煮を温めて夕食にした。食べ終えた父が立ち上がって庭に出ると、兄も自然と庭に出た。二人は前庭、横庭、裏庭がぐるりとつながっている家のまわりを、夜遅くまで歩きながら話をしていた。それは、早くに家を出た兄がJ市の家に帰ってくると、必ず二人がやっていたことで、今もなお続いているのだった。ときおり父の笑う声がした。私はそのたびに、あっ、アボジが笑ってる、そう思いながら、小さい部屋の窓辺に立って二人を見ていた。耳を澄ませていると、二人の話の中に私が登場していることもあった。父が兄に、ホンはおまえの言うことならよく聞くから、おまえからホンに、もう家に帰れと言うてくれんか、と言うと、いたいからいるんでしょう、あまり気にしなくていいですよ、と兄が答える。兄は父の腰に腕をまわし、ずっと父になにごとか話しかけていた。父が寝たあと、兄と父がやりとりしていた手紙を読んだと私が話すと、あれがまだあるのか？　と言って、兄は笑った。これまでの人生で、あのときほど手紙を沢山書いたことはなかったと。兄は、父と家のまわりをぐるぐる歩きながら話していたことを私が聞いていたとは知らずに、家をずいぶんと長いこと空けているんじゃないのか、俺がアボジのそばにいるから、いいかげん家に帰ったらどうだ、と言った。オンマが帰ってくるまでは、ここにいるわ、と答えた私を、兄はただじっと見つめていた。

オンマが帰ってくるまで。その言葉を口にしたとき、鼻がじんと熱くなってきた私は、グスンと鼻をすすりながら、兄弟たちの卒業写真が掛かっている壁を眺めやった。今まで空いていた私の場所に収まっている私の写真が、私を見つめていた。あの頃に帰ることができるだろうか。この間、母の胃の状態は悪化し、また入院した。兄弟たちは母に悪化したことを言わないことにして、前回の治療の続きであるかのように話した。そんなさなか、今度は母が私に、再入院したことを父には言わないようにと頼んでくる。春の終わりから夏まで、言うな、という言葉が私たち家族の間を漂いつづけていた。


ある夜、目を覚ました父が、ベッドの下で寝ている私を揺り起こした。

――ホン、早く逃げろ！

父は、まだ起きあがりも座りもしていない私を、慌てて自分の体で覆うようにして叫んだ。

――わしがここにおるから、おまえは早く逃げろ。

父は私の背中を押しもした。恐怖に体を震わせながらも、私に危害を加えようとする何かに向かって手を振り回している父を、後ろから抱きしめた。もがいている父をもっと強く抱きしめた。夢を見たのよ、現実ではないの……父を強く抱きしめると、父の体から力が抜けていった。何でもないのよ、アボジ。夜が過ぎて、朝になれば大丈夫だから。押さえつけるように抱きしめていた力をゆるめて、痩せた父の背中をさすった。ふたたびベッドに横になった父の胸をさすって、歌をうたった。寝入ろうとする父がかすかな声で、かあさんには言うな、と言った。〃お母さんが島影に牡蛎《かき》を採りに行くと〃……「島の子」という歌が、父を眠りにつかせてくれた。〃幼な子がひとりぼっちで、留守番を〟……私はどうして「島の子」を子守歌にして歌ったんだろう。また別のある日、父はいきなり起きると、私が止める間もなく玄関の戸を押し開けて、庭に飛び出していった。追いかけていったものの、すでに父は門を避けて塀へと飛びあがっていて、あっという間に裏の家の畑に落ちた。私が駆けつけたときには、塀の下の畑に仰向けに倒れていた。駆け寄って暗闇の中の父を揺さぶると、わしはどうしてこんなところにいるんじゃ……と父は言った。わけがわからずにいる父を支えて、空き家になっている裏の家の庭へとまわり、家に戻ってきてあらためて見てみれば、足の爪が割れて、歩いてきたところに点々と血がついている。頭には藁くず。パジャマのあちこちに畑の土がくっついていた。薬箱を出してきて、割れた足の爪を消毒しているときも、父が口にした言葉は、かあさんには言うな、だった。アボジは李舜臣《イ・スンシン》将軍なの？[*52] かあさんに言うな、だなんて。そう私が言うと、足の爪の怪我だからひどく痛むにもかかわらず、父は笑った。言うな、という言葉。兄弟たちは母の胃の状態を母に言うな、と。父は自分の足の爪のケガを母には言うな、と。

一番目の兄が日曜日の夜の列車でソウルへと向かう間、私に長いメッセージを十数回にも分け

＊52：李舜臣将軍なの？　李舜臣（一五四五～一五九八）は朝鮮時代の将軍。文禄・慶長の役で朝鮮水軍を率いて日本軍と戦い活躍し、「救国の英雄」として称えられている。戦場での臨終の際、「今は闘いが急務である、私の死について知らせるな」と言ったとされる。

て立てつづけに送ってきた。兄が降りる水西《スソ》駅に到着するまで送りつづけていたのだろう。

オモニのいない家におまえがいるから、安心ではあるのだが、おまえのことが気にかかる。と、兄は書いていた。両親が病気になり、もうすっかり年老いてしまっても、村の向こうの線路を列車は走り、田んぼには稲が育ち、川辺の森にはシラサギが飛んでいたと。運動のためにアボジを歩かせようとすると、車が通らない道を探すことになり、結局、あぜ道を歩いたのだが、そのたびに、田んぼに建てられた牛舎の犬が追いかけてきて吠えたてたのだと。

大きな黒犬が一匹、田んぼの牛舎に住んでいることを、私も知っていた。吠えはするが、まったく警戒心がなさそうだと思っていたら、父が知っている犬だった。あの犬はどうしてあそこに住んでいるの？　父に尋ねると、牛を守るためにつないであるのだと言った。田んぼに牛舎が建っていることも不思議なのに、その牛舎を守る犬とは。初めてその前を通ったとき、誰の家の牛舎なのかと聞いたのだが、父は、以前は月城《ウォルソン》のおじさんの田んぼだったけれど、今は誰の田んぼなのかわからん、と答えた。私が散歩しようと言うと、父はきまって冷蔵庫を開けて、サバの煮つけのような残り物をストックバッグに入れて持って出て、田んぼの牛舎の前を通り過ぎるときに犬の餌入れに入れてやった。だからだろう、牛ばかりの田んぼの牛舎にただ一匹で一日を過ごしている犬は、父の気配を感じるとすぐに牛舎の外に出てきて、ずっとしっぽを振りながら父が近づいて来るのを待っていた。つながれていて、駆け寄ることができないのがもどかしそうだった。

近くまで行ってみれば、犬の目は喜びに溢れてキラキラしていた。その黒犬が兄さんにも吠えたてたようだった。

兄はさらに書く。

以前、ある先輩が、退職したら故郷に帰って二週間ぐらい過ごしてみろ、と俺に言ったんだ。すぐに忘れてしまったがね。ところが昨日は、その先輩の言葉がずっと頭の中をぐるぐる回っていた。退職したといっても、変わることなんてなかろう、そう思っていたんだ。先輩が言うように二週間続けて泊まったことはないけれど、両親がまだあの家に暮らしているから、わりとよく行くほうだったし。だけど、昨日、ふと、退職してからJ市に行ったときの俺の心持ちを思い起こしてみた。家に帰って両親に会い、結婚式なんかがあると出席したりしながら、退職前より急いでソウルに帰ることもあったなと。俺はもう職場を退いた人間だという現実を受け入れられずにいたんだなぁ、と思ったよ。J市を離れてソウルに上京して、みずから身につけていった習慣のせいかもしれない。

二十歳の頃にJ市を離れて、四十五年近くも公務員生活、大企業の会社員生活をしているうちに身にしみついた習慣だ。習性のように、朝六時には起きて、健康食品を朝食代わりにして七時半頃には出勤する日々。俺は田舎で育ったから、大都市での会社勤めと日常に慣れていなかった。その対策として、どんなことでも準備する時間を確保することにしていたんだ。最初のうちは何か約束をしたら、道がわからないから、前の日に一度その場所に行くようなことまでやっていた。約束に遅れるなどという失敗をしないようにな。時間を守るぐらいのことは、ちゃんとしたかったんだ。そうやって生きてきたんだよ。会社員生活もそうやってきた。出社時間は九時だったけれど、朝七時半には出勤して、その日にすべきことの準備を九時までに終えていた。自分で決めた出勤時間は七時半だったが、退勤時間は決まっていなかったというのが、俺の会社員生活だった。

俺は退職後も六時には起きていた。俺より先に会社を辞めた先輩たちが金を出し合って作ったオフィスに、七時半までに、まるで出勤でもするように出ていた。そこに行って真っ先にすることは、植木鉢に水をやることだというのに、俺はそうしていたんだ。これからはどうなるかわからないが、これまでのところはほぼ毎日昼食の約束があったし、そうだな、これからはわからないけれど、今のところは週に二度、講義にも出かけるし、退職した会社の諮問役も任されているし。

これまでの四十五年は大変だった。J市を離れて以来、三日以上実家に泊まったことはない、そんな人生を生きてきた。いつでも目の前のことに追われて、一日一日、一週間、一か月、一年……月日がそうやって流れていった。いや、違うな、数年前、夏を越す体力がなくなっていたアボジの持病が悪化して、救急車でソウルの病院に運ばれて、三週間ほどで幸いにも容体が安定して退院したとき、アボジを連れてJ市に帰って、数日間過ごしたことがあるにはあった。おまえがベルリンだかに行っていた年の夏だよ。兄弟みんな、日が合わなくて、俺が夏休みをアボジの退院に合わせたんだ。あの日は、どうしたことか、ひどい雨が降った。最初は車を運転してJ市に行くつもりだったんだが、雨のせいで列車で行くことになった。病気の年老いたアボジと、定年を控えた俺が並んで座り、故郷に向かう列車に乗っている気分というのは、実に妙なもんだった。アボジを支えて列車のトイレに行くとき、水が飲みやすいようにストローを刺した水筒を傾けるとき、その瞬間瞬間がさびしかった。列車がソウル駅を出ると、いつのまにか俺の肩に頭をのせて眠ってしまったアボジを見ていると、すっかり凝り固まっていたはずの俺の心にひびが入るようにも感じたよ。わびしくて、むなしかったが、それだけではなかった。人生の変わり目のできごとが次々と思い出された。二十歳の頃、初めて家を離れたあのときの気持ち、公務員試験の合格証を受け取ったときの気持ち、昼は公務員として働きながら大学の入学試験を受けたときの気持ち、いつの頃だったか、リビアに行った最初の夜の気持ち、忘れたと思っていたかつての気持ちが、生きていくために自分なりにしっかりと固めていた俺の内部を突き破って湧きだしてきた。

退院したアボジを連れて、俺が四十五年前に離れた家に着いたら、オモニが俺の名前を呼びながら出てきたんだ。昔なら走り出てきただろうに、ただ名前を呼んで玄関に寄りかかって立っていたオモニの目に、俺たち父子の姿はどう映っただろうな。

最初は家まで送りとどけてソウルに戻るつもりだったが、二人とあれこれ語り合っているうちに夜になり、次の日に帰ろうと思ったものの、以前より増えた薬を飲むのに苦労するアボジをもう一日見守ることにして残って、翌日はオモニが通院する漢方医院についていって腫れた足を見てしまったものだから、放って帰るわけにはいかず、また一日泊まり……そうやって一週間過ごしたことがあった。

昨夜は、小さい部屋で寝ているおまえのことを考えて、眠れなかった。アボジの隣だとはいえ、俺がいるべき場所におまえがいるように思えてな。なのに、俺はこうして帰っていくわけだ。もう約束を四回も先延ばしにしている古い友人に、明日の午後会うことにしていたのを、昨日の夜、さらに延期したにもかかわらず。眠れなくて家を出て、村をひとり歩いた。水利組合で作った小川へと流れていく水の音も聞いて、漆黒の闇の夜空に広がる銀河も見て、田んぼの稲穂が風に揺れて擦れ合う音も聞いた。昔のことも思い出した。アボジが家を出ていってしまうんじゃないかと、アボジのあとをついて歩いた幼い自分のことをだ。俺は子どもの頃から長男と言われて育った。一番上だから、ちゃんとしてなくちゃいけないと言われた。弟や妹が道を外れたら、一番上の俺が引き戻してやらないといけないと、小学校に入る前から言われていたんだ。正直、俺はそう言われるのがきつかったよ。もし俺がおかしなことになったら、それは俺ひとりのことじゃないと思うと、心も張りつめて、背を丸めて椅子に座っていたりするときにも、ハッと背筋を伸ばしたもんだ。アボジが若い頃、しょっちゅう家を空けていた時期には、このままアボジが帰ってこなかったら、長男である俺はどうしたらいいんだろう……不安だった。アボジが家をしょっちゅう空けていたのも、貧しい田舎の村では現金が貴重だったから、出稼ぎに出ているのだとわかっていたけれど、それでも不安だった。たった一度、アボジが本当に俺たちを捨てて家を出たことがあった。みんな覚えているはずなのに、何も言わずに知らんふりしてきたことだ。あのときの、あの瞬間が、思い出されるたび、みぞおちがキュッとしめつけられるようだ。今はもうこの世にはない伯母さんと一緒に、アボジが暮らす町へと訪ねていったんだ。家の中を冷たい風が吹き抜けるようだったあの頃、ある日、伯母さんが学校に俺を訪ねてきて、俺の手を取って、アボジを迎えに行こうと言った。あのときはそこがどこだったか、わかるはずもなかったが、あとになって思えば、益山《イクサン》のどこかのような気がする。駅のそばの小さな貸間だった。伯母さんと俺の騒々しい気配に、部屋の戸を開けて女の人が出てきた。汗にまみれた手拭いではなく、きれいなヘアバンドをした女の人を、俺はあのとき初めて見た。肩まで落ちるさらさらした黒髪のせいか、顔が白く見えた。女の人は伯母さんと俺を見ると、戸惑って、あとずさった。開いた戸から覗き見た部屋の床には、花模様の布団が敷かれていたのを覚えている。壁には福笊籬《ポクチョリ》[＊53]が掛かっていた。今すぐにもひと騒動起こさんばかりに、スカートの一方の端をまくりあげ、俺を先に立たせてあの貸間に乗り込んだ伯母さんが、息を落ち着けてその女の人をじっと見つめていたよ。俺が伯母さんの手をぎゅっと握ると、伯母さんが俺をやさしい目で見た。そして、あんたがキム・スノクかね？　大きな声で尋ねた。学のある人だというのに、いったいなんの真似だい……伯母さんは言葉では足りないと思ったのか、練炭の火の上にかけられていた釜を手に取ってひっくり返したんだ。釜の中には太刀魚の煮つけが入っていた。鍋の一つもない、釜がぽつんとただ一つだけの台所で、太刀魚の赤い煮汁が俺の顔にまではねたよ。伯母さんは、あたしの弟は連れて帰るから、もう待つんじゃないよ、と言ってその部屋を出たんだけど、ちょうどそのとき、アボジが目の前

＊53：福笊籬　その年の福をもたらすといわれ、元旦の夜あけに売り歩く縁起物のザル。

の路地を上がってきた。伯母さんがアボジの前に立ちはだかって、もう家に帰るんだよ、と言ったら、アボジは伯母さんを押しのけて、女の人が立っている貸間の方へと行こうとしたんだ。俺は、アボジ、と叫びながら、アボジの腕にしがみついて、アボジを睨みつけた。アボジが、せめて挨拶くらいはしてこないと、と言うのを伯母さんは行かせまいとしたよ。伯母さんは手を使えなかった。練炭の上にかけてあった釜をつかみあげたときに火傷を負った手は、赤く腫れあがって水ぶくれが広がっていたんだから。アボジが伯母さんの手の状態を見ていたときに、俺は言ったよ。アボジが今すぐ家に帰るなら、僕はこれからアボジの言うことを何でも聞く、と。すっかり忘れていたあのときのことが、昨日の夜、思い出されてね。あのとき、アボジにした約束。アボジがいなかったら、長男である俺は、ひとりでどうしたらいいんだ、という恐怖から飛び出した言葉だった。俺たちがこの村を離れるときに乗った列車は、昨夜も変わることなくあの線路を走っていった。深夜に村をそぞろ歩いていると、あたかもやるべきことを終えて帰ってきたような心持ちになった。すべてを終えて無事に帰ってきたと、報告しにきた気分でもあったな。だけど、報告を受けるべきオモニは病気でソウルにいるし、アボジはもう自転車にも乗れない人になってしまうなんて。俺ももう退職したというのに、この現実を受け入れるのは容易なことではない。

四十五年前にJ市を離れたときは、ただ自分の未来だけを考えていた。俺が切り拓いていかなければならない、俺の未来。その未来をもうすっかり生きてしまったのだろうか、そう思うと孤独になるよ。J市に来るといつも、俺の根っこをつくづくと感じる。駅前の市場通りで、大豆一升を前に置いて売っているおばあさんを見かけると、いまだに何かしなくてはいけないと思っている俺の欲が薄らいでいく。J市でなかったら、俺がこんなふうに考えることがありえただろうか。J市は、退職してもなお六時になると目覚めて、オフィスに出ている俺という人間について考えさせるんだ。俺は生涯仕事中毒だった。なにが怖くて、退職してからも休むことができないのか。おまえも覚えているだろうか。新開地にカッピョンという子がいただろう。口がきけない両親を持ったカッピョンを思い出させるのも、J市だ。俺の記憶の中のカッピョンは、六歳にもならないうちから、両親に代わってその言葉を伝えていたよ。両親が話したいことがあるときは、カッピョンも一緒に来ていたから、おまえも覚えているはずだ。俺はカッピョンとは長いこと友達付き合いをしていたんだ。カッピョンは両親の言いたいことを代わりに話していたからか、ふだんはほとんど話さなかった。俺は知られてはいけないと思うことを、カッピョンと話したりしていたよ。カッピョンは大人になると、両親を連れてニュージーランドに行った。いったいどうしてニュージーランドなのかと聞くと、あそこの自然が両親にはいいだろうから、と言っていた。ただそれだけが、カッピョンがニュージーランドに旅立つ理由だった。昨夜、田んぼ道を歩いていて、ここに住んでいた頃、カッピョンが一度も顔をしかめたことがなかったことを思い出したよ。昨夜は、その記憶を握りしめて自分を励ましたんだ。両親の保護者になることを恐れるな、と。それでもこんなに気が重いんだな。この重さにどうやって耐えていくべきか、途方に暮れてしまって、こうやってメッセージを書いているんだが、おまえの答えを聞きたいということではない。他人《ひと》に起こっているすべてのことは自分にも起こりうるということが、いいかげんわかる年じゃないか。口のきけない両親を連れて遠い国に旅立った友の記憶が、俺に勇気をくれた昨日の夜でもあった。

昨日の夜、おまえを見ていて、おまえが知らない昔のことも一つ、思い出したんだよ。おまえが二冊目の本を出したときのことを覚えているか？　あのときアボジは還暦で、おまえがその本をアボジの還暦のお祝いに送ったことを。それからまもなく、アボジがソウルにやってきた。今はなくなってしまったけど、鍾路《チョンノ》に大きな本屋があったじゃないか。そこでおまえがサイン会をした日だった。列車に乗ってソウル駅で降りた父さんが、俺に電話をかけてきた。鍾路書籍に行こうと言うんだ。そこでホンがサイン会をすると聞いたから、行ってみようと。田舎暮らしのアボジの口から鍾路書籍という言葉を聞くのは、新鮮だったよ。ソウル駅の時計塔の下に立っているアボジと会って、鍾路書籍に行った。五階だったかな。サインをしているおまえを、本の間に隠れてアボジと一緒に見ていたんだ。おまえが顔をあげるたびに、アボジが本が並べられている台の下に身をかがめて隠れるのが面白くて、俺は噴き出してしまったんだけど、見つかるんじゃないかと俺の口をふさぐアボジの目に涙が浮かんでいた。あの日、サイン会が終わっておまえが帰ったあとに、アボジは書店の陳列台に残っていたおまえの本を、一冊だけ残して全部買って、J市に持って帰った。俺はもう引退した人間じゃないか。来週、俺がまたそっちへ行くから、おまえは家に帰って仕事をしろ。それがアボジの望んでいることだから。

二度目の台風が襲ってきた日のことだった。風が吹くたびに屋根の心配をしていた父が、急に静かになったかと思うと、またすぐに引き出しを引っかきまわしはじめた。鳥の巣が二つ、枝先に危うげにのっている冬の木の絵が描かれた年賀状のカードを、父は探しだした。年賀状？　私は父が何をしようとしているのかわからず、年賀状と父をかわるがわる眺めた。いつ買ったものなんだろう。父は年賀状の二つ折りカードを床に広げて置いて、しばらく見ていたが、やがてサインペンを手に取ってかがみこんだ。カードに、ムルン兄さん、と書いてからも、しばらく余白を凝視していた。かがみこんだ姿勢では書きにくかったのか、父は机なしで宿題をする少年のように、床に腹ばいになった。私は、真夏に父が年賀状にいったい何を書くのか気になって、腹ばいになって書いている父を、立ったまま眺めていた。窓を閉めておいても、風雨で窓枠ががたがたと音を立てた。こんなふうに風が吹きつづけたら、本当に屋根が飛んでいってしまうかもしれないと思った。ムルン兄さん、と書いた下の行にペンをあてたまま腹ばいになっていた父は、これがこの世で送る最後の年賀状です、と書いた。私はしょっちゅう何も思い出せなくなります。来年には年賀状が何なのかも忘れるかもしれません。父は相変わらず、いくつかの文字は母音と子音の組み合わせを間違えて、ただ発音どおり書いていた。もう私たちはどんなことが起こっても、驚くことなどない（업는）*54 者たちです。私は父の後ろで、たった今父が「없」と書くべきところを間違って書いた「업」という文字を見ていた。ようやく、どんなことでもすべて受け入れ

*54：ない（업는）　正しくは「없는」と表記する。書き違えた「업」という字には「業《ごう》」という意もある。

ることができる心持ちになったようなのに、体はなにもできなくなりました。再会したときに、カルチェ峠の谷で何があったのか、私を問い詰めなかったこと、感謝しています、と書いた父は、年賀状のカードの余白を穴のあくほど凝視した。父は切断されて丸くなった人差し指を曲げて、最後の文章をぎゅっぎゅっと力を込めてしっかりと書いてゆく。私はカルチェ峠で兄さんを谷底に突き落としました。奴らが私ではなく、兄さんの耳元に銃を突きつけていたのだったら、兄さんは私をどうしていただろうかと、これまで生きてきながらしばしば考えました。夜が明けると、兄さんを探して狼みたいに吠えながら谷をさまよいましたが、見つけることができませんでした。その兄さんが生きていたとき、私は田んぼに向かって誓いました。一生かけて兄さんの世話をすると。それなのに、こんな年賀状を書いているなんて、誓いも取るに足らないちっぽけなホコリのようなものです。すべてわかっていたのに、生涯の友になってくれて、ありがとうございました。

父は書き終えた年賀状を私に差し出した。雪が降ったら、新年がやってくる前に出してくれと言って。

ストレスを減らすようにと言われたものの、どんなことが父にとってストレスになるのかが、私にはわからなかった。私にできることと言えば、たまに昼間に眠くなった父がベッドに横になろうとしたら、昼寝をしないように一緒に村を散歩することくらい。妹が送ってきた薬を時間どおりにきちんと飲ませ、インターネットで睡眠を助けるという食べ物を検索して、カジメ（コンブ科の海藻）を買いに市場に行くことくらいだったのだ。それでさえ、カジメが手に入らず、私はＪ市の市場を歩きまわって、結局手ぶらで帰ってきた。眠っていた父がそっと起きだして、トイレに入ってドアを閉めきっていたり、台所の奥の多用途室の隅にうずくまっていたりすると、私はその日付と時間を手帳に記録しておいた。周期を調べるために。最初のうちは、しょっちゅうどこかに隠れたり泣いたりしている父を見つけるたびに、背筋に汗が流れたものだが、いつのまにか慣れていった。ひとりでうずくまっている父の姿は、不安と恐怖の中に置き去りにされた子どものようだった。

――どうしてそこにいるの、アボジ。こっちに出てきて。

私が手を差し出すと、父は素直に出てきて布団に戻った。暑さと湿気にうんざりしていた、ある夏の夜、父は手を振りまわして、寝言を言った。父は必死になって誰かの名前を呼んでいた。誰の名前なのか知りたくて、じっと耳を澄ませてみたが、発音がはっきりせず聞きとることができなかった。虚空をかきまわす父の手をつかんで下におろし、まだどこかをさまよって聞き取ることのできない言葉を呟いている父を、ぼんやりと見ていた。名前ではなく悲鳴だったのかも。いきなり父がぱっと体を起こして、庭に面した障子戸を開けて飛び出そうとしたから。

最初は、現実ではなく夢なのだと、しっかりしてと、父を揺さぶったが、何度かそんなことがあってからは、父を寝かせて胸をさすって、なんでもないのよ、夜が過ぎて朝が来たら大丈夫だから、アボジ、とささやいた。何も考えずにおやすみ、アボジ……そう呟くたびに、人生の重荷に力強く立ち向かっていた頃の父のことが恋しくなった。たとえ、どうにか地に足をつけていたのだとしても、心の傷を隠しとおせていた頃の父が。小学校の頃の私は背が高かった。四年生のときには、身長は中学生なみになっていた。背が高いせいで、秋の運動会の行進では、いつも一番前の列に並ばされた。最前列の生徒たちは行進の進路を覚えなくてはならず、運動会の準備をする頃になると夜まで練習するので、私はすっかり暗くなってから、ひとり夜道を歩いて家に帰らなくてはならなかった。身長は六年生より高くても、四年生に過ぎないのだ。練習を終えて暗い峠道をひとり歩いて帰るときは、いつも怖かった。月が昇れば月が怖く、森の中からがさがさと音でも聞こえたりしようものなら、森が私についてくるようで、涙を流しながら家に向かって息せききって走り、そのうち自分の足音が私を捕まえにくる音のように聞こえて、その場にしゃがみこんでしまうのだった。行進の練習が終わってひとりで家に帰る夜道が怖いから、行進を抜けられるよう先生に言ってほしいと駄々をこねると、父は練習が終わる時間に合わせて、自転車に乗って学校の前まで私を迎えに来た。農作業のあとに大急ぎで学校に駆けつけてくる父の背中からは、稲の匂い、汗の匂いが入り混じった匂いがした。一度、校門の前に立っているはずの父の姿が見えないことがあった。どんなに待っても父が来ないので、家へとひとり峠道を歩くうちに、行く手に共同墓地があることを不意に思い出した。その瞬間、涙が滲んで、足が震えた。行進の練習ですっかりくたびれた足に力を入れて、死に物狂いで家をめざして走った。子どもたちが話していた共同墓地の話が、次から次へと思い出され、雨が降る日に共同墓地に現れるという子どものおばけが、私のすぐ隣で一緒に走っているような気もした。どんなに走っても夜道はいつまでも続き、その場で足踏みをしているかのようだった。涙も溢れるままに走っていると、急な峠道を息を弾ませながら駆け上がってくる父に出会った。暗闇の中を慌てて駆け上がってくる人が父だとわかると、足の力が抜けてしまった私は、アボジ！　そう叫んで、しゃがみこんだ。砂利道に足を投げ出して、声をあげて泣いた。田んぼに止めておいた自転車を誰かが黙って乗っていってしまって、自転車を探したものの見つからなくて、走ってきたから遅くなった、泣くな、と言った父の息切れしている声。父が隣にいるだけなのに、私の胸いっぱいの恐怖が消えたあのとき。夜空に浮かぶ月が雲の中に隠れ、夜道がいっそう暗くなっても怖くはなかった。森の中の黒い影たちがゆらゆらと揺れているのも、どうということはなかった。田んぼをうろつく獣が私たちの気配に驚いて逃げていき、父の後ろにそっと隠れたあのとき。ただ父が存在するだけで、恐怖が逃げていったあの頃が、しみじみと思い起こされた。私はそばにいるだけ。父が怖れることを少しも遮ってやることができなかった。父は寝ていても突然起きあがって、隠れるところを探したり、やめてくれ！　と私に向かって寝言を言ったり、誰かが追いかけてくるかのように、慌てて飛び出していこうとしたりした。敷居につまずいて転んで、起き上がれないままその場で眠りもした。睡眠障害の夜が過ぎて朝が来ると、父は昨夜の行動についてまったく覚えていないのだった。覚えてないの？　最初のうちは聞いていたのだが、だんだん聞かなくなった。覚えていない昨夜のことを思い出させて、父を苦しめたくなかった。眠れなかった夜のことを父が覚えていないのは、むしろ幸いなことと思うようにさえなったのだった。

山の墓所に行こうと言っていたのも忘れたのか、父は帽子を脱いで私に渡した。帽子掛けにかけておくようにという意味だ。そのまま父がベッドに横になると、昼寝をしてしまうかもしれなかった。

——村をひとまわりしない？

父はさっき私に差し出した帽子を、黙ってまた持ってきて目深にかぶった。

——サングラスもかける？

——人がなんと言うか。

——誰が言うの？　キム・スノクさん？

私の言葉に父が笑ったので、私も一緒になって笑った。サングラスはきれいに磨かれた状態でケースにしまわれて、父のベッドの隣の引き出しに入っているはずだ。私は、父がキム・スノクという名前を私の前で言ってからというもの、意識してキム・スノクの名を口にしていた。父が食事をとろうとしないときも、キム・スノクさんが見たらなんて言うかしら、と。最初は咎めるような表情で私を見ていた父は、そのうちただ笑って聞き流すようになった。私は、父がキム・スノクという名前から自由になればという思いから、からかうように言ったのだったが、父は、キム・スノクが父にとってどんな人なのかについては口をつぐんだままであるだけでなく、私がなにかにつけキム・スノクと言うことに、不快感をにじませることもあった。キム・スノクが誰なのか話してくれたら、もう言わないから。その言葉に父は、挨拶もせんまま家に帰って、それきりになってしもうたから、と独り呟いた。

父が独り呟きつつ、疲れ切った顔でベッドに横になってしまったので、日も暮れる頃になってようやく散歩に出かけた。小さい門から出て、小川の方に歩いていく途中、父が牛舎を眺めやった。

——もう使うこともないのだから、壊さなきゃならんのだが……

父は牛舎の囲いの扉を開けて、囲いの中をしばらくのぞき込み、オシロイバナの実か？　と私に聞いた。母が手入れしていた畑の片隅でオシロイバナが咲き散って、そのあとに黒く固い実がついていた。立派な実がついとるなぁ。父が低い声で言う。今時分は実りの季節なんじゃ、庭の南天もじきに丸くて赤い実をつけるだろうから、しっかり見てみろ、とも。庭に一本あるクコの木の紫色の花が散り、そのあとに赤い実をつけていたのだが、数日前、父はその実をとってから、地面から頭を出しているひこばえを摘んだ。新しく芽吹いたのに、と言うと、これを摘んでやったら木の先の方まで養分がいきわたって、また実がつくんじゃ、と父は言った。クコの木は枝が地面に触れると、すぐにそこから新しい根を張ろうとする、だから地面に届かんよう枝を切ってやれば、秋にはクコの実が生って、雪が降るまでずっと実をつけとる、と。クコって、そうだったの？　小川のエノキの下に置かれた平台に腰をおろして、よく熟れたカボチャの中身をくりぬいていた内村《ネチョン》のおばあさんが、私たちの方を眺めやった。すぐに父が声をかける。

——何しとる？

——カボチャをくりぬいてるんでしょうが。あの世に行く前にカボチャの餅でも食べておこうと思うてな。

父が笑った。

――食いたいもんを食って行かんとな。

――あたしゃ、いつ死ぬんかね。

――そんなこと、わしにわかるもんか。

――もういやになるほど生きたのに、お迎えがまだ来んのよ。

――思うようにはいかんさ。

――ノンメのだんなは結構なことで。歯も全部直して、丈夫な歯であの世に行けるわな。

父はきまり悪そうに口をつぐんだ。

――髪を染めなくちゃな。いつ行くかわからんけど、こんな真っ白な頭で行くわけにゃいかんじゃろ。

――そうさな。

――いつもこざっぱりしてなさる。いつお迎えが来ても大丈夫だわな。

――そうさな。

――ゆうべ、夢の中で、あん人があたしを迎えに来たんだけども、まったくもう、甕のフタを開けっぱなしにしてたのを思い出してしもうてね、フタを閉めに行ったもんだから、一緒に行けんかったのよ。

内村のおばあさんが言う「あん人」とは、内村のおじいさんのことだ。

――うちのやつが帰ってきて会ってから、行かんと。

──いつ帰ってくるんかね。

父がうつむいた。

──あん人が今度また迎えに来たら、そんときゃ、甕のフタもなんもかも放りだして一緒に行くつもりなんじゃやから、会いたいなら早く帰ってこいって言うてちょうだい。

──わかったよ。

──冬至には団子をこさえて、小豆粥を作んなきゃならんのだから、それまでには帰ってくるじゃろ？

父は返事に困って私の方を見た。もちろんです、もうすぐ帰ってきますよ。私が父に代わって答えた。今でも、母と内村のおばあさんは、冬至に小豆粥を一緒に作っているようだった。この村で、昔ながらの年中行事をきちんとするのは、母と内村のおばあさんくらいなのだ。毎月三日には小豆餅を、小正月《テボルム》には五穀ごはんとナムルを作った。陰暦六月十五日には白米を使った鶏粥を作ってみんなで食べた。なかでも冬至の小豆粥は、母と内村のおばあさんの二人で一緒に作った。小豆を茹でて、つぶして、小豆のこし汁を作り、米粉団子の生地の塊を十ウォン硬貨くらいの大きさにちぎっては、手のひらに乗せて丸めて団子を作るのに、時間がかかるからなのだろう。ある年は内村のおばあさんの家の台所の大釜で、またある年はわが家の台所で作られた、とろりとした冬至の小豆粥。

──まあ、そんときゃ、あたしの方がおらんかもしれんね。

──ともかくも、行くときゃ挨拶してからにしてくれな。月城《ウォルソン》の旦那みたいに何も言わずに行かんようにな。

　私は、父と内村のおばあさんが話すのをじっと聞いていたが、やがて父の腕を引いた。散歩の途中で村の人に出会って交わす話というのは、いつもこんなふうなのだ。明日にでも会えなくなる人たちが交わすような話を、なんということもなく、淡々と。父が歯の治療を終えたとき、新作路で会った旺林《ワンニム》のおじいさんが、父に向かって、これで肉もしっかり噛みしめてから行けるな、と言った。父は、そうしよう、と答えた。話しかける人も、答える人も淡々としていた。小川のほとりに暮らしている楚江《チョガン》のおじいさんがゆっくりと歩いてきて、塀の上に何かを乗せると、庭に立っている私に、お父さんはおるか、と聞いたことがあった。病院に物理療法を受けに行っています、と答えると、そうか……と言いながら背を向けて、小川の方にゆっくり歩いて戻っていった。何だろうと思って、塀の上を見ると、古いアルミの器の中に六万ウォンが折りたたまれて入っていた。夕方、父に、楚江のおじいさんが置いていったと言いながら、アルミの器を差し出した。父はそこに入っている六万ウォンをじっと見ていたかと思うと、あのじいさんもそろそろかもしれんなぁ、と言った。え？　意味がわからずに私が父を見ると、この金を貸してやってからずいぶんになるのに、いまごろになって返しに来るところを見ると、もうすぐ死ぬんじゃろう……淡々とそう言うのだ。たまにひとりで村を歩いていると、村のどの家も、残っているのは年寄りばかりのようなのだった。庭は草ぼうぼうになっている、縁側に老人がひとり座っている、そんな姿が目に入ってきたりもした。空き家に人影はなく、犬が一匹だけ縁側の下に座っていることも。空き家の木には、よそより多くの鳥がとまっている。鳥たちはこちらの空からあちらの空へ、この木からあの木へと飛びまわり、鋭い声で鳴いた。耳がキーンとするほどだった。さえずるというよりは、闘っているかのように思われた。空中での鳥の決闘を、地上から犬たちが見上げて吠えることもあった。いまや、この村は、鳥や犬の方が人間よりも多い。そう思う。鳥や犬だけではない。線路まで鹿が下りてきた。あぜ道を歩いていると、山から下りてきたイノシシと対面することもあった。イノシシは私を避けることもなく、私の目を見た。こんなことがよくあるのか、裏山に上がる道にはイノシシと出くわしたときの対処方法が掲示してあった。私がその対処方法を読んだのは、イノシシが消えてからのことだ。大声をあげない、慌てて動かない、イノシシの目を見ながらゆっくりとその場を離れる。石を投げるなどの威嚇行為はしないこと。攻撃の危険性を感じたら、周囲の木や岩などに素早く身を隠す。たまに出会う村のおばあさんたちは、イノシシの出没を恐れもせず、騒々しい鳥の鳴き声も聞こえないのか、顔にはとりたてて表情もない。私は、村を歩いていて出会う老人たちの大部分が誰なのかわからなかった。こんにちは。挨拶はするが誰だかわからず、通り過ぎてから、おばあさんが立ち止まって私の後頭部を見つめているのを感じることもあった。裏山まで歩いてゆき、急な山道に入るところで、向こうから歩いてくるおばあさんたちに出会ったことがある。杖をつき、薄くなった白髪を後ろでまとめてかんざしを挿し、夏なのに寒いのか、薄い色のセーターを着た三、四人のおばあさんたちの中に、以前に誰なのかわからなかったあのおばあさんもいた。強い日差しのせいだろうか。白髪がキラキラ輝いているおばあさんたちは、現実の中の人ではないように見えた。そばに行って抱きしめたりしたら、ばらばらになってしまいそうなほどに痩せていたけれど、くぼんだ目は強い光を放っていた。あんた、ノンメさんとこの長女、本の虫じゃないかい？　私に気がついて話しかけてきた。本の虫というのは、子どもの頃の私のあだ名だ。振り返れば、そんなあだ名がつくほど家に本が沢山あったわけでもない。私はどうしても、そのおばあさんが誰なのか思い出せず、はい、お元気でしたか……ぎこちなく挨拶をして言葉尻を濁した。隣にいたおばあさんが、誰だって？　と渇いた唇をもごもごと動かす。ノンメさんとこの長女だ。この子はこんな小さいときから納屋に入って、本に夢中になっとったと思うたら、大きくなって物書きになったそうじゃ。私が、前に誰だかわからなかったおばあさんが答えた。また別のおばあさんが、あんたがその子かい、と言った、そのあとのことだ。真昼間の幽霊みたいなおばあさんたちが私の周りに集まり、額を寄せあって私の様子をうかがうと、顔をしかめて次々と一言ずつ話しかけるものだから、にぎやかなことになった。

——ずっと悲しんでばかりいたら、いかんよ。

——あたしたちも、今まで彷徨《さまよ》うてきたんじゃ。

——みんな、それぞれ、彷徨いながら生きてゆくのが、この世なんじゃから。

おばあさんたちは私にすっと近寄って、手を握り、肩をさすり、頭をなで、背中をたたいた。骨ばった指だったけれど、頭に、肩に、背中に触れる感じは柔らかだった。私は散歩の途中でおばあさんたちに囲まれ、いきなり慰められていた。私の心に刺さっていたものが、おぼろに崩れていくかのようだった。毎晩私の手でさすられ、傷ついていた私の頬も、おばあさんたちになでられて柔らかくなったように感じた。鍵屋の男に、ひどいことを言ってしまったと謝ることさえできそうだと、ふと思った。私を囲んで一言ずつ話しかけたおばあさんたちは、やがて、もう会うこともないだろうねぇ、何をするにしても、あんたもちゃんと始末をつけてくるんじゃよ、と言うと、私が歩いてきた方へとゆっくり下っていった。

あんたもちゃんと始末をつけてくるんじゃよ。そのかすれた声が耳に残っていなかったら、幻を見たか、夢を見たのだと思ったことだろう。荒々しく大きな手に首をつかまれたような重い感じと、目の前に立ちはだかる黒い墓石を押しのけながら前に進むような感じがして、足に力を入れて家に帰った数日前。

――アボジ、イサクがあそこにいるわ。

内村のおばあさんと別れ、水利組合の道の方に入ると、ビニールハウスの中で作業をしているイサクが見えた。父が振り返ってイサクを眺めた。ビニールハウスの中から出てきたイサクは、父と私を見て、お出かけですか、と尋ねた。父は聞かれたことに答えずに、ビニールハウスの前にとめてある新しいコンバインを眺めた。新しいコンバインの後ろに田植え機、代かき機、耕耘機が並んでいた。

――これ、新しく入れたんです。今年はこれで収穫しようと思って。

新しいコンバインを眺めている父にイサクが言った。

――今までのはどうした？

――新しいのが出たから安値で売りに出したんですが、買い手がつかなくて、三山里《サムサンリ》のギシクが使うと言うから、そっちにやりました。

――前のを入れて何年にもならんのに、もう……

――機械ってのは、二、三年で中古になっちまうんですよ。やっとこさ代金を払い終えたと思うたら、新しいのが出るんですからね……

――農協で機械を貸してくれんのか。個人がどうやって機械の代金を全額負担するというんじゃ。

――ずっと話してみてはいるんですけど、なかなかうまくいかんです。

――イ係長に話してみろ、あの人は話がわかるから。

――話してみてはいるんですけどね……

電話の声が聞こえないと言っていた父が、田んぼのイサクとはずいぶん長い間話しているのを、ぼんやりと見ていた。

――また風が吹いて雨が降るらしいぞ。台風の被害が出んように、ちゃんとしておけよ。

イサクは、ゆうべは山からヤマネコが下りてきて、ビニールハウスの中の鶏をくわえて行こうとしたところを、犬に食いつかれたと話した。ゆうべのあの風雨の中で？　イノシシが下りてくるのはしょっちゅう目にするけど、ヤマネコが下りてくるのは初めてだ、山ではとうとうヤマネコまでが増えているみたいだ、とイサク。もしかしたら、あぜ道に怪我をしたヤマネコが隠れているかもしれないから、気を付けるように、と教えてくれた。イサクの言葉を聞き取れていたの

かどうか、父は何の反応も示さなかった。イサクが、不意に、姉さん……と私に声をかけた。姉さんがここにいると言ったら、うちのやつから、一つ聞いてほしいことがあると頼まれたんだ。私はイサクの妻に一度も会ったことがない。二つも？　笑いながらイサクを見た。一つは、うちのやつがなにか書いたものがあるということなんだけど、それを読んではもらえないか、聞いてほしいんだと。えっ？　私は口の中で転がしていた氷の塊を、そのまま飲み込んでしまったかのように驚いた。こんな田舎で文章を書いている人がいるって？　イサクの妻はベトナムから来たというけど、その人が？　私は戸惑いつつ、もう一つはなに？　と聞いた。「울먹인다《ウルモギンダ》」というのは、泣いているのか、泣きそうになっているのか、聞いてくれと。今じゃ、もう、うちのやつの方が俺より韓国語がよくできるみたいでさ、ここで生まれた人じゃないとわからない言葉が沢山あるんだと、なにか書こうとするとそれがわかるんだと、うちのやつが言うんだ、そうなのかい、姉さん？　とイサクが尋ねた。イサクの顔が真剣なので、今はアボジと散歩中だから、あとでまた話そう、と答えた。そうしてイサクと別れようとしたところで、今度は父がコンバインの方を向いて、イサク、と呼んだ。新しいコンバインに上がりかけていたイサクが、父の方を見た。わしがおらんでも、ちゃんと収穫できるじゃろ？　はっきりとした声だった。どこかに行ってしまうんですか？　イサクが父の隣にいる私を見た。私は、違うという意味で手を振った。どこかに行くんじゃないんだったら、今年もちゃんと見とってくださいよ。父が答えずにいると、イサクが新しいコンバインのビニールを剥がしながら、もう一度、どこかに行くんではないんですか、と聞いた。どこに行くのか誰にもわからんさ。父はイサクには聞こえそうもない声で独り呟くと、

昨夜の雨で水かさの増えた水利組合の土手の方へと上がった。

父と一緒に線路の向こうの田んぼまで歩く間に、列車が二度通り過ぎていった。イサクが言ったとおり、野生動物の生息地が次第に下界へと降りてきているのか、夕陽に染まるあぜ道で何度も鹿に出くわした。鹿は驚いて、あっという間に田んぼの稲の中にばさばさと飛び込んでいき、そのたびに父は深いため息をついた。小川とあぜ道の間に倒れている老木の上にも、夕陽がキラキラと輝いていた。子どもの頃、小正月の綱引き[*55]が終わると、その綱をくくりつけた木だった。収穫後には、村の人たちが集まって、稲穂が落とされたあとの藁を集めて綱引きに使う綱を編んだものだった。藁で編んだその綱の太いことといったら、子どもたちが上に乗って飛び跳ねることができるほどだった。あの綱を思い出して、手のひらがむずむずした。綱引きの日は、老いも若きもみんなが出てきて力を合わせたが、力及ばず引きずられていくときに綱がするすると抜けていった感覚を、手のひらが覚えているなんて。勝った側の綱を持っていれば豊年になるということで、村の人たちは綱引きに負けた年にも勝った側から綱をもらってきて、木に巻きつけ、田んぼを行き来するたびに綱を眺めたりもしていたのだ。もう綱引きをする人はいない。綱をくくりつける木もあんなふうに倒れてしまって。まじまじと木を眺めるうちに、ハッと目を見開いた。根が小川に浸かっているからだろうか、老木は二つに裂けるように倒れながらも、生きていた。倒れたまま横に伸びていった枝が、太くなってさえいる。その枝の一つに、山から下りてきた二匹の鹿が座っていた。J市に来てからというもの、あの木を初めて見るわけでもないのに、倒れたまま生きていることにいまごろ気がつくなんて。アボジ、あそこに鹿がいるわね。私は老木の枝に座っている鹿を指さした。父は無言で、倒れたまま生きている老木と鹿を見やった。山にいなくちゃならんやつらが、やたらと村に下りてきとるな、やつらもナワバリ争いをしとるんじゃろ。なにしろ数が増えたもんだから、追い出されたやつらがああやって、なにかと村に下りてくるんじゃ。いまじゃ、山の畑にサツマイモやジャガイモを植えることもできん。イモが大きくなる前にイノシシが下りてきて、ぜんぶ掘り返して食ってしまうからな。去年、イサクが、うちの山の畑にブルーベリーだかなんだか、甘いもんを植えたんじゃが、鹿が全部食ってしもうた……父はそう呟くと、ため息をついた。やつらだって生きていかなきゃならんからな。じゃあ、山の畑はいま空っぽなの？　何も植えていないの？　父はくたびれたのか、靴を引きずる音がした。父の歩くのが遅くなったときに聞こえる音だ。背丈の低いもんは、植えたところでイノシシや鹿のもんになっちまうし、背の高いもんだったら植えることもできるが、それはまた儲けが出んからな……それで、うちの山の畑には梅を植えたんじゃ。ずいぶんと沢山の実が生ったんだがな、採る人間がおらんから落ちるままにしとったら、それが肥《こや》しになって、次の年にはどんどん実がついたよ。梅はかなり酸っぱいみたいじゃな。鳥も食わんところを見ると。父は、休んでいこう、と言って、線路脇の土手に腰をおろし、あぜ道を見ていた。風が吹いて、父がかぶっている帽子の端がめくれた。四方を見渡す父の顔に夕陽が差し込み、額や頬が赤くなった。あんな夕陽をい

＊55：小正月の綱引き　伝統的民俗行事の一つ。町の泰平と豊作を祈願する儀式として各地で行われる。

つ見ただろう。夏の終わりの田んぼが夕陽に染まるのを、これもまたいつ見たことだろう。父は、ピンクや赤や黄色の光の中に紛れていたが、やがて身をひねって、飛んでいくような夕方の雲にちらりと目をやった。さらに、子牛を連れてきて草を食ませていた小川を、人が歩くところに大豆でも作ろうと苗を植えたあぜ道を、干ばつのときにはほんの一筋の水でも自分の田んぼに引こうと必死になって、昼も夜もショベルを手にして立っていた水利組合の道を、見下ろした。鹿は老木の枝にだけいるのではなかった。田んぼに下りてきた一匹の鹿が、息を潜めていたかと思うと、別の田んぼにぴょんと跳ねていった。私は手を伸ばして父の手をとった。長い間気にかけてきたことを見まわしている父の、皺だらけの顔にまだらに映りこんでいた光が、私の方にまで広がってきた。こんな日が来るとは思いもせずに、生きてきたんじゃなぁ。畑があってもサツマイモを植えん、田んぼがあっても農作業ができん……父の小さな声は三度目に通り過ぎていった列車にかき消された。

家への帰り道は、あぜ道を通って村のはずれに出て、新作路に戻ることのできる道を選んだ。わが家は村の一番奥にあるので、新作路から家に行くには路地を通らなければならない。子どもの頃、冬の日の夕暮れに路地の家々から漂いでていたご飯の炊ける匂い、土塀の下の雪野原で子どもたちが集まって遊ぶ声、どこかの家で喧嘩が起これば、みんなで駆けつけていって、止めたり、慰めたり、騒がしかった路地。その路地が今はあまりに静かで、私は思わず父に尋ねた。

——あそこの高敞《コチャン》のおじさんは元気？

父は顔を上げて、私が指さす家を見た。

――死んだ。

路地を曲がって、また聞いた。

――古阜《コブ》のおじさんは？

――死んだ。

路地を曲がるたびに、私は尋ねた。

――陶山《トサン》のおじさんは？

――死んだ。

――所聲《ソソン》のおじさんは？

――死んだよ。

――咸安《ハマン》のおじさんは？

――死んだんだよ。

父は淡々と、死んだ、死んだよ、死んだんだよ……と、ただ一言で答えた。死者たちの名を呼んでいたら、もうわが家だった。門の前で父が足を止めた。雨を含んだ風が、父と私の顔をかすめていった。新作路から路地に入って、路地の家々の年寄りたちがみんな亡くなったということを知り、額がひんやりとしていた。父がふたたび歩き出した。独り呟きながら。ということは、みんな死んだんじゃなぁ。わしだけが残って、おまえにしがみついとるんじゃなぁ。

いつもよりも沢山歩いたから、夜はぐっすり眠るだろうと思っていた父が、夕食を食べてから早いうちに布団に入っていびきをかいていた父が、十一時頃に目を覚ましてベッドにぼんやりと座っていたかと思うと、ホン、と私の名を呼んだ。

——明かりをつけてくれんか。

小さい部屋の電気スタンドを食卓に持ってきて、ノートパソコンを覗きこんでいたところだった。台所の食卓に座っていると、ガラス戸の向こう、居間の父の寝床が見えた。テレビをつけたまま眠るのが習慣になっているようだった。医師が教えてくれた安眠の方法の一つに、テレビをつけたまま寝ない、というのもあったから、私は父が眠りそうだと思うと、真っ先にテレビを消していた。父が目を覚まし、起き上がってベッドに座っているのをただ見守っていた私は、父に呼ばれてからようやくパソコンを閉じて、父のそばに行き、枕元の明かりをつけた。

——あれもつけてくれ。

父は居間の電気のスイッチを指さした。どうしたんだろう。と思ったが、父の言うとおりに居間のスイッチを入れ、枕元の明かりを消した。突然の明るい光がまぶしくて、私は一瞬目をつぶった。父のパジャマのボタンが二つ、はずれていた。お水、飲む？　そう尋ねても、しばらくの間じっと座っていた父が、低い声で、おまえ、いつ帰るんか？　と聞いた。

——帰らんといかん。

——……

——帰さなきゃならんのに、一緒にいるのがうれしくてな。

——……

―もう帰りなさい。

―……

私はやたらと目のあたりをぎゅっぎゅっと押さえながら、父を見つめた。枕に押しつぶされた白髪、水気のない痩せた顔、細い血管が浮きあがった手の甲。ほんの数日前にも胸をドキリとさせた父が、今はいつもどおりの父のように見えた。


―わしの言うことを書いてくれんか。

壁の時計を見ると、午前零時になろうとしている。

―もう夜も遅いのに？　今日はもう寝て、明日にしたらどう？

―覚えているときに話しておかんと。

午後になって曇りはしたが、雨は降らなかった。朝の台風予報がはずれてよかったと思っていたのに、庭の方では風の音が強くなり、じきに雨の音がパラパラと聞こえてきた。この音のせいで、父が目を覚ましたのかもしれない。

―雨が降ってるね、アボジ。

気をそらすつもりで口にした言葉だったが、父は、さあ、書いてくれ、と催促までするのだった。私は食卓のノートパソコンを持ってきて、新しいフォルダーを作り、父の話すことを書きとる準備をした。父の低い声が、しきりに叩きつける雨音に紛れた。父は雨音を聞く人のようにしばらく言葉を切り、やがてまた話しはじめた。

一番目、スンヨプにはコートと木箱の中の手紙を遺す。家を離れて、最初にもらった給料でわしに買ってくれたコートを、実に長い間よく着た。弟や妹たちに、おまえのことを父親と思えと言ったことを後悔している。これまでおまえの肩はどれだけ重かったことか。わしがもっと背負うべきだった。わしがしなきゃならんことの半分は、おまえがやってくれたんじゃなぁ。おまえがわしの息子であったから、いつも心強かった。

二番目、ホンイには太鼓とバチと電気蓄音機を遺す。太鼓は修理して、バチもきれいに磨いておいた。おまえはわしの好きなものを大事にしてくれたから、いつもわしの心はあたたかだった。ソウルの奨忠洞《チャンチュンドン》にある国立劇場に連れて行ってくれたときは、本当にうれしかった。パンソリを聞いて楽しむようにと電気蓄音機を買うてくれたおかげで、わしは今でも耳の保養をさせてもらっとる。

三番目には時計と酒を一本遺す。酒の名前はロイヤルサルートとかいうやつじゃ。稲の買い上げで数年続けて特等級をもらったときに、自分への褒美に買ったものを今まで忘れとった。歯の治療代をわしに隠れておまえが全部出したのは、よくないことだった。あれはわしが払いたかった。わしは火みたいなおまえの性格を知っとるから、おとなしく兄さんの言うことを聞いてくれるたびに感謝しとった。

おまえには納屋にある新しい自転車をやろう。と、言いかけて、父は、膝にノートパソコンを置いて自分の言うことを書きとっている私をじっと見た。おまえ、って言っちゃいかんな、四番目ホン、と書き直してくれ。そう言った。

四番目、ホンには納屋にある新しい自転車を遺す。おまえと一緒に自転車に乗ろうと思うて、新しい自転車を買ってから三年にもなってしもうた。納屋の母の冷蔵庫の隣に、ビニールのカバーをかけて置いてある自転車のことのようだった。父は、自転車を買っておまえを待っていた、と言った。おまえが来たら一緒に自転車に乗って、新しい空気を吸って走ろうと思っとったんだが、機を逸してしもうた、と。父は、今自分の前に私が座っていることを忘れたかのように、ホン、と私を呼んだ。アボジはおまえが夜道を行くときにはいつでも、おまえの左肩に乗っておるからな、と言った。だから何も怖がるな、と。

五番目、イッピにはサングラスを遺す。おまえがいつの誕生日だったかに贈ってくれたサングラスを、出かけるときにはきちんとかけていたおかげで、わしは今まで白内障にならずにすんだそうじゃ。これまで、かあさんとわしの薬のことでは本当に世話になった。かあさんは会う人みんなに、わしがこうして生きているのもすべて、薬剤師の娘を持ったおかげだと言うし、わしもそう思っとる。おまえの心遣いはいつもあたたかかった。

六番目、末っ子には畑の牛舎を取り壊す仕事を頼む。わしが最後まできちんとやろうと思うていたんじゃが、どうもその気になれん。牛舎を壊したあとの畑は末っ子に遺す。よりによっておまえが高三のときに、わしは何度も倒れた。受験生だったおまえがわしを入院させ、ソウルの兄さんたちと何度も連絡をとりながらも、大学に合格してくれて感謝している。

かあさん　チョン・ダレには、わしの通帳を遺そう。

父は話すのをやめ、うつむいたまま、残高が多くなくてすまん、と言ったが、私はその言葉を書くまいとする心としばし闘った。これは父の言葉だ。しきりに介入しようとする自分の気持ちを抑えようとしていたら、手が震えてきた。チョン・ダレ、あなたはわしに実りだけを見せてくれた、一生涯、わしに実りだけを与えるために、どれほど苦労したことだろうか。申し訳ない、そして感謝している。チョン・ダレの懐はどれほど深かったことか。そのたびごとに言葉で伝えられなかったことを後悔しとる。わしが返事をしないことが多くて、怒らせてしもうたことは、わしが悪かった。あなたは、わしが無視していると言うたが、違うんじゃ。若い頃に、もっとそばにいてやればよかったのに、できんかった。もう取り返しはつかん。そう思うと辛くて、ああなってしもうた。許してほしい。私は父の言葉を書きとりながら、ぎくりとした。私がある出来事で心が頑《かたく》なになってしまい、書くことをためらっていた言葉が、乾いた父の口から豊かにゆっくりと流れ出ていた。父は、わしにはもったいないわしの子どもたち、とも言ったが、私にはどうしてもその言葉が書けなかった。膝の上のノートパソコンが何度も滑り落ちそうになって、私はパソコンを父のベッドの上に置き、正座してキーボードに指を置いた。父は、なにかもっと言いたいことがあるのか、床をじっと見ている。私は父の言葉を聞き逃さないよう、耳を澄ませて待った。父が低い声でなにかを呟いたが、庭の風の音が激しくなり、ザーッと雨音がして、窓が揺れる音に紛れてしまった。裏庭で枯れゆくフキが、激しく押し倒される音が聞こえた。しばらくして父がやっとのことでなにごとか呟いたのに、聞き取ることができなかった。え？ 私はパソコンのキーボードに置いた両手を下ろして、父の隣にぴったりとくっついて座った。なんて言ったの？ 私が父の言葉を聞き書きすることに、こんなにも懸命になるなんて。不意に悟った。私は父の言葉を娘に伝えるために書いているのだということを。父と私の間に沈黙が流れた。横庭に落ちた柿の葉が、雨に吹きはらわれているようだった。雨音にザザ、とこすれる音が混じっている。雨に打たれて落ちた沢山の葉が、縁側のそばまで吹き寄せられているのかもしれない。うなだれていた父が、力を振りしぼって乾いた唇をかすかに動かした。

生き抜いたんじゃ。父が言った。おまえたちがおったからこそ、生きたんじゃ、と。

作家の言葉

昨年（二〇二〇年）の晩春に連載がはじまったときに、もうすでに父の話は半分ほど書いてあるのだと言いました。本当のことです。どんな結末になるか、私も書き終えるまでわかりません、夏を過ぎて完成した頃には、生きることの苦痛と生涯向き合いながらも常に自分の場所を守り抜いた匿名の父たちの時間が、どうか呼び出されていますように、とも書いていました。いざ連載をはじめてみれば、当初の心積もりとは変わってきて、書き直さなければならないことになり、書き直している間にもまた書き直したくなり、そうこうするうちに夏には完結するはずだった小説を、秋も過ぎて冬まで、新しい年がやってくるまで書きつづけたのです。直して、書き加えて、新たに書くうちに不意に悟りました。私はこの物語を終えたくないのだということを。

『母をお願い（原題 엄마를 부탁해）』が出版されてから、多くの方より父についての作品を書くつもりはないのかという質問を受けました。そのたびに私は、心から、断固として、

書くつもりはないと答えていたのです。そう言っておいて、十年以上も経ってからこの作品を書いたことに対して、母親の物語を書いたから今度は父親の物語か？　と言われても、返す言葉はありません。小説の中のこの父をじっくり見てもらうことを願うばかりです。私たちにとっては馴染み深くも感じられるこのくたびれた父は、初めて出会う父かもしれません。私たちは父を個別の人間として考えることを怠って、父の中の秘められた物語を聞いてみようとはしてこなかったのですから。激動の時代になんとか命だけでも生きながらえ、あれほどの多くのことをやりとげたのに、自分は何もしていないと言う。そんな口数の少ない匿名の父を書いているときに、次々とあの瞬間、この瞬間がどうしようもなく立ち現れて、押しとどめることができませんでした。すでに書いてあったいくつもの物語も、もう一度呼び返しました。使った農具は元の場所に戻し、家を空けるときには、家族が使うに足るお金を最小限ながらも置いて出て、なんであれ新しく学ぼうとし……種をまいた分だけの収穫があればよく、自身は学校の門前にすら行けなかったのに、子どもたちを勉強させることに生涯を費やし、弱者でありながら自身よりもっと弱い者の面倒を見ようとしていたこの父の態度に集中したかったからです。どこにも記録されぬまま、ちっぽけな埃のように消えていくこの匿名の父のすぐそばまで行って、今からでも父が独り呟いていた声までをも、すべて聞き取りたかったのでした。でも、不可能でした。匿名の父には父なりの何か徹底したものがあって、私を途方に暮れさせたのです。過酷な現代史の渦が残した傷を背負って生きてきたこの父に残されたのは、消滅寸前の肉体と、田舎の家の壁にかけられた学士帽姿の子どもたちの写真だけだと思うのも、私ひとりの考えに過ぎないのかもしれません。忘れ去られたかのような父の存在に息を吹き込みたくて、こうして小説を書くことが私の欲望に過ぎないのと同じように。それでも、父の胸に閉じ込められている苦痛と沈黙の言葉たちにふっふっと息を吹きかけてでもすくいあげ、死してもなお消えてなくならぬようにしたかったのです。そうすることで、このような父ですら単独者として見る目を持てずに、「父」という枠に縛られて考えるうちに、知らず知らず心臓を矢で射抜いてしまったかもしれない。その矢を抜いてあげたかったのです。

執筆中のある日、季節ごとに会っては食事をしていた方の訃報を聞きました。生涯を通じてそのお仕事に対して、誠実さと責任感のある姿を見せてくださり、安堵と信頼を同時に感じさせてくださる方でした。たまに気に染まない人に鋭く言い放つ洞察力に胸がすく思いがしつつ、季節ごとにご一緒していたおいしい食事。春が来ても、もうご一緒できなくなったのです。ご遺族からは、その方が、葬儀がすんで一週間が過ぎるまでは誰にも知らせてはいけないという言葉を遺したと、教えていただきました。何度もそのように念を押されたので、弔問の機会を差し上げられずに申し訳ありませんでした、と。申し訳ないだなんて。自然と両手が合わさり、唇をぎゅっと閉じていました。しかしながら、その方は私たち夫婦との交流を幸せに思っておられた、ともご遺族は伝えてくださいました。新型コロナの猛威がなかったとしても、その方はそうなさっただろう、結局はどうあっても私は弔問する機会はなかっただろうと、ふと思いました。このときだったのです。心が乱れて、父について書くのをしばしやめていたのは。その方と最後に食事をしたのは昨年、春になる直前のことです。まだ地面は緩んではいませんでしたが、食事をしようと連絡をくださいました。闘病中ということを知ってはいましたが、身辺整理をしているという感じを受けたのはそのときが初めてだったので、私たちの食事のペースはどんどん遅くなっていきました。別れ際、その方が私の肩を叩いて、私の名前を一文字、一文字、力をこめて呼びながら残した言葉……をここには書きません。静かな力を秘めた、やさしい手。その手は私の父の手でした。もうすべてのことが終わってから知らせを聞き、沈鬱な思いであちこちを歩きながら、その方が残した言葉を考えました。その言葉を生きておられるうちに実現させることができなかった、という痛みに胸が疼きました。私に残されていることのうちの一つは、愛して尊敬して大切に思っている方たちの訃報をこんなふうに突然聞くこと……それが突然なことではない年齢を自分が生きているということを切実に知りました。虚しく悲しい気持ちでまた机に戻り、父を書くことを続けました。心の中に溜まってゆくばかりの、取り返しがつかなくなる前に、という言葉を繰り返しながら。

二年前の夏、なんと、しばらくの間ベルリンに滞在する機会があった折に、傍らにいた人の案内でユダヤ博物館に行ったことがあります。宿泊していたホテルから一時間ほど歩いてそこに着いたときには、夕暮れになっていました。意外にも現代的建築の中に展示されているホロコーストの犠牲者と生存者の遺品と記録などを見ながら、迷路状の地下通路に下りていきました。そこには、空虚の部屋、喪失の部屋、永遠の部屋と呼ばれる展示場があったのです。入口の壁に「落ち葉（Shalekhet）」というインスタレーションの紹介がありました。落ち葉？　怪訝に思いつつ中に入ってみると、鉄で作られたさまざまな色の顔の形象が細長い床に二万個以上重ねて敷かれていました。まるで大きな鉄の木から降り積もった落ち葉のように。最小限の明かりだけが差し込んでくる、やや斜めになっている展示空間は、深い洞窟のように奥へ奥へと続いているのでした。降り積もっているその鉄の顔を踏んで、入口からは見えないずっと奥まで歩いていって戻ってくる。それが、その作品を体験することでした。多くの記録と映画と本と証言と芸術作品を通して、ホロコーストのさなかに彼らがどれほどの壮絶な状況に置かれていたのかを、それまでもひしひしと感じてきましたが、ホロコーストの象徴である落ち葉の体験は、それとはまた違うものでした。さまざまに歪んだ鉄の顔が二万個。その中へと最初の一歩を踏み出したときに響いた、ザクリ、という音が今も耳に残っています。前を歩いてゆく異邦人たちの歩みが残した、ザクリ、という音まで加わって、あっという間にそこはザクリザクリ悲鳴のような共鳴音でいっぱいになりました。どんなにそっと歩いても、歩くたびに重い鉄の顔に当たって出る音が、私の耳に積もっていきました。足ががくがくと震えました。もう戻ろうとすると、それまで踏んできた顔たちが後ろに溢れんばかりにいるのでした。うろたえて立っていても、それすら足もとの顔にさらに危害を加えることになるから、慌てて足を上げた瞬間、瞬間。あのザクリザクリという音を聞きながら、遥か先まで歩いていって帰ってきたあの年の夕暮れ……故国の私の机に戻ったら、父の物語を書かなければと思いました。苦痛に追われ、悲鳴をあげているような鉄の顔、そのうちの一つが私の父の顔のようだったからです。

家に帰り、そのときに撮った写真と動画を時折見ることもありました。韓国農民女性史、天主《チョンジュ》教（韓国のカトリック）全州教区史、普天《ポチョン》教と韓国の新宗教、井邑《チョンウプ》思想史などを傍らに置いて読んだりもしました。父親が息子に贈り物をするときは二人が共に笑い、息子が父親に贈り物をするときには二人が共に泣くという、誰からか伝え聞いた言葉の意味を考えたりもしました。作品にとりかかってからは、南道日報チェ・ヒョク主筆の全羅道歴史物語、外交通商部の世界各国便覧、구슬땀쉼터《クスルタムシムト》（汗水休憩所という意味）のブログを、さらには、ある人を探しだすために大韓民国警察庁のブログを何度もクリックしました。その記録の数々は、さまざまな糸口をいくつも投げかけてくれたり、私がこれまでにうっすらとだけ知っていた部分について再確認させてくれる役割を果たしてくれました。深く感謝申し上げます。連載中に毎回メールを送ってくださった方、連載終了後に本当に細かく読んでくれた二人の友、そしていくつもの季節を共にしてくれた編集のジヨンさん、ありがとうございます。

作品を書いているときには、特に長編小説を書いているときには、意外な登場人物から教えを受けることがあります。今回は父とともに戦争を戦った「朴武陵《パクムルン》」さんがそうでした。互いを助けることができなかったという自責の念から、戦後、二人はずいぶん長い間連絡を絶って暮らしていましたが、子どものことがきっかけで再会してからのちは、生涯を通じて、互いに寄り添い助け合う友になります。彼はある日、小説家である私にもこんな言葉を残しました。やり直すことができない人生であろうとも、生きていかなければならない。それがこの世に生を享《う》けた者の務めでもある。生きてゆく傍らに、読むべきもの、聞くべきもの、見るべきものがある。それが芸術なのだ。

今はここで父とお別れしますが、終わりだとは思っていません。私たちは同じクヌギの下に落ちた葉っぱではないでしょうか。校正原稿を見ながら最後に手を入れたのは、五章のサブタイトルでした。連載するときにつけていた「惜別のとなりで」を「すべてが終わった場所でも」に変え、「も」が孕んでいる、続いてゆくという感覚を意識しました。父が最後になんとか残してくれた「も」を、巣の中の卵のようにして、私は別の物語に移っていこうと思います。

クヌギの木の下には、クヌギの葉が散るでしょう。近くに落ちるか、少し離れたところに舞い散るかの違いがあるだけ。こちらのクヌギの葉が、あちらの山のゴヨウマツの下に降り積もるはずもありません。取り返しのつかないことの前に立たされるたびに、擦り減ってしまった心でこの小説の中のJ市を思いながら、森の中に入っていきました。私にとって、J市と読者は、大自然のような存在です。これまでの人生において、その懐に包まれて救われたことは少なくありません。そんな時間がここにはちらほらと、時にはぎっしりと詰まってもいます。年老いた葉っぱ、若い葉っぱたちがかさかさと音を立てながら、クヌギを支えているものを見守る視線、それが家族という名前でこの作品の中に染みわたっているのです。そんな家族がどこにいるのか、と言う人もいるかもしれませんが、いるのです。どうか、心を開かなければ見えない一本のクヌギに捧げる叙事詩だと思ってくださいますよう。新型コロナによって思いがけず長引いている隔離の時間ではありますが、忍耐力を持ってみなさまがそれぞれに跳躍の瞬間に至ることを切に願う心をもって、こうしてご挨拶申し上げます。

二〇二一年春

中京淑　識

すべての「匿名の人びと」に捧げる物語

〈本作は、二〇二〇年六月から十二月までの半年間、出版社チャンビのウェブマガジンに連載されたのち、加筆修正を経て、同社から二〇二一年に刊行された申京淑《シン・ギョンスク》の十一年ぶりの長編小説である。〉

いま現在（二〇二三年十一月）は翻訳作業を終え、校正された訳稿が戻ってくるのを待っているところです。翻訳は、いつだってたやすいものではありませんが、『父のところに行ってきた』を翻訳することは、語学的な難しさだけではない困難を感じながらの作業でした（共訳者の姜信子さんはどうだったのでしょうか）。

申京淑はこれまでも家族をテーマにいくつもの小説を書いてきました。同じエピソードについても繰り返し書いていたりします。本作の主人公ホンが書いては書き直し、をしているのと似ています。この物語も「ジャガイモを食べる人たち」（『オルガンのあった場所』きむふな訳、クォン、二〇二一に所収）という作品に描かれていたアボジの人生をさらに深く掘り下げ、細密に描かれた物語としてみることができます。訳者は、本作の翻訳に入る前に、まずは「ジャガイモを食べる人たち」を読みました。それから翻訳作業に入りましたが、「ジャガイモを食べる人たち」を読んでいるときも、本作を読んでいるときも、続きが読めなくなって立ち止まってしまったことがありました。訳をつけるのが難しい箇所で手が止まるのはいつものことですが、そうではないところで何度も手が止まってしまい、作業ができないこともしばしばあったのです。具体的にどの場面だったのかは申し上げません。何ごともなく読めてしまう読者もいるかもしれませんし、訳者とはまた違った場面で立ち止まってしまう読者もいることでしょう。

いつだったか、アボジのことを書くつもり、と父に話したところ、わしが何をしたというんじゃ？　と父が言った。アボジはどれだけ多くのことをしたことか。私がそう応じると、父はため息をつくようにして、ふうっと言葉を吐きだした。わしは何もしなかった。ただ生き抜いただけだ、と。

冒頭にある言葉ですが、これは実際に申京淑と父親との間で交わされたやり取りだそうです。

アボジは一九三三年生まれ。植民地期、朝鮮戦争、南北分断、軍事独裁、民主化抗争……

朝鮮半島の激動の時代を生きました。かぞえの二十歳で結婚し、六人の子の父親として働き、食べさせ、勉強させせました。彼自身は早くに両親を亡くし、学校へも行けず、いち早く家を継いで家長となる人生しか許されませんでした。けれども、いえ、だからこそ子どもたちを勉強させることにその人生を捧げました。

このような父親の姿は、主人公一家のアボジに限らず、この時代を生きた多くの父親の姿と重なります。「その時代の人たちはそういうもの」と私たちがステレオタイプに考えている父親の姿です。朝鮮半島に長きにわたって君臨し続けた（今もなお）家父長制の影響もあるでしょう。けれども、そういった激動の時代にあった出来事たちが、あるいは家父長制が、彼らひとりひとりにどのようにのしかかり、彼らの心に刻みつけられているのか、傷つけてきたのか、そして今も傷ついたままなのかもしれないということについてはあまり想像しません。「苦難の時代を生きた人びと」という匿名の存在として語り継がれることはあっても、その思いは彼らの心の中に沈み込んだままなのです。

この物語は「アボジはどれだけ多くのことをしたことか」と「わしは何もしなかった」の間に落ち込んでしまったものたち、例えば、埋められた井戸、つなぎ目のなくなった石塀、そしてアボジのつるりと丸い人差し指の先のように、いつのまにか失われて、きれいに均《なら》されてしまったもの、なんとなくそのようなものとして認識されてしまったものたちのかつての姿とともに、そこにある声にならない声の存在を知り、気づけなかったアボジの思いにたどり着こうとする物語です。

申京淑はそのような「匿名の存在」たちの「言葉になれずにいる言葉たち」をひろいあげ、繰り返し物語にしようとする作家です。日本をはじめ、世界四十一か国で翻訳された『母をお願い』（安宇植訳、集英社、二〇一一）では、母親とその家族たちを描きながらそれぞれの声をひろいあげました。本書の「作家の言葉」では「どこにも記録されぬまま、ちっぽけな埃のように消えていくこの匿名の父のすぐそばまで行って、今からでも父が独り呟いていた声までをも、すべて聞き取りたかった」と言い、『母をお願い』の作者あとがきでは、「誰にとってもまだ遅いことではない」という思いで書いた、というようなことを言っています。これらは物語を描き続けるうえで一貫して流れている、「匿名の存在たち」に対する作家の思いなのでしょう。

本作では、アボジ以外の父親も登場します。もう子育てを終えた主人公の兄たち、そしてこれから本格的な子育てがはじまる甥。子の成長を喜びつつも、ときにその成長の早さに恐れを抱いたり、父親としての自信が持てずに悩む、それは若い頃のアボジと同じです。アボジから甥へと、三世代にわたる「普遍的な父親」としての彼らの姿が描かれます。そして、各世代の父親たちを通して「アボジ」が語られています。彼らによっていろいろなアボジのエピソードが語られますが、それにより、アボジを取り巻く人たちについても同時に語られているのです。どの登場人物に対しても、申京淑のまなざしはあたたかく、それが描写にも表れているのです。人生の思いがけないできごとに見舞われて、絶望の淵にある人を描くときも、周囲の思いに気づけずに壁を作り続けてきた主人公を描くときも、悲しみを慈しみで、そして優しくも勇気づける描写で描いています。これもまた中京淑作品に一貫していることです。

知らなかったアボジの人生、家族への思い。主人公はそれらをひとつひとつ訪ねていき、アボジへとたどり着こうとする旅はやがて終わりを迎えます。

故郷J市はいうまでもなく中京淑の故郷、井邑《チョンウプ》です。それをあえてJ市としたのは、特定の誰かの故郷としてではなく、誰しもの故郷として読んでほしいからだそうです。

このあとがきの冒頭で、うまく読み進められないことがあったと書きましたが、訳者は作家のそのような思惑にすっかりはまってしまったのでしょう。読者のみなさんはどうでしょうか。そして、読み終えたあとに、どんなことを思うでしょうか。

二〇二三年十一月十五日

趙倫子

訳者は二度、涙を流す

そうか、あれは、一九九五年十一月のことだったのか、もう二十八年も前のことなのか。と、初めて申京淑《シン・ギョンスク》さんに訳者としてのご挨拶をメールで差し上げたときに、しみじみと思ったのでした。「あれ」というのは、島根の松江で開催された第三回日韓文学シンポジウム。そこに私は名ばかりの通訳として参加して、韓国の文学者たちが滔々と語ることをほとんど通訳できずに、ほぼ絶句していたのだけど、そんな情けない私の記憶の中に、作家申京淑は、物静かで揺るぎない岩のような強靭さを秘めた人として刻まれていたのです。津島佑子さんと並んで松江のどこかの店で食事していた姿もありありと。いや、でも、それは、二人の深い親交をのちに知った私の無意識のなせるわざかもしれません。記憶というのは、逃げたり、隠れたり、黙り込んだり、逡巡したり、姿を変えたり、不意に抑えがたく飛びだしてきたりする生き物ですから。

二十八年前のちょうどその頃、作家申京淑の長編第二作目、大きな反響を呼んだ『離れ部屋』（安宇植訳、集英社、二〇〇五）が刊行されたばかりでした。そして、私はこう思っている。

六年の沈黙を破って発表された本書『父のところに行ってきた』（原題아버지에게 갔었어）は、一見、韓国で社会現象にまでなった長編『母をお願い』（安宇植訳、集英社、二〇一一）と対の作品のようであるけれど、これはもう一つの『離れ部屋』なのではないか、と。というのも、この二つの作品は、共に、〈生きながらの死〉からの再生の物語であり、絶望的な痛みゆえにみずから封じた記憶の襞へと、いまいちど分け入り、いまいちど生きなおすことによって開かれる希望の物語なのです。

痛みに満ちた記憶を封じこめて、この世の外に置く。ときにはそんな空間が人間には必要なのでしょう。『離れ部屋』の「私」が、工場労働者としてモノのように扱われるばかりの仲間たちと共に過ごした少女時代の記憶を封じ込め、愛すべき死者の記憶を置き去りにして逃げ出したあの「部屋」のような。『父のところに行ってきた』のアボジが手紙をひそかに仕舞い込んだ「木箱」や、記憶を固く封じ込んだ自身の「脳」のような。あるいは、娘を亡くした「私（ホン）」が、その記憶を呼びおこすこの世のすべてのつながりに耐えられずに、自分自身をこの世の外に置いてしまったかのように。

君がこの家に入ってきたときにわかったよ。君はすでに一度死んだ人間なんだということを。

そう、記憶を封じこめることはおのれの命の記憶を切断すること、生きながら死ぬこと、それでも命は水のように脈々と途切れることなく他者と結び合い、明日へと流れていこうとするものだから、生きてゆく命はどうしても切断された記憶を呼び返してしまうのでしょう。アボジも、「私」も、そうだった。隠しても封じてもけっして消えることのない、悲しみと歓びを共にした者たちの記憶に戸惑い、苦しんでいた。それでも生きてゆく「私」の胸に刻まれていたのは、きっと、こんな言葉。

心を開いて生きている人たちのことを、考えるのよ。過ぎ去ったことの鍵は、わたしの手に握られているのではなく、あんたの手に握られているのよ。あんたが巡り合った人たちの悲しみと歓びを、生きている人たちに拡げるのよ。きっとその人たちの真実が、あんたを変えるはずよ。(『離れ部屋』より)

これは、かつて申京淑が、その記憶を痛みとともに封じていた死者から受け取ったメッセージです。申京淑文学の本質を語る言葉でもあります。そこには、痛みに満ちた記憶をたどりなおしたすえに、作家がたどりついた文学という名の希望がある。「あんた」を変えたか弱き人たち、声なき人たちの「真実」が一個の文学となり、文学をとおしてその「真実」に触れた人たちの生もまた、痛みを越えて、他者とともに、明日の命に向けて開かれてゆく。そんな希望。

『父のところに行ってきた』において、それをあますことなく体現したのが、アボジの脳の奥底に潜んでアボジの脳をけっして眠らせることのなかった記憶の張本人のひとり、朴武《パク・ム》陵《ルン》という老人でありましょう。朴武陵は無数の死のにおいの塊として、つまりは語りえぬ無数の理不尽な死の気配の塊として「私」の前に現れ、アボジが語ることのなかった壮絶な記憶を「私」に開いてみせた。同時に、生ける死者であった自分が、文学の想像力によって真に生かされたことを身をもって示すのです。作家がこの老人に桃源郷を意味する「武陵」という名を与えたのも、それゆえのこと。ああ、希望！　遥かな幻のようでありながら、確かにここに在る、文学という希望！

歴史や社会の背後でひっそりと生きる名もなき民の、封じられ隠された記憶は気配として、においとして語りかけてくるのだと、作家申京淑は言います。体の記憶力は心の記憶力よりも穏やかで冷たく、細やかで粘り強いとも言います。体の方が気持ちよりも正直だからだろうとも。

アボジの体は記憶に対して正直でした。「私」はそんなアボジのもとへ、アボジの記憶の襞へ、アボジの人生へと分けいってゆく。封じたはずの記憶に追われて逃げまどうアボジを見ながら、アボジを語る複数の記憶の声に耳を澄ませながら、アボジに寄り添いながら、アボジの物語を編みなおしてゆく。そう、編みなおすんです。アボジを結び目として、さまざまな声の主たちとつながりなおし、自身の物語をも編みなおし、生きなおしてゆくんです。

痛ましい出会いと別れの記憶をもたらした人のことを「いい世の中にめぐりあっていたなら、いい人生を送れた人じゃ」と呟いたアボジ、両親を流行り病で失い、幼くして家を背負われ、植民地時代に車天子《チャ》が説いた新天地をひそかに寄る辺ない生の心の支えにしたアボジ、戦争や独裁の時代の語りえぬ記憶を脳の奥底に潜ませていたアボジ、自身もまた、いい世の中にめぐりあえなかった人間でありながら、誰にもかえりみられない者たちに心を寄せたアボジ……。

私は涙しました。寄り添いつづける「私」の目の前で、朴武陵宛の最後の年賀状を書くことをとおして、ついに最後の最後まで封印していた記憶をアボジが開いた瞬間に。人生のしめくくりを前にして、そうやってアボジが人生の記憶をたどりなおしたことに。そのアボジが子どもらや年老いた妻に送る言葉に。アボジの言葉を書き取る「私」に、「アボジはおまえが夜道を行くときにはいつでも、おまえの左肩に乗っておるからな、だから何も怖がるな」と語りかけたそのときに。取り返しがつかないという心の痛みと苦しみゆえに、「私」が亡き娘にどうしても言えない言葉を、アボジが自身の言葉として「私」に書き取らせたときに。そして、物語の最後にアボジが力を振りしぼって呟いたこの言葉。

生き抜いたんじゃ。おまえたちがおったからこそ、生きたんじゃ。

この言葉に応答するように放たれた「私」の透明な声が、ほら、あなたにも聞こえませんか。
生き抜くんだ。歴史や社会の背後に埋もれている無数の人びとが、そのひそやかな記憶が、その歓びと悲しみが、その真実があるかぎり、生きるんだ。

それは、ひとりの人間の再生を告げる声。命とともに揺らぎもする記憶から、事実とも虚構とも異なる「真実」をつかみとって語りださんとする作家の揺るがぬ意志の声でもある。ええ、これからまた始まるんです、新しい希望の物語が。それを想って、私はふたたび涙したのでした。

二〇二三年十一月十五日

姜信子

著者

申《シン》 京淑《ギョンスク》 Kyung-sook Shin

1963年、全羅北道井邑市生まれ、ソウル芸術大学文芸創作科卒。

22歳で文壇デビュー。詩的で独特な文体で人気を博し、韓国文学を牽引する作家となる。

李箱文学賞、現代文学賞、万海文学賞、東仁文学賞など受賞多数。

2008年に発表された『母をお願い』(安宇植 訳、集英社文庫)は
世界41カ国で出版され、252万部の大ヒットとなった。

2011年、同書でマン・アジア文学賞※受賞。

そのほかの邦訳作品に『離れ部屋』(安宇植 訳、集英社)、
津島佑子との往復書簡集『山のある家 井戸のある家』(きむふな 訳、集英社)、

『月に聞かせたい話』(村山俊夫 訳、CUON)、

『オルガンのあった場所』(きむふな 訳、CUON)などがある。

※マン・アジア文学賞
2007-2012年、ブッカー賞のスポンサーだった投資会社マン・グループが主催した、
アジア文学の優れた作品に対する賞。前年にイギリスで翻訳刊行された書籍が対象。
申京淑が女性初、韓国人初として受賞し話題になった2011年は、
インド、パキスタン、イランの作家の作品のほか、閻連科『丁庄の夢』、
吉本ばなな『みずうみ』、村上春樹『1Q87』などがノミネートされている。

父《ちち》のところに行ってきた

2024年4月23日　第一刷　発行

著者　申《シン》 京淑《ギョンスク》 (Kyung-sook Shin)
訳者　姜《きょう》 信子《のぶこ》・趙《ちょ》 倫子《りゅんじゃ》
発行者　林 雪梅
発行所　株式会社アストラハウス
〒107-0061 東京都港区北青山三-六-七 青山パラシオタワー11階
電話03-5464-8738
印刷　株式会社光邦
DTP　トム・プライズ
編集　和田千春

ISBN978-4-908184-50-5 C0097

訳者

姜《きょう》 信《のぶ》子《こ》 Nobuko Kyo

1961年、横浜生まれ。『生きとし生ける空白の物語』（港の人）、『現代説経集』（ぷねうま舎）、

『はじまれ、ふたたび』（新泉社）、『語りと祈り』（みすず書房）など著書多数。

共著に『忘却の野に春を想う』（白水社）など。

編著に『谺雄二詩文集　死ぬふりだけでやめとけや』（みすず書房）、

『金石範　評論集Ⅰ・Ⅱ』（明石書店）、『被災物　モノ語りは増殖する』（かたばみ書房）など。

訳書に『あなたたちの天国』（李清俊　みすず書房）、『モンスーン』（ピョン・ヘヨン　白水社）、
詩集『数学者の朝』（キム・ソヨン　ＣＵＯＮ）、
監訳に『奥歯を噛みしめる』（キム・ソヨン　かたばみ書房）などがある。

趙《ちょ》 倫《りゅん》子《じゃ》 Ryoon-ja Cho

1975年、大阪府大東市生まれ。韓国語講師。パンソリの鼓手および脚本家。

創作パンソリに「四月の物語」「海女たちのおしゃべり」「にんご」など。

共訳に『海女たち』（ホ・ヨンソン　新泉社）、『たそがれ』（黄晳暎　ＣＵＯＮ）がある。